D1859173

Zu diesem Buch

Das Detektivbüro G&G in Amsterdam befindet sich buchstäblich in der Flaute. Drei magere Fälle bescherten einen ebensolchen Ertrag. Doch Klient Nummer 4 ist der «Regenmacher». Ein zwielichtiger Reeder namens Carl Ambagt bietet 100000 Vorschuß und 1 Million Dollar Erfolgshonorar. Der frischgebackene Privatdetektiv Grijpstra traut seinen Ohren nicht, als ihm der Schnösel den Fall erklärt: Auf der Route vom Iran nach Kuba wurde der Supertanker *Sibylle* von Piraten gekapert und das schwarze Gold abgepumpt. Die zwölf Millionen Gallonen sind ebenso verschwunden wie die Besatzung. An diesem mysteriösen Fall ist natürlich auch der große alte (und pensionierte) Mann der Amsterdamer Polizei interessiert, denn der Commissaris steht seinen beiden Untergebenen Grijpstra und de Gier immer noch mit blitzgescheiter Weisheit zur Seite. Aber schon bald muß das legendäre Trio feststellen, daß sie für die falsche Seite arbeiten und es Janwillem van de Wetering ernst gemeint hat, als er sagte: «In den ersten elf Büchern haben meine drei Helden als Polizisten im Rahmen staatlicher Moralvorgaben gehandelt. Jetzt müssen sie selber über Gut und Böse nachdenken und ihren Weg finden.»

Janwillem van de Wetering, 1931 in Rotterdam geboren, reiste fünfzehn Jahre um die Welt, verbrachte anderthalb Jahre in einem japanischen Zen-Kloster und verdiente anschließend sein Geld als Kaufmann. Zum Kriminalschriftsteller wurde er eher zufällig. Bei der Lektüre von Georges Simenon wollte er sein Französisch auffrischen und beschloß, es besser zu machen als der Altmeister. Mit seinen Romanen um de Gier, Grijpstra und den Commissaris eroberte er Leser in aller Welt. Van de Wetering lebt mit seiner Frau im amerikanischen Bundesstaat Maine.

Janwillem van de Wetering

Ölpiraten

Deutsch von
Hans J. Schütz

rororo

Rowohlt

rororo thriller
Herausgegeben von Bernd Jost

26.–28. Tausend April 1999

Deutsche Erstausgabe
Veröffentlicht im Rowohlt Taschenbuch Verlag
GmbH, Reinbek bei Hamburg, Januar 1998
Copyright © 1998 by Rowohlt Taschenbuch Verlag
GmbH, Reinbek bei Hamburg
Die Originalausgabe erschien 1997 unter dem Titel
«The Perfidious Parrot» bei Soho Press, New York
Copyright © 1997 by Janwillem van de Wetering
Redaktion Peter M. Hetzel
Umschlaggestaltung Walter Hellmann
(Foto: Tony Stone Images / Vince Streano)
Satz Bembo (Linotronic 500)
Gesamtherstellung Clausen & Bosse, Leck
Printed in Germany
ISBN 3 499 43291 9

Diese Geschichte ist frei erfunden. Wir wissen alle, daß Soldaten sich nur dann danebenbenehmen, wenn sie im Dienst sind. Hubschrauber funktionieren höchstwahrscheinlich bei salziger Luft am besten. Rotterdam in Holland (ich wurde dort geboren) ist eine wunderbare Stadt mit vielen netten Leuten. Aber ist die Amsterdamer Polizei (der ich sieben Jahre diente) wirklich so korrupt?

Für meine
(I Wish I Could Shimmy Like My)
Schwester Toos.

1. Auf hoher See von Kugeln durchsiebt

«Sie wollen Leichen?» fragte Carl Ambagt mit einschläfernder Stimme, während er aus den Ärmeln seines Kaschmirblazers Leinenmanschetten hervorzupfte. «Hören Sie, Mijnheer Privatdetektiv, wenn Sie Leichen brauchen, bevor Sie in Schwung kommen können, werden Dad und ich Ihnen Leichen liefern. Kein Problem.» Der Besucher machte eine großzügige Handbewegung, als verschenke er kostbare Gegenstände. «Kostenlos, umsonst, sie gehören alle Ihnen. Leichen, jede Menge.»

Privatdetektiv Henk Grijpstra machte sich nichts aus Besuchern. Er blickte über den Kopf seines Gegenübers, das mit einer hohen, durchdringenden Stimme weitersprach. Das offene Fenster erlaubte einen Blick auf knospende Ulmen und knallrote Giebel auf der anderen Seite der Amsterdamer Rechtboomsloot. Er betete. Er betete, ein Ulmenast möge durch das Fenster greifen, den Besucher packen und in die Gracht werfen. Anschließend nichts als quakende Enten. Das Leben geht weiter.

Ein Bursche, vierzig Jahre alt. Ein kurz geratener Bursche. Grijpstra machte sich nichts aus kurzen vierzigjährigen Burschen, und dieser war arrogant, hatte die singende Sprechweise der Rotterdamer, wo jeder Satz mit einem Triller endete. «Richtig?» Die unaufhörliche Rotterdamer Frage.

Den kurzen vierzigjährigen Burschen zu Tode prügeln.

Besucher, Heimsuchung.

Es ärgerte Grijpstra, daß er immer noch in religiösen Begriffen dachte. Was du in der Jugend lernst, kannst du im ganzen Leben brauchen, behauptet ein holländisches Sprichwort.

Was du jung lernst, hast du immer am Hals, dachte Grijpstra. Wenn es Gott gab, würde er das Gebet eines Grijpstra erhören?

Jage diesen Burschen zum Teufel, betete Grijpstra. Herr? Grijpstra unterdrückte sein Wunschdenken. Er stammte aus Amsterdam, der Hauptstadt, dem geistigen Herzen Hollands, dem Mittelpunkt, dem kreativen Kern der Niederlande.

Rotterdam, Hollands zweite Metropole, ist in den Augen der Amsterdamer eine Arbeitsstadt. Aber das ist in Ordnung. Rotterdam wird von Amsterdam geduldet, vorausgesetzt, die emporgekommene Metropole hielt sich zurück. Manche Leute arbeiten, daran ist nichts auszusetzen, Arbeit ist nichts Unrechtes, wenn sie jemand tun muß, das ist vollkommen in Ordnung – viel Glück den Rotterdamern, die arbeiteten. Aber sie sollen zu Hause bleiben und die Nerven derer, die höher stehen, nicht mit unnützen und sich wiederholenden Mitteilungen strapazieren, die mit einem Triller enden. «Richtig?»

Grijpstras Hände, unsichtbar hinter einem Stapel leerer Aktendeckel auf seiner Tischplatte, suchten nach etwas zum Festhalten. Der antike Tisch war ein Geschenk von Grijpstras früherem Chef. Der Commissaris hatte den Tisch als Bollwerk benutzt, von dem aus er seine Privatsphäre verteidigte. Seit seinem Ausscheiden aus dem Dienst mit fünfundsechzig waren die Verteidigungsanlagen des Commissaris demontiert worden. Grijpstra war ebenfalls ausgeschieden, in seinem Fall vorzeitig. Brigadier de Gier quittierte ebenfalls den Dienst, um Grijpstra beim Nichtstun zu helfen oder wenigstens, um sehr wenig zu tun. Die Partner der Detektei G & G, Inc. hatten es in ihren geräumigen Büros gern ruhig und friedlich.

«Mehrere Leichen, Mijnheer Ambagt?» fragte Grijpstra *sotto voce*.

«Nun ja, nur eine, von der ich's sicher weiß», sagte Ambagt zerknirscht. Aber trotzdem arrogant, dachte Grijpstra, als ob das kleine Arschloch stolz darauf war, daß es ein Arschloch war. Ambagt saß behaglich in dem luxuriösen braunen Ledersessel, der Klienten vorbehalten war. Diesen Klienten schien der riesige Raum unter der hohen Decke, gestützt von handbehauenen Balken, nicht zu beeindrucken. Nicht einmal Grijpstra selbst machte

Eindruck auf diesen Eindringling aus niederen Sphären, so beeindruckend der Detektiv auch war: groß, bullig, breitbrüstig, mit stahlgrauem Haar im Bürstenschnitt, kräftigen dicken Augenbrauen: ein Ringer, der sich feingemacht hatte. Hier trat Mijnheer Grijpstra einer lästigen Welt gegenüber, in einem dreiteiligen Maßanzug inklusive Uhrkette. Der silberfarbene Schlips mit einem Muster kleiner Schildkröten war ein Geschenk von Katrien, der Frau des Commissaris, zum Start seiner neuen Laufbahn, betonte die solide Eleganz. Die vornehme Kleidung hob die Intelligenz blaßblauer Augen hervor, in denen sich für Nellie, Grijpstras zweite Frau, «robuster Gleichmut» spiegelte.

«Die vermißten Personen nicht gerechnet», hob Carl Ambagt seine Stimme, froh, das Elend vergrößern zu können. «Alles, was wir fanden, war ein benebelter Kapitän Souza und ein toter Seemann, Michiel. Kapitän Souza und der tote Seemann Michiel. Ansonsten keine Menschenseele.» Ambagt senkte die Stimme, um auf die Tragödie hinzuweisen. «Ich und Dad kamen gerade rechtzeitig, denn der Tanker war kurz davor, auf Felsen aufzulaufen. Richtig?»

«Lief er nun richtig drauf oder nicht?» fragte Grijpstra, verwirrt durch die Rotterdamer Angewohnheit, die Wirklichkeit in Zweifel zu ziehen. «Ja oder nein?»

«Nein. Richtig?»

«Und die verschwundenen Personen?» fragte Grijpstra.

«Lassen Sie mich es bitte erklären, oder?» fragte Carl Ambagt. Carl Ambagt bediente eine imaginäre Maschinenpistole und ahmte einen Hagel tödlicher Kugeln nach.

«Dieser Tanker ...», sagte Grijpstra.

«... der Supertanker *Sibylle* wurde geleert. Seine Ladung wurde geraubt», sagte Ambagt. «Haben Sie eine Ahnung, von wieviel Geld wir reden?»

Grijpstra machte ein uninteressiertes Gesicht. Sein Besucher brauchte nicht zu wissen, daß die Vorstellung von einem unbemannten gigantischen Tanker, der gesetzwidrig seiner wertvollen Ladung beraubt wurde, ihn faszinierte. Während seiner langen

Laufbahn im Dezernat für Schwerverbrechen bei der Amsterdamer Stadtpolizei war ihm ein so ungeheures Verbrechen nie begegnet. Er stellte sich den stählernen Rumpf vor, ein stummes Geisterschiff, hoch über tropischen Gewässern aufragend. Ambagt hatte ihm den Tatort genannt: die Karibik. Die Sache hatte sich unweit der zur Hälfte niederländischen Insel Saint Martin (ihre nördliche Hälfte war französisch) abgespielt. Grijpstra kannte keine tropischen Inseln aus eigener Erfahrung, doch jetzt sah er idyllische Bilder, eine Collage von Eindrücken, die er im Fernsehen und in Zeitschriftenreklamen aufgeschnappt hatte: goldene Strände, schwankende Palmwedel und zahlreiche junge Frauen, die schwammen, sich sonnten und Ball spielten. Auch er war dort, die Hände auf dem Rücken, die nachdenklichen Augen vom breiten Rand eines Strohhutes überschattet. «Panama Jack» Grijpstra. Behaglich grunzend betrachtet der Tagträumer braune und schwarze Brüste, Beine und Ärsche. Ob seine neue Frau, Nellie, eifersüchtig sein würde? Keine Spur. Nellie ist gerade in dem Bild aufgetaucht. Da ist sie, auf einem Surfbrett, am ganzen Körper blaßrot. Welch ein Klasseweib, dieses Exmodel Nellie, die einmal für die Miss Holland nominiert, aber wegen zu üppiger Brüste nur Zweite geworden war. Doch auch die anderen Strandfeen sind attraktiv, die sich verführerisch im goldenen Sand präsentieren, vom beraubten Supertanker *Sibylle* fast gerammt. Eine reizende vielfarbige Versammlung. Wirklich komisch, dachte Grijpstra, wenn man erst mal anfängt zu reisen, klappt es mit dem Rassismus nicht mehr so gut. Da draußen ist die Minorität eine Majorität. Objekt wird Subjekt. Die Relativität fegt die Vorurteile vom Tisch. Er war froh, daß er sich nicht als Rassisten betrachtete. Er wußte gar nicht, was diese Einstellung bedeutete.

«Der gecharterte Supertanker *Sibylle*», sagte der klein geratene Bursche. «Man soll sein Geld nie in solche Seelenverkäufer stekken, sie lecken. Riesige Rostkähne, das ist es, was sie sind. Sie denken jetzt vielleicht an einen Unfall, richtig? Falsch. Der Seemann Michiel war von Kugeln durchlöchert.»

«Was Sie nicht sagen.» Grijpstras Stimme blieb ausdruckslos, vibrierte nur ein wenig mitleidig. Eine blutende Leiche, verschwundene Matrosen. Dieser Klient wurde lästig.

«War ein bißchen windig», sagte Ambagt, «wir hatten ein Problem mit unserem ‹Quirl›. Auf einem schwankenden Deck läßt sich nicht gut landen.»

«Quirl?»

«Hubschrauber», sagte Carl.

«Die angebliche Piraterie eines Supertankers, Mord eingeschlossen, nahe Saint Martin, in den Antillen, in der karibischen See», faßte Grijpstra zusammen. «Sie landeten Ihren Hubschrauber auf dem Schiff und fanden Hinweise auf ein Verbrechen.»

Carl Ambagt starrte an Grijpstras Körper vorbei. «O ja.»

Grijpstra glaubte Anzeichen echter Gefühlsregung zu entdekken, als sein Besucher die qualvollen Augenblicke noch einmal durchlebte.

«Auf der Brücke», sagte Carl Ambagt, «lag Michiels Leiche. Ein reines Unschuldslamm. Gutaussehender Bursche, nebenbei.» Carl Ambagt nahm ein Polaroid aus seiner Brieftasche. Er betrachtete das Bild.

«Michiel, der Matrose, in seinem blauen T-Shirt. Benannt nach unserem berühmten Freibeuter-Admiral, Michiel de Ruyter. Sie kennen ihn doch aus den Geschichtsbüchern? Siebzehntes Jahrhundert. Besiegte immer die verdammten Briten. Verbrannte eine britische Kriegsflotte vor deren Haustür, auf der Themse. Großer Stratege. Dad hat sich mit ihm beschäftigt, wissen Sie. Dad hat eine Schwäche für Strategie, sie hat uns reich und berühmt gemacht.»

«Nie von Ihnen gehört», sagte Grijpstra.

«Jetzt haben Sie's», sagte Ambagt. «Hier. Schauen Sie sich Michiels Leiche an.»

«Was sind das für Wunden», sagte Grijpstra schaudernd. «Wurde er gefoltert?»

«Möwen», flüsterte Carl Ambagt, «wissen Sie, daß Seemöwen Aas mögen? Sie fressen an Kadavern. Wir sahen es von oben, ich und Dad – rote Fetzen von Michiels Fleisch, in einem Oval von weißen Möwen. Wie ein Auge. Rote Pupille, weißes Oval. Hakkende Seemöwen. Das Ganze sah aus wie ein Auge, das uns anstarrte. Das Auge der ausgeraubten *Sibylle.*»

Grijpstra schob das Foto weg. «Sie sprachen von Kapitän Souza. War er Kapitän des Schiffes?»

«Er war da», sagte Carl Ambagt. «Master Guzberto Souza, unten in seiner Kabine.» Ambagts Lächeln war verzerrt. «Besinnungslos betrunken.»

«Nicht tot.»

«So gut wie», nickte Carl Ambagt. «Verbolst und verfockt.»

«Wie?»

«Mit Genever. Unsere berühmten nationalen Markenartikel.» Carl Ambagt buchstabierte die Firmennamen. *«Bols. Focking.»* Ambagt schüttelte den Kopf. «Das hat unser Kapitän getankt. Das hielt ihn in Gang, während er Pornos guckte. Das war seine andere Macke. Titten und Ärsche auf Video. Die Endlosshow.»

«Der Kapitän informierte Sie über das Verbrechen, das stattgefunden hatte?»

«Kapitän Souza hatte nichts bemerkt.»

«Nicht mal die Schüsse?»

«Delirium», sagte Carl Ambagt. «Was können Sie da erwarten? Ein Schwarzer aus Aruba. Dad heuerte Souza an. Ich sagte: ‹Dad, was machst du, Daaad? Richtig?› Aber es war zu spät. Dad und Guz betranken sich dumm und dämlich.» Carl betrachtete seine manikürten Nägel. «Versuchen Sie mal, in solch einer Situation dazwischenzugehen.»

«Das fand in Saint Martin statt?»

«Aruba.» Carl deutete auf eine unsichtbare Karte. «Mehr nach links und weiter runter nach Westen, vor Venezuela. Aber holländisch, natürlich. Unglaublich. Warum behalten wir diese Inseln, die bloß Geld kosten?»

Grijpstra fragte sich, warum er seine Heimsuchung ermutigte, indem er ihr Fragen stellte. Hatte er vergessen, daß die Detektei G & G eine Fata Morgana war? Eine bloße Fassade? Daß das Namensschild an der Giebelfront nichts bedeutete? Es war nichts anderes als ein Schwindel, um den Mann vom Finanzamt zu täuschen. Schauen Sie sich diesen wunderschönen Giebel an, Mijnheer Finanzamt. Beachten Sie die lackierte Eingangstür, die blanken Ziegel, das vor kurzem neu gestrichene Balkenwerk, die blühenden Geranien in den Übertöpfen an den Fenstern. Werfen Sie mal einen Blick auf die Steintreppe, ausgetreten von den trampelnden Füßen der Klienten. Ja, Mijnheer, hier arbeiten wir und verdienen gutes Geld, unser Wohlstand ist rechtmäßig erworben. Okay, Mijnheer Finanzamt? Jetzt mach, daß du weiterkommst, altes Arschloch.

Doch hinter dem prächtigen Giebel an einer von Amsterdams Vorzeigegrachten, der Rechtboomsloot, wurde nicht gearbeitet. Wie zur Hölle konnte das alles geschehen, schrie Grijpstra, wenn ihn die unheimliche Hand seines schlechten Gewissens in seinen Alpträumen packte. Wie konnten er, ein unerschütterlicher Staatsbeamter, und sein getreuer Mitarbeiter, de Gier, gemeinsam in diese teuflische Falle stolpern?

Es war passiert. Vor drei Jahren. Da hatten, eines bösen Tages, Adjudant Grijpstra und Brigadier de Gier von der Stadtpolizei in einer Bruchbude, Bloodstraat, Amsterdam Innenstadt, ihren Job gemacht. De Gier trat eine Tür ein. Ratten huschten um ihre Füße. Sie betraten einen kleinen Raum, angefüllt mit leeren Flaschen und Porno-Postern. Es roch süßlich-eklig nach verfaulenden Lebensmitteln. Die Küche war eine einzige Müllkippe. Im Kellergeschoß bahnte sich de Gier den Weg durch den Abfall. Eine amateurhaft errichtete Ziegelwand erregte Verdacht. De Gier stieß sie mit dem Fuß um. Hinter der Wand, in Plastiksäcken, hatte ein Schatz in kleinen Banknoten den Ratten als Nest gedient. Sie zählten die Beute. Es war ein wenig mehr als eine Million in unversehrten Banknoten.

Was macht man da als ein Mann, der laut polizeilicher Dienstvorschrift «zur korrekten Ausübung seiner Amtspflichten angehalten» ist? Man übergibt den Zaster seinen Vorgesetzten im Hauptquartier an der Elandsgracht. Anständige und bewunderungswürdige Leute, Damen und Herren, in golden und silbern betreßten Uniformen. Deine Vorgesetzten richten wohlgesetzte Worte an dich. «Gute Arbeit, Adjudant. Das ist gut, legen Sie es einfach da hin, Brigadier. Das geht alles auf schnellstem Weg in die staatliche Schatzkammer. Nein, das ist schon gut so, diese kleine Arbeit erledigen wir gern selber. In Ihrem Namen, Kollegen. Und nochmals danke, wirklich. Viel Spaß noch heute im Dienst, Adjudant, Brigadier.»

Was wird dir dann klar? Daß Vorgesetzte minderwertig sind. Daß die höheren, von dir in deiner Dummheit respektiert, Urlaub im Pazifik machen, auf den Fidschis, in Polynesien, an abgelegenen Orten, die Normalbürger nie zu sehen bekommen. Auf den reservierten Polizeiparkplätzen tauchen neue Autos auf. Im Vergnügungsviertel um den Leidseplein geht es hoch her. Geheime Treffen finden statt in den königlichen Suiten von *Hotel Amstel* und *l'Europe*. Champagnerkorken knallen, und nuschelnde Stimmen machen sich lustig über den abgrundtief widerwärtigen Adjudant und seinen Brigadier, der nicht bis drei zählen kann.

Haha! Hoho!

Und bei wem soll man sich beklagen?

Dein eigener Chef hat schweres Rheuma, das ihn an seine heiße Badewanne fesselt, er wird sowieso bald ausscheiden. Der Polizeipräsident unterzieht sich einer schwierigen Therapie, für den Justizminister ist ein goldener Fallschirm aufgespannt worden, bevor er den Abgang macht.

Doch das Glück ist bei den Glücklichen. Grijpstra grinste schwermütig. Denn es ergibt sich, daß in derselben verkommenen Bruchbude in der Bloodstraat, vom selben Adjudant und demselben Brigadier ein weiterer Schatz gefunden wird. Der zweite Schatz ist um ein Vielfaches größer als der erste. Dieses Mal sind es Hunderte, Tausende Banknoten von hohem Nennwert, in verschlossene Metallbehälter gestopft.

Zögernd öffnen die Polizisten die Deckel. Konnte das wahr sein? Schwedische Fünftausendkronennoten? Amerikanische, säuberlich verschnürt? Sogar ein paar Goldbarren?

«Du meine Güte.» De Gier hatte mit den entsetzlichsten Flüchen um sich werfen wollen. Die Worte, keines davon in der Lage, die Ernsthaftigkeit der Situation wiederzugeben, waren ihm im Hals steckengeblieben.

Grijpstra murmelte: «Lieber Gott.» Niemand erfuhr den Grund für diese Äußerungen. Nun ja, der Commissaris hörte davon, denn er hätte es sowieso rausgekriegt, warum also versuchen, clever zu sein? «Wir haben vor, das Geld zu behalten, Mijnheer», sagte Grijpstra. «Außerdem werden wir unseren Abschied nehmen», sagte de Gier. Der Commissaris antwortete, er sei froh, daß sie solche schwerwiegenden Entscheidungen selber getroffen hätten und er gern behilflich sein wolle, die Beute anzulegen.

«Nehmen Sie sich so viel, wie Sie momentan brauchen, und bringen Sie mir den Rest. Im Rechnen bin ich gut.»

Der Commissaris brachte das Geld in seinem alten Citroën in das unabhängige Herzogtum Luxemburg und eröffnete im Namen von Grijpstra und de Gier ein Anlagekonto, mit der Befugnis, für diese beiden Begünstigten zu zeichnen – jede Überweisung, jeden Betrag. Der Bankdirektor fand diese Vereinbarung ungewöhnlich, aber sollte er eine so beträchtliche Einzahlung zurückweisen? Es war alles Vertrauenssache, natürlich. Das Vorhersagbare tritt selten ein, das Unerwartete allerdings unweigerlich. De Gier erfuhr diese Wahrheit von einem abgetakelten Mitgiftjäger. Grijpstra vernahm sie von einem braunhäutigen Mann mit magnetischen Augen und einem weißen Spitzbart. «Es kommt immer anders», sagte ihm der Straßenguru.

So war's. Anstatt im schweren Dienst für den Staat in Ehren zu ergrauen, alterte Grijpstra, plötzlich arbeitslos und wohlhabend, rasch. Magengeschwüre nagten. Das Zahnfleisch faulte. Er bekam Krampfadern. Er gewann seine Gesundheit wieder, nachdem er seine freizügige Freundin Nellie heiratete. Nellie sagte, sie hätte die ganze Zeit gewußt, daß es zu dieser Heirat kommen würde.

«Nutten», sagte Nellie, «brauchen niemandem was vorzumachen, wir leben dicht an der Wahrheit.»

Grijpstra räumte seine Mietwohnung in der Lijnbaansgracht und zog zu Nellie in die Rechtboomsloot.

Nellie gehörte das ganze Haus. Es beherbergte im Kellergeschoß eine kleine Bar, die *ONE ON ONE*. Das *Hotel Nellie* umfaßte alle vier Stockwerke, und darüber gab es ein vergammeltes Dachgeschoß. Aufgrund der unerwarteten Veränderung verschwand die Bar im Kellergeschoß, in die ersten beiden Etagen zog die Detektei G & G, die nächsten beiden Stockwerke verwandelten sich in eine luxuriöse Wohnung für Mijnheer & Mevrouw Grijpstra, und de Gier, zurück aus Neuguinea und einem Aufenthalt in Maine, USA, räumte das Dachgeschoß aus und polierte es zu einem Hausgarten mitsamt Zeltplatz auf. «Die Dinge ändern sich», sagte der Commissaris bei der Einweihungsparty, die er mit seiner Frau Katrien besuchte. «Mitgiftjäger und Straßengurus sagen die Wahrheit.» Er zitierte auch einen obskuren mittelalterlichen holländischen Dichter, der sich über das Thema ausgelassen hatte, daß die Dinge nicht sind, was sie zu sein scheinen. «Das einzig Beständige ist die Veränderung.»

Abgesehen von den Schatzfindern selbst, wußte nur der Commissaris, woher das ganze Geld stammte. Drei surinamesische Drogendealer wußten es auch, doch die wurden in Paramaribo, ihrer Heimatstadt an der südamerikanischen Küste, tot aufgefunden.

«Aber Henkieluvvie», sagte Nellie. «Wo hast du's her?»

Grijpstra behauptete, er habe die aufwendige Restaurierung ihres Hauses von seinen Ersparnissen und einem Bankkredit bezahlt, der aus den künftigen Einnahmen der Detektei G & G zurückgezahlt werden würde.

«Alles ganz prima und sauber», sagte Grijpstra. De Gier bestätigte diese Behauptung. Der Commissaris nickte zustimmend. Kein Grund zur Sorge. Nellie brauchte sich ihren schönen blonden Kopf nicht zu zerbrechen.

«Klar», sagte Nellie, der das augenblickliche gewinnbringende Arrangement lieber war, als sich beim Herumalbern mit zahlenden und oft unbeherrschten Kunden blaue Flecken zu holen, Geschäftsleuten vom Rand des Pazifiks, auf die sie sich in letzter Zeit spezialisiert hatte. Ihre Auswahl zahlte besser, war aber oft gewalttätig. Nie mehr das langbeinige Pin-up-Girl sein, dachte Nellie. Nie mehr im Streifenwagen Anweisungen über Funk folgen, wenn man gerade scharf auf ein Sandwich mit Räucheraal und einen Kaffee mit Schlagsahne ist, dachte Grijpstra.

Keine Vorschriften und Drangsalierenden mehr, dachte de Gier.

«Von der Zwangsjacke befreit», sagte der Commissaris und lächelte sein Lächeln. «Und wie werden Sie Ihre Tage verbringen, Henk und Rinus? Ihr braucht nicht mehr ‹Mijnheer› zu mir zu sagen. Ich bin Jan.»

«Mit Nichtstun, Mijnheer», sagte Grijpstra und berief sich auf seine Faulheit. De Gier stimmte zu, berief sich auf seine philosophische Suche nach dem Sinn, die Meditation erfordere. Er erklärte sogar: «Um zu sehen, wohin ich komme, wenn ich mich um nichts kümmere.» Dem Commissaris schien der Plan gut, doch er riet seinen früheren Assistenten, sich eine Beschäftigung zu suchen. Seine Frau stimmte zu. «Leere, mit Reichtum gefüllt, schafft ein Ungeziefer, so groß wie ein Kamel», sagte Katrien, ein altes holländisches Sprichwort zitierend. Sie mußte wissen, wovon sie sprach. Da sie Geld geerbt und ihr Mann ihr geholfen hatte, es anzulegen, hatte sie, unter der Last des Reichtums, für den sie keine Verwendung hatte, eine Therapie gebraucht. «Bleiben Sie tätig», sagte Katrien. «Tun Sie etwas, das Sie gern tun.»

«Wenn's nicht anders geht, dann tut so als ob», sagte der Commissaris. «Fangt ein Geschäft an, macht einen eigenen Laden auf.»

Das war die Geburtsstunde der Detektei G & G.

Sie bekamen ein paar Aufträge. Da war eine Versicherungssache, die ihnen ein früherer Polizeikollege, der kürzlich beförderte Simon Cardozo, übertrug. Da war ein verschwundenes Mädchen, eine Touristin, die sie finden sollten. Auch eine Pension für die Witwe eines Haschischdealers, die mit der Dealer-Vereinigung ausgehandelt werden mußte. Drei Fälle in einem Jahr. Minimales Einkommen, maximale Freizeit. Grijpstra malte tote Enten, de Gier zupfte reizvoll aussehende Kräuter zwischen den

Pflastersteinen der Innenstadt, pflanzte sie in kunstvolle Töpfe, die er aus Sperrholz zimmerte, das er aus den Grachten fischte. Er pflegte auf Nellies Dachboden seinen Wildblumen- und Kräutergarten. Er betrachtete die Kräuter auf den Abbildungen in einem Buch, das er bei einem Antiquar am Oudemanhuispoort fand. Er lag in seiner Hängematte inmitten einer Plantage von Wasserhelm, Scharlachklee und Sumpfglockenblume, dachte über Zen-Sprüche nach und las Nietzsche auf deutsch.

«Was tust du da?» fragte Grijpstra machmal, wenn er, vor Nellies TV geflohen, de Gier, im Schneidersitz auf den Boden starrend oder über Bücher gebeugt, fand.

De Gier antwortete gern mit orientalischem Schweigen oder Nietzsche-Zitaten auf deutsch.

«Womit beschäftigen sich die Übungen oder Bücher?» fragte Grijpstra einmal. «Mit nichts, ja? Mit dem Nichts, aus dem der Herr Dinge schuf und das noch immer durchscheint?»

«Ich komme wirklich nicht dahinter», gab de Gier zu.

Sie machten auch gern zusammen Musik, in einem Jazzkeller, Grijpstra am Schlagzeug, de Gier mit seiner Minitrompete. Auf die Ruhige. «Gemächlich» war das Schlüsselwort. *Cool. Entspannt. Wir wollen nicht fleißig sein.*

Der Grijpstra, der sich, nachdem sie den zweiten Schatz gefunden hatten, mit de Gier einig war, «etwas durch Nichtstun zu tun», war der freie Grijpstra. Gleichwohl gab es andere Grijpstras.

Der beschäftigte Grijpstra, von dem Tanker-Charterer Carl Ambagt aufgestöbert, bemerkte den Widerwillen des freien Grijpstra gegen Carls Vorschlag. Es stellte sich ein Konflikt ein. Die alltägliche Faulenzerei fortsetzen oder sich vielleicht auf einen aufregenden Auftrag einlassen?

Piraterie nahe den Niederländischen Antillen? Dem geschäftigen Grijpstra gefiel das. Der freie Grijpstra verblaßte. Der geschäftige Grijpstra gewann die Oberhand. Der geschäftige Grijpstra zog sich auf einen Modus operandi zurück, den er in gut zwanzig Jahren täglicher Polizeiarbeit gelernt hatte. Dem geschäftigen Grijpstra fiel auf, daß der Klient, obgleich unsympathisch, ein energischer und intelligenter Mann zu sein schien. Carl, wenn auch klein, hatte breite Schultern, und unter den Ärmeln seines Blazers wölbten sich Muskeln. Ein sportlicher Typ? Ein Turner? Vielleicht Gewichtheber. Ambagts Flanellhose war penibel gebügelt, sein Hemd aus gebleichtem Leinen hatte einen Button-down-Kragen. Die silberne Krawatte, bedruckt oder vielleicht sogar handbedruckt – Grijpstra setzte seine Brille auf –, zeigte das Bild eines nackten Mädchens, das unter einer massiven goldenen Nadel leuchtete, die wie ein erigierter Penis geformt war. Ein unsympathischer, intelligenter, energischer, kleiner, aufgeputzter Bursche Anfang Vierzig. Als er den Klienten hereinbat, waren Grijpstra Ambagts schweinslederne Halbstiefel aufgefallen, und als er ihm die Hand schüttelte, hatte er ein Platinarmband und eine juwelenbesetzte Uhr bemerkt. Ein reicher kleiner Bursche. Ein mächtiger kleiner Bursche. Der Klient war noch immer bewegt. «Armer Matrose Michiel, von Kugeln durchsiebt.» Ambagt knetete seine kleinen, kindlichen Hände. «Das kommt dabei raus, wenn Arschlöcher mit Waffen rumspielen.» Ambagts Goldfüllungen funkelten. Er sprach ungezwungen, vergaß seinen Rotterdamer Akzent, fügte weniger Fragezeichen an, mäßigte seinen arroganten Tonfall.

«Action-Film. Das ist was für Sie, Mijnheer Privatdetektiv. Als wir das letzte Mal mit Kapitän Souza sprachen, sagte er, die Position des Tankers sei genau südlich von Saba. Danach verloren wir den Kontakt. Da fingen wir an, uns Sorgen zu machen, machten den alten Quirl klar, flogen los und suchten überall herum. Dad und ich in der Mühle. Wir kehrten zweimal zurück, um aufzutanken. Hubschrauber fliegen nicht so weit, wissen Sie. Suchten stundenlang, checkten alle Inseln, fingen mit Saint Martin an, dann bis runter nach Barbuda, dann Antigua; wir hakten die französischen, die britischen, die niederländischen Antillen ab, zuckelten wieder zurück nach Osten, bis rauf nach Anguilla. Endlich sahen wir ihn, den alten Kahn. Trieb vor Saba, eingeklemmt zwischen Nevis und Saint Kitts. In der Gegend muß man aufpassen, gibt da

’ne Menge Riffe und Felsen. Mußten mit unserer Mühle auf dem kleinen Achterdeck runtergehen. Sie hätten mich und Dad sehen sollen, wie wir auf der *Sibylle* herumflitzten. Wirklich knifflige Sache. Mußten den alten schwerfälligen Tanker von den Riffen wegkriegen, und so einen Koloß zu steuern ist nicht einfach, wissen Sie, auch wenn ich das Kapitänspatent habe. Da gab’s ’ne Strecke, da hatten wir nicht einen halben Faden Wasser unterm Kiel. Zum Glück war der alte Pott leer. Als wir ihn zum letztenmal sahen, war er kirchturmhoch und lag bis zum Stehkragen im Wasser. Also, wo war die Ladung, verdammte Scheiße?» Ambagt trocknete sich mit einem seidenen Taschentuch, das er wütend entfaltete, die Stirn. «Nichts rührte sich an Bord, bis auf zwei Katzen, die wie verrückt rumrannten. Wir hörten sie kreischen, als wir die Maschine unserer Mühle abstellten.»

Grijpstra war verwirrt. «Sie nahmen die Katzen mit?»

«Fand für sie ein Heim auf Saint Martin», sagte Carl. «War nicht gerade ein Spaß, mit ihnen im Hubschrauber. Dad wollte sie rausschmeißen.»

«Und Sie sind in Saint Martin gewesen?» fragte Grijpstra. «Sie und Ihr Vater flogen zufällig mit dem Hubschrauber herum?»

«Wir *irrten* umher», verbesserte Ambagt, «und der Hubschrauber gehört zu unserem Schiff. Der Tanker, die *Sibylle*, kam aus dem Iran.» Ambagt legte einen Finger auf die Lippen. «Ein Geheimnis, ja? War auf dem Weg nach Kuba. Auch das braucht niemand zu wissen, ja?»

«Was ist das für ein Geheimnis?» fragte Grijpstra.

«Uncle Sam haßt diese Route einfach.» Ambagt behielt sein Lächeln bei und zwinkerte zwischen Satzfetzen. «Iran, diese Scheichs, die Kindergärten in die Luft jagen ... und Castro ist auch schlecht für die amerikanische Gesundheit ... die USA blokkieren Kubas Versorgungswege ... nur so kleine Lichter wie wir können durchschlüpfen ... internationale Gewässer ... ich und Dad, wir fühlen uns an nichts gebunden ... anonym, wie man sagt ... vorher war’s Südafrika und sein Öl-Embargo ... Ambagt & Sohn verkauften ihnen früher russisches Öl ... dies Südafrika ist jetzt Niggerland, schmutzige arme Nigger, die dich keinen Gulden verdienen lassen ...»

«Sie und Ihr Vater schmuggeln Rohöl?»

«Wir sind freie Kaufleute», sagte Ambagt.

«Ihr Schiff mit dem Hubschrauber ist auch ein Tanker?» fragte Grijpstra.

«Nein, nein, nein.» Ambagt machte eine abwehrende Handbewegung. Der Rotterdamer Akzent kehrte zurück. «Unser *Admiraal Rodney* ist ein Feadship. FEAD wie *First Export Association of Dutch Shipbuilders.* Jawohl, Mijnheer. Seetüchtiger Superluxus.» Er sah Grijpstra an. «Entworfen für Superkunden wie mich und Dad. Für die Spitzenleute. Für die *crème de la crème.* Für die obere Schicht der Kruste einer ansonsten unbedeutenden Menschheit, Mijnheer Privatdetektiv. Klar?»

«Aha», sagte Grijpstra.

«Sie sollten beeindruckt sein», sagte Carl Ambagt. «Wer hat sonst noch ein Feadship? Der Sultan von Borneo, reichster Mann der Welt. Und ein paar Filmmagnaten, einer oder zwei Fusionsbillionäre. Freddie Heineken vielleicht. Der Chief Samurai von Mitsutomo. Wissen Sie, wer kein Feadship hat? Die holländische Königin. Sie kann sich keines leisten.»

Wie schrecklich, dachte Grijpstra, wirklich reich zu sein, wie er selbst zum Beispiel. Glücklicherweise brauchte er es keinem zu erzählen. Ambagt tat's, warum sonst blinzelte er fortwährend und hob sein dünnes Stimmchen? Grijpstra spürte zunehmenden Schüttelfrost.

«Ja, Mijnheer Ambagt, Sie wohnen also auf einem Hausboot.»

«Motorisierter Luxusdampfer.»

«Steuerfrei?» fragte Grijpstra.

Ambagt schlug sich auf den Schenkel. «Nicht ein Gulden für das holländische Finanzamt. Unsere Yacht fährt unter liberianischer Flagge. Mal von Liberia gehört, wohin amerikanische Sklaven transportiert und befreit wurden, damit sie selber Sklaven halten konnten?»

«Und Ihr Segelboot kam an Saint Martin vorbei und ...»

«Motoryacht», sagte Ambagt. «Dreißig Millionen Dollar wert. Inneneinrichtung Gold und Marmor, sehr leise Maschinen. Heißes und kaltes Wasser. Riesige Mikrowelle. TV-Parabolantenne mit zig Kanälen. Zimmerservice rund um die Uhr.»

«Liebe Güte», sagte Grijpstra.

«Kann man wohl sagen», sagte Ambagt. «Wir besuchten Saint Martin. Machen wir oft. Das ist eine Insel, um Spaß zu erleben. Die Beamten kommen gern an Bord auf einen Drink, bevor sie uns an ihren Freuden an Land teilhaben lassen. Ich und Dad sprachen von unserer Eigner-Suite auf der *Rodney* mit der *Sibylle*, bevor wir die Verbindung verloren. Der Tanker war zu diesem Zeitpunkt südlich von Saint Eustatius, im Begriff, rüber nach Kuba zu dampfen.»

«Gerade eben sagten Sie, er sei südlich von Saba gewesen.»

«Egal», erwiderte Ambagt. «Saba, Saint Eustatius, Saint Martin, drei Pickel auf demselben Arsch. Also Dad und ich schlürften Pina Colada und futterten Kaviar auf Toast, und Dad rief übers Zimmertelefon die *Sibylle* an, das macht er zweimal jeden Tag, und nichts tut sich, nur das Gequatsche von der Blechstimme.»

«Anrufbeantworter?»

«Satellit», sagte Ambagt. «Also geht Dad auf die Brücke der *Rodney* und versucht's über Funk, und immer noch nichts. Unser gesamtes Geschäftskapital schwimmt auf diesem stummen Tanker. Nicht versichert. Sehen wir mal nach, sagte Dad. Wir konnten nicht gleich starten, denn die Mühle hatte ein Problem, Feuchtigkeit im Motor, Seeluft hat sie nie vertragen. Und die *Rodney* selbst war knapp an Sprit.»

«Und weil Sie keine Verbindung bekamen, fürchteten Sie, auf Ihrem gecharterten Tanker könnte was Schlimmes passiert sein?»

«Ja», sagte Carl wütend. «Jajaja. Ja doch.»

«Fliegen Sie den Hubschrauber selber?»

«Wer sonst?» fragte Ambagt. «Dad trinkt. Er reagiert langsam. Kommt mit den Armaturen nicht klar. Außerdem ist Dad ein PC-Muffel.»

Grijpstra blickte überrascht.

«Computer?» fragte Ambagt. Er blickte sich im Raum um. «He, sind Sie auch so einer? Wie ist das möglich? Wo ist Ihr PC?»

«Oben», antwortete Grijpstra. Ein hübscher großer, dachte Grijpstra, mit Lautsprechern. Nellie konnte ihn bedienen, hantierte mit dem Modem der geheimnisvollen Maschine, ihren Roms und Rams, zauberte Farbbilder auf den Monitor, druckte die Fotos auch in Farbe, benutzte das Ding für Videoclips. Spielte Spiele. Beherrschte ihn perfekt.

«Wäre nützlicher hier», sagte Ambagt. «Wir brauchen vielleicht Ihre Datenbank böser Jungs. Ihre Akte über Richter, die auf Sex mit Kids scharf sind. Ihre Liste von Staatsanwälten, die Tunten sind. Ihre Aufzeichnungen über das Privatleben von Kollegen vom letzten Jahr, als Sie noch im öffentlichen Dienst schufteten.» Er ließ langsam ein Augenlid heruntersinken. «Ha ha, Mijnheer Privatdetektiv. Sie wissen, wie der Hase läuft, und darum haben Dad und ich nichts dagegen, Ihnen ein paar große Scheine rüberzuschieben.» Er machte eine weitausholende Geste. «Ich weiß, was Sie vorhaben, Dickerchen. Ich biete Ihnen genau das, was Sie brauchen. Mit diesem Fall können Sie dem Finanzamt ein paar wirkliche Einnahmen vorweisen.» Carl lächelte. «Stimmt's?»

Grijpstra knurrte.

Ambagt sah erschrocken aus. «Ist alles in Ordnung?»

«Augenblick mal», sagte Grijpstra. «Bloß einen verdammten Augenblick, bevor wir diese Unterhaltung fortsetzen, Freundchen. Wie haben Sie mich gefunden, sagen Sie's mir auf der Stelle.»

Grijpstra erhob sich drohend.

«He», rief Ambagt. «Wir wollen doch nett bleiben, oder? Auch Sie und Ihr Partner sind freie Menschen, hab ich recht?» Er gestikulierte wild. «Kapiert? Warum ich herkam? Ja? Sartre, Sie kennen ihn? *Condamné à la liberté?* Zur Freiheit verdammt? Sind Sie das nicht auch? Sie und Brigadier de Gier, der Held? Seit Sie Ihren Schatz gefunden haben, scheren Sie sich doch einen Dreck um irgendwas anderes, oder? Wie ich und Dad? Schwimmen frei in der gesetzlosen Leere. Gottlos?»

Grijpstra setzte sich wieder. Da war Er wieder, der Gott, oder war es der Nicht-Gott, oder gab es da einen Unterschied? Denselben Unterschied? Und da war auch wieder Sein Nicht-Gesetz, oder war es Sein Auch-Nicht-Gesetz? Verwirrt von zu vielen Verneinungen, tappte er im dunkeln.

«Also was ist mit diesem Sartre?» fragte Grijpstra unsicher. Carl beeilte sich mit der Erklärung. «Er sagte, daß wir, aufgrund der beweisbaren Abwesenheit eines Schöpfers, den nur interessiert, ob wir richtig oder falsch leben, dazu verdammt sind, frei zu sein. Leider.» Carl grinste hilfsbereit. «Leider? Vielleicht. Womöglich ist es überhaupt nicht so ein Unglück, allein gelassen zu sein? Unter Umständen können wir unsere gerade gewonnene Freiheit ja sinnvoll nutzen. Ich und Dad genießen unsere neue Freiheit auf unserer Yacht, okay? Sie und Ihr früherer Brigadier machen dasselbe in diesem Gebäude, richtig? Sind wir nicht Leute vom gleichen Schlag? Frei wie Vögel mit prächtigem Gefieder?»

Grijpstra langte nach dem Telefon. «Rinus, könntest du mal 'ne Sekunde runterkommen? Zieh deine Handschuhe an. Ich habe hier einen Klugscheißer, der eine Abreibung braucht.»

Ambagt stand langsam auf.

Der langgeriffelte Lauf von Grijpstras Waffe, rasch aus der oberen Schreibtischschublade gezogen, zeigte auf Ambagts Stirn. Ambagt setzte sich langsam.

2. Ein bedrohter Klugscheißer

Exbrigadier de Gier betrat das Geschäftszimmer der Detektei G & G Inc. Sportlich, natürlich, dachte Grijpstra ungehalten. De Gier konnte sich einfach nicht normal aufführen. Immer dieses Tänzeln, immer die breit schwingenden Schultern, das stolz gereckte kantige Kinn, die Habichtsnase, die großen, aufmerksamen Augen, der heroische Schnurrbart, das penibel gekämmte lockige Haar. Grijpstra machte Henker und Opfer miteinander bekannt.

«Mein Partner, Detektiv Rinus de Gier. Carl Ambagt, gibt vor, Opfer einer Piraterie zu sein, Bürger von Rotterdam, wohnt steuerfrei auf einem internationalen Hausboot.»

«Der nichts als die Wahrheit sagt», sagte Ambagt. «Ich und Dad wohnen auf der *Rodney*. Eine Luxusyacht, in diesem Land gebaut. König Saud von Arabien besitzt ein Feadschiff. Wir auch.»

De Gier hielt ein Paar Lederhandschuhe hoch. «Und warum, guter Mann, soll ich Sie schlagen?»

«Der werte Mijnheer beschuldigt uns, einen illegal erworbenen Schatz zu besitzen», sagte Grijpstra.

«Der werte Mijnheer beschuldigt niemanden irgendeines Vergehens», sagte Carl Ambagt.

Grijpstra runzelte wütend die Stirn. «Sie sind von der Steuerfahndung, Sie Fiesling?»

De Gier runzelte ebenfalls die Stirn. «Fallenstellen ist in Ihrer Branche nicht legal, Fiesling.» Er spielte mit den Muskeln. «Ich bin gut in Judo.»

Ambagt sagte, er sei kein schlechter Boxer.

«Sollen wir?» De Gier machte graziöse Bewegungen mit seinen behandschuhten Händen.

Sie sollten nicht, sagte Ambagt, weil de Gier im Judo sicherlich besser sei als er selbst im Boxen. Er bat um Erlaubnis, nach seiner Brieftasche greifen zu dürfen, ohne geschlagen zu werden. Nur ein paar Papiere vorlegen, die seine Identität bewiesen.

«Her mit der Brieftasche», sagte Grijpstra.

Grijpstra leerte die Brieftasche aus Schlangenleder. Er studierte die Kreditkarten, den Paß, einen amerikanischen Führerschein, ein Foto eines Marineoffiziers in Uniform mit Koteletten und einer großen, purpurroten Nase («Dad», sagte Carl Ambagt), ein Bündel Hundertdollarscheine, verschiedene holländische Banknoten, eine spielkartengroße Zeichnung eines Skeletts mit einem Frauenkleid auf einem Pferd. «Mexikanischer Zauber», sagte Ambagt. «Die Darstellung des Todes als Frau soll Glück bringen. Jemals in Mexiko gewesen? Noch nicht? Ich und Dad fahren dauernd hin, meistens nach Yucatan, Halbinsel gegenüber Kuba, richtig? Jemals von einem Steuerinspektor der holländischen Regierung gehört, der sich auf der Halbinsel Yucatan auskannte, he?»

«Beweis?» fragte de Gier.

«Wie beweise ich, daß ich Yucatan kenne?» fragte Ambagt.

«Mexikaner sprechen spanisch», sagte Grijpstra. «Sprechen Sie spanisch, lieber Mann.»

De Gier tanzte durch den Raum und fintierte Schläge auf Ambagts Kopf.

«A traves de los siglos», sagte Carl Ambagt, *«por la nada del mundo, yo, sin sueno, buscandote, el paraíso perdido.»*

De Gier setzte sich in den zweiten Besuchersessel. «Das ist das, was die meisten von uns sowieso tun.»

«Was tun die meisten von uns?» fragte Grijpstra.

«Seit Jahrhunderten», sagte de Gier, «schlagen sie sich damit herum, daß die Welt keine Wirklichkeit hat ...»

«Por la nada del mundo», sagte Carl Ambagt träumerisch, «hübsch gesagt, nicht wahr? *Nada* bedeutet nicht einfach ‹Unwirklichkeit›, wissen Sie, sondern bezeichnet eine Illusion, eine Erscheinung von irdischer Scheiße, die wir uns dauernd schaffen und darauf beharren, sie wäre Realität ...»

«... und ich», übersetzte de Gier weiter, «suche ruhelos nach ...»

«... ‹dem verlorenen Paradies›», sagte Ambagt, «was in diesem Fall heißt: nach der schönen Quintessenz des Seins, die für immer *a traves de los siglos*, außerhalb unserer Reichweite, ist.»

«Ein Finanzbeamten-Gedicht», sagte Grijpstra. «Nur ein Finanzbeamter kann sich so ein endloses Elend ausdenken, lieber Mann. Nimm ihn auseinander, Rinus, er ist nicht sauber.»

«Ein Gedicht, in der Tat», sagte Ambagt. «Später begegnet der Dichter einem Bukett von Schatten, *un boquete de sombras*, und stummen Leuten, die aus ihren Gräbern aufstehen, und einem Schwarm trauriger Vögel, *avis tristes*, die mit ausgedörrten Stimmen zu singen versuchen ... ein Kunstwerk von Alberti», seufzte Ambagt.

«Kein mexikanischer, sondern ein spanischer Dichter. Ich stieß in einem Buchladen in Puerto Juarez auf sein Werk, auf der Halbinsel Yucatan, dem magischen Land der Mayas.» Er wandte sich an Grijpstra. «Ist nicht Spanisch die schönste Sprache überhaupt?» Er wandte sich an de Gier. «Wo haben Sie die Fremdsprache gelernt, he?»

De Gier blickte an Ambagts Kopf vorbei.

«Auf seinem mit Kräutern bepflanzten Dachboden», sagte Grijpstra barsch. «In diesem Haus. De Gier saugt fremde Sprachen auf, zwischen Niesholz und purpurn gefransten Orchideen. Und Sie, Sie Tausendsassa?»

«Ich fing auf der Erasmus-Universität an, Spanisch zu lernen, ich vervollkommnete meine Studien in den Betten mexikanischer Edelhuren.» Carl Ambagt lachte. «Ein ideales Programm.»

«Die Erasmus-Universität ist ein exklusiver Laden», sagte Grijpstra. «Kommen Sie nicht aus bescheidenen Verhältnissen?»

Ambagt errötete. «Sie haben es bemerkt?»

«Beantworten Sie die Frage?» rief Grijpstra.

«Ich bekam ein Stipendium», sagte Ambagt. «Ich bin ein Genie, wie Sie bemerkt haben müssen.» Er klopfte sich auf die Schulter.

«Nummer eins bei der Aufnahmeprüfung. Als ich erst drin war, machte ich mich gut, aber im Spanischen war ich echt spitze. Aber was soll's, die Uni langweilte mich. Ich brach das Studium ab. Dad hatte mittlerweile das Autogeschäft angefangen, und ich mußte bei der Inventur helfen. Die Lehrer waren froh, als ich ging.» Er lächelte. «War 'ne Menge Neid dabei, wissen Sie. Nicht nur, daß ich ihnen intellektuell überlegen war, sondern weil ich einen Jaguar fuhr und in den besseren Puffs verkehrte.»

«Rausgeschmissen aus Hollands anspruchsvollster Handels-Universität», nickte Grijpstra, «nahm ein böses Ende. Wie zu erwarten.»

Ambagt hob die Hände. «Wie immer Sie es nennen wollen, richtig, Dicker? Also was soll's?»

«Deshalb glaube ich Ihnen nicht, Sie Arschloch», rief Grijpstra und schlug auf die Tischplatte. «Sie gehen also gern in Puffs, ja? Darum kennen Sie auch dieses Haus. Sie sind wegen Nellie gekommen. Die *ONE ON ONE*-Bar. Sie bemerkten das neue Schild. Sie beschlossen, sich über das neue Angebot zu informieren.»

«Gestehen Sie», sagte de Gier freundlich. «Wenn Sie's tun, schlage ich Sie vielleicht nicht.»

Ambagt sah verblüfft aus. «Dieses Haus ist eine Absteige?» Er blickte sich um, sah Mahagonitäfelung, ein Porträt in Öl, das einen vollbärtigen Polizeihauptmann mit litzenbesetztem Kragen über einer Samtjacke zeigte, auf dem breiten Fensterbrett Orchideen in einer chinesischen Vase, eine ledergebundene Enzyklopädie in vierundzwanzig Bänden, eine mittelalterliche Armbrust, die eine weiße Gipswand schmückte. «Kann man sich kaum vorstellen.» Er zeigte auf einen freien Raum an der Wand. «Warum hängt ihr da nicht eine Radierung von Rembrandt hin? Ihr Burschen seid doch stinkreich.»

Der böse Detektiv de Gier wedelte mit seinen behandschuhten Händen.

Der gute Detektiv lächelte freundlich. «Also, Freundchen. Wer hat uns empfohlen? Raus damit.»

Ambagt ging nicht darauf ein. Er war geschäftlich hier. Er bot eine Million, hunderttausend im voraus, um die Unkosten zu decken, wenn die Detektei G & G, wie immer sie das anstellte, eine Ladung unversichertes Rohöl wiederbeschaffte, die aufgrund einer Piraterie der *Sibylle* verlorengegangen war.

Grijpstras Egos bekämpften sich. Der geschäftige Grijpstra unterlag.

«Nein», sagte der freie Grijpstra.

«Das ist nicht Ihr Ernst», sagte Ambagt.

«Doch», antwortete der freie Grijpstra.

«Ich und Dad», sagte Carl, «wir sprechen von Dollars.» Er blickte de Gier an. «Das sind dieselben grünen Dinger, die man im Kino sieht. Franklin persönlich lächelt euch zu, zehntausendmal. Zehntausendmal auf Hundertdollarnoten. Was sagen Sie? Sie machen es, richtig?»

«Nicht richtig», sagte de Gier.

Carl fauchte. «Jetzt hören Sie mal zu.» Er zeigte de Gier seine kleinen Fäuste. «Was ist, wenn ich in den nächsten Tagen Mijnheer Finanzamt besuche? Ich kann das machen, ohne daß ich mir selber schade. Ich und Dad sind in diesem blöden Land nicht gemeldet. Mijnheer Finanzamt kann mich und Dad nicht überführen, aber Sie wird er mit tödlicher Sicherheit erwischen. Woher stammt Ihr Einkommen, wird er fragen. Und was werden Sie sagen? Einnahmen, welche Einnahmen? Und Sie wohnen hier. Sie haben dieses Haus. Mijnheer Finanzamt liebt ganz einfach hübsch restaurierte Häuser. Beschlagnahmt. Versteigert. Sie und der Dicke wandern für einige Zeit in den Knast, und ich werde euch keine Plätzchen schicken.»

Es war still in dem riesigen Raum.

«Alles klar?» fragte Ambagt. «Eine Million? Und einhunderttausend im voraus für die Unkosten?»

«Besuchen Sie Mijnheer Finanzamt», sagte Grijpstra.

De Gier rieb behutsam seine behandschuhten Hände. «Tun Sie das, Freundchen.»

3. Die Lady zieht sich gern aus

In einem Billardcafé, «Nur für Männer», Runstraat, Innenstadt von Amsterdam, zwischen Herengracht und Prinsengracht, trafen sich Grijpstra und de Gier am selben Abend mit zwei Kollegen aus der guten alten Zeit.

Die Agenten Karate und Ketchup, beide von kleiner Statur, beide in Leder gekleidet, in engen Hosen und Springerstiefeln, Ketchup langhaarig mit Bart und Schnurrbart, Karate kahlgeschoren, leicht gepudert und zurückhaltend geschminkt.

Grijpstra war ruhig zwischen dem trockenen Klicken, mit dem sein Queue die Elfenbeinkugeln traf. Er legte eine hübsche Serie hin, zu hübsch für de Gier, um nachzuziehen. Grijpstras Erfolg ärgerte de Gier, der längst aufgehört hatte, sein Queue beifallspendend auf den Boden zu stoßen.

Auch de Gier war ruhig. Er hatte, nachdem er seine Gäste kalt angelächelt hatte, Ketchup und Karate beschuldigt, ihre Finger im Spiel zu haben. «Ihr wißt, daß wir nicht mehr im Dienst sind. Also warum schickt ihr uns diesen schrägen Typ?»

«Welchen Typ, Brigadier?»

«Den kleinen Gernegroß aus Saint Martin», sagte de Gier. «Ihr zwei korrupten Bullen unterhaltet ein Ferienhaus in der Karibik. Ihr habt dieses verachtungswürdige Großmaul Carl Ambagt in irgendeiner Bar getroffen. Blabla und quasselquassel, und schon taucht er haargenau in unserem Büro auf. Unterbreitet uns einen Vorschlag, den wir nicht ablehnen können.»

«Vierzig Jahre alter Typ», sagte Grijpstra. «Redet Scheiße. Titten und Arsch auf dem Schlips. Polierte Nägel. Betucht. Spricht prima Spanisch. Hat das Geschäftemachen auf der Erasmus-Universität gelernt, obendrein aus Rotterdam. Wie zum Teufel könnt ihr zwei es wagen ...»

«Wer?» fragte Ketchup.

«Was?» fragte Karate.

Das war, als sie anfingen, Billard zu spielen. Karate, der noch kleiner war als Ketchup, hatte den ersten Stoß und traf mit seiner weißen Kugel drei Banden, dann nichts mehr. Auch Ketchups Stoß erwies sich als mies. De Gier, inspiriert durch eine Improvisation über Miles Davis' *So What*, die ein schwarzer Pianist im Hintergrund auf einem Miniflügel spielte, glitt elegant um den Billardtisch. Die Kugeln klickten leise, er übernahm sich, und der Stoß mißlang. Inzwischen war Grijpstra am Stoß, und das Klikken ging weiter. Noch ein Punkt. Noch einer. Der Pianist machte Pause. Es war Mitternacht, Zeit heimzugehen, doch das Café füllte sich mit schweigsamen Männern. Sie verbeugten sich in Richtung Theke, bevor sie sich setzten. Eine Lady hinter der Bar, statuenhaft, prall geformt, polierte Gläser. Sie trug ein rotes Samtkleid, das bis zum Nabel offenstand. Louis Armstrong blies *Basin Street Blues* aus einer CD-Jukebox, letztes Modell, die der Pianist in Gang gesetzt hatte. Farbige Lichter blitzten auf, während Louis Armstrong komplizierte, aber flüssige Phrasen spielte.

«Ihr», sagte Karate, «wollt wissen, ob wir einen Burschen kennen. Wir kennen alle möglichen Burschen. Dieser Bursche ähnelt wohl nicht zufällig der Comicfigur Tin Tin?»

«Jetzt, wo du es sagst», sagte de Gier. «Genau. Tin Tin.»

Grijpstra stimmte zu. «Kurzhaarig. Blond. Sieht bescheuert aus.»

«Wartet mal», sagte Ketchup. «Geboren in Rotterdam? Wohnt mit seinem alten Vater auf einer hochseetüchtigen Yacht, Typ Feadship? Mit einem motorisierten Dreschflegel auf dem Achterdeck? Reden wir etwa von der *Admiraal Rodney*?»

Grijpstra sah auf. «*Diesen* Burschen meinen wir.»

«*Diesen* Burschen kennen wir nicht», sagte Ketchup.

«Aber wir gehen davon aus, Sie denken, daß wir glauben, *das* sei der Bursche, dem wir Ihr Büro empfohlen haben», sagte Karate.

«Wegen unserer angeblichen Korruptheit», sagte Ketchup, «und weil er den Eindruck eines Kriminellen machte.»

«Die Sorte, die man nie kriegt», sagte Karate. «Weil man von uns erwartet, daß wir diese Sorte jagen.»

«Aber nicht fangen», sagte Ketchup, «weil wir als neumodische Gesetzeshüter, die gemäß den augenblicklichen Polizeiinstruktionen arbeiten, es vorziehen, ihn entkommen zu lassen.»

«Weil wir wissen», sagte Ketchup, «daß er uns zu anderen Kriminellen führen wird.»

«Die, wenn sie identifiziert sind», sagte Ketchup, «uns wiederum zu anderen Kriminellen führen werden.»

«Die wir uns auch nicht greifen werden», sagte Karate, «weil wir wissen, daß auch sie uns in Kontakt mit anderen Kriminellen bringen werden.»

«Die wir nicht ...»

Grijpstra unterbrach seine Billardserie. «HÖRT AUF DAMIT», schrie er und drohte seinen Exkollegen mit dem Queue.

«Dieser frühere, beinahe überkorrekte Adjudant, jetzt aus dem öffentlichen Dienst geflohen», sagte Ketchup langsam, leise und artikuliert an Karate gewendet, «dieser Entdecker eines illegalen Schatzes und sein Mitflüchtling, den wir früher als heldenhaften Brigadier kannten, glauben, daß wir, eine Ausnahme von dem großen Haufen von Exkollegen, so tief gesunken sind ... wie sie es waren und ...»

«... daß», fuhr Karate ebenso leise und artikuliert fort, «wenn plötzlich ein verdächtiger Kunde in ihrem angeblichen Büro auftaucht, ein Schwindler in den Vierzigern, der nicht sagen will, wer ihn geschickt hat ...»

«... wir die Absender sein müssen», sagte Ketchup.

«Bah», sagte Grijpstra, der, als er seine Kugel verfehlte, um ein Haar das Tuch des Billardtisches aufschlitzte. Die Lady hinter der Bar beugte sich in Grijpstras Richtung und blickte ihn durch das Glas an, das sie gerade polierte. Sie hatte große, jetzt fast ganz sichtbare, vollkommen geformte Brüste. Das Glas umrahmte und vergrößerte ihr starrendes Auge.

Grijpstra, von diesem Blick getroffen, trat zurück. «Sorry, Schätzchen.»

«Du setzt dich besser hin», sagte de Gier und zog einen Stuhl heran.

«Sie sind wirklich gut in allem, was Sie anpacken», sagte Karate zu Grijpstra. «Billard eingeschlossen. Wissen Sie, daß ich Sie wirklich bewundere?»

«Wenn», sagte Ketchup, «Sie uns nicht kommandiert hätten, als Sie noch im Dienst waren, hätten Karate und ich den absoluten Tiefpunkt erreicht. Sie waren unser Vorbild. Sie haben keine Ahnung, wie sehr wir Sie vermissen. Abgesehen von Hoofdagent Cardozo sind unsere augenblicklichen Vorgesetzten allesamt Arschlöcher.»

«Ich», sagte Karate, «würde sie braune Papiertüten nennen, gefüllt mit stinkenden Fürzen.»

«Was die Sache noch viel schlimmer macht», sagte Grijpstra, geschmeichelt und ärgerlich, «ist, daß Carl Ambagt Tin Tin wirklich ähnelt. Ich habe mich geweigert, es zu akzeptieren. Nellie und ich haben die Tin-Tin-Comics vollständig.»

«Wie sind Sie auf uns gekommen?» fragte de Gier. «Die Gelben Seiten wimmeln von Privatdetektiven.»

«Nicht von solchen, die große Fälle abwickeln können», sagte Karate zu Grijpstra. «Nur Sie können das. Und de Gier ist ein richtiger Draufgänger.»

«Der Brigadier spuckt große Töne und teilt kräftig aus», sagte Ketchup.

«Aber de Gier denkt ein bißchen zu schnell», sagte Karate zu Grijpstra, «während Sie dagegen hübsch bedächtig, langsam, altmodisch sind und einen Schritt nach dem anderen machen.»

«Aber Sie sind hartnäckig», sagte Ketchup.

«Vernünftig und solide», sagte Karate.

«Sie wissen, wie man Druck macht», sagte Ketchup.

«Und wann», sagte Karate.

«Ein Profi.»

«Und der Commissaris deckt Ihnen beiden den Rücken.»

«Ein beraubter, leergepumpter Supertanker ist zu groß für uns.»

«Ich und Ketchup haben weder Weitblick noch Durchblick», sagte Karate. «Wir sind nur im Kampf gut.»

«Und wir haben nichts dagegen auszuhelfen», sagte Ketchup.

«Sag was, Rinus», sagte Grijpstra.

De Gier, der die Brüste der Bardame betrachtete und zugleich Louis Armstrongs Version von *I Wish I Could Shimmy Like Your Sister Kate* lauschte, fragte: «Was?»

«Ketchup sagte, wir hätten nichts dagegen, einzugreifen, wenn nötig», sagte Karate.

«Wißt ihr», sagte de Gier zu Ketchup und Karate, «manchmal, wenn ich zwischen den Pflanzen in meiner Hängematte liege, denke ich über euch beide nach. Dann sehe ich euch als teuflische Handlanger, Gestalten aus einem Gemälde von Hieronymus Bosch, ekelhafte Würmer mit zerbrochenen Eiern anstelle von Köpfen, aus denen geisterhaft Ameisen rauskriechen; ich sehe schwarzgeflügelte Fledermäuse aus rauchenden Schornsteinen aufsteigen, Scheißhaufen in einem durchsichtigen Topf, der von einem gefesselten bäurischen Idioten gefüllt wird.»

«Im Ernst?» fragte Karate.

«Ich dachte, wir wären bloß wir.» Ketchup errötete. «Meinen Sie das wirklich, Brigadier? Wir wären Geschöpfe, gemacht von einem Genie wie Bosch?»

Die Lady brachte Drinks, Bier für die korrupten Agenten, Sodas für die pensionierten Polizisten. Sie brachte auch Zigarren. Ketchup und Karate zündeten sich eine an, die Nichtraucher de Gier und Grijpstra nach einem Zögern ebenfalls. Alle Augen glitten über den Brustansatz der Lady. Die Lady, verträumt lächelnd, biß mit perfekten Zähnen Zigarren ab, riß lange Streichhölzer an, gab Feuer, blies Flammen aus. Der Brustansatz blieb im Gleichgewicht. Grijpstra fragte sich, wie das möglich war, denn eine Spalte zwischen Brüsten ist ein Nichts, ein leerer Raum, der nicht existiert. Wie konnte Leere im Gleichgewicht sein?

«Ihr bekommt einen Anteil», sagte de Gier zu den Agenten, nachdem die Lady an einen anderen Tisch gegangen war. Jetzt sah Grijpstra ihren Rücken. Das lange Kleid war geschlitzt. Sie hatte schlanke Waden, und ihre Schenkel stiegen sanft nach oben, unberührt, jungfräuliches Territorium. Daß solche Schönheit erlaubt ist, dachte Grijpstra.

Zehn Prozent Provision von der Summe, die de Gier und Grijpstra erhalten würden, wurde Ketchup und Karate von Ambagt & Sohn Inc. angeboten. Die Agenten waren damit einverstanden, warum nicht? Doch wieder einmal war de Gier zu schnell gewesen, zu hastig, war der ersten Regung gefolgt, die zufällig auftauchte. Glaubte de Gier wirklich, daß Habgier eine Rolle spielte? Brauchten Ketchup und Karate wirklich hunderttausend Dollar? Wozu? Geld gibt der Sache den nötigen Ernst, also hatten sie eine Summe genannt, aber Gewinn zählte nicht. Sie besaßen bereits alles. Ihr Cottage auf Saint Martin. Ihre Wohnung mit Blick auf die Amstel. Das Traumauto. Einen Katamaran auf Hollands Binnenmeer. Zwei Harley Davidsons auf Saint Martin. Selbst das Böse der Situation interessierte diese korrupten Polizisten nicht. Manchmal spielte das Böse eine Rolle, das gaben sie auch zu, es lag eine Faszination darin herauszukriegen, wie schlimm Dinge laufen konnten auf einem Planeten, der sich rapide selbst zerstörte. Zugegeben, es gab Geld und Gewalt und was immer die Schattenseiten zu bieten haben, aber was letzten Endes zählte, erklärte Ketchup, war, wie der Commissaris immer sagte, sich voll auszuleben. Wenn sich die Möglichkeit ergebe, hier einen wirklich guten Job zu machen, im Rahmen ihrer Fähigkeiten, der eine Herausforderung für ihr Können sei, erklärte Karate unverblümt und ohne von Ketchup unterbrochen zu werden – denn das Paar hatte eine gute Beziehung untereinander entwikkelt, warum also diese verderben? –, was wirklich zählte, sei einfach, gute Arbeit zu leisten.

«Sie werden Ketchup genannt, weil Sie gern Blut sehen», sagte de Gier, «und Sie werden Karate genannt, weil Sie den Gegner gern in zwei Hälften spalten.»

Ketchup sagte, das wären bloß Äußerlichkeiten, Randerscheinungen, Macken und Launen; im Grunde ihrer Herzen wären sie gut. Ein Beispiel für das, was sie gern erreichen wollten? Nun gut.

Beispielsweise diese Bardame, dieses Etablissement, in dem sie sich zufällig gerade getroffen hätten, Billardkugeln und Jazz, ein Raum, der sich inzwischen mit schweigsamen Männern füllte. Hier sei ein Beispiel dessen, was mit Ketchups und Karates Hilfe zustande gekommen sei.

Die Lady, bevor sie die Bar kaufte, war glücklich in ihrem kleinen Haus mit dem großen Schaufenster in der Langen Straße. Sie lebte allein. Sie sehnte sich nach Einsamkeit, denn sie war autistisch. Sie konnte es nicht ertragen, berührt zu werden, doch sie liebte die abstrakte sexuelle körperliche Nähe, Geben und Nehmen, auf Distanz.

Was tat die Lady, autistisch, aber sexy, wie sie war? Sie zog sich jeden Abend in ihrem Wohnzimmer aus, auf Straßenniveau, ohne Vorhänge. Sie zog sich langsam, träumerisch aus, vor einer Biedermeiercouch, bedeckt mit blauem Samt, zwischen Palmen in Kupfertöpfen, vor dem Hintergrund einer leeren, gebrochen weißen Wand. Kein Schmuck an dieser Wand, denn sie selber war der Schmuck. Sie enthüllte ihre nackte Gestalt vor schweigsamen Männern, die stumm draußen in der Langen Straße standen.

Grijpstra nickte verständnisvoll. «Was für eine Beleuchtung?»

«Zwei Kerzen», sagte Karate. «In riesigen Messingständern.»

«Altarkerzen», sagte Ketchup.

De Gier beobachtete die Bardame. Sie beugte sich zu ihm und beobachtete einen Horizont jenseits der Mauer.

«Aber sie beachtet Sie», sagte Karate freundlich.

Das Café füllte sich langsam mit altmodischen Herren und Künstlertypen und jungen Männern, einige mit kahlen Schädeln, andere Vollbärte. Das männliche Publikum beugte sich langsam mit spitzen Lippen vor, um öligen eiskalten Genever aus hochstieligen tulpenförmigen Gläsern zu schlürfen, die bis zum Rand gefüllt waren.

«Oben abtrinken.» Ein ehrwürdiger niederländischer Brauch.

Der Pianist spielte wieder, *Around Midnight* von Thelonius Monk, aber Mitternacht war längst vorbei.

«Großartig», sagte Grijpstra.

Vollkommen richtig, sagten die Agenten, aber die Art, wie sich die Lady in ihrem Haus in der Langen Straße inszenierte, konnte natürlich nicht länger geduldet werden. Jede Nacht füllte sich die Straße mit Reihen schweigsamer Männer. Es gab Verkehrsprobleme. Reizlos aussehende Nachbarinnen ließen den erstarrten Gestalten unten auf der Straße Blumentöpfe auf die Köpfe fallen, doch das Publikum kam immer wieder. Einige Männer trugen altmodische Stahlhelme, geschmückt mit dem holländischen Löwen in Bronze, andere trugen Kochtöpfe, innen mit Handtüchern ausgestopft.

Die häßlichen Nachbarinnen riefen die Polizei.

Die Lady, befragt von den Agenten Ketchup und Karate, die höflich grüßten und für ihr Eindringen um Entschuldigung baten, versprach, Vorhänge anzubringen. Sie tat es, aber das Problem bestand weiter, denn die Vorhänge waren durchsichtig. Die Vorstellung, jetzt verschwommener, wurde für die schweigsamen Männer noch interessanter.

«Verdunkelung ist manchmal eindringlicher», sagte de Gier.

Gewiß, und die verbesserte Vorstellung rief noch mehr Ärger hervor. Der Verkehr kam völlig zum Erliegen. Die Nachbarinnen warfen mit größeren Töpfen.

Sie riefen weiter bei der Polizei an.

Eine Lösung mußte gefunden werden. Wie der Commissaris oft sagte, wußten die Agenten, daß man Lösungen erzielte, wenn man Probleme miteinander verbindet. Alles mußte perfekt passen. Da war dieses leerstehende Billardcafé, in das jeden Augenblick Hausbesetzer einziehen konnten.

«Sie kauften das Café?» fragte de Gier.

Bloß vorübergehend, sagten die Agenten. Sie hatten es damals gekauft, um einem alten und sich zur Ruhe setzenden Besitzer zu helfen, der in ein Heim wollte, in dem er das Essen bekam, nach dem er sich sehnte. Keine normale Kost. Extras kosten Geld. Indonesische Gerichte, roter scharfer Sambal, gegrilltes Schweinefleisch auf Holzstäben, Nudelsuppe, Sushi, kein Haferbrei, bitte, keinen Grünkohl, behalten Sie Ihre Stampfkartoffeln.

«Sie verkauften das Café des alten Feinschmeckers an die Lady, die sich auszog, und machten Gewinn?» fragte Grijpstra.

Wen kümmert schon Gewinn? fragten sich die Agenten, obgleich sie erfreut waren, festzustellen, daß die Lady nicht arm war.

«Ist sie's jetzt?» fragte de Gier.

Sie holte die Differenz wieder rein, und das aufgewendete Kapital brachte ihr ein beträchtliches Vergnügen ein. Die Lady trat jetzt auf eigene Rechnung vor einem zahlenden Publikum auf und besaß oben im Haus eine schöne Wohnung.

«Wird sie bald aus ihrem Kleid steigen?» fragte Grijpstra. Sie würde aus allem steigen. Karate deutete auf einen Balkon, unter dem der Pianist jetzt *Stella By Starlight* spielte. Das Schlafzimmer der strippenden Lady sei hinter dem Balkon. Sie würde bald die Treppe hinaufschreiten, langsam, und sich auf ihrem kleinen Balkon Zeit lassen.

Die stummen Männer warteten gespannt. Der Pianist spielte Monks *Goodbye.* Die Zuhörer standen langsam auf und gruppierten ihre Stühle in zwei parallelen Halbkreisen. Die Männer blickten schweigend zum noch leeren Balkon hinauf. Die Lady schlafwandelte graziös durch das Café, die Treppe hinauf. Der Pianist spielte noch immer. Ein langes *Goodbye.*

«Geiles Goodbye», sagte Karate.

Die Agenten flüsterten stolz, während die Lady träumerisch aus ihrem Slip stieg, geistesabwesend ihre Strümpfe abstreifte, wissend, daß sie allein war, ihren schönen Körper drehte und bog, ihre Brüste und Schenkel liebkoste und sich schließlich langsam, ganz langsam in ihr Schlafzimmer zurückzog, nein, sie hatte etwas vergessen, was konnte das sein. Hatte sie vergessen, was sie vergessen hatte. O ja, anmutig drehte sie sich um, während die schweigsamen Männer ihren Dank seufzten, drehte sich weiter, schlüpfte in ihr Schlafzimmer.

Der leere Balkon war dunkel.

Es gab dafür keinen Beifall, denn es war kein realer Strip, sie wußte nicht, daß sie da war, und sie wußten eigentlich auch nicht, daß sie da waren.

«Haben wir das nicht hübsch kombiniert?» fragte Karate. «Leeres Café in der Runstraat, illegaler Striptease in der Langen Straße?»

«Und jetzt beweisen wir wieder mal unsere Geschicklichkeit im Kombinieren», sagte Ketchup.

«Ein Geistertanker, zwischen karibischen Inseln ausgeraubt», sagte Karate.

«Zwei arbeitslose Supercops», sagte Ketchup.

«Goodbye», hauchte der Pianist in sein Mikrofon.

Die stummen Männer verließen schweigsam das Café.

Grijpstra ließ zuviel Geld auf dem Tisch liegen und schloß sich den stummen Männern an. Auch de Gier stand auf.

«Also Sie werden das übernehmen?» fragte Karate.

De Gier lachte. «Nie und nimmer.»

4. Von Skeletten überfallen

Der frühe Morgen war wunderbar klar. Genau eine Stunde vor Sonnenaufgang schritt de Gier durch die Runstraat, durchquerte die Huidenstraat, bog links ein, auf den östlichen Kai des Singels, und steuerte die Stulp-Kirche und das alte *Hekel Veld* an – jenen Folterplatz, der die Stulp-Kirche umgibt – dieses verehrungswürdige Gotteshaus.

Grijpstra war mit seinem Jeep abgerauscht, ohne auf de Gier zu warten, brandneuer Full Size Allradantrieb. US-Fabrikat. Airbags. Von der Steuer absetzbare Fahrtkosten: 77 Cents pro Kilometer. Acht Zylinder.

«Steigen Sie ein, gewinnen Sie den Krieg», sagte der Händler stolz. «Superpower, Mijnheer. Scheucht die Kleinen von der Straße.»

«Auf wessen Seite stehen Sie?» fragte der Commissaris, der mitgekommen war, um zu sehen, wie Grijpstra einen Haufen Geld ausgab.

Der Händler war sich nicht sicher. Durch das nahende Ende deprimiert, fuhr er inzwischen Rad. Er bewunderte Kunden wie den tollkühnen Grijpstra, die das Land verschmutzten, enge Straßen verstopften, die nur ihrem Ego zuliebe auf der Straße waren. «Fahren Sie das Monster weg, Mijnheer. Achten Sie nicht auf alberne Radfahrer.»

De Gier fragte sich, ob er Grijpstra gekränkt hatte. War Grijpstra jetzt scharf darauf nachzugeben? War er, de Gier, ein Spielverderber? Aber was war mit ihrem wunderbaren Plan, nie wieder zu arbeiten, verderbliche Kräuter zu ziehen, die Anarchie zu lieben, atonalen Jazz zu spielen und verrücktes Zeug zu lesen, um am Ende das dunkle Leben zu ignorieren?

Außenseiter de Gier fühlte sich einsam, niedergeschlagen. Eine traurige Atmosphäre erfüllte die dunklen Eingänge stummer Gassen. Niemand außer Bösewichten, Verrückten, Freaks trieb sich jetzt in der Innenstadt herum.

Gut, daß ich da raus bin, dachte de Gier. Das war alles, wonach er strebte: außerhalb zu sein. Verbannt ins Dachgeschoß, zwischen seinem eingetopften fremdländischen Hasenkohl und haarigem Lattich. Nicht mehr Teil von etwas sein. Den Schmerz, dazuzugehören, vermeiden.

Was, dachte de Gier, kann mit etwas passieren, das nicht ist? Karate und Ketchup rasten an ihm vorbei, grüßten den einsamen Fußgänger aus ihrem Dodge Viper GTS, acht Liter, zehn Zylinder, 450 PS. Das rote Cabrio war, da es aus einer unerklärlichen Quelle stammte, als «Wunderkarre» bekannt. Die Agenten legten ihre Daumen an ihre Nasen und winkten mit den kleinen Fingern. Endgültig allein – zurückgelassen von seinem letzten Freund, verspottet von Perversen –, fühlte sich de Gier bedroht.

Vielleicht war es doch keine so gute Idee gewesen, den Geist von Hieronymus Bosch heraufzubeschwören. Boschs Bilder waren magisch. Bosch anzurufen bedeutete vielleicht Verhängnis und Verdammung. Verhängnis und Verdammung begannen mit einem leisen surrenden Geräusch, das aus der Helstraat kam. Die Schatten der Gasse rückten näher. Wie in Boschs Bildern waren es bekannte, harmlose Teile, aus denen sich das Entsetzen zusammenfügte. Das Surren wie von einem Staubsauger ließ de Gier aufblicken. Jemand, der morgens um zwei Hausputz machte? Nein, aber es stimmte, das Geräusch kam von einem sich langsam nähernden Moped. Was konnte schon nicht stimmen mit einer Frau auf einem Moped oder mit einem Hund im Gepäckkorb des besagten Mopeds? Nun, gewiß, es war ziemlich merkwürdig, daß Frau und Köter dieselben Strohhüte trugen, Filzblumen. Das Gesicht der Frau war weiß geschminkt, mit einem großen roten Mund, der saugende Geräusche machte. Sie hielt an und stieg vom Moped.

«Kommste mit, Süßer?»

Der Hund bestand bloß aus Haut und Knochen. Sein geifernder

Kopf glich dem einer Hyäne. Der Hund knurrte und sabberte. Die Moped-Lady offerierte preisgünstig oralen Sex.

«Nein, danke.»

«In Wirklichkeit wollt ich's sowieso nicht machen», schrillte die Frau und stieg wieder auf ihr Moped. Der Hund starrte de Gier fassungslos an. Ob de Gier wohl wußte, welch exquisite Freuden er versäumte?

Das Moped, dessen Rücklicht zwischen den Bäumen, die den Kai in der Dunkelheit vor Sonnenaufgang säumten, vorschriftsmäßig leuchtete, hatte einen Häuserblock zurückgelegt, ehe de Gier sich wieder bewegen konnte.

Er hätte die Zigarre nicht rauchen sollen, die die strippende Lady ihm angeboten hatte. Er hatte geraume Zeit nicht geraucht, und der Schwall von reinem Nikotin mußte ihm kräftig auf den Magen geschlagen sein. Das Geräusch leise plätschernder Wellen erregte ihm Übelkeit. Wie konnte der Kanal plätschern, wenn sich kein Wind regte? De Gier trat zwischen parkende Autos, hielt sich an einem Baum fest und beugte sich zum Wasser hinunter. Was war da los? Ein Schwan zog seinen gewundenen Hals aus seinem Gefieder. Der Schwan und de Gier sahen gleichzeitig den Grund für das Plätschern. In der Mitte des Kanals bewegte sich ein Ruderboot wild im Kreis und warf Wellen auf.

«Hallo?» rief de Gier.

Das Ruderboot hörte auf zu kreisen und näherte sich ihm. Der Ruderer, der sich im Takt verfluchte, zog die Ruder ein. Das rückwärtsfahrende Boot arbeitete sich an den Schwan und de Gier heran.

«Hallo was, wenn's recht ist?» Der dünne Mann trug einen fadenscheinigen Dufflecoat. Seine Kapuze war halb über das Gesicht gezogen. Ein scharfes Kinn und eine übergroße, ebenso scharfe Nase stachen durch die Lücke zwischen Kapuze und Kragen.

«Warum verfluchen Sie sich?» fragte de Gier.

Der Ruderer schien diese Frage zu erwarten. «Meine Meditationen haben mich verrückt gemacht, Sir.»

«Sind Sie ein Mönch?» fragte de Gier.

Die mönchische Nase deutete auf ein dickes Buch, in gelbes Plastik eingeschlagen, das sich vom geteerten Holz des Bootes abhob. Die Stimme des Ruderers klang ausdruckslos wie die eines Lehrers, der an einem sonnigen Nachmittag in einem dunklen Zimmer über etwas doziert, während die Klasse auf das Klingelzeichen wartet.

«Beten hilft nicht, ich bewege mich im Kreis.» Das füchsische Gesicht sah erschrocken aus. «Meine Lösung ist, das Ich zu verdammen, anstatt das Nicht-Ich anzubeten.» Der Mönch faltete seine Hände und bog seinen Kopf nach hinten. «Ich bin verdammt, bei Gott.»

Der nächtliche Ruderer bekreuzigte sich und ließ sich Zeit dabei, während er den Fluch wiederholte.

Der Ruderer erzählte, daß er Linguist sei und in niederländischer Sprache und Literatur den Dr. phil. erworben hätte, ehe er sich seinem Orden anschloß. Er behauptete, der erste zu sein, der Hollands volkstümlichsten und mächtigsten Fluch, die holländische Selbstverwünschung, verstanden habe. Gott verdamme mich. *God verdom me.* Seine Doktorarbeit hatte den Titel *Die mystischen Eigenschaften niederländischer Verfluchungen* getragen. Wieder einmal hatten die Niederlande ihre Überlegenheit unter Beweis gestellt. Dort hatte es Windmühlen gegeben und Deiche, war der Buchdruck erfunden worden und das Mikroskop, die schmerzlose Tötung, und jetzt gab es einen wirklichen Einblick in eine überragende, bis dahin nicht wirklich begriffene linguistische Gewohnheit, das schuldige Ich zu verfluchen. Richtig: das Ego. Das britisch-amerikanische goddamm*it* war der Fluch der Leugnung, der Versuch, irgendeinem namenlosen Dritten die Schuld am Leiden der Menschen zu geben. Das deutsche *Gottverdammt* zeugte von noch mehr Unwissenheit, verstärkt durch Angst. Die Deutschen würden nicht einmal die Ursache ihrer Qual benennen, sondern versuchten, wenn sie den zerstörerischen Spruch aufsagten, sich davon zu befreien.

«*Ich* bin es, der es tat», sagte der Mönch feierlich, «*ich* bin's, der tief in die Hölle verdammt werden will, nicht *es*, nicht der *andere*.»

Der Schwan flog auf, mit lautem Protest seine Engelsflügel schwingend.

«Fliege zum Himmel zurück, Engel», rief der Mönch schwermütig. «Du bist ohne Schuld. Ich nicht. Ich muß mit Flüchen meinen Ausweg suchen. Du trittst durch die Vordertür ein, ich werde durch den Dienstboteneingang schleichen.»

Er schob die Ruder in die Dollen, winkte dem abfliegenden Vogel zu, begann abermals zu fluchen und ruderte hurtig weiter.

Eine Vision?

Hatte die strippende Lady ihm Drogen verabreicht? De Gier entsann sich an einen rudernden Mönch auf einem Triptychon von Hieronymus Bosch. Oben trägt ein barfüßiger Gott ein Gewand, unten kriechen Dämonen um einen Tümpel. Eine mönchische Gestalt in einem Boot liest ein Buch.

De Gier schritt weiter.

Triptychon. Drei Begegnungen mit der unterbewußten Dreifaltigkeit? Tafel 1: Hure auf Moped und Höllenhund. Tafel 2: Sich selber verfluchender Mönch. Tafel 3: Tanz tödlicher Skelette.

Die Mitglieder der Bande von Straßenräubern, die de Gier ein paar Minuten später angriffen, trugen dunkle Trainingsanzüge, bemalt mit knallweißen Skeletten. Der Kampf glich einem japanischen Karate-Film, in dem der weiße Held (de Gier trug eine cremefarbene Sportjacke) von bösen Jungs in Schwarz angegriffen wurde. Weiß wendete trickreich Würfe an, und die Schwarzen kippten um wie Kegel. De Gier gab sich Mühe, bewegte sich leichtfüßig, sportlich wie er war, kickte und schlug, wandte Schulterwürfe an (der linke Arm des Gegners wird von der rechten Hand des Verteidigers gepackt), wich mit Saltos seitlich aus, doch am Ende besiegte die Wahrheit die Phantasie. Das größte und dickste Skelett nahm zehn Schritte Anlauf, schoß dann nach vorn, rammte seinen Totenkopf aus hartem Plastik gegen de

Giers Brustkasten. De Gier strauchelte, breitete seine Arme aus, plumpste rücklings zu Boden.

In den Pflastersteinen des Folterplatzes tat sich ein bodenloses Loch auf. Der besiegte Held fiel, fiel weiter, wurde ohnmächtig.

5. Ein alter Mann vor dem Abgang

Grijpstra und Hoofdagent Simon Cardozo sahen de Gier zu, der seinen heißen Haferbrei aß, die graue Masse behutsam vom Rand des Napfes löffelnd. Die Rosinen, in die Mitte verbannt, hob er sich für später auf.

«Schmerzen?» fragte Grijpstra.

«Keine Spur», sagte liebenswürdig eine Schwester in makellosem weißem Kittel. Sie hieß Sayukta, stammte aus der ehemals holländischen Kolonie Surinam, eine dunkelhäutige Frau mit indischen Wurzeln. «Ihr Freund ist bis oben voll mit Opium und Belladonna. Ihm geht's prima.»

De Gier sah Sayukta doppelt: ein anmutiger goldener Zwilling, der ihn mit vier Händen liebkoste und ihn mit zwei vollippigen Mündern anlächelte. Eine tröstliche Halluzination? Mit besten Empfehlungen von Bosch?

«Ihr Patient ist nicht mein Freund», sagte Grijpstra.

«Ihrer vielleicht?» fragte die Schwester Hoofdagent Cardozo.

«Bestimmt nicht, Schwester», erwiderte dieser barsch, verärgert durch die Art, wie sie das Wort «Freund» ausgesprochen hatte.

«Weil er doch so hübsch ist», sagte Sayukta. «Ziemlich selten bei harten Männern, solche Schönheit. Trägt auch keinen Ehering. Da dachte ich ...»

«Ihre Sache», sagte Grijpstra muffig.

Er und der Hoofdagent hätten ein paar echte Männerwitze losgelassen, wenn der Zimmergenosse de Giers hinter einem Paravent sich nicht auf erschreckende Weise geräuspert hätte. De Giers Besucher deuteten auf den Schirm und wackelten mit den Augenbrauen. Auch de Gier machte Gebärden, lockerte Kiefer- und Halsmuskeln, so daß sein Kopf schlapp zur Seite hing.

«Ach», sagte Grijpstra mitleidig.

Cardozo, der den Tod nicht mochte, seufzte tief.

«Meine Rippen sind gebrochen», sagte de Gier mürrisch.

«Vielleicht ein bißchen angeknackst», sagte de Gier.

«Passiert dauernd», sagte Cardozo. «Du wirst alt. Die Knochen werden brüchig.»

«Du wärst überhaupt nicht hier», sagte Grijpstra, «wenn Cardozo denen von der Ambulanz nicht seine Marke unter die Nase gehalten hätte.»

Hoofdagent Cardozo, unter einer Fülle wilder Locken, in einem Cordanzug, der eine Reinigung vertragen konnte, sagte, de Giers Rippen seien vielleicht ein bißchen angeknackst, aber bestimmt nicht gebrochen. Ketchup und Karate, die zufällig an der Stulp-Kirche vorbeigefahren wären, hätten bemerkt, daß ein Überfall im Gang war. Ihr rechtzeitiges Eingreifen habe de Gier das Leben gerettet.

«Ketchup und Karate?» fragte de Gier, trotz des injizierten Opiums schwach interessiert. «Haben sie jemanden festgenommen?»

«Die bösen Burschen haben sich aus dem Staub gemacht», sagte Grijpstra. «Du hast das Bewußtsein verloren. Das hatte Vorrang.»

«Ketchup berichtet, sie hätten Sie am Singel gesehen», sagte Cardozo, «und dann später in der Nähe vom Hekel Veld bemerkten sie, daß die Skelett-Gang sich herumtrieb. Um halb drei am Morgen, niemand weit und breit als ihr Exbrigadier und aufgetakelte Schläger. K & K fuhren nach Hause, doch sie kehrten zurück, als ihnen klar wurde, was passiert sein könnte.»

«Zurück ins Auto, zurück in die City», sagte Grijpstra. «Sie überprüften die Straßen und fanden natürlich die, in der man dich zusammengeschlagen hatte. Was hast du diesen armen Skelett-Knaben getan? Hast du sie irgendwie geärgert?»

«Wieder mal den dicken Max markiert?» fragte Cardozo.

«Gut, daß du ein bißchen Unterstützung hattest», lächelte Grijpstra.

De Gier starrte auf den Rest der Rosinen.

Hoofdagent Cardozo führte weitere Gründe an, warum K & K niemanden festgenommen hatten. Sie waren nicht im Dienst. Ihr Privatwagen hatte keinen Polizeifunk. De Gier schien medizinische Hilfe zu brauchen. Die Skelett-Gang hatte den Ruf, gewalttätig zu sein. Sie zu verfolgen hätte eine Menge Kraft und Zeit bedeutet. Grijpstra berichtete auch, daß die Yacht, die ihr voraussichtlicher Klient, der junge Ambagt, erwähnt hatte, zu existieren schien. Die Wasserpolizei hatte die *Admiraal Rodney* an einem Kai nahe dem Grasweg-Komplex an der Nordseite des Amsterdamer Hafens gesehen. Es gab eine Telefonnummer, die Grijpstra durch die Auskunft erfuhr. Grijpstra rief an. Er wurde zu Carl durchgestellt, der versprach, Grijpstra und Hoofdagent Cardozo mit einer Schaluppe am Trockendock gegenüber dem Hauptbahnhof abzuholen. Grijpstra blickte auf seine Uhr. «Also gut. Wir sind spät dran. Bis bald», sagte er zu de Gier. «Komm wieder auf die Beine. Du wirst vielleicht gebraucht.»

De Gier reichte Sayukta seinen geleerten Napf. Die Schwester verließ den Raum. «Ich dachte», sagte de Gier, «die Detektei G & G hätte den Job abgelehnt, Henk.»

Grijpstra zuckte die Achseln. «Sicher. Aber ich wollte bloß mal einen Blick auf das Schiff werfen. Neugier. Wir sind schließlich Detektive.»

«Lassen wir uns wirklich von diesen Bastarden zwingen?»

Grijpstra stand schweigend in der offenen Tür.

De Gier berührte den Verband, der seine Brust überspannte.

«Glaubst du, das schüchtert mich ein?»

«Es zieht», keuchte der Mann hinter dem Paravent. «Würden Sie die Tür zumachen, meine Herren?»

Grijpstra verschwand. Die Tür fiel hinter Hoofdagent Cardozo ins Schloß.

«Sie sind weg, Mijnheer», sagte de Gier.

«Weg ist gut», sagte der sterbende Mann. «Ich werde auch bald weg sein. Die Sterbehelfer werden sich bald um mich kümmern. Ist das nichts?»

«Sie haben nichts dagegen?» fragte de Gier.

Der sterbende Mann seufzte zufrieden.

«Bekommen Sie keinen Haferbrei?»

«Kein Haferbrei mehr», sagte der sterbende Mann zufrieden, «nie mehr.» Er kicherte.

«Wollen Sie fernsehen?»

«Kein Fernsehen mehr», sagte der sterbende Mann zufrieden. «Fernsehen war mal ganz in Ordnung, aber jetzt mit der ganzen Werbung ... Erst Babywindeln und im nächsten Spot verkaufen sie Schokolade. Und sie erwarten, daß man trotzdem zuschaut.»

«Und Ihre Familie?»

Der sterbende Mann grunzte zufrieden.

«Kommt Ihre Familie Sie besuchen?»

«Keine Familie mehr», sagte der sterbende Mann zufrieden. «Würden Sie wohl nach der exotischen Lady läuten?» Er kicherte. «Nettes Karbolmäuschen, wie?»

De Gier drückte den roten Knopf.

«Ist sie nicht 'ne Wucht», fragte der sterbende Mann, nachdem Sayukta gekommen und wieder gegangen war. «Ich mußte gar nicht spucken, habe nur so getan. Wollte spüren, wie sie mir ihren Arm um den Hals legt.»

Agent Karate kam schneidig herein, in untadeliger Uniform, einen Plastikordner in der Hand. «Alles in Butter, Brigadier?»

Die Wut machte de Gier sprachlos.

Karate, den Rücken durchgedrückt, die Beine genau parallel nebeneinander, setzte sich auf den geraden Plastikstuhl.

«Ketchup und ich haben Ihnen das Leben gerettet. Wie wär's mit ein bißchen Dankbarkeit?»

De Gier war immer noch wütend.

«Okay», sagte Karate. «Was anderes. Erinnern Sie sich daran, was Sie über Hieronymus Bosch sagten? Das war nicht nett, wissen Sie?»

De Gier zwang seine Lippen, Worte zu bilden und auszustoßen. «Sobald ich hier raus bin, werde ich Sie vom Ost-Dock schmeißen.»

«Uns mit Hieronymus Boschs Bildern zu vergleichen», sagte Karate.

«Ketchup ebenfalls», sagte de Gier. «Vom Ost-Dock, es sei denn, ich finde Wasser, das schmutziger ist.»

Karate schlug den Ordner auf. «Ketchup», sagte Karate, «hat heute dienstfrei. Anstatt sich auszuschlafen, forschte er in der öffentlichen Bibliothek nach Bosch. Dies hier ist ein Porträt von Bosch. Aus einer Enzyklopädie kopiert, vergrößert und laminiert, ohne Rücksicht auf Kosten und Mühe. Das ist für Sie. Zuerst haben wir Ihnen das Leben gerettet. Und nun bringen wir Ihnen Geschenke.»

«Das ist Bosch?» fragte de Gier. Er betrachtete das freundliche Altmännergesicht. «Der alle diese Horrorbilder schuf?»

«Echt», sagte Karate. «Ein Porträt, das ein zeitgenössischer Künstler gemacht hat.»

De Gier hielt das Bild auf Armeslänge entfernt. «Was weiß dieser Schelm von meiner Begegnung mit dem Mönch? Wo sah Bosch in seinem liebenswürdigen, reinen Geist eine alte Hure auf ihrem Moped und ihren verhungernden Hyänenhund?»

Karate hörte nicht zu. «Sie sagten zu uns, wir seien gemalt von Bosch.»

De Gier studierte Boschs lange kräftige, spitz zulaufende Finger, die gelassen auf einem Zeichenbrett ruhten. «Miles Davis hatte solche Hände.»

Karate sagte mit Nachdruck: «Bosch war ein guter Bürger, zahlte seine Steuern, ein bedeutender Mann in seiner Stadt, er organisierte religiöse Prozessionen und half bei der Unterstützung der Armen.»

«Nettes Gesicht», sagte de Gier und liebkoste mit den Fingerspitzen die lächelnden alten Augen des mittelalterlichen Malers.

«Ein gottesfürchtiger Denker», sagte Karate. «Wie ich und Ketchup. Ich und Ketchup besuchen sonntags die Messe. Die Jungfräuliche Mutter hat in unserem Haus eine Nische. Wir zünden Kerzen an.»

De Gier griff nach seinem Wasserglas und den Schmerztabletten. Seine angeschlagenen Rippen bewegten sich. Er stöhnte und sank in die Kissen zurück. Karate gab ihm das Glas und die Pillen.

«Weil es so korrupte Bullen gibt wie euch», sagte de Gier tonlos, «wird Crack an Kids verkauft.»

«Das macht uns zu schwarzflügligen Scheusalen?» fragte Karate.

«Uns geht es so gut wie nur möglich in Anbetracht der Umstände und unserer Fähigkeiten. Was sollten wir denn statt dessen tun, Ihrer Meinung nach? Auf dem Revier auf die Goldfische aufpassen, zwischen Haftbefehlen und verfügbaren Zellen? Gulden einsammeln für die nächste Geburtstagsparty eines bedeutungslosen Kollegen? Sich dem Debattierclub anschließen, jeden Sonntag im Hauptquartier bei Kaffee und Kuchen?»

«Ihre Zusammenarbeit mit Kriminellen», sagte de Gier, «bringt Kinder um.»

«Sie wissen», erwiderte Karate, «daß wir in Holland einen ernsthaften Kinderüberschuß haben. Kinder werden erwachsen und kaufen Autos. Schon mal dran gedacht, daß der Straßenverkehr immer langsamer wird? Wird das etwa besser, wenn sich die Bevölkerungszahl verdoppelt?»

«Wir werden den Ambagt-Job nicht übernehmen», sagte de Gier.

Karate blickte auf seine bewegungslosen Hände, die auf den Knien ruhten.

«Sie wissen», sagte de Gier, «daß Grijpstra und ich den Dienst quittiert haben.»

Karate stand auf, marschierte zur Tür, machte kehrt und nahm Haltung an. «Machen Sie Ihren Job», knurrte der Agent. «Auf Ihrem Firmenschild steht nichts von Nichtstun. Es steht ‹Detektei› drauf.»

«Wiedersehen», sagte de Gier.

Karate knallte die Tür zu. Der sterbende Mann setzte sich auf. Er lächelte de Gier an. «Wie dumm von mir», sagte er. «Mein Leben lang hab ich mich darüber gewundert, und ich hätte es erkennen können, wenn ich nicht immer so beschäftigt gewesen wäre.» Seine Stimme war heiser und tief. «Es ist schön und einfach zugleich.»

«Was?» fragte de Gier, aber der sterbende Mann war gestorben.

6. Hurra und Hauruck

«Wo ist die Schaluppe, die uns abholen soll?» fragte Grijpstra Hoofdagent Cardozo am Kai des Trockendocks nahe dem Hauptbahnhof. Cardozo wartete geduldig vor dem Schild «Zutritt nur für Eigner und Besatzungen». Grijpstra blickte auf die vertäuten Segelboote. Er erinnerte sich, daß de Gier hier früher gern Pause machte, mitten im Dienst. Der Brigadier bewunderte ausländische Flaggen, verwitterte Segel, ausgefranste Taue, exotische Männer, die an gebogenen Tabakspfeifen saugten und massive Ohrringe trugen. Der Brigadier faselte von der Mündung des Orinoko, der Ostküste von Papua-Neuguinea, der russischen Halbinsel Sachalin, sogar von holländischen Nordseeinseln. Hat seine Sehnsüchte genährt, dachte Grijpstra jetzt. Ein Vorgang, der sich nun als schmerzhaft erwies. Angeknackte Rippen und Krankenhausbetten? Alles Folge lange zurückliegender Tagträume. Und er, der alte Kumpel Grijpstra, wurde mit hineingezogen. Aber war das schlimm?

Der Frühlingstag, den der heutige Grijpstra betrachtete, war angenehm. Haubenseetaucher, die spitz zulaufenden Köpfe mit Federtuffs gekrönt, umschwammen einander und flirteten. Ein großer blauer Reiher flügelte gemächlich vorbei. In den Kräutern, die zwischen den Kopfsteinen des Kais sprossen, sang ein Fink. Junge Frauen in engen Shorts und T-Shirts setzten auf einer Yacht die Segel. Grijpstra fragte sie, wo es hingehen solle.

«Wir werden heute das Rennen auf dem Ijsselmeer gewinnen», sagte ein Mädchen. «Männer sind jetzt Verlierer. Ihr werdet nicht gebraucht.»

«Da haben wir's», sagte Cardozo.

Eine Schaluppe, von sechs uniformierten Matrosen gerudert, kam rasch näher. Ein Bootsmann, der eine Schirmmütze trug, stand im Bug und salutierte. «Mister Grijpstra und Hoofdagent Cardozo?» fragte der Bootsmann zackig.

Die wunderbar geschnittene hölzerne Schaluppe glitt über die Wellen des Ijsselmeers. Die Passagiere saßen auf einer Bank aus Rohrgeflecht zwischen den rudernden Matrosen und dem kommandierenden Bootsmann. Die Matrosen, muskulöse junge Männer mit blitzenden Zähnen, pullten mit langen Rudern.

«Hurra», sang der Bootsmann. «Hauruck», antworteten die Matrosen. Hoofdagent Cardozo dachte, wie wunderbar das Leben sein konnte. Das seine war's nicht. Immer noch wohnte er bei seinen Eltern und fuhr jeden Morgen mit dem Bus zur Arbeit. Immer sehnte er sich den Donnerstag herbei, weil seine Mutter donnerstags nicht kochte. Donnerstagabend schlich er sich fort, um Sushi zu essen. Simon Cardozo betrachtete die brandneue, dreistöckige Superyacht, die über ihnen aufragte, mit einem glänzenden, stromlinienförmigen Ruderhaus vor einem schimmernden Hubschrauber, der auf dem Achterdeck festgezurrt war.

Unterschiedliche Arten, sein Leben zu verbringen.

Was er hier erblickte, dachte Cardozo, war ein himmlisches schwimmendes Schloß für Billionäre, die seinen früheren Vorgesetzten eine Million Dollar boten, wenn sie sich einem aufregenden karibischen Problem widmeten.

Der kleine Mann Simon Cardozo bestaunte die großen Tiere.

«Ob das wohl das Hausboot ist, von dem der kleine Bursche geschwafelt hat?» fragte Grijpstra. «Groß, wie, Simon? Muß ganz schön Arbeit machen, den Kahn sauber und am Laufen zu halten. Trotzdem, hübsch rausgeputzt.»

«Vorsichtig, bitte», sagte der Bootsmann und half ihnen beim Betreten der Gangway, die von einem hydraulischen Kran des Schiffes heruntergelassen worden war.

Carl Ambagt, in der maßgeschneiderten Uniform eines Offiziers der Handelsmarine, begrüßte seine Gäste. «Glauben Sie mir jetzt? Glauben Sie, daß das Finanzamt Spielzeuge wie dieses besitzt? Wollen wir uns das Schiff ansehen? Beweglich wie ein Hai, stark wie ein Wal.» Er ging voran über das Deck aus sandgestrahltem Teak, über die tibetanischen Vorleger der Hauptkabine, führte sie durch die Wohnräume der Besitzer, vorbei an einer Bar, mit weißem Marmor verkleidet, durch eine Galerie moderner Kunst, eine hochmoderne Küche.

«Die Quartiere der Mannschaft sind unten», sagte Carl. «Im orientalischen Stil ausgestattet – auf dem Boden Tatami-Matten, hellfarbig lackierte Möbel, jede Menge Fächer und Gongs und Pfeifenständer.» Er deutete auf eine Tür.

«Eine Tasse chinesischen Tee für die Herren?»

«Ihre Mutter ist auch an Bord?»

«Wer?» fragte Carl.

«Lebt sie noch?»

Carl machte eine weit ausholende Gebärde. «Wissen Sie, daß die *Admiraal Rodney* dreihundertfünfzig Tonnen verdrängt? Dreißig Kilometer in der Stunde macht, siebentausend Kilometer zurücklegen kann, ohne Treibstoff aufnehmen zu müssen. Das heißt, wenn wir heute nacht auslaufen, können wir in nur acht Tagen in der Karibik sein.» Er wandte sich an Grijpstra. «Und daß de Gier und Sie uns dort treffen werden? Auf Saint Martin? Um mit Ihren Nachforschungen zu beginnen?»

«Nein», sagte Grijpstra.

«Aber ja», sagte eine barsche Stimme. Skipper Peter Ambagt, in einer befleckten Admiralsuniform mit verdreckten Tressen, der sich auf eine dreibeinige stählerne Gehhilfe stützte, begrüßte seine Gäste. Im Gegensatz zu seinem kleinwüchsigen Sohn war der Mann ein Riese. Vater und Sohn hatten dieselben vierschrötigen Gesichter, aber die große Knollennase des Skippers war widerlich purpurrot. Seine zerklüfteten Augenbrauen hingen kränklich herab, und seine langen Koteletten brauchten einen Kamm.

«Ihr Klugscheißer werdet uns die Ladung des alten Tankerkahns wiederbringen», sagte Ambagt senior undeutlich, von Schluckauf unterbrochen. «Ich freue mich zu sehen, daß Sie hier sind, um den Deal zu bestätigen, Schlauberger.»

«Ich war bloß neugierig», sagte Grijpstra. «Ihr Sohn erwähnte Ihr Hausboot, und ich wollte es mir ansehen.»

«Hausboot? Wollen Sie mich auf den Arm nehmen?» Der alte Mann versuchte, seinen Blick zu konzentrieren. «Und Sie sind der Bulle?»

«Hoofdagent Simon Cardozo», sagte Grijpstra.

«Und Sie haben hier das Kommando», sagte Cardozo und warf einen Blick auf die Goldlitze an der Mütze des alten Ambagt.

Der alte Mann sagte, ohne sich umzudrehen, zu dem hinter ihm stehenden Diener: «Einen Kalten, mein Lieber.» Ambagt senior ließ sich in einem Liegestuhl nieder. «Carl und ich besitzen Kapitänspatente aus Liberia.» Seine langen gelben Zähne zeigten sich, als er breit lächelte. «Das ist in Afrika.» Er deutete auf Orden, die an seine Uniformjacke geheftet waren, silberne Affenköpfe, umflattert von vielfarbigen Bändern. «Verliehen vom dortigen Oberboß. Hat er persönlich hier angepinnt, gerade rechtzeitig, einen Tag bevor Seine Exzellenz hingerichtet wurde.» Er nahm einen Augenblick Haltung an, dann nahm er seine Besucher wieder wahr. «Cardozo?»

«Kapitän?» fragte Cardozo.

«Ihr Name ist mir bekannt.»

«Wirklich?»

Der Skipper schnippte mit den Fingern. «Friedhof von Saint Eustatius, dort habe ich den Namen gesehen. Ihre Vorfahren machten auf dieser Insel gute Geschäfte. Jüdische Kaufleute aus Amsterdam mit portugiesischen Familiennamen. Zeit der Inquisition. Wußten Sie das?»

«Nein, Skipper.»

«Dann wissen Sie's jetzt.» Ambagt betupfte seine geschwollene Nase mit der Spitze eines blutbefleckten Taschentuchs. «Saint Eustatius. Der Goldene Felsen.» Der Skipper blickte über Cardozos Kopf hinweg. «Die goldene Vergangenheit, ach ja.» Er sah Grijpstra an. «Eine Million Eier für Sie und Ihren Partner, davon zehn Prozent im voraus, der Rest wird fällig, wenn Sie uns den Verlust der Ladung der *Sibylle* wieder einbringen.» Sein Krückstock fiel zu Boden, als er seinen hinfälligen Körper in Grijpstras Richtung neigte. «Ist das ein Deal, Lucky Dickwanst?»

Cardozo hob den Stock auf und reichte ihn dem Skipper.
Kein Wort des Dankes.
Grijpstra sagte: «Nein.»

Die Schaluppe, deren Ruderer sich gegen den Wind mächtig ins Zeug legten, überquerte das Ijsselmeer bei der Rückkehr zum Trockendock. Grijpstra genoß die Meerbrise. Cardozo sah nervös aus.

«Wissen Sie», sagte Cardozo, «Ketchup und Karate haben den Überfall auf de Gier geplant.»

«Hurra», sang Grijpstra zusammen mit den rudernden Matrosen.

«Um den Vorschlägen von Ambagt & Co. ein bißchen Nachdruck zu verleihen», sagte Cardozo aufgeregt.

«Hauruck», sang Grijpstra mit den Ruderern.

«Weil de Gier sich weigerte, diesen Job zu übernehmen.»

«Hurra.»

«Und jetzt sind Sie es, der sich weigert.»

«Hauruck.»

«Sie wissen, daß Sie jetzt in Gefahr sind?»

«Hurra.»

«Und ich auch», sagte Cardozo. «Weil ich bei Ihnen bin.»

«Bitte», sagte Grijpstra.

«Ich denke, man wird uns über Bord schmeißen und ersäufen», sagte Cardozo.

«Bitte», sagte Grijpstra. «Mein lieber Freund. Wir befinden uns in einer Schaluppe, die Ambagt & Co. gehört und von ihr betrieben wird. Nichts könnte sicherer sein.»

«Betrieben von chinesischen Matrosen aus Rotterdam», sagte Cardozo. «Das sind keine Ambagts.»

Grijpstra mußte lachen. «Wer könnte uns wohl zum Kentern bringen?»

«Das Polizeiboot dort», sagte Cardozo. Er zeigte hin. Hinter einer schäumenden Bugwelle näherte sich ein Patrouillenboot der Hafenpolizei mit Höchstgeschwindigkeit. Blaue Lichter blitzten über der Kabine. Eine Sirene heulte. Der Bootsmann, der die Schaluppe kommandierte, blickte ängstlich auf. Er riß das Ruder herum. Das Patrouillenboot, jetzt längsseits, hatte nicht genug Platz, ebenfalls zu wenden. Die Ruder auf der Backbordseite der Schaluppe krachten gegen die Stahlflanke des Patrouillenboots. Matrosen, Bootsmann und Passagiere drängten auf die Steuerbordseite. Die Schaluppe kenterte.

«Hab ich's nicht gesagt?» rief Cardozo.

7. Gewehrfeuer in einem Naturschutzgebiet

«Ich rede mit dir», sagte Katrien beim Frühstück zum Commissaris, während sie ihr Ei köpfte, «und du sitzt bloß da und grinst wie ein Idiot. Ist das jetzt Alzheimer?» Sie sah besorgt aus. «Huhu, Jan?»

«Wer sind Sie?» fragte der Commissaris. «Kenne ich Sie?»

Katrien wurde wütend. De Gier verbrachte seinen zweiten Tag im Krankenhaus, und Grijpstra, sagte Nellie, kniete fortwährend im Badezimmer und füllte die Toilettenschüssel mit Schleim, den er am Grund des Ijsselmeers in sich aufgenommen hatte. Hoofdagent Cardozo hatte herausgefunden, daß die Wasserpolizisten, welche die Schaluppe versenkt hatten, enge Freunde von Ketchup und Karate waren. Überall nichts als Ärger, und der Commissaris tat sich zuviel Sahne in seinen Kaffee. Alles war schlimm.

«Cholesterin», sagte Katrien, «denk an deine Taille.»

«Welche Taille?» fragte der Commissaris. «Und was habe ich mit de Gier und Grijpstra zu schaffen?»

«Mehr als mit mir», sagte Katrien, «und K & K wissen das.» Grijpstra und de Gier waren nette Jungs, das gab sie ja zu, und nicht ohne Erfahrung, im Grunde nicht blöde und durchaus fähig, einfache Probleme zu lösen, doch sobald eine Situation ein bißchen kompliziert wurde, standen sie vor der Tür des Commissaris und baten ihren Meister um Unterstützung.

«Ohne dich wurde die Detektei G & G Inc. nicht existieren.»

«Ich habe dir millionenmal gesagt», erwiderte der Commissaris, «daß du nicht übertreiben sollst, liebe Katrien.» Sie versicherte, während sie wütend mit den Händen fuchtelte und die Stirn hob, sie hätte im Gegenteil die Lage noch bagatellisiert. Grijpstra und de Gier hatten sich während ihrer längeren Polizeiausbildung durch ihren Mann in die Erfüllungsgehilfen des Commissaris verwandelt und als erfolgreiches Trio die Amsterdamer Unterwelt aufgemischt. Grijpstra / de Gier, Marionetten ihres Chefs. Dick und Doof und der Heilige Geist über ihnen. Jetzt, da G & G (Katrien lächelte verächtlich) für ihre angeblich eigene Firma arbeiteten, sollte sie glauben, daß die Situation sich geändert hatte?

«Aber sie arbeiten *nicht*, Liebes», sagte der Commissaris. Er schnitt sich eine dicke Scheibe Honigkuchen ab, butterte sie reichlich und verzehrte sie rasch. «Angeblich oder nicht angeblich. Grijpstra hält Nellie bei Laune, indem er mit ihr einkaufen geht und fernsieht, de Gier hat seinen Kräutergarten und Nietzsche, wenn er nicht gerade etwas Spanisches liest.»

Der Commissaris griff nach dem Gouda. Seine Frau schlug ihm auf die Hand. «Dieses ganze Fett», sagte sie. «Mach lieber deinen Geländemarsch, Schatz», bat sie. «Du weißt genau, was hier los ist, nicht wahr? Gestern traf ich zufällig Nellie. Die Frau hat recht. Ketchup und Karate haben *dich* diesen Leuten von der Yacht empfohlen. Diese Antillen-Sache ist eine Nummer zu groß für G & G. Diese Leute aus Rotterdam brauchen dich für die Leitung ihres Projekts. Das sind böse Burschen, Jan. Sie haben ihre illegale Fracht verloren, und sie sind schlechte Verlierer. Sie werden alles tun, um die Sache auszugleichen.»

«Nellie und du?» Der Commissaris schüttelte den Kopf. «Wieder mal Tarot-Karten?» Katrien aß ihre Diät-Kekse mit künstlichem zuckerfreiem Fruchtaufstrich. «Hat nichts mit dir zu tun.»

«Nichts ist gut», sagte der Commissaris.

«Alle meine Mühe umsonst», sagte Katrien. «Die Karten sagen, daß du mit diesem Fall eine hübsche Zeit verbringen wirst.» Sie biß sich auf die Lippe. «Und ich bin der Babysitter. Ich schätze, ich bin neidisch.»

«Du sagst also», faßte der Commissaris professionell zusammen, «daß unsere potentiellen Klienten, Ambagt & Sohn, im Laufe einer Tour mit ihrem königlichen Kabinenkreuzer, als sie auf der fröhlichen karibischen Insel Saint Martin herumwandern, zufällig auf Ketchup und Karate treffen, die ihre freie Zeit gern auf den Niederländischen Antillen verbringen. Ambagt und Sohn sind im Rohölgeschäft, K & K sind im Korrupte-Polizei-Geschäft, dazu noch in Amsterdam, heutzutage Angelpunkt des kriminellen Universums. Skipper Peter und Jung-Carl erkennen sofort, daß K & K korrupt sind. Da stimmt was nicht mit dem Lebensstil. Die Amsterdamer Stadtpolizei zahlt reelle Gehälter, doch selbst wenn zwei Agenten ihr Geld zusammenlegen, können sie sich kein Sommerhaus im betuchten Philipsburg, Saint Martin, leisten. Ohne Hypothek. Genausowenig ihre prächtige Wohnung in Amsterdam mit Blick auf den Fluß. Und sie schwirren über den Ozean wie bösartige Stechfliegen. Von welchem Geld? Könnte ich einen von diesen Keksen haben, was meinst du?»

«Nein», sagte seine Frau.

Sie gab ihm trotzdem einen.

«Schmeckt wie Faxpapier», sagte der Commissaris. «Nein. Schmeckt wie ungedruckte E-Mail.» Er dachte nach. «Kombinieren wir mal, Katrien. Zwei Polizisten, die hier in unserer magischen Stadt Luzifer huldigen, eine Verbindung zu Saint Martin, im Besitz holländischer und italienischer Gangster. Kannst du dir das Treffen ausmalen? Eine tropische Bar? Striptease, vorgeführt von ausgesuchten Schönheiten aus – hab ich das nicht irgendwo gelesen? – Santo Domingo. Dort kommen die geilsten Frauen der westlichen Halbkugel her.»

«Ja», sagte Katrien. «Ich seh's vor mir. Und du auch. Möchtest du gern die Auswahl treffen?»

«Bongos», sagte der Commissaris. «Man kann heute hier in Amsterdam gute Bongos hören, aber keine authentischen Bongos. Und dort gibt es mexikanische Trompeter und schwarze Drummer aus New York, die bei Tony Williams gelernt haben oder sogar», der Commissaris lächelte verträumt, «oder sogar bei Jack de Johnette, Katrien.»

«Toll.» Seine Frau begann den Tisch abzuräumen.

«Ich skizziere nur die Umstände», sagte der Commissaris. «Während all das im Hintergrund passiert, stellt sich heraus, daß

Ambagt & Co. einen schweren Verlust erlitten haben, eine Tankerladung Rohöl ist von Seeräubern geraubt worden. Die Summe, um die es geht, könnte nach allem, was wir wissen, ihr Betriebskapital sein, doch sie haben keinen Regreßanspruch, da sie selber illegal arbeiten. Liberianische Staatsbürger, die iranisches Öl an Kuba verkaufen, direkt unter der Nase von Uncle Sam.

Und selbst wenn sie noch Holländer wären und die Piraterie der niederländischen *Rijks*-Polizei in Saint Martin melden würden! Ein Leutnant, der ein Dutzend Agenten befehligt und zu verhindern sucht, daß der Tourismus in Casinos, Stripbars und an schlimmeren Orten ausartet? Außerdem hat die Piraterie auf hoher See stattgefunden, in internationalen Gewässern. Juhu.»

«Was?» fragte Katrien.

«Juhu», sagte der Commissaris begeistert. «Keine Chance, Katrien. Aber was geschieht? Habe ich das nicht immer gesagt? Das Glück kommt zu denen, die glücklich sind.»

Katrien ließ eine damenhafte Faust auf den Tisch krachen. «Hast du nicht, Jan. Du hast immer gesagt, das Glück käme zu denen, die nicht aufgeben.»

«Heute denke ich nicht mehr so», sagte der Commissaris, «ich habe aufgegeben. Ich glaube nicht mehr ans positive Denken. Die Dinge werden nicht immer besser, sie sind einfach, wie sie sind, und du kannst dich immer irgendwie damit arrangieren. Dinge passieren einfach.»

«*Scheiße* passiert einfach», sagte Katrien. «So wie ich älter und häßlicher werde. Du gehst wieder deine eigenen Wege. Hast Spaß.»

Der Commissaris ließ eine Gentleman-Faust auf den Tisch krachen. «Nein, Katrien. Ich habe dich geheiratet, weil du schön bist, und dann wirst du Großmutter und Babysitter und bist immer noch schön. Du warst einfach schön, und du bist jetzt schön.»

«Ich sehe beschissen aus», sagte Katrien und gab sich mit den Händen einen Klaps auf die Lippen. «Schau mich an. Bäh.»

«Du weißt», sagte der Commissaris, «daß ich dich eleganter finde, je älter du wirst.»

«Ich bin einfach prima», sagte Katrien. «Alles ist einfach prima. Verbrechen ist einfach prima. Daß diese Gauner Ambagt & Co. mit korrupten Polizisten zusammentreffen, ist das auch prima?»

«Es ist, wie es ist. Ich nenne es prima, weil ich lieber lache als weine.» Der Commissaris zuckte die Achseln. «Und einmal wird es vorbei sein. Schau dir unsere Welt an, Katrien. Denk ein bißchen zurück. Ein Meteor trifft einen Planeten. Aufgrund dieses Aufpralls werden vielleicht Dinosaurier durch uns ersetzt, menschliche Affen zur vorherrschenden Art. Jetzt blicke ein wenig nach vorn. Ein paar Millionen Jahre ziehen vorbei wie ein Blitz, und ein anderer Meteor trifft den Planeten. Diesmal verwandelt sich der Planet in leeren Raum. Alles ist weg. Sogar die schriftlichen Aufzeichnungen, denn es ist niemand übrig, niemand, der sich daran erinnert, daß etwas passierte. Ich kann nicht mal sagen, daß *hier* etwas passierte, denn es gibt kein Hier. Bloß einen leeren Raum, wo der Planet ausgebrannt ist.»

«Weißt du», sagte Katrien wütend, «ich glaube, du träumst dir dein eigenes Universum zusammen. Du langweilst dich. Du mußtest dir irgendwas Aufregendes erträumen, also hast du diesen riesigen Tanker erträumt, damit Grijpstra und de Gier wieder was zu tun hatten und du sie in Schwierigkeiten bringen kannst.» Sie goß koffeinfreien Kaffee ein. «Wohl bekomm's.»

«Das», sagte der Commissaris probierend, «ist nicht mal ungedruckte E-Mail. Das ist embryonal. Das ist nicht mal eine Konzeption. Das ist reine Cyberspace-Sch ...»

«Jan!»

«Du hast dieses Wort gerade selber benutzt.»

«Ich bin eine Frau», sagte Katrien. «Frauen dürfen alles sagen. Du bist ein Archetyp.»

«Von was?»

«Vom alten weisen Mann.»

«Wirklich?» fragte der Commissaris. Er küßte sie auf die Wange.

«Was tun weise alte Männer? Sie halten sich an ihre Diät und machen einen Geländemarsch in einer von Hollands letzten Enklaven unberührter Natur?» Er setzte seinen Hut mit der Fasanenfeder auf, den Katrien ihm zum Geburtstag geschenkt hatte, griff nach seinem Stock und humpelte aus dem Haus.

Der Commissaris parkte seinen alten Citroën hinter der Windmühle am Eingang des Naturschutzgebietes nördlich von Amsterdam. Er knurrte und stöhnte, als er über die Strandpfade marschierte. Insekten stiegen aus Rohrkolben und Farnen auf und durchstießen erfolgreich den Kokon seines Insektensprays. Ausflügler in Booten tranken lauwarmes Bier und sangen die Werbeliedchen aus dem Radio mit. Ein riesiger Hubschrauber mit Touristen, die das Naturschutzgebiet von oben betrachteten, donnerte über das geschützte Feuchtgebiet. Der Commissaris erreichte eine von Graffiti bedeckte Bank und setzte sich, um die Überreste der Stille zu genießen. Er beobachtete Wasservögel. Er sann darüber nach, daß das jetzt sein Leben war. Da war naturlich das Geld, das er für Grijpstra und de Gier angelegt hatte, doch das vermehrte sich ständig. Keine Herausforderung für ihn. Die meisten Tage sahen gleich aus. Das Geldgeschäft verlangte einen Blick in den Börsenteil der Zeitung, zweimal täglich eine Analyse am Computerschirm, während er auf den Schmerz in seinen Beinen achtete. Wird die linke Hüfte zu empfindlich? Gewinner abstoßen. Fühlt sich der rechte Hüftknochen heiß an? Aktuelle Verlierer kaufen. Diese interessante Art von heftigem Krampf mit zuckenden und aufsteigenden rotglühenden Pfeilen, die beide Knie erreichten? Verkauf alles, von dem die Broker sagen, daß du's behalten sollst. Er gab sich jetzt mit dieser Arbeit wirklich keine Mühe mehr, es war viel zuviel Geld auf dem Konto, die Jungs würden es nie ausgeben können. De Gier sah in dem Zeug eine nutzlose Bürde, und Grijpstra glaubte nicht mehr, daß er Nellie mit weiteren Küchengeräten eine Freude machen konnte. Es wäre besser, wenn G & G sich wieder ernsthaft mit etwas beschäftigen würden. Es interessierte den Commissaris nicht mehr, zuzusehen, wie de Gier immer neue

Kräuter mit albernen Namen auf seinem paradiesischen Dachboden zog, während er auf Evas Apfel wartete. Grijpstra hatte jetzt vielleicht seinen Apfel, den ihm die Königin seiner Träume dreimal täglich verabreichte, aber Grijpstra setzte Gewicht an, spielte kaum noch Schlagzeug und malte unentwegt dieselben toten Enten.

Und was war mit seinem eigenen Streben? Ein vornehmes Gartenreptil, mit dem er Monologe führte, aber das Interesse der Schildkröte schien in letzter Zeit nachzulassen. Außerdem, wozu brauchte er jetzt noch die Meinung der Schildkröte? Brauchte er Rat, um Entscheidungen zu treffen? Noch mal Ferien mit Katrien, ja oder nein? Ferien von was? Katrien betreute die Enkelkinder, sie wollte nicht mehr reisen. Vielleicht würde die Schildkröte ein bißchen heimliches Trinken empfehlen oder gar Herumhuren, in teuren Etablissements, irgendeinem privaten Bordell an der Apollo-Allee oder vielleicht in einem Appartement in der Beethovenstraße mit einer prächtigen Göttin, darauf spezialisiert, alte Herren zufriedenzustellen, senile Perversionen zu erfüllen? Aber sollte er wirklich eine solche Verschwendung seiner schwindenden Energie erwägen?

Der Commissaris rieb seinen schmerzenden Rücken an der Lehne der Parkbank. Er versuchte sich eine Göttin in dem Appartement in der Beethovenstraße vorzustellen. Vielleicht eine etwas reifere Frau in langem, schlichtem Kleid, kaum Make-up, deren Konversation allmählich intimer wurde, während sie ihr Kleid ablegte, jajaja, aber trotzdem, die Frau könnte seine Tochter oder, wenn sie jünger war, seine Enkeltochter sein – wenn er diese Aspekte berücksichtigte, würde das Endresultat, wenn überhaupt, sicherlich nicht den Erwartungen entsprechen. Trotzdem, er setzte besser seine Untersuchung fort. Wenn nicht, würde er wie die anderen Männer sein, die er altern sah, während sie durch die städtischen Parks und Naturschutzgebiete streiften. Ehemalige Direktoren sanierter Firmen, einst einflußreiche städtische Beamte, die man gezwungen hatte, vorzeitig in Pension zu gehen, jetzt von Wasservögeln angequakt, welche die menschlichen Gespenster anstarrten, die zwischen Weiden und Rohrkolben hindurchstapften. Der Commissaris beobachtete gehorsam schwarze Wasserhühner, die emsig umherschwammen. Es gab fette Wasserhühner mit weißen Schnäbeln und schlanke Wasserhühner mit roten Schnäbeln. Andauernd nickten sie mit den Köpfen, nicht weil sie ihn in seiner Gewissensprüfung bestätigen wollten, sondern weil sie aufgrund ihres biologischen Programms immerzu mit den Köpfen nicken mußten. Gehen – Kopfnicken. Schwimmen – Kopfnicken. Der Commissaris war aufgestanden, um ein paar große Wasserlilien zu betrachten, als Schüsse fielen.

Die bosnischen Serben greifen an, dachte der Commissaris. Die Tutsi überfallen ein Hutu-Lager. Ceylonesische Tamilen tragen einen Selbstmord-Angriff vor. Araber wüten. Ein junger deutscher Intellektueller hat sich schließlich, nachdem er zu viele Abendnachrichten gehört hat, zum fundamentalen Neonazismus bekehrt und muß sich jetzt selber beweisen, indem er mich umbringt.

Oder war es ein verdammter Jäger, der sich im Gebüsch auf der anderen Seite des Baches versteckte? Das «stille» Gebiet zwischen den Amsterdamer Satellitenstädten Abcoude und Ouderkerk ist für die Fasanenjagd hervorragend geeignet, aber es war jetzt keine Saison. Die Schüsse wurden nicht aus einer Schrotflinte abgefeuert. Kein lautes Knallen, sondern scharfes Krachen, wie man es normalerweise beim Abfeuern eines automatischen Sturmgewehrs hört. Eine amerikanische M 16, welche die niederländische Armee benutzt? Die Kalaschnikow, wie sie die osteuropäischen Streitkräfte verwenden?

Kugeln pfiffen dicht am Kopf des Commissaris vorbei.

Er kniete zwischen wehenden Grasbüscheln. Die große Fasanenfeder an seinem Hut wurde getroffen und brach ab.

Katrien hat wieder mal unrecht, dachte der Commissaris, als er auf dem Parkplatz an der Windmühle wieder in den alten Citroën stieg. Die Situation war überhaupt nicht gefährlich. Alle Schüsse hatten ihn verfehlt. De Giers angeknackste Rippen heilten ordentlich. Grijpstra würde nicht ewig Magenbeschwerden haben.

Diese harmlosen Angriffe konnte man als Einladungen auffassen, zum richtigen Leben zurückzukehren. Als Ermutigungen, als liebevolle Berührungen der leitenden Hand einer wohlwollenden Göttin.

Jawohl, soweit es ihn betraf, und er war jetzt betroffen, konnte die Einladung angenommen werden.

Der Commissaris pfiff einen beliebten Fußball-Schlachtruf, *Macht sie fertig, hahaha, macht sie fertig, hahaha*, in einem Arrangement für Minitrompete, Schlagzeug, Percussion-Keyboard und Gesang, komponiert von de Gier. Auf dem Heimweg hielt er an einer Waschanlage. Er stellte mit Vergnügen fest, daß sie prächtiges Wetter kriegen würden. Er pfiff noch immer, als er seine Haustür aufstieß.

«Oh, nein», sagte Katrien, als sie sein Gesicht sah.

Er küßte sie auf die Wange. «Was stimmt nicht, mein Schatz?»

«Und ich kann nicht mitkommen und auf dich aufpassen», sagte Katrien. «Das wußtest du. Du machst dich mal wieder aus dem Staub. Und ich muß hier die Großmutter spielen. Halt dich fern von diesen tropischen Schönheiten, Jan. Überfriß dich nicht. Vergiß nicht deine Schmerztabletten. Bleib in der Nähe von G & G, sie werden dich beschützen. Sei vorsichtig, Schatz.»

«Der Gegner soll sich in acht nehmen», sagte der Commissaris und pfiff *Macht sie fertig, hahaha.*

Der Commissaris stöberte auf dem Dachboden herum und fand einen Tropenhelm und einen Tropenanzug mit einer Jacke, die bis zum Kinn durchgeknöpft war, und rief: «Diese Jacke stammt noch aus den guten alten Zeiten von Niederländisch-Indien!» Er hielt die Jacke hoch. «Papa hat diese Jacke früher auf der Pflanzung getragen, Katrien, während der zwanziger Jahre, echte Shantungseide, noch so gut wie neu, ich wette, diese Art Klamotten sind jetzt wieder in Mode, ich werde der König der Karibik sein.» Als er in das Wohnzimmer zurückkam, vorschriftsmäßig uniformiert, den Kork-und-Leinen-Helm auf dem Kopf, marschierte der Commissaris steif um Katrien herum, blieb stehen, knallte die Hacken zusammen, salutierte.

«Was denkst du», fragte er schüchtern, «sieht das Zeug gut aus, Katrien?»

Katrien lachte, dann weinte sie.

8. Doppelter Preis

Das Nette am Leben ist, dachte der Commissaris während des Treffens im Billardcafé, daß sich etwas nie so ereignet wie angekündigt. Grijpstras und de Giers protzige Erzählungen gründeten sich offenbar auf sehr wenig. Die Strip-Lady existierte vielleicht, aber wenn es sie gab, dann hatte sie heute ihren freien Tag. Der Balkon war leer und der Pianist nicht da. Der Billardtisch war unter einem Schutzbezug verborgen.

Grijpstra erzählte vom Besuch der Krankenschwester Sayukta auf de Giers Dachboden; sie hatte sich davon überzeugen wollen, ob er dort wirklich Kräuter züchtete. «Eine für beide Seiten nützliche Beziehung, Mijnheer. Sex im Tausch für Weisheit. Die Schwester ist eine Anhängerin des hinduistischen Sadhana. De Gier braucht Praxis nach all dem Lesen.»

«Stimmt das wirklich?» fragte der Commissaris.

«Keine Spur», sagte de Gier.

Der Commissaris kramte in seiner Aktentasche. «Ich habe eine Landkarte der Antillen dabei.»

Obwohl das Angebot von Ambagt & Sohn auf Anraten des Commissaris von der Detektei G & G akzeptiert worden war, unter Mitwirkung des Commissaris als Berater vor Ort, hatte sich de Gier nicht davon überzeugen lassen, daß der Job eine gute Sache sei. Grijpstra versuchte seinen saumseligen Partner zu überreden. «Die Karibik ist gut für dich, Rinus. Sayuktas in rauhen Mengen, und nicht die zahme Version, die du aus Holland kennst. Da drüben laufen sie nackt Wasserski.»

De Gier glaubte, daß die wilden Sayuktas, die ihre Heimat ohne die geringste Kontrolle durchstreiften, ihn krank machen könnten. Er wollte auf seinem Dachboden bleiben, mit seinen Wiesenpastinaken und grünköpfigen Kegelblumen. «Wenn der

Geist in einem von der Natur geheilten Körper wohnt, entfaltet er sich.»

«Bitte», sagte Grijpstra. «Du solltest dich freimachen von deinen ekligen Mistkeimen und beschissenen Mohnpflanzen. Warum, glaubst du, überleben solche ungesunden Gewächse in der City?»

Der Commissaris breitete seine Karte zwischen Flaschen von Dünnbier aus. «Schauen Sie her, Rinus, das sind die Inseln, wo die *Sibylle* ihre Fracht einbüßte. Saint Eustatius, hier. Saba. Und hier ist Saint Martin, wohin die *Admiraal Rodney* unterwegs ist.»

Grijpstra stand in täglichem telefonischen Kontakt mit den Klienten. Der junge Ambagt hatte berichtet, daß die Yacht nun in Bermuda sei. Ein geringfügiger Maschinenschaden, nichts Schlimmes, aber auch nicht von der Art, daß man ihn auf einer Ferieninsel beheben könne. Es sei besser, die *Rodney* zu einer gründlichen Reparatur nach Florida zu schaffen. «Die Ambagts wollen, daß wir nach Key West fliegen und dort an Bord ihres Schiffes gehen.»

«Und von dort zu den Antillen.» Der Commissaris sah vergnügt aus. «Dort beginnt dieses Abenteuer.»

Grijpstra schlug auf die Karte. «Jajajaja.»

«Du wirst seekrank werden, Henk», warnte de Gier.

Grijpstra schlug seinem Partner auf die Schulter. «Key West! Ich habe darüber gelesen. Beim Zahnarzt im Wartezimmer. Soll wunderschön sein. Man kann mit KLM-Charters direkt nach Key West fliegen, aber es wird mehr Spaß machen, wenn wir nach Miami fliegen und von dort mit dem Wagen fahren.» Grijpstras stumpfer Zeigefinger zeichnete die Route nach. Einhundertundvierzig Meilen über eine Schnellstraße und Brücken, die Inseln verbanden. «Die Brücke hier ist über sieben Meilen lang. Golf von Mexiko rechts, Karibik links. Wir mieten einen Cadillac, das wäre klasse, nicht wahr, Mijnheer? Und beim Fahren hören wir Kassetten. Ich werde eine neue von Wallace Roney mitnehmen.»

«Mijnheer», sagte de Gier. «Das ist lächerlich. Sollen wir Halunken nachgeben? Weil sie mich zusammengeschlagen und Grijpstra versenkt haben?»

«Nee.» Der Commissaris schätzte die Entfernungen auf seiner Karte. Key West, der südlichste Punkt der USA, war ein gutes Stück von den Bermudas entfernt – die havarierte *Admiraal Rodney* würde nonstop etwa eine Woche brauchen. Er schlug vor, am nächsten Morgen loszufliegen, Grijpstras Autotour zu machen, ein paar Tage in Key West zu verbringen, auf Vater und Sohn Ambagt zu warten und sich umzusehen.

«Ja, das ist es. So werden wir es machen.»

Ebenso wie de Gier hatte auch Katrien ihm vorgeworfen, er liefere sich Verbrechern aus. Und da war die Frage des Ranges. Ketchup und Karate wären bloß Agenten, die versuchten, sagte Katrien, einen ranghohen Beamten mit hineinzuziehen. Kleine Lichter, die sich als Bosse aufspielten. Na und, Katrien? Können wir's uns leisten, die Talente unterer Ränge zu unterschätzen? Die Kraft, Energie, ja die Intelligenz von Ketchup und Karate waren nicht zu verachten. Gewiß, über ihre Beweggründe war er sich nicht im klaren. Er nahm nicht an, daß die zwei Halunken sich nach den guten alten Zeiten des Friedens und der Ruhe vor dem Drogenhandel sehnten. K & K hatten immer einen Hang zum Bösen. «Sie sind wegen des Geldes dabei, Katrien. Aber sie können eine Hilfe sein.»

«Solltest du nicht einen Plan entwerfen, mit dem man diese kleinen Ratten bestrafen könnte?» fragte Katrien. «Armer Grijpstra, armer de Gier ... K & K sind grundschlecht, Jan. Sie hätten auch dich aufs Korn nehmen können. Jedermann weiß, daß du jeden Tag im Naturschutzgebiet wanderst. Sie hätten dich vom Damm schubsen, dich sogar mit einem Traktor überrollen können» – Katrien lachte, sie wußte, daß sie übertrieb –, «sie hätten auf dich schießen können.»

«Haha», lachte der Commissaris.

Er war nicht dafür, Leute zu bestrafen. Bestrafte neigen dazu, bissig zu werden, wie geprügelte Hunde. Es ist besser zu warten, bis Leute etwas tun, das eine Versetzung rechtfertigte, und sie dann wegzuloben. Außerdem waren K & K, zusammen mit Hoofdagent Cardozo, seine Verbindung zur niederländischen Staatsgewalt. Piraterie, dachte der Commissaris, war das nicht eine tolle Sache? Die Leiche des Matrosen Michiel, von Seemöwen zerhackt, eine Tatsache, die, so Grijpstra, durch ein Farbfoto belegt war. Kapitän Souza, in hilflosem Zustand in seiner Kabine gefunden. Sie sahen sich offenbar einem grausamen und tollkühnen Feind gegenüber. Jede Hilfe war willkommen.

«Was ich noch sagen wollte», sagte der Commissaris, «ich vergaß, Sie etwas zu fragen, Grijpstra. Was passierte mit dem Kapitän der *Sibylle*, Souza, diesem armen Kerl?»

«Nach Aruba heimgebracht, Mijnheer.»

«Sagte das der junge Ambagt?»

«Ja, Mijnheer, der Kapitän der *Sibylle* wurde mit dem Hubschrauber nach Saint Martin geflogen und mit dem Krankenwagen zum Flughafen gebracht. Mit seinen Beinen stimmte was nicht. Schlechter Kreislauf. Brand in beiden Füßen.»

«Und der Kapitän wußte nichts über den Angriff auf sein Schiff?»

«Zu besoffen, Sir.»

«Aruba.» De Gier blickte auf die Karte. «Und die Yacht, die *Rodney*, liegt im Hafen der Bermudas? War nicht die Rede davon, daß die Ambagts ihr Büro in Bermuda unterhielten? Bevor sie Seeleute wurden?»

Der Commissaris gab den Inhalt einer Polizeiakte wieder, die Hoofdagent Cardozo ihm gezeigt hatte. Peter und Carl Ambagt begannen vor etwa zwanzig Jahren ihre Laufbahn als Autodiebe in Rotterdam. Die Werkstatt, die sie am Schiedam-Deich unterhielten, war ein Schnelldurchlauf für gestohlene Wagen, die dort rasch zerlegt wurden. Die Teile wurden dann im ganzen Land verkauft. Carl war für die Diebstähle, meist waren es teure Ford-Modelle, Peter für das Zerlegen und Verkaufen zuständig.

Peter Ambagt wurde verhaftet und verbrachte ein Jahr im Gefängnis am Nordkanal in Rotterdam. Carl kam mit Bewährung davon.

Die Staatsanwälte unterschätzten die Größenordnung ihres Falles. Kurz nachdem Peter entlassen worden war, begannen die

Ambagts, mit genügend Kapital ausgestattet, auf den Bermudas ihre Geschäfte mit Rohöl.

«Sie haben ihr Kapital durch den Verkauf von Autoteilen verdient?» fragte Grijpstra.

De Gier hielt das für wahrscheinlich. Der Gesamtwert der Teile eines Autos ist dreimal so groß wie der des neuen Wagens. Da die Ambagts vermutlich en gros verkauften, dürften ihre Preise niedriger gewesen sein. Angenommen, sie schafften ein Auto pro Tag. Das wären dreihundert Wagen im Jahr (bei Berücksichtigung von freien Tagen), jedes zu zwanzigtausend. Das ergäbe sechs Millionen brutto im Jahr.

«Kosten?» fragte Grijpstra.

De Gier rechnete hoch. Helfer. Miete. Dinner im «Meuse»-Yachtclub. Peter Ambagts Gewohnheit, sich chinesische Schwule zu halten.

Carls Leinenblazer und goldene Schweizer Uhren. Angenommen, sie machten jährlich einen Gewinn von drei Millionen, angenommen, sie machten das fünf Jahre lang, würde ihnen das Rücklagen in Höhe von fünfzehn Millionen als Startkapital für das Ölgeschäft ermöglichen. Ja?

Der Commissaris fand nicht, daß diese Schätzung zu weit hergeholt war. Nach Cardozos Polizeiakte betrieben die Ambagts ihre Ölgeschäfte von den weit entfernten Bermudas aus, außerhalb der Zuständigkeit der niederländischen Polizei. Die Ambagts begannen mit dem Kauf von russischem Öl, das sie nach Südafrika verschifften. Um diese Zeit war Südafrika bei allen westlichen Staaten tabu. Das Embargo schloß Rohöl ein. Südafrika hatte keine eigenen Energiequellen. Sowjetrußland konnte nicht direkt mit den weißen protestantischen Buren Geschäfte machen, würde aber über Mittelsmänner an jeden verkaufen. «Und dann ...» der Commissaris hieb mit seiner kleinen Faust auf den Tisch «... hah!»

«Haha was, Mijnheer?» fragte Grijpstra.

Eine absolut perfekte Konstruktion, sagte der Commissaris. Wie die beiden Gauner sich das ausgeknobelt hatten! Superklug, die zwei. Die Russen mußten sicher sein, daß sie ihr Geld bekamen, also wurde die Zahlung durch einen Kreditbrief abgewickelt, ein Transfer von Dollars, garantiert von einer Bermuda-Bank. Die Zahlung wurde fällig, sobald die Russen die Lieferung des Öls nachweisen konnten. Die Südafrikaner bezahlten Ambagt & Sohn, Ambagt & Sohn bezahlte die Russen, und dazwischen war *Papierkrieg*.

«Bürokratie», sagte der Commissaris. «Wißt ihr, was Professor Mindera von der Erasmus-Universität über Bürokratie sagt. *Das einzige, das uns vor der Bürokratie bewahrt, ist ihre Ineffizienz.*»

Der Commissaris hob einen allwissenden Finger. «Bürokratie basiert auf einem Mangel an Vertrauen. Ihre paranoide Angst macht ermüdende Schreibarbeiten erforderlich. Schließlich bringen punktierte Linien und Multiple-choice sogar die besten von uns auf die Palme. Der Ärger über den Amtsschimmel führt uns in Versuchung, das System zu überlisten. Gauner zu werden.»

«Das alles sagte Professor Mindera?» fragte de Gier.

«Der letzte Teil stammt von mir», erwiderte der Commissaris.

Der russische Papierkram war unglaublich kompliziert, aber Peter Ambagt lernte, die Formulare auszufüllen. Nach einem Jahr regelmäßiger Geschäfte erteilte der alte Mann einen riesigen Auftrag. Eine Flotte gecharterter Tanker wurde in Leningrad beladen. Er beantragte keinen Kreditbrief und gab seinen Banken die Schuld am Ausbleiben der Papiere. Die beladenen Tanker beanspruchten wertvollen Raum im Leningrader Hafen. Peter Ambagt rief seine russischen Lieferanten an: Habe er nicht immer bezahlt, sei er nicht vertrauenswürdig, die Papiere seien in der Post.

«Bitte, schicken Sie Ihre Tanker los? Bitte, bitte!»

«*Da*», sagten die Russen. «Ja.»

Russische Schlepper zogen die Tanker aufs Meer. Die Ölflotte stach in See.

«Ah», sagte de Gier, der weiterdachte. «Also wurden Ambagt & Sohn von den Südafrikanern bezahlt, sobald die Tanker in Kapstadt eintrafen, aber Ambagt & Sohn bezahlten die Russen nie. Sie machten ein Vermögen, denn ihre Kosten waren gleich null. Aber sind sie damit nicht ein Risiko eingegangen. Schickten die Russen keine Iwans?»

«Iwans?» fragte Grijpstra.

«Iwan 007 Bondski», sagte der Commissaris. «Iwan Stalinski. Iwan Schrecklinski. Iwan Blas-die-Fasanenfeder-von-meinem-Hutski.»

«Was?» fragte Grijpstra.

«Regierungswechsel in Moskau», sagte der Commissaris. «Keine Iwans mehr.» Er lachte. «Und auf diese Weise konnten sich Ambagt & Sohn ein Feadship für dreißig Millionen kaufen.»

Grijpstra streckte dem Commissaris einen anklagenden Finger entgegen.

«Eine Feder von Ihrem Kopf geschossen? Haben Sie das gerade gesagt? Wo ist das passiert? Während Sie hinter den Windmühlen in Abcoude spazierengingen? Im Naturschutzgebiet?» Grijpstras dicke Hängebacken zitterten vor Wut. «Also haben es K & K auch bei Ihnen versucht! Benutzten die idiotische Kalaschnikow, die in ihrer Wohnung über dem Kamin hängt.»

Auch de Giers Gesicht war zorngerötet. «Eine unzuverlässige Waffe. Mit großkalibrigen Kugeln.» Auch de Giers Finger war anklagend ausgestreckt. «Das haben Sie uns nicht erzählt. Das ist nicht gut, Mijnheer.»

«Wir werden uns diese kleinen Arschficker vornehmen», sagte Grijpstra.

«Langsam, langsam, meine Herren», besänftigte der Commissaris. «Ihre Charakterschwächen lassen sich nicht beheben, wenn man sich auf ihr eigenes Niveau begibt. Wir wissen das. Ja?» Er spähte über seine kleinen runden Brillengläser. «Sie, de Gier, als Student des Buddhismus, und kürzlich des Hinduismus, stimmt's? Nun, als Student der östlichen Philosophien sollten Sie inzwischen wissen, daß sich Ketchup und Karate durch nichts, was wir ihnen antun können, auf ein höheres Niveau heben werden. Nur ihre eigene Anstrengung, die Teil ihrer eigenen Suche nach Einsicht ist, kann sie vielleicht, als Nebeneffekt, bescheiden machen. Im Bewußtsein dessen werden wir unsere Einstellung ausklammern und K & K aufgrund ihrer Fähigkeiten benutzen.»

«Wegen ihrer egoistischen Skrupellosigkeit», sagte de Gier.

Der Commissaris lächelte. «Genau.»

«Ich verstehe», sagte de Gier.

«Er versteht nichts, Mijnheer», sagte Grijpstra.

«Ambagt & Sohn verstehen auch nichts», sagte der Commissaris, «und Unwissenheit macht ihre Praktiken schlimmer. Denken Sie mal nach: Sie hatten auf den Bermudas eine hübsche Villa mit Pool und vielleicht ein paar teure Hobbys, nichts, das mit einem locker erzielten Cash-flow nicht zu bezahlen wäre. War das genug?»

«Genug ist zuviel», sagte Grijpstra. «Sagt Nellie immer. Sie will nicht mal, daß ich ihr Blumen schenke.»

«Weniger ist besser», sagte de Gier.

«Sie wissen das mittlerweile, nicht wahr?» fragte der Commissaris. Er spähte wieder über seine Brillengläser. «Das ist prima. Aber wußten es die Ambagts? Ich glaube nicht. Bermuda war fast der Himmel, aber sie zahlten immer noch ein paar Steuern. Ein Feadship, das zufällig im Hafen der Bermudas lag, brachte sie auf die Idee, wie sie ihre Unabhängigkeit vergrößern konnten.»

Grijpstra sah unglücklich aus. «Nellie hat den Wagen, den ich ihr gekauft habe, ihrer Schwester geschenkt. Sie besorgte sich ein gebrauchtes Fahrrad, um ihr Gewicht zu halten.»

«Gebrauchte Fahrräder sind meistens gestohlen», sagte de Gier.

Grijpstra nickte. «Vielleicht hat sie's selber gestohlen. Hat sie früher immer gemacht. Stahl die Fahrräder von dem Markt, wo Diebe gestohlene Fahrräder verkauften.»

«Also», sagte der Commissaris. «Sobald Ambagt & Sohn einen beträchtlichen Teil ihres Einkommens in die *Admiraal Rodney* gesteckt hatten, wurde es immer nötiger für sie, ihre Einnahmen zu vergrößern.» Der Commissaris nickte triumphierend. «Verstanden? Mein Vetter, der im Reedereigeschäft ist, sagt, daß die jährlichen Unterhaltskosten für ein Schiff etwa fünfzehn Prozent seines Kaufpreises ausmachen. Das ist eine Menge mehr als das, was die Bermuda-Villa kostete. Weitere fünf Millionen im Jahr waren irgendwie aufzubringen, und ihre Position auf dem Ölmarkt verschlechterte sich.»

«Kuba dürfte nicht allzugut zahlen», sagte de Gier, «und der Iran nicht zuverlässig liefern.»

«Und Carl und Peter saßen dazwischen», sagte Grijpstra.

«Und jetzt», sagte der Commissaris, «wollen die Ambagts, daß wir ihnen die Verluste wieder hereinbringen, die sie durch die Piraterie ihres gecharterten Supertankers *Sibylle* mit einer unversicherten Fracht erlitten haben.»

«Und bieten uns eine elende Million an», sagte Grijpstra melancholisch.

«Ich stimme dafür, daß wir angesichts der Art, wie wir bis jetzt behandelt worden sind, unseren Tarif verdoppeln», sagte de Gier. «Genug ist zu wenig?» fragte der Commissaris. «De Gier, ich will, daß sie sofort die Tickets bestellen, Amsterdam–Miami, Rückflug offen, erster Klasse, und sorgen Sie dafür, daß Grijpstras Cadillac in Miami wartet. CD-Player inklusive. Wir fliegen morgen.» Der Commissaris sah unglücklich aus. «Doppelter Tarif? Wirklich, Rinus. Habgier. Ausgerechnet Sie?»

«Rache», sagte de Gier laut. «Nicht Habgier?»

Rache sei nicht akzeptabel, sagte Grijpstra. Wie könne de Gier auf Rache scharf sein, gewiß nicht nach all seinen Meditationen auf dem Dachboden, seiner spirituellen Lektüre in Kommunikation mit magischen Pflanzen. Sollte Grijpstra daraus schließen, daß die Methode, die de Gier anwandte, Sadhana, wie er sie nannte, nicht funktioniere? Sollte er, Grijpstra, annehmen, daß seine Methode funktioniere? Sollte er, Grijpstra, annehmen, daß seine Methode, sich normal zu verhalten, sich innerhalb der Grenzen zu bewegen, die der gesunde Menschenverstand vorschrieb ...

«Du willst nicht abrechnen?» fragte de Gier.

«Mit Ketchup und Karate?» Natürlich wollte Grijpstra mit ihnen abrechnen. «Wir kriegen sie, Rinus?» Grijpstra hatte nichts gegen die gewöhnliche Tracht Prügel, die de Gier bezogen hatte, und die Feder, die am Hut des Commissaris fehlte, nun ja, das war nicht so schlimm. Aber er selbst war um ein Haar im unaussprechlich dreckigen Wasser des Ijsselmeers ersoffen.

«Es gibt Augenblicke», sagte der Commissaris, «da erwarte ich einfach ein bißchen mehr von euch beiden.»

Grijpstra beugte sich zum Commissaris. «Fühlen Sie sich nicht eingeschüchtert, Mijnheer.» De Gier berührte seinen Arm. «Sie haben mit einem russischen Sturmgewehr auf Sie geschossen, Mijnheer.»

«Wenn ich darüber nachdenke», erwiderte der Commissaris, während er seine Brillengläser putzte, «sie haben mich nervös gemacht, nur für einen Augenblick.»

9. Geier kreisen über dem Mount Trashmore

Schwarzflüglige Geier mit gelben Schnäbeln folgten dem blauen Jeep unter ihm mit Interesse. Kolumbianer, die in Key West, Florida, leben, nennen die Geier *chulos*, dasselbe Wort, das sie für Banditen benutzen.

«Stewy» Stewart-Wynne blickte hinauf. Sein Jeep war erst vor ein paar Minuten von einem Büro im Schatten des goldenen Hügels gemietet worden. Florida ist flach, aber Key West ist stolz auf seinen selbstgemachten Berg. Es ist mühevoll, den Abfall, den etwa fünfzigtausend Key Westianer fabrizieren, nach Miami zu transportieren, also wird der Müll benutzt, um ein Wahrzeichen zu schaffen, Mount Trashmore, der unermüdlich von brummenden Traktoren hochgeschoben wird, die den Abfall mit Sand überdecken, der die Sonne reflektiert. Einige Stellen liegen frei und offenbaren verfaulte Lebensmittel. Die Geier hacken und reißen rings um die immer laufenden Traktoren. Wenn ihre Bäuche gefüllt sind, breiten sie große Flügel aus, hüpfen von den steilen Hängen und nutzen thermische Aufwinde, um stundenlang gemächlich aufzusteigen. Geier sind faul. Sie bewegen kaum die Flügel.

«Hallo, schmutzgesichtige Aasschlucker», witzelte der Engländer aus dem Jeep. «Ist meine wohlriechende Persönlichkeit euch unangenehm?» Er war in guter Stimmung. Er hatte gerade sein letztes geschäftliches Projekt abgewickelt. Noch ungefähr zwei Monate drüben im Londoner Büro aus dem Fenster gucken, und Stewy würde sich zur Ruhe setzen. Danach würde es nichts mehr geben als Zufriedenheit. Dreimal täglich den Hund im weitläufigen Hyde Park ausführen, ohne Eimer und Spaten zu vergessen – Jasper hinterließ umfangreiche Haufen –, einmal täglich die

Blumen in seinem kleinen Solarium wässern, einmal die Woche sich um die Einkaufsliste für den Eisschrank kümmern, das würde es sein für die Dauer. Anne würde weiterhin Sauerstoff aus einer Stahlflasche nuckeln und natürlich Zigaretten rauchen. Zum Glück war sie keine große Plage. Während sie auf die Ewigkeit wartete, würde sie rauchen, Jasper, der Hund, im Traum zucken und Stewy, nun, ihm würde es gutgehen, wie erwartet. Er würde die *Times* lesen, sich ein paar Filme angucken, auf BBC Witzsendungen hören und im Pub um die Ecke ein halbes Pint Bitter trinken.

Ich bin ein Glückspilz, dachte Stewy. Ein Glückspilz.

«Stewy, alter Junge», hatte der Boß gesagt. «Ich höre, die Karibik ist eines von Ihren früheren Revieren. Es scheint, daß wir da drüben ein bißchen Ärger haben. Wollen Sie nicht hinfliegen und sich die Sache mal ansehn? Was sagen Sie?»

«Ja, Sir», sagte Stewy.

«Agent» (seine offizielle Berufsbezeichnung) Stewart-Wynne hatte an diesem Tag Glück. Ursprünglich beim britischen Finanzriesen Quadrant Pty. Ltd. als Ermittler bei zweifelhaften Versicherungsansprüchen beschäftigt, hatte man ihm aufgrund seines Alters und seiner Abneigung, «computerkundig» zu werden, gesagt, er solle «die Dinge leichtnehmen». Wieder an der Front. Abenteuer vor Augen. Er hatte seinem Chef nicht gesagt, daß er fast nichts über die Antillen wußte, bis auf das, was ihm bei einem Abstecher nach Anguilla aufgefallen war. Ein kurzer Urlaub, den sie in einem Bed & Breakfast verbrachten. Der Besitzer der baufälligen früheren «Kolonialvilla», Jonathan, war eine eindrucksvolle Gestalt. Der großgewachsene vornehm aussehende Schwarze hatte den Ruf, ein «Seher» zu sein, benahm sich aber durchaus normal, außer daß er für seine Anhänger Zeremonien durchführte. Hühnchen wurden geschlachtet, es gab ein Freudenfeuer, die Versammlung kostümierte sich, und Jonathan zeigte das Weiße seiner Augen, murmelte, sang, schwang eine Rassel, schlug eine Trommel, ein Chor junger Mädchen hinter ihm sang rhythmische Refrains. Die Musik, die ganze Schau, erinnerte

Stewy an Rap mit einem Hauch von Sting. Sein Wirt hatte Stewy trotz seiner britischen Arroganz fasziniert.

Als er nach Anguilla zurückkehrte, war das Bed & Breakfast noch da. Stewy nahm auf Kosten der Firma das beste Zimmer. Er erzählte Jonathan von seinen Nachforschungen. Jonathan war ihm behilflich. Die Untersuchung richtete sich auf die nahegelegene Insel Saint Martin. Eine weitere Spur führte Stewart-Wynne auf deren Zwillingsinsel Saint Eustatius. Alle Linien der Ermittlung liefen in Key West zusammen. Stewy nahm sich Key West vor. Das war nicht notwendig, weil er genügend Beweise gesammelt und sogar auf Band hatte. Er hätte nach London zurückkehren und die Sache abschließen können. Doch da seine Ausgaben sich im Rahmen hielten, warum nicht ein bißchen feiern, um diesen Auftrag zu krönen? Zum Schluß seiner Laufbahn stibitzte sich Agent Stewart-Wynne heimlich eine hübsche Woche Urlaub. Er hatte ein reines Gewissen. Das war die letzte Gelegenheit, einige seiner Träume Wirklichkeit werden zu lassen. «Ich bin ein Cowboy», rief Agent Stewart-Wynne am Steuer seines brandneuen, strahlendblauen, echt amerikanischen Miet-Jeeps. «Ich bin John Wayne, und ich zeig's den Jungs.»

Der wirkliche John Wayne würde nichts Derartiges tun, das wußte Stewy, aber *sein* John Wayne machte, was Master Stewart-Wynne vorschrieb. Und wenn *sein* John Wayne in Key West im 4-Sterne-Hotel *Eggemoggin* wohnen mußte, nun, dann stieg der prächtige Bursche dort ab.

Stewart-Wynnes Persönlichkeit hatte viele Facetten. Auf Saint Martin und Saint Eustatius hatte er Spaß daran gehabt, ein Wanderer zu sein, der die Natur beobachtete. Auf der kleinen Insel Anguilla war er der britische Außenseiter, der auf einem Esel ritt. Vielleicht hatte sich seine Persönlichkeit gespalten, weil Anne dieses Mal nicht bei ihm war. Seine Frau war sein fester Punkt. Anguillas Seher, Jonathan, hatte diese Möglichkeit während eines langen nächtlichen Zwiegesprächs, bei dem eine Menge Marihuana geraucht wurde, ins Spiel gebracht. Jonathan hatte Stewart-Wynne vorgeschlagen, er solle alle seine Fähigkeiten nutzen. Jonathan verglich den bis jetzt farblosen britischen Mittelklasse-Gentleman mit einem Flugzeug, das man auf Anguilla gefunden hatte.

Die Cessna hatte eine Bruchlandung gemacht, und ein Flügel war gebrochen. Der Pilot war verschwunden, vermutlich nachdem er ein Segelboot gestohlen hatte. Die erfreuten Anguilla-Polizisten beschlagnahmten eine Ladung Cannabisprodukte, die sich im Flugzeug fand. Die nutzlose Cessna stand am Straßenrand. Jonathan besaß ein Melonenfeld, und sein Karren war kaputt, was ärgerlich war, denn das Feld befand sich am anderen Ende einer drei Meilen langen Straße.

Jonathan schraubte die Flügel der Cessna ab, spannte seinen Esel vor das Flugzeug, belud es mit Melonen und ersparte sich eine Menge Mühe, denn auf diese Weise konnte er seine Melonen zum Markt transportieren. Der Esel verletzte sich an einem Bein. Ein freundlicher Mechaniker brachte den Motor des Flugzeugs zum Laufen, so daß die nächste Ladung Melonen mit Motorkraft zum Markt geschafft wurde.

«Ich könnte», sagte Jonathan zu Stewart-Wynne, «die Melonen zum Markt *fliegen*. Die Flügel der Cessna hab ich noch, und wir sind auf Anguilla technisch in der Lage, die Flügel wieder am Flugzeug anzubringen. Die ganze Leistungsfähigkeit des Flugzeuges war vorhanden, genau wie auch Sie, ein menschliches Wesen, alle menschlichen Fähigkeiten in sich tragen.»

«Ist das so?» fragte Stewart-Wynne höflich.

Das sei so. Das menschliche Wesen, verkündete Jonathan, habe unendlich viele Fähigkeiten.

«Ist das so?»

Es sei genau so. Wenngleich die Cessna keine Melonen über eine kurze Entfernung fliegen und Stewart-Wynne für den Augenblick seine übernatürlichen Gaben nicht einsetzen müsse. Es gebe jedoch Zeiten, sagte Jonathan, wo wir alle unsere Talente bräuchten, «wie Sie es tun werden, Mista Stewy, in Key West, in sehr naher Zukunft.»

«Woher wissen Sie das, Mista Jonathan?»

Jonathan war wieder emsig mit einem Hühnchen und Stofffetzen und seinen Trommeln und Rasseln beschäftigt gewesen, war bei Vollmond weiß gekleidet um ein Feuer getanzt, während der weibliche Chor den musikalischen Hintergrund bildete.

Wunderbarer Nigger-Blödsinn, dachte Stewy unter kreisenden Geiern in seinem gemieteten Jeep, unterwegs zur Stadtmitte von Key West, wo er Anne per Luftpost eine Postkarte schicken und danach ein ausgedehntes vorzügliches Dinner in Key Wests *Lobster Lateta* zu sich nehmen wollte. Gewiß, ziemlich teuer, wer fragte danach?

Stewy hatte keine Eile, Quadrant Ltd. in London zu informieren. Der Bericht war in seinem Kopf und die Kassette in seinem Hut. Währenddessen beäugten die Geier den Cowboy, der dem Untergang geweiht war. Geier wittern potentielles totes Fleisch. Stewy verpackte das seine in hohe Stiefel aus Schlangenleder mit silbernen Spitzen und hohen Gummiabsätzen, enge Jeans, ein todschickes kariertes Hemd und einen 2-Gallonen-Hut. Stewy hatte vor, diese Kleider im Hotel zurückzulassen, denn Anne würde sich amüsieren, wenn sie sie in seinem Koffer finden würde. Sie könnte seinem Chef bei Quadrant davon erzählen. Der Chef würde ebenfalls überaus amüsiert sein.

Er sah im Rückspiegel einen zerbeulten Chevrolet, ein Modell aus den frühen siebziger Jahren, ein halbes Wrack von der Art, wie Gammler es fahren. Stewy erinnerte sich, daß er den Wagen schon vorhin gesehen hatte, von demselben langhaarigen Schlawiner gesteuert. Ein Junkie, dachte Stewart-Wynne. Ein Säufer. Leute wie dieser Chevyfahrer mieden bewußt jede Gelegenheit zur Arbeit. An den meisten Hotels und Restaurants in Key West hingen Schilder «Aushilfe gesucht». Wirklich eine Schande, daß der Fahrer des Wagens hinter ihm, ein soldatischer Typ, wie es schien, sich sein Leben fast mit Absicht versaut hatte. Dieser Mann war jemand, für den sich die Geier interessieren sollten.

Immer ist irgendwas, dachte Stewart-Wynne wütend. Warum wurde er jetzt von einem miesen Typ verfolgt? Zu guter Letzt, am Ende seiner Laufbahn, im Begriff, sich einen kleinen harmlosen

Traum zu erfüllen, sah er sich womöglich neuem Ärger gegenüber. Stewy erinnerte sich an einen weiteren weisen Ausspruch Jonathans. Das Leben ist keine Abfolge beschissener Dinge, nein, es ist immer wieder dieselbe beschissene Sache, derselbe Wunsch, sich voller Furcht an die schönen Augenblicke zu klammern.

Er beschloß, die kreisenden Aasvögel nicht zu beachten, den durchdringenden süßlich-ekligen Gestank, der vom Mount Trashmore herabtrieb, den üblen Typ in der Rostschüssel. Außerdem sah er ihn nicht mehr im Rückspiegel. Der Gammler hatte vermutlich eine Seitenstraße genommen. Stewart-Wynne war wieder John Wayne, aber einer, der es den Burschen zeigte.

«Nutzen Sie alle Ihre Fähigkeiten», hatte Jonathan in Anguilla gesagt, «in Key West werden Sie sie brauchen.»

John Wayne brauchte nichts, ausgenommen ein Feinschmeckeressen und danach Drinks in einer schicken Bar.

Stewy parkte den Jeep vor dem Postamt von Key West in der Whitehead Street. Er hatte eine Ansichtskarte für Anne gekauft. Das Bild zeigte den in Florida geborenen Indianerhäuptling Billy Bowlegs, der gerade versuchte, einem Offizier der stets siegreichen amerikanischen Kavallerie durch die Brust zu schießen. Anne, antiamerikanisch seit Vietnam, hatte Freude an heutigen Indianern, die anders waren als in von Weißen gedrehten Filmen. Sie kicherte zwischen Rauchen und Husten, wann immer sie einen Vertreter der herrschenden weißen Rasse ins Gras beißen sah, während edle Indianer weise lächelten. Billy Bowlegs hatte zu dieser Zeit selber ins Gras gebissen, doch auf der Postkarte ließ man ihn siegen. Der amerikanische Offizier, den er gerade umbrachte, sah genauso aus wie John Wayne.

Während er behende aus dem Jeep sprang, erblickte Stewy einen toten Sperling, der seitlich auf seinem Schnabel ruhte. Zufällig war der Parkplatz leer. Da keine Autos da waren, richtete sich das Auge automatisch auf die kleine Tierleiche. Der vornübergeneigte Sperling erschien lustig und mitleiderregend. Der tote Vogel wurde von Sonnenstrahlen beleuchtet, die von Palmwedeln gebrochen wurden. Es war später Nachmittag, und das schräg einfallende Sonnenlicht, zerteilt und verzerrt durch die Auspuffgase des vorbeiströmenden Verkehrs, schien mit Blut durchschossen. John Wayne zog hinter seinem Schlangenledergürtel den Bauch ein und seinen riesigen Hut tief in die Stirn, um, die Postkarte in der Hand, lässig an dem dramatisch beleuchteten toten Sperling vorbeizustolzieren.

Merkwürdige Vorzeichen überall. «Nutzen Sie alle Ihre Fähigkeiten», hatte Seher Jonathan gewarnt.

Hinter dem Opfer Stewart-Wynne schob der langhaarige Chevy-Fahrer seinen muskulösen Körper rasch unter Stewart-Wynnes geparkten Jeep. In seiner Hand schimmerte ein Set Schraubenschlüssel und eine Zange. Stewy bemerkte nichts.

10. Amerikanische Szenen

Als der Commissaris, Grijpstra und de Gier vom Amsterdamer Flughafen Schiphol abflogen, winkten ihnen Katrien, Nellie und Sayukta zum Abschied zu. Sie hatten einen angenehmen Flug mit gutem Wetter beim Start und der Landung vor sich und konnten während des Fluges die Gewitter von oben betrachten.

Ihr reservierter Cadillac wartete am Flughafen von Miami. Das Fräulein von Avis erklärte ihnen, wie sie aus Miami rauskamen, auf die Route 1 nach Florida Keys und schließlich nach Key West. Ihr haitianisch-französischer Akzent war so reizvoll, daß die nikkenden Zuhörer gar nicht zuhörten. Sie bogen mehrere Male falsch ab und erreichten Miamis Kehrseite, wo de Gier kunstreich fahren mußte, um schlechtgelaunten Kindern auszuweichen, die Bierdosen nach ihnen warfen. Der Commissaris auf dem Rücksitz beachtete weder de Giers Fluchen noch Grijpstras Jammern und versuchte, sich auf der Avis-Straßenkarte zurechtzufinden. Der Cadillac wurde von einem Lieferwagen voller junger Leute mit verfilzten Haaren verfolgt, laut Grijpstra Räuber, Touristen-Killer, bis an die Zähne bewaffnet. Die Spannung der Jagd versetzte die Detektive in ihre Vergangenheit.

Grijpstra übernahm das Kommando. «Schaffen Sie uns hier raus, Brigadier.»

«Aber sicher doch, Adjudant. Zu Befehl.»

De Gier trat kurz, aber beherzt auf die Bremse, damit der verfolgende Lieferwagen glauben sollte, der Cadillac werde plötzlich anhalten. Der Fahrer glaubte es tatsächlich. Um einen Aufprall zu vermeiden, trat der filzhaarige Fahrer ebenfalls auf die Bremse, so daß er und seine Kumpel nach vorn geschleudert wurden und mit den Köpfen gegen die Windschutzscheibe knallten. Währenddessen beschleunigte der Cadillac. De Gier drehte das Steuer ein wenig, um den Eindruck zu vermitteln, er wolle scharf nach rechts ziehen, dann riß er den Wagen ganz nach links. Noch eine Finte? Ja, der Wagen machte eine U-förmige Linksdrehung. Das komplizierte Manöver brachte den verfolgenden Lieferwagen durcheinander. Er kam von der Teerstraße ab, pflügte durch eine Reihe von Mülltonnen, schlitterte auf einen Acker, zerfetzte Dornbüsche, schlingerte um eine Palme herum, stieß mit Autowracks zusammen und legte sich langsam auf die Seite.

Der Commissaris verstand endlich die Straßenkarte und leitete de Gier zu einem Highway, wo sich der Cadillac in den stetigen Verkehr auf einer Miami-Umgehungsstraße einfädelte. Autos in parallelen Reihen wurden von adretten alten Männern gefahren, die Strohhüte trugen.

«Wenn Sie den Route-1-Schildern folgen», sagte der Commissaris zu de Gier, «werden wir rasch die Everglades erreichen.» Er las die Rückseite der Karte. «Ibis und weiße Riesenreiher, Adler und Bär, sogar Panther, und dann werden wir diese Brücken überqueren, von denen Sie sprachen, Grijpstra, zwischen zwei Gewässern, die eine lange Reihe von Inseln verbinden, an deren Ende Key West liegt.» Grijpstra hatte eine CD eingelegt. Vier Stereolautsprecher gaben den Klang von Wallace Roneys Trompete wieder. «Was soll's?» Die Ausläufer von Miami zischten vorbei. Wolkenkratzerhohe Hotels spiegelten sich gegenseitig in tausend Fenstern. Der Cadillac bewegte sich stoßfrei. Der Friede war zurückgekehrt. «Ja, wirklich», sagte der Commissaris und schloß für einen Augenblick die Augen, um sich auf Herbie Hancocks Piano zu konzentrieren. Die Töne waren makellos rein, Roneys Trompete setzte wieder ein und half dem Commissaris, Einsichten zu gewinnen. Für den Bruchteil einer Sekunde wußte er beinahe, worum sich alles drehte.

Der Commissaris, die Hände auf dem leicht vorgewölbten Bauch gefaltet, den Kopf auf das samtbezogene Schaumgummipolster gelegt, schnarchte leise. Grijpstra dachte halb träumend an zwei miteinander vertäute Supertanker, einer sprudelnd, der andere saugend. Konnte sich so etwas abgespielt haben? Raub-Tanker, die sich an Opfer-Tanker heranmachten? Piraten springen von einem Deck aufs andere. Ein Maschinengewehr knattert. Pumpen und Röhren werden über Schanzdecks geschleppt. Matrose Michiel blutet sich zu Tode. Der Kapitän tobt und lärmt in seiner Kabine. Niemand, der die Nottaste drückt? Keine SOS-Signale, die durch den Cyberspace schwirren? Kein Boot der Küstenwache, das sich mit Höchstgeschwindigkeit nähert? Nichts als leere See und Seemöwen, die in das sich krümmende Fleisch eines gemein ermordeten jungen Helden hacken? De Gier schaltete den Tempomat des Cadillac ein, fünfzig Meilen pro Stunde, das Tempolimit, das die Schilder entlang der zweispurigen Straße vorschrieben. Zu beiden Seiten zogen sich bis zum Horizont Sümpfe hin, eine weite Fläche von Grün und Gelb mit gelegentlichen Gruppen von Büschen und Kiefern. Weiße und graue Reiher und Silberreiher wateten bedächtig, Kormorane und Krähen saßen auf Telefondrähten und Elektrokabeln, ein Fischadler spähte aus einem großen, unordentlichen Nest herab, auf eine riesige Reklametafel gebaut, die eine langbeinige vollbusige Frau zeigte, die Whisky schlürfte, der dieselbe glänzende Farbe hatte wie ihr Haar.

De Gier lauschte der Jazztrompete und versuchte, in seinem Kopf jede Note zusammen mit dem improvisierenden Meister zu spielen; Grijpstra hörte ebenfalls zu, trommelte leise auf seine Knie, weil auch auf der CD die Percussion leise war, besonders solange die Becken zischten, obgleich von den Tomtoms schnelles Rattern zu hören war. Ein Drummer blieb eben ein Drummer.

«He», seufzte Grijpstra begeistert.

Wie angenehm alles sein kann, dachte de Gier zufrieden. Die Everglades traten in vergessenen Hintergrund. Die ersten Brükken bildeten futuristische weiße Streifen über dem azurblauen Wasser. Pelikane begleiteten den Wagen, wie Polizisten auf Harley-Davidsons eine Limousine umgaben, die einen Gouverneur transportierte, der unterwegs war. Strandhäuser verbargen sich unter Palmen. Key West kam näher, die Meilenangaben wurden kleiner und kleiner. Key West war bei Meile Null.

De Gier hätte gern etwas gegessen, aber Grijpstra und der Commissaris dösten glücklich. Der CD-Player spielte Duke Ellingtons *Caravan*. Er stellte den Temporegler auf sechzig Meilen pro Stunde. Grijpstra knurrte, und der Commissaris seufzte. De Gier wußte, daß *Caravan* von einer ziehenden Kamelkarawane inspiriert worden war. Kleine Glöckchen läuteten, während die Tiere in der Freude der Bewegung ihre langen Beine rhythmisch im Gleichklang bewegten. Die ideale Reise, dachte de Gier, geht immer weiter. Der ideale Reisende vergißt den Ausgangspunkt, achtet nicht auf das Ziel. Keines der sich bewegenden Bilder spielt eine Rolle, er will nicht bleiben, er hat keine Angst, sie hinter sich zu lassen. Er genießt das vorüberziehende Schauspiel.

De Gier dachte abermals vage ans Essen. Glaubte man den Prospekten, war Key West ein Paradies für Gourmets. Dort gab es Steinkrabben, die ihre wohlschmeckende Kampfschere darbieten und denen eine neue wächst, wenn man sie nach der Amputation wieder zurückwirft. Da war der auf andere Art wohlschmeckende Hummerschwanz. Riesige Shrimps, Fische in allen Farben, Größen, Geschmacksrichtungen und Arten. Und aus dem Hinterland Floridas kamen gemischte Salate, mit Schlagsahne überhäufte Früchte, Gemüse, ganz nach Geschmack.

Ein besonderes Gericht war ein Ragout aus Schneckenmuscheln, einem Schalentier, einer gefährdeten Art, die in US-Gewässern nicht mehr gefangen werden darf, doch in Key West reichlich vorhanden ist, da die nahen Bahamas und Antillen nichts dagegen haben, ihren Teil des Ozeans im Tausch gegen Dollars leer zu fischen. Dann schließlich die Key Lime Pie, die perfekte Verbindung von Limonen, Eiern, Pastetenteig und Sahne.

«Hunger», stöhnte der allmählich erwachende Grijpstra.

«Vielleicht probieren wir einen Happen?» flüsterte der Commissaris vom Rücksitz. Er studierte die Karte. «Schon Key West? Überqueren Sie die Brücke, de Gier, biegen Sie nach links auf den Roosevelt Drive, nach rechts in die Duval Street, zweiter Häuserblock links, ein Restaurant namens *Lobster Lateta.*»

«Hotel?» fragte Grijpstra.

«Eggemoggin Hotel», erwiderte der Commissaris. «Jede Menge Sterne. Zuerst essen wir. Sollen wir?»

Das Essen wurde auf der Straßenterrasse des Restaurants mit Blick auf die Duval Street serviert. Einkaufende Touristen in schlampig-elegantem Aufzug flanierten über die Bürgersteige, restaurierte alte Autos bewegten sich gemächlich über gepflegten Straßenbelag. Weibliche Radfahrer donnerten mit fünf Meilen die Stunde vorbei. Die Fahrerinnen, alle mit denselben orangefarbenen Edel-Overalls über braunen T-Shirts bekleidet, trugen Erster-Weltkrieg-Stahlhelme. Einige waren kaum in der Lage, die Handgriffe ihrer Räder zu erreichen. Eine stark geschminkte ausgedörrte alte Frau saß in einer Rikscha, gezogen von einem Bodybuilder mit golden bemalter Brust und einem Bambus-Penishalter, der aufreizend vorragte. Eine Jazzband marschierte im Gänsemarsch im Paradeschritt vorbei, einen Fuß auf dem Bürgersteig, einen Fuß im Rinnstein. Der Leader war ein Indianer, trug einen Federhut und spielte Posaune. Die Band bestand aus weißen und schwarzen Musikern. Sie spielte eine passable Version von Monks *Rhythm-A-Ning*.

Der Commissaris sah Stewart-Wynnes Jeep, der herangedonnert kam, bevor seine Gefährten ihn sahen. Er sah ihn wie im Zeitraffer, wie früher, wenn er sich einer lebensbedrohenden Situation gegenübersah, doch früher war auf der Gegenseite etwas Böses gewesen: ein Verbrecher, der eine Waffe hielt, ein Kampf auf einem Bahnsteig – er wäre um ein Haar unter einen Zug gestoßen worden. Auch in Zeiten der Krankheit war er dem Tod begegnet, bis zu dem Punkt, an dem er sich von seinem Körper gelöst hatte, von einem Krankenhausbett emporgeschwebt war, auf Katriens Kopf herabgeblickt und ihre ersten grauen Haare bemerkt hatte. Da hatte ihn Verzweiflung gepackt bei dem Gedanken, sie könne ihn brauchen, und er war zurückgekehrt, um gegen tödliche Mikroben zu kämpfen, die gierig dabei waren, das Fleisch von seinen Knochen zu nagen. Jetzt erschien das bedrohliche Bild eher freundlich. Der Commissaris mochte Jeeps. Er erinnerte sich an die amerikanischen Soldaten, die in einem Jeep durch eine Amsterdamer Straße fuhren, die ersten alliierten Soldaten, die er bei der Befreiung gesehen hatte. Er wollte die eckige Motorhaube, die verchromten Scheinwerfer streicheln.

Die tödliche Maschine donnerte heran. Das strahlendblaue Fahrzeug traf den Cadillac, der korrekt quer zur Straße an der Seite geparkt war. Der Jeep prallte ab. Der Engländer klammerte sich verzweifelt an das Steuer. Der Jeep traf andere parkende Autos, schrammte ihre Kotflügel mit dem seinen und trieb einen Funkenhagel hervor. Die Jazzband versuchte sich aufzulösen, schloß sich jedoch wieder zusammen und ergoß sich in eine Galerie mit Volkskunst, warf afrikanische Stammesskulpturen durcheinander und schlitterte über orientalische Teppiche. Die Rikscha schoß in eine Seitengasse, ihr Gestänge brach, und die alte Frau wurde abgeworfen, während der Bodybuilder eine Palme erkletterte. Der Commissaris nutzte die ungewöhnliche Länge dessen, was ein Sekundenbruchteil sein mußte, und entschied sich, sein lahmes Bein für den Augenblick zu vergessen. Er sprang über den Tisch und schob Grijpstra samt Stuhl und allem zur Seite. Grijpstras Fuß war dem Jeep im Weg, er schrie, als er ihn zurückzog. De Gier, der die Gefahr bemerkte, bevor Grijpstra zur Seite geschoben wurde, stieß Gäste aus dem Weg des donnernden Jeeps, dann rannte er, um seine eigene Haut zu retten, in einen dekorativen Garten an der Rückseite des Restaurants und fiel in einen flachen Goldfischteich, zum Teil mit blühenden Wasserlilien bedeckt. Der Jeep, nachdem er die Holztreppe, die auf die Terrasse führte, erklommen hatte, folgte de Gier, während Möbel splitterten. «Aus dem Weg!» schrie John Wayne mit britischem Akzent. Der Commissaris erwähnte später, wie ihm aufgrund des Zeitraffers die Stimme des durch und durch amerikanischen Cowboys «aufgesetzt» erschienen war. «Wegwegweg...», schrie Stewart-Wynne mit letztem Atem. Der Jeep drang ebenfalls in den Goldfischteich ein, den de Gier mittlerweile geräumt hatte, und blieb an dessen Felswand hängen, während alle vier Räder sich weiterdrehten. De Gier drehte den Zündschlüssel um. Eine fürchterliche Stille erfüllte sich mit Stöhnen und Flüchen. Die Gäste halfen einander auf die Beine. Eine Frau, der der Commissaris hochhalf, jammerte über den unersetzlichen Schaden, den ihr handbemaltes Seidenkleid davongetragen hatte. Sie deutete mit zitterndem Finger auf Stewart-Wynnes schlaffen Körper. «Ich hoffe, daß der Säufer selbst verletzt ist.»

Sie verengte die Augen. «Oder denken Sie, daß er bekifft war?» Sie tat so, als schiebe sie sich eine Pille in ihren Mund. «Irgendeine bewußtseinsverändernde Substanz? Vielleicht war er nicht ganz bei Trost?»

«Er wird nicht wieder zu sich kommen», sagte der Commissaris und studierte den unnatürlichen Winkel, den der Kopf und der Rumpf des Fahrers bildeten.

Ein Motorradpolizist erschien. Der athletisch aussehende junge Mann trug Khakishorts, ein blaues Hemd über einem polierten Pistolengürtel, an dem seine Polizeimarke hing, blankgewichste Stiefel und lange Socken. Der Cop kniete neben der Leiche nieder und schnüffelte an ihren Lippen.

«Habe ich schon gemacht», sagte de Gier. «Kein Alkohol, aber sehen Sie sich das an.» Er zeigte dem Polizisten das Innere des Jeeps, wo sich das Gaspedal aus dem Gelenk gelöst hatte. «Und das hier, das ist auch nicht in Ordnung.» Das Bremspedal war durchgetreten. «Armer Bursche, hatte keine Kontrolle mehr über das Auto; es ist erstaunlich, daß nicht auch am Lenkrad rumgefummelt wurde.»

Der Polizist starrte de Gier an.

«Warum, he?» fragte de Gier.

«Warum?» fragte der Polizist langsam. «Sie wissen ja 'ne Menge, wie?» Er berührte mit kraftvoller Hand de Giers Schulter. «Sie bleiben in der Nähe, Jungchen.» Er drückte auf sein Funkgerät. «Sergeant Symonds? Harry hier. Standort Duval und Louisa, Northside. Toter Tourist in Cowboy-Klamotten am Steuer eines blauen Jeeps, Mietwagen, Mount Trashmore. Das *Lobster Lateta* liegt zu sechzig Prozent in Trümmern, Viertelmillion Schaden an geparkten Wagen auf der Duval, Darn-Dikes'-Rädern, Tante Tatas Rikscha, Goldjungens Penisschoner und Instrumenten der Straßenmusiker. Der Chihuahua in der Volkskunst-Galerie liegt im Koma. Abgesehen vom Fahrer scheint niemand verletzt, komisch, wie? Möglicherweise kriminelle Absicht und ein neunmalkluger Zeuge. Sergeant? Würden Sie mir den Wagen und technische Unterstützung schicken? Krankenwagen für die Leiche?»

«Zehn-vier», sagte eine weibliche musikalische Stimme. Verschleiert und fetzig, dachte de Gier. «Danke, Harry, Ende.»

11. Porträt eines Partner-Vogels

Der Commissaris und Grijpstra hielten eine Besprechung in ihrer Suite im *Eggemoggin Hotel* ab. Grijpstra hatte den beschädigten Cadillac bei Avis in Key West umgetauscht. Der Commissaris rief Carl Ambagt an. Das Feadship, berichtete Carl, habe gerade die Bahama-Insel Eleuthera gesichtet. Die *Rodney* lief noch immer zu langsam. Es hätte, klagte Carl, eine Verstopfung in den Zylindern gegeben. Und die Verstopfung sei verursacht worden, weil Treibstoff, den sie auf den Bermudas getankt hätten, gummiartig geworden sei. Und das würde durch «Kacke» verursacht.

«Kacke, Mijnheer Ambagt?»

«Kacke von Kleinlebewesen», sagte Carl. «Mikroben, die im Treibstoff leben, verarbeiten die Menge, die sie täglich aufnehmen, nur zum Teil. Ein Rückstand wird von dem schmarotzenden Organismus als gummiartige Kacke ausgeschieden. Keine unbekannte Erscheinung, sagte Carl, Kacke in Treibstoffleitungen habe Seegefechte verzögert. Nie von Mikrobenkacke gehört? Nein? Für mich war es auch das erste Mal, aber jetzt haben wir den Mist, laufen nur noch fünf Knoten.» Carl hatte seine Weisheit vom Schiffsingenieur – zwanzig Jahre Dienst bei der Königlichen Niederländischen Marine. Carl sagte, er halte die ganze Geschichte für Quatsch. Irgendein Mitglied der Crew hatte vermutlich vergessen, irgendwo eine Brennstoffleitung zu öffnen, und so habe die Maschine statt dessen Luft angesaugt. Dieselmotoren ersticken an Luft. Also was tun? Die Schuld zugeben? Nie. Mikrobenkacke erfinden.

«Ich verstehe», sagte der Commissaris verwirrt.

Was immer geschieht, sagte Carl, die *Rodney* werde in Key West wegen der Reparaturen ins Dock gehen. Könne jeden Tag eintreffen. Die *Rodney* sei ein perfektes Schiff, aber kleine Pannen kämen immer mal vor, und der Ozean verzeihe keine Schwäche. Zu gegebener Zeit werde man sich um alles kümmern. Bald würden sie alle unterwegs zu den Antillen sein, um Bewegung in die Sache zu bringen.

«Nicht alle», sagte der Commissaris und setzte seinen Klienten darüber ins Bild, daß ein Jeep ins *Lobster Lateta* gedonnert sei und die Polizei von Key West de Gier wegen weiterer Befragung festhalte.

«Ich hoffe, er hat seine Handschuhe mit», lachte Carl.

«Wie bitte?»

Es sei schon gut, sagte Carl, er müsse jetzt aufhängen. Der Bootsmann berichte von Seetang im Auspuff des Schiffes. Carl klang nervös. «Er muß einen Taucher runterlassen.»

«Viel Glück», sagte der Commissaris.

«Glauben Sie, daß man de Gier festnehmen wird?»

«Könnte sein.» Die schmerzenden Beine des Commissaris wurden von einem auflandigen Wind geplagt. Er legte sich hin und deckte sich mit einer Baumwolldecke zu. Grijpstra lag auf dem riesigen Bett daneben. Gemeinsam analysierten sie den Vorfall im Restaurant. Grijpstras Theorie, ein absichtlich herbeigeführtes gleichzeitiges Versagen von Bremse und Gaspedal, schien einleuchtend. Der Gentleman-Cowboy war nicht betrunken. Er sah auch nicht aus wie ein Junkie. De Gier hatte, bevor man ihn zum Polizeiwagen führte, von Störungen der Mechanik berichtet, aber der Jeep war neu, hatte nicht mal zweitausend Meilen auf dem Tacho.

«Spricht nicht gerade für einen Unglücksfall», schloß der Commissaris.

De Gier kam nach Mitternacht zurück. «Haben Sie sich amüsiert?» fragte der Commissaris.

Die Befragung hatte einige Zeit in Anspruch genommen. Man hatte de Gier gesagt, er dürfe die Stadt nicht verlassen und müsse sich jederzeit für weitere Befragungen zur Verfügung halten.

«Versucht, den Oberschlauen zu spielen», sagte Grijpstra. «Ausgerechnet bei der Polizei. Bei der amerikanischen Polizei.

Siehst du keine Filme? Hier bringen sie dich um, wenn du zu schlau bist.»

«Sergeant Symonds», sagte de Gier, «hält uns für große Tiere. Unsere Biographien stimmen nicht. Wir sind ein Pate mit zwei Leutnants. Wir sind hier, um dunkle Geschäfte zu machen.»

Der Commissaris setzte sich auf. Er lächelte schadenfroh. «Ist das so?» Er rieb sich die Hände. «Und wie sieht der Sergeant in Key West aus?»

De Gier berichtete. «Schwarz, weiblich, Mitte Dreißig, groß, attraktiv, eine Menge kräftiger weißer Zähne, tüchtig, intelligent, kann selber denken.»

«Hast du sie angemacht?» fragte Grijpstra.

«Nicht mein Typ.»

De Gier hatte, nachdem er eine Stunde in einer schlechtgelüfteten Zelle zugebracht hatte, Sergeant Ramona Symonds die Wahrheit erzählt. Er und seine beiden Freunde speisten Hummerschwanz und Steinkrabbenschere an ihrem gemütlichen kleinen Tisch in dem erstklassigen Restaurant, als ein Jeep von der Duval Street schleuderte und geradewegs auf sie zuraste. Als früherer Detektiv der Amsterdamer Mordkommission hatte der Privatdetektiv de Gier Harry, den Cop auf dem Motorrad, auf technisch interessante Punkte aufmerksam gemacht. Harry jedoch schien an einer Persönlichkeitsstörung zu leiden. Ein extremer Fall von Paranoia? Oder jemand, der gern die ihm geistig Überlegenen ärgert?

«Harry ist ein Schatz», sagte Ramona. «Was also führt Sie her, lieber ehemaliger Kollege.»

De Gier und seine Begleiter, ein Ex-Adjudant der Polizei und ein pensionierter Kommissar, seien von der Reederei Ambagt & Sohn auf deren Yacht eingeladen worden, um die Direktoren auf einer Reise zu den Niederländischen Antillen zu begleiten.

Ja, die Einladung stand in Verbindung mit einem Auftrag.

Nein, de Gier konnte keine weiteren Informationen geben. Nein, nichts Illegales. «Wirklich, Miss. Nein? Sie möchten lieber mit ‹Sergeant› angesprochen werden. Wirklich, Sergeant.»

In welcher Branche waren Ambagt & Sohn tätig? Rohöl in Tankern. Nein, keine Drogen.

Soweit war das Hin und Her einfach gewesen, rhythmisch, eine Runde Tischtennis, ping-pong, ping-pong.

Danach kam eine gewisse Spannung auf. «Im Ernst», sagte Sergeant Symonds, straffte ihr Hemd, zupfte den Ärmel zurecht, der mit drei kleinen goldenen Winkeln besetzt war. «Rohöl? Das ist hier in Key West nicht gerade ein Haupterzeugnis, Sie wissen das? Und ich kenne das Feadship, das Sie erwähnten. Die *Admiraal Rodney*, nicht wahr? Sie demolierte einen unserer Kais, hinter dem *Hotel Singh*, keine sechs Blocks von hier. Das war letztes Jahr. Ein Feadship ist zufällig der teuerste Typ von Privatyacht, der unsere Meere durchpflügt. Kommt aus Holland, genau wie Sie. Und Sie leben in...» sie blickte in de Giers Paß «... in Amsterdam. Ist das nicht die Stadt, wo es Heroin von der Stadtverwaltung umsonst gibt?»

Sergeant Symonds wühlte in einem Stapel Papier. «Wie es der Zufall will, habe ich gerade etwas darüber gelesen. Hier. Ein Zeitungsausschnitt, ein Artikel über den Gebrauch von Drogen in Amsterdam. Heroin-Paradies.» Sie nickte zornig. «Etwas, was mein kleiner Bruder aus Detroit gern ausprobieren möchte. Es würde ihn glücklich machen.»

De Gier sagte, der Drogenhandel in Amsterdam sei illegal.

«Aber ist Amsterdam nicht ein Angelpunkt für den internationalen Handel?» fragte Sergeant Symonds. De Gier bestritt das. Sie hörte seine Antwort nicht, denn ihr Telefon klingelte. Sie nahm den Hörer ab, lauschte, dankte dem Anrufer, legte wieder auf. Die großen braunen Augen unter künstlich geschwungenen Augenbrauen forschten in de Giers Gesicht. Ihre leise Stimme vibrierte. De Giers Rückgrat vibrierte ebenfalls. Er schätzte, daß sie in einem Chor sang, in einem Kirchenchor vielleicht. «Der Fahrer des Jeeps wurde ermordet», sagte die leise vibrierende Stimme. «Und Sie wußten es.»

De Gier wußte nichts. Er wußte mehr, nachdem der Sergeant ihm sagte, die Mechanik des Jeeps sei manipuliert worden. «Sagten Sie mir nicht gerade, Sie wären ein Privatschnüffler?» fragte der Sergeant. Sie legte Daumen und Zeigefinger gekrümmt um ein Auge.

De Gier bejahte.

«Und davor waren Sie bei der Mordkommission?»

Richtig.

«Viele Jahre? Höchst erfolgreich?»

Viele Jahre.

Amsterdam, sagte Sergeant Symonds, sei eine hübsche Stadt. Sie hatte dort als Studentin der Police Academy eine Woche im Rahmen eines Austauschprogramms zugebracht. Sie hatte in der Jugendherberge am Vondel Park gewohnt. Billig. Nette Leute. Freibier in der Heineken-Brauerei und ein Konzert für Harfe und zwei Flöten in der Kathedrale, Westerkerk wurde sie genannt, glaube sie. Wundervolle Musik. Roher Hering an einem Straßenstand, mit Zwiebeln, keine Kapern.

De Gier sagte, es freue ihn, daß ihr seine Stadt gefallen habe.

«Aber in euren Kanälen schwamm 'ne ganze Menge Abfall rum.»

Das Abfallproblem hätte man inzwischen im Griff, sagte de Gier. Den Hunden habe man beigebracht, die Rinnsteine zu benutzen. Die Zahl der Autodiebstähle sei ein wenig zurückgegangen, und Straßengauner, die das Hütchenspiel spielten, würden jetzt verhaftet und über menschliche Werte belehrt. Das nächste sei das Problem gestohlener Fahrräder. Raubüberfälle seien den Zeitungen jetzt eine Story wert und würden nur von Ausländern begangen, die in den städtischen Kliniken kein kostenloses Heroin bekommen könnten. Wenn man diese Unglücklichen erwischte, würden sie sofort ausgewiesen.

«Sie sind früh in Pension gegangen?» fragte Symonds. «Warum Kol-le-ge?»

De Gier fand, daß der Sergeant die Silben auf eine irritierende Weise aussprach.

«Keine Pension?»

De Gier gab zu, nicht auf sein Pensionsalter gewartet zu haben.

Sie goß aus einer grünen Metallthermosflasche Kaffee ein. De Gier kostete. «Köstlich.» Sie erzählte, daß sie den Kaffee im Supermarkt in der Fleming Street kaufe. Sie rollte ihren Sessel zurück, zog die unteren Schubladen ihres Tisches zur Hälfte heraus und benutzte sie als Fußstützen. Sie sah arglos, freundlich über den Rand ihres Kaffeebechers. Sie fragte, ob de Gier als erfahrener Ermittler nicht zusammen mit ihr nachdenken wolle. Sei das nicht ein interessanter Fall? Aber wo anfangen? Bei der Anwesenheit von drei ausländischen hochrangigen ehe-ma-li-gen Po-li-zisten? Ja? «Okay», sagte de Gier, ein wenig beunruhigt über die Art, wie sie die Worte «ehemalige» und «Polizisten» zerstückelte.

Okay, sagte Symonds. Sie freue sich, daß er so genau mit ihr übereinstimme. Und diese drei ehemaligen Polizisten, die keinen Wert auf ihre Pension legten, sorry, der Commissaris empfange seine Pension ja? Gut. Aber die anderen beiden verachteten ein monatliches Einkommen für den Rest ihres möglicherweise langen Lebens? Warum? Konnten die frischgebackenen Privatschnüffler sich privater Geldquellen erfreuen? Und noch etwas: Das Trio kam nach Key West, Drogenstadt der Florida Keys, geradewegs aus Amsterdam, Drogenhauptstadt Westeuropas, und diese drei In-di-vi-du-en... De Gier gefiel ihre Art nicht, wie sie das sagte.

«... fuhren einen just gemieteten Cadillac im Zuständigkeitsbereich des Sergeant, steuerten das teure Fahrzeug zum elegantesten Restaurant weit und breit, dem *Lobster Lateta*... Jesus, bloß eine kleine Kugel dunkle Schokolade mit einem Spritzer Schlagsahne daneben kostet dort um die neunzehn Dollar ... und dort traf das besagte Trio auf die denkbar grausamste Weise, selbst für Key West (wo letzte Woche ein Kubaner seinen Freund erschoß, weil dieser sich weigerte, sein Schinken-Salat-Tomaten-Sandwich mit ihm zu teilen), mit einem britischen Gentleman zusammen, der Elvis-Presley-Klamotten für tausend Dollar am Leib trug, nun, war das nicht alles ein bißchen sonderbar, oder? Vielleicht verdammt verrückt?» Der Sergeant sah jetzt weder arglos noch freundlich aus. «Richtig, Kollege?»

«Nicht verrückter als irgendwas anderes.» De Gier erklärte, daß er das Wunder der Existenz überdacht und studiert hätte ... und er meine damit mehr als einen sterbenden Gentleman-Cowboy, einen gemieteten Jeep, der zwischen einen posaunespielenden Navajo und eine Rikscha fahrende Skelettmumie raste, mehr als die Milchstraße, mehr als die Existenz eines Universums oder selbst das Phänomen des Raumes ... De Gier erklärte, daß alles durch Zufall passiere.

Der Sergeant starrte ihn an.

«Zufällige Erscheinungen», sagte de Gier, «das gilt auch für Sie und mich.» Er lächelte beruhigend. «Und es gibt keine Schuld.» Sergeant Symonds lächelte breit. Sie mochte das. Eine perfekte Konstruktion. Philosophisch einwandfrei. Und wie gut de Gier Englisch sprach! Waren die Holländer nicht echte Kosmopoliten? Sie selbst hatte Spanisch als zweite Sprache gewählt. Das mußte man einfach in Key West.

De Gier fand an dem Kompliment Gefallen. Und er erwiderte es. Spanisch war wirklich eine schöne, aber schwierige Sprache. Er selbst könne sie kaum lesen.

Ob das so sei, fragte der Sergeant höflich.

De Gier sah sie mit einem Strohhut (wie er selber einen trug), und sie und er wanderten über einen sauber geharkten Strand, und ihre Hände berührten sich, als sie einen Augenblick stehenblieben, um sich zu küssen, während sie ihren Busen gegen seine Brust preßte und Geigen hinter den Mangroven ... ach was, Geigen, einfach ein Kontrabaß, eine Gitarre und vielleicht ein Piano, eine junge Ella Fitzgerald, die im Scat-Gesang eine Ballade vorträgt ... während de Gier diesen angenehmen Träumen nachhing, änderte sich die wirkliche Szene.

Ramona sprang auf, lehnte sich an den Tisch, sprach heiser, als würden in ihrer Kehle Kaffeebohnen gemahlen. Sie sagte, sie wären nicht hier, um Süßholz zu raspeln. Nichts sei zufällig gewesen. Der ausgelöschte Brite sei kein Tourist mit Cowboyhut gewesen, sondern ein verdammter Versicherungsagent aus London. Er war dienstlich hier gewesen. Seiner beschissenen Ermittlung sei durch einen grausamen unnatürlich beschissenen MORD ein Ende gesetzt worden. Durch beschissene Manipulation seines beschissenen Mietwagens.

«Sind Sie sicher?» fragte de Gier, nicht mehr bloß erotisch, sondern auch als Kriminalist interessiert. «Wie das?»

Symonds starrte wieder. Sie seufzte. Sie setzte sich. Ihre Stimme verschleierte sich und wurde wieder fetziger. «Also, Kol-le-ge. Ich stelle bloß Vermutungen an. Ich konstruiere eine Hypothese, die auf den vorliegenden Tatsachen beruht. Ich habe persönlich Stewart-Wynnes Hotelzimmer unter die Lupe genommen, in demselben Hotel, in dem zufällig Sie wohnen.»

«Eggemoggin Hotel?»

«Konnten Sie nicht noch was Teureres finden?»

De Gier lächelte erwartungsvoll. Er bemerkte, daß die Kaffeemühle sich wieder in Gang setzte. «Also?» fragte der Sergeant heiser. «Haben Sie deshalb die Polizei verlassen? Sie ziehen den Luxus eines Jobs als Privatschnüffler vor?»

De Gier lächelte weiter und breitete in unschuldiger Abwehr seine Hände aus.

Sie zeigte ihm eine Visitenkarte, die sie im Zimmer des Engländers sichergestellt hatte. *Thomas Stewart-Wynne, Direktionsassistent, Quadrant Bank, Mayfair, London.*

«Sie glauben, das Opfer war einer finanziellen Betrügerei auf der Spur?» fragte de Gier.

Symonds nickte.

«Ein großer Kredit geplatzt? Die andere Seite wollte den Versicherungsagenten loswerden? Darum seine Todesfahrt auf der Duval Street?»

Ramona griff zum Telefon. «Harry? Könnten Sie einen Augenblick raufkommen? Sie und Bert?»

Ein Techniker in weißem Kittel und Harry, der motorisierte Cop, brachten drei Polaroidfotos herein. Auch de Gier ließ man einen Blick darauf werfen. Der Techniker benutzte einen Bleistift als Zeigestock. «Hier ist das Gelenk des Gaspedals, durchgetrennt, aber nicht ganz. Sehen Sie diese Feder hier und den Haken?

Sollten nicht da sein. Wenn Sie aufs Gas treten, bricht die Feder, und der Haken hängt sich ein. Ihr Fahrzeug ist bei voller Geschwindigkeit außer Kontrolle. Jetzt zur Bremse. Dasselbe Spielchen andersrum: Sie treten das Pedal, und nichts funktioniert. Jetzt passiert folgendes: Der Fahrer fährt über die Duval, kitzelt seine Maschine ein bißchen, um Eindruck zu schinden, das Dingsbums hakt ein, und er fährt volles Rohr; also tritt er auf die Bremse, aber er donnert einfach weiter.» Der Techniker lachte mitfühlend. «Auf der Duval, wenn die Kreuzfahrtschiffe im Hafen liegen, auf dem Höhepunkt der Saison!»

«Hätte er nicht in den Leerlauf schalten können?» fragte de Gier. Polizist Harry glaubte nicht, daß Stewart-Wynne Zeit gehabt hatte, an diese Möglichkeit zu denken. «... nicht in einem Wagen, in dem alles ein bißchen anders war, außerdem ist er Brite, und die fahren links herum. Auch kein junger Mann mehr. Langsame Reaktionen.»

Sergeant Symonds blickte de Gier freundlich an. «Eine Art Alptraum, wie? Also, haben Sie an dem Jeep rumgemacht, Rainus?» Sie sprach den Namen sorgfältig aus, nachdem sie einen Blick in ihr Notizbuch geworfen hatte, in dem sie ihn mit großen klobigen Buchstaben notiert hatte.

Gute Arbeit. Der Sergeant hatte die Stimme nicht gehoben. Freundliche Information, an der man einen Kumpel teilhaben ließ, verwandelte sich unmerklich in Beschuldigung. De Gier kannte den Trick. Er hatte ihn selber oft genug angewandt. Der entspannte Verdächtige gesteht. Kaum hat er das getan, klicken die Handschellen. Der Verdächtige ist ein Gefangener, und die Ermittler gehen um die Ecke ein Bier trinken.

Der Verdächtige war der Dumme.

«Nein», sagte de Gier gleichgültig.

Bert, der Techniker, und Harry, der Polizist, verließen den Raum. Symonds seufzte. «Wissen Sie, was interessant ist, Rainus?» De Gier fand die ganze Sache interessant, zum Beispiel auf einem klimatisierten amerikanischen Polizeirevier von einer wundervoll uniformierten Frau vernommen zu werden. Höflich.

Korrekt. Daß die Lady ihn geschnappt hatte, ihn einbuchten konnte, wenn es ihr gefiel. Er kannte keine schwarzen Frauen. Aber er würde sie gern gründlicher kennenlernen.

Angenommen, er könnte sie dazu kriegen, ihm beim Ausgeben seines Schatzes zu helfen, hier im abgelegenen Key West, auf den gesetzlosen Bahamas, selbst im finsteren Mexiko? Tief unter der Oberfläche schwimmen, zwischen farbenfrohen Korallenriffs, seine Beine zwischen den ihren.

«Hallo?» fragte die Ermittlungsbeamtin.

«Ich habe keine Ahnung, was interessant ist, Ramona.»

Sergeant Ramona Symonds drehte ein gerahmtes Foto um, das auf ihrem Tisch stand. De Gier erblickte einen Star-ähnlichen Vogel mit einem schwarzen Kopf, einer rötlichbraunen Brust und glitzernden orangefarbenen Augen. «Mein Partner-Vogel», sagte Symonds. «Mynah und ich leben zusammen. Meine menschliche Partnerin warf Mynah vor, er mache zuviel Lärm, und mir, ich sei zu still.» Der Sergeant blickte über den goldenen Rahmen. «Sie leben allein?»

«Mit Pflanzen», sagte de Gier.

«Schwul?»

«Die Pflanzen?»

«Sie.»

«Nein», sagte de Gier.

«Aber Sie leben allein.»

«Pflanzen sind Gesellschaft», antwortete de Gier, «noch bin ich nicht im Einklang mit der Natur, aber eine Barriere ist genommen.»

«Sie bringen für Frauen kein Gefühl auf?»

Nicht unbedingt.

«Sollte ich mich um meinen eigenen Kram kümmern?»

De Gier, die Spitzen seines Schnurrbarts richtend, versuchte die Anklage im Blick des gerahmten Vogels zu ignorieren und erklärte, daß er gegenüber Frauen keine Verpflichtung einginge. Außerdem wolle er keine Kinder. Es gab bereits genug Kinder, die Crack rauchten und Straßenbahnen demolierten.

«Haben Sie eine Freundin?»

Eine braune Lady aus Surinam, sagte de Gier, eine Hindu-Frau. Hindus glauben daran, daß man nichts erwarten darf, an ein unkompliziertes Leben, sie glauben, daß man Erfüllung im Nichts finden kann.

Der Sergeant runzelte die Stirn. «Ein surinamesisches Wasserflugzeug hat hier letzte Woche eine Bruchlandung gemacht. Es war überladen. Der Pilot hatte auf seinem Armaturenbrett Säcke aufgestapelt.»

De Gier zuckte die Achseln. «Von solchen Surinamesen spreche ich nicht.»

Der Sergeant zeigte auf einen Aktenschrank. «Eine Räuberhöhle. Da drin habe ich stapelweise Unterlagen. Die Kolumbianer benutzen unser Land als Lagerhaus.»

De Gier machte eine abwehrende Bewegung. «Meine Freundin ist Krankenschwester.»

«Woher kennen Sie sie?»

«Ich begegnete ihr im Krankenhaus.»

«So krank waren Sie?»

«Ich wurde überfallen», sagte de Gier.

«In Amsterdam?» fragte Symonds. «Im Heroin-Paradies? Gewalttätigkeit im Zusammenhang mit Ihrem augenblicklichen Auftrag?»

De Gier zuckte müde die Achseln.

«Sie müssen wissen», sagte der Sergeant, über dem Summen der Klimaanlage kaum hörbar, «daß ich in diesem Fall bis ins kleinste ermitteln werde. Wenn es auch nur den entferntesten Grund zur Annahme gibt, daß Ihre Kumpel auf der *Admiraal Rodney* ihre Finger im Drogenhandel haben, greife ich mir auch sie.» Sie beugte sich zu ihm. «Ich bin privat daran interessiert. Mein Bruder in Detroit war mal ein lieber netter Bursche. Dazu noch clever. Hatte Einsen in Mathe und Naturwissenschaften. Er fütterte meinen Goldfisch. Sie sollten ihn jetzt sehen.»

«Ambagt & Sohn erzählen mir, daß sie mit Rohöl handeln», sagte de Gier.

«Haschischöl?»

«Mit dem Zeug, aus dem ihr Benzin macht», sagte de Gier.

Symonds drehte das Foto zu sich herum. «He, Mynah.»

De Gier sah einen Rückzug auf Nettigkeiten voraus.

«Ihre Hindu-Prinzessin erwartet also nichts von Ihnen», fragte Symonds artig.

«Hindus glauben an das Nirwana», sagte de Gier. «Das Nirwana ist leer. Dort ist nichts. Wie können sie etwas von nichts erwarten?»

«Ihre Vorfahren kamen aus Indien?»

«Müssen sie wohl», sagte de Gier.

«Indien ist ein Misthaufen», sagte Ramona. «Leute, die an nichts glauben, bringen nichts anderes hervor als Elend. Jeder religiöse Glaube ist eine alberne Vermutung, daß es Götter gibt und diese Götter an unserem Wohlergehen interessiert sind.»

«Sayukta kam, um auf Erden für mich zu sorgen.»

«Um was zu tun?»

«Mich zu führen.»

Sergeant Symonds blickte auf de Giers Hosenschlitz.

De Gier blieb weiter bei seinem Symbolismus. «Sie ist ein Tunnel. Die Hindu-Göttin Kali wird gelegentlich als ein Loch in einem Stein dargestellt.»

«Sayukta ist ein Tunnel?» fragte Symonds. «Ein Loch, in das Sie eindringen können?»

«Ein Loch, um mich durchzulassen.»

«Und sie kommt mit?»

«Sie ist bereits da.»

«Vagina-Priesterin Sayukta-Kali», sagte Symonds. «Interessant, wie wir dauernd Sex und Mystik vermischen. Mein Loch im Stein nannte sich Mary-Margaret. Biblische Namen. Ich fand sie reizvoll. Ich sah in unserer Verbindung alle Arten weitreichender Möglichkeiten.»

«Hat nicht geklappt?»

«Je mehr man erwartet», sagte der Sergeant, «desto weniger wird aus den Erwartungen.»

De Gier stand auf und blickte aus dem Fenster. Gegenüber lag ein Hof, wo ein großer schwarzer Mann in einem cremefarbenen Gewand um die geparkten Autos, Motorräder und Fahrräder der Polizei herumtanzte. Der Mann hatte geflochtene Haare, und jede Strähne lief in einer Verzierung aus. Diese Verzierungen sahen aus wie kleine Tierschädel. Die Halskette des Tänzers bestand aus großen orangefarbenen Glasperlen. Er trug Sandalen, aus Autoreifen zurechtgeschnitten, und schwenkte eine aus zwei Kokosnüssen gemachte Rassel, mit rosa Seemuscheln verziert.

«Rattenschädel.» Symonds stand neben de Gier. «Priester Ratty von der Ersten Voodoo-Kirche von Key West segnet unseren Fahrzeugpark.» Sie winkte, Priester Ratty winkte zurück. «Er bedankt sich für einen Gefallen. Wir fahren in den Schwarzenvierteln jetzt regelmäßiger Streife.»

«Apartheid?» fragte de Gier.

«In Amerika?» glotzte ihn Symonds an. «Apartheid im freien Amerika? Machen Sie Witze?»

«Und warum gibt es dann ein Schwarzenviertel, das vorher nicht regelmäßig kontrolliert wurde?»

«Kleine Kinder werden dort belästigt.»

«Warum belästigen Sie mich?» fragte de Gier. «Ich habe mit Ihrem toten Engländer nicht das geringste zu tun.»

«Doch», sagte der Sergeant. Sie hob einen langen spitz zulaufenden Finger. «Sie waren der einzige Anwesende im Restaurant, der bemerkt hat, daß mit diesem Jeep ernsthaft etwas nicht in Ordnung war.» Sie hob einen zweiten Finger. «Sie erzählen mir, daß Sie eine Kreuzfahrt mit der *Admiraal Rodney* machen wollen, die in ein paar Tagen hier erwartet wird.» Sie hob einen dritten Finger. «Sie und der fette Bursche und der alte Gentleman, der Sie anführt, *und* der ermordete Mann, Stewart-Wynne, wohnen im selben superteuren Hotel.» Sie hob ihren kleinen Finger. «Ich habe heute ein paar Erkundigungen eingezogen. Das Hotel hat seinen eigenen Yachthafen. Der Hafenmeister sagt mir, daß Stewart-Wynne sich bei ihm erkundigt hätte, wo hier Boote der Feadship-Klasse für Reparaturen anlegen würden.»

«Ach», sagte de Gier.

«Die *Admiraal Rodney*», sagte Symonds. «Das Schiff, mit dem Sie in See stechen wollen, wurde namentlich von einem Versicherungsagenten genannt, der ermordet werden sollte. Gehört die Yacht nicht Ambagt & Sohn? Ausgerechnet Ihren Klienten?»

De Gier schüttelte den Kopf. «Warum sollte ich den Jeep einer unbekannten Person so manipulieren, daß das Opfer mit dem tödlichen Fahrzeug direkt auf mich zusteuert, wenn ich gerade Mittag esse?»

Symonds blickte auf das Porträt ihres Vogels. «Denkt der Hollandmann wirklich, daß wir ihm glauben, Mynah?»

«Kann ich jetzt gehen?» fragte de Gier.

Symonds begleitete ihn aus dem Gebäude. Priester Ratty war mit seiner Zeremonie noch nicht fertig. Der Sergeant und der Detektiv warteten, bis der Tänzer sein Lied beendet hatte.

De Gier wurde von einem mit dem Voodoo-Segen versehenen Motorrad mit Beiwagen zu seinem Hotel gebracht ...

«Bitte sagen Sie mir, warum Sie hier sind», sagte Symonds, während sie an einer Kreuzung warteten.

«Piraterie», erwiderte de Gier. «Außerhalb Ihres Zuständigkeitsbereichs, Sergeant. In der Nähe der östlichen Antillen. Ein Supertanker. Die *Sibylle*.»

Sie grüßte zum Abschied. De Gier sah die Harley abfahren, kraftvoll von der Hotelauffahrt blubbernd, zwischen riesigen schwankenden Palmwedeln. Ibisse, weiß und rosa, marschierten auf Stelzenbeinen über einen Rasen, sahen hinter ihren langen Löffelschnäbeln hochmütig aus. Palmratten regten sich lärmend in den Gabelungen ihrer Bäume. Ein Kellner, heimlich auf einem Balkon rauchend, hustete, während seine Zigarette hell glühte. Eine akustische Gitarre spielte das Thema einer Miles-Davis-Komposition hinter den abgeschirmten Fenstern einer schwach erleuchteten Bar. Eine elektrische Orgel untermalte wild hackend die langen fließenden Gitarrentöne. Ein Schlagzeuger streichelte ein Becken. Eine großbrüstige schlanke Dreißigjährige in einem Bikini schritt langsam vorbei, Hand in Hand mit einem alten

Mann, und lächelte de Gier zu. Er nickte dem Pärchen einen freundlichen Gruß zu, während Zikaden ein Silbertuch von Klängen ausbreiteten, das bis zu den mondhellen Wellen der See reichte.

«Hübsches Plätzchen», dachte de Gier.

12. Seehunde in der Luft

Das Frühstück wurde von jungen Kellnern serviert. Sorgfältig geflochtene Pferdeschwänze, mit orangefarbenen Bändern verziert, fielen auf rote Jacken über kurzen weißen Hosen. Die Kellner trugen Bastsandalen. Sie brieten kleine Steaks, große Pilze, aufgeschnittene Kartoffeln und Tomaten in Gußeisenpfannen über Holzkohlefeuern. Sie flickflackten Pfannkuchen und zusammengeklappte Omeletts mit einem leichten Ruck des Handgelenks in langstieligen Pfannen. Sie servierten auserlesene Gerichte, arrangiert mit Kräutern und eßbaren Kapuzinerkresseblüten. Sie schälten Mangos, Kiwis und andere tropische Früchte, die die Holländer nicht kannten, und drückten sie auf Wunsch in tragbaren elektrischen Saftpressen aus. Ein Backofen, auffallend auf der Terrasse plaziert, fabrizierte weiche Brötchen, eine andere Maschine spuckte Honigkuchenscheiben aus. Ein Bäcker in gestreiften Hosen fing die Brötchen und Scheiben in kleinen Körben auf, die die Kellner ihm abnahmen und verteilten. Grijpstra, bekleidet mit einem Leinen-Strandanzug, den er früh am Morgen gekauft hatte, beobachtete die anderen Gäste unter dem langen Schirm seiner purpurnen Sonnenmütze.

Frühstückende Männer flirteten mit den Kellnern, weibliche Begleiterinnen butterten Toast für ihre älteren Gefährten. Juwelen glitzerten an den Fingern der Frauen, goldene Uhren schimmerten an den haarigen Handgelenken der Männer.

«Dem Commissaris würde das alles gefallen», sagte Grijpstra.

«Dir etwa nicht?» fragte de Gier.

«Gewiß», prahlte Grijpstra, obwohl er das Schauspiel insgeheim für erbärmlich hielt, denn einige der Frauen waren blutjung und einige der Männer hinfällige Greise, und was zum Teufel dachten die Schätzchen wohl, machten sie zusammen?

«In Aruba wird es ähnlich sein wie hier.» De Gier war gerade vom Flughafen zurückgekehrt, wo der Commissaris für den Tag einen kleinen Jet gemietet hatte. Er lächelte der Frau zu, die ihn gestern nacht gegrüßt hatte. «Man glaubt, man wäre im Himmel, oder, Henk?» Er berührte Grijpstras Arm. «Schau dir das Schiff an. Ein Klassiker.»

Grijpstra blickte auf den Dreimaster, der langsam vorbeisegelte. «Ja.» Er winkte einem Kellner und bestellte eine doppelte Portion Peach Pie. «Und sparen Sie nicht mit Schlagsahne.»

De Gier brachte ein Taschenfernglas zum Vorschein. «Das ist herrlich. Ich würde gern mitfahren.»

«Kein Problem, Sir», sagte der Kellner, der die Peach Pie servierte. Er holte einen Prospekt und las die Beschreibung vor. Der Schoner verließ den Hafen in einer Stunde und segelte zu einer der nahen kleineren Inseln. Man konnte Delphine, seltene Vögel, militärische Manöver und Schwammtaucher beobachten. Snacks und Drinks immer zur vollen Stunde. Ein hübsches sauberes Badezimmer. Der Kellner sagte, er fahre gelegentlich selber mit. «Romantisch», sagte der Kellner. «Für Sie und Ihren Freund. Außerdem förderte Seeluft die Verdauung.»

De Gier las den Prospekt. Holländische und skandinavische Fischer hatten mit ihren Segelschonern die amerikanischen Küsten über die Island- und Grönlandroute besucht, noch bevor Kolumbus auf der südlicheren Route den Sieg davontrug.

Der Kellner empfahl den Sunset-Trip. «Wird Ihnen beiden gefallen. Noch romantischer.»

«Wir nehmen die frühe Rundfahrt», sagte de Gier.

Grijpstra sagte, der romantische Teil mache ihn nicht so sehr an und unglücklicherweise hätte er den ganzen Tag zu tun.

«Teil des Jobs», sagte de Gier. «Dies ist ein Fall von Piraterie. Piraterie hat mit dem Meer zu tun. Der Commissaris hat uns die Anweisung hinterlassen, an *Wasser* zu denken.»

Als er wieder in der Suite war, stellte de Gier das Radio an. Ein rothaariger junger Mann mit einem langen Pferdeschwanz machte die Betten. Der Wetterbericht kam. Der Sprecher sagte

Regen voraus, Sprühregen und Nebel, mit Winden bis zu einer Stärke von fünf Meilen die Stunde und mehr. De Gier stellte das Radio leiser. Grijpstra lugte durch den Spalt der Badezimmertür. «Was hat er gesagt?»

«Wer?» fragte de Gier.

«Der Wetterfrosch.»

«Schön», sagte de Gier. «Vorwiegend sonnig. Eine kleine Brise – vielleicht.»

«Es wird schlecht werden, Sir», sagte der junge Mann, der die Betten machte. De Gier fauchte ihn an und legte den Finger auf die Lippen. Der junge Mann fluchte, begann zu weinen und rannte aus dem Zimmer.

Grijpstra, durch das Knallen der Tür aufgeschreckt, trat aus dem Badezimmer. «Hast du den armen Kerl geärgert?»

«Ich?» fragte de Gier.

«Warum hat er dich ‹Arschloch› genannt?»

De Gier hielt den Kaffeebecher hoch, den er vom Frühstück mitgebracht hatte. «Ich habe unabsichtlich ein bißchen Kaffee auf ihn geschüttet. Muß weh getan haben.»

«Du weißt, daß dies das Homo-Land ist?» fragte Grijpstra. «Hast du heute morgen auf der Duval alle diese deutschen Männersextouristen auf ihren blauen Mieträdern gesehen?» Er zog die Augenbrauen hoch. «Überrascht mich immer wieder. Ein ganzer Bereich menschlichen Lebens, von dem ich nicht mal den Hauch einer Vorstellung habe.»

Er deutete mit dem Rasierpinsel auf das Radio.

«Bist du sicher, daß das Wetter gut wird?»

«Ein klasse Morgen», sagte de Gier. «Warum hängen wohl die superreichen Touristen hier rum? Das Wetter ist garantiert gut. Sogar Wirbelstürme würden es nicht wagen, in die Nähe zu kommen.»

Der Schonerkapitän, ein drahtiger, behaarter Riese, sah aus, als gehöre er zu einer anderen menschlichen Spezies. Homo habilus maritimus, dachte de Gier. Der Kapitän legte den Passagieren angesichts des vorhergesagten schlechten Wetters nahe, am folgenden Tag wiederzukommen. Grijpstra konnte ihn nicht hören, weil de Gier nahe seinem Ohr in eine Muschelschale blies, die er vor ein paar Minuten gekauft hatte. De Gier schob Grijpstra die Gangway hinauf und machte den Kapitän auf ein Schild am Kai aufmerksam. *Tägliche* Rundfahrten. «Wir zahlen extra, wenn Sie wollen.»

«Cash?»

De Gier zählte Banknoten ab, langsamer werdend, bis der Kapitän, der sich als Noah, Kapitän des Segel- und Motorschiffes *Berrydore*, vorgestellt hatte, nachgab.

Matrosen hißten braune Segel. Der Kapitän warf seine Maschine an. Der 60-Fuß-Schoner manövrierte elegant zwischen den Docks und anderen Schiffen. Einlaufende Boote, die vor dem kommenden Sturm flohen, hupten mit ihren Signalhörnern. Motorbarkassen und Dingis rasten zwischen den Kais und den außerhalb des Hafens ankernden Yachten hin und her. Ein Krabbenfänger, mit seinen riesigen an Steuerbord und Backbord hochgezogenen Netzen einem riesigen Schmetterling ähnelnd, tutete kraftvoll und forderte mehr Platz. Schaluppen wurden an den Flanken einer mit Raketen bestückten Fregatte hochgezogen. Rote und grüne Schwimmbojen markierten schmale Fahrrinnen. Ein Wrack, das die einsetzende Ebbe freilegte, war von ausruhenden Kormoranen besetzt, die ihr ausgebreitetes Gefieder trockneten. Der Krabbenfischer war von Pelikanen umgeben, die nach Fischabfällen schnappten, die ihnen Matrosen zuwarfen. Fregattvögel schwebten mühelos hundert Fuß über dem Getümmel, ihre kleinen weißen Köpfe auf aufgeplusterte, blutrot gefiederte Brüste gebettet. Die *Berrydore* fuhr unter Segel und mit Motorkraft und machte Fahrt, um die offene See zu erreichen. Kapitän Noah, der einen flaumigen Bart zur Schau trug, der an sein jungenhaftes Gesicht angeklebt zu sein schien, stand am Ruder. Er brüllte Befehle. Die Matrosen refften alle Segel. Der Kapitän erzählte de Gier, daß die Heimat der *Berrydore* Maine sei, ein vergessener Staat oben im Norden, wo sie vor mehr als einem Jahrhundert vom Stapel gelaufen sei. Warme Winter in Florida, kühle Sommer in Maine, das ideale Dasein. Jedes Jahr verließ das Schiff die Küste von Maine im Spätherbst und segelte über mehr als zweitausend Meilen offenen Ozean; im späten Frühling kehrte sie zurück. «Hin und zurück, hin und zurück, ich kann's mit verbundenen Augen.»

«Gefährlich?» fragte de Gier.

«Auf dieser Seite vielleicht.» Der Kapitän deutete auf kaum erkennbare Unterschiede in der Farbe der bläulich-grünen See. Sich unmerklich verändernde Schattierungen wiesen auf Riffs und Sandbänke hin. Eine dünne Linie Schaum warnte vor einer starken Gegenströmung. Möwenähnliche Vögel, «Skimmers», standen auf einem unsichtbaren Boot, einem Schmuggler, von einem Kutter der Küstenwache gerammt und im flachen Wasser gesunken.

«Gibt's illegalen Handel?» fragte de Gier.

In letzter Zeit ja, sagte der Kapitän. Es war eine Zeitlang ruhig gewesen, aber die Regierung kürzte die Budgets, und die verschiedenen Behörden, Küstenwache, Marinestreifenflieger, DEA und was immer, konnten nicht soviel machen, wie sie gern wollten. «Trotzdem, die Strafen sind entsprechend», sagte Kapitän Noah. «Hält uns ein bißchen im Zaun, wissen Sie.»

De Gier sah auf. «Uns?»

«Wen sonst?» fragte der Kapitän. «Kokain und Hasch sind profitable Waren.» Er kratzte seinen ungepflegten Bart. «Wenn sich zufällig eine Gelegenheit ergibt und man sich zufällig mutig fühlt ...»

«So etwas passiert?» fragte de Gier.

«Es passiert», sagte Noah. «Die Handelsrouten sind hauptsächlich in Händen der Kolumbianer, aber jetzt brauchen sie uns manchmal.» Er selbst hatte einen Fünftonner von Key West nach Dallas, Texas, gefahren. Die Ladetür des Lastwagens war abgeschlossen, und man hatte ihm keinen Schlüssel gegeben. Der kolumbianische Kunde war ein entfernter Bekannter, ein Xylophonspieler in einer Combo in Key West. Der Mann war inzwischen längst einem Mord zum Opfer gefallen, besaß aber damals eine Motorbarkasse und ein Lagerhaus zwischen Duval und Simonton Street. Kapitän Noah (das alles war ein paar Jahre her) hatte gerade seinen Lastwagenführerschein gemacht. Der Xylophonspieler bot ihm für den Trip dreitausend Dollar. Ein paar Tage Arbeit, und was konnte schon passieren? Knapp außerhalb von Miami wurde der Truck von einem Streifenwagen der State Police angehalten, Führerschein und Zulassung überprüft. Der Streifenwagen begleitete den Truck zu einer Wiegestation. Das Gewicht war in Ordnung, keine Überladung. «Einen schönen Tag noch», sagte der Cop in der Boy-Scout-Uniform. «Bye, bye, Sir.»

«Und?» fragte Grijpstra, der sich nicht wohl fühlte, aber trotzdem interessiert war.

Nachdem Noah nach dieser Konfrontation mit dem Gesetz wieder im Führerhaus des Trucks saß, erlitt er eine plötzliche Darmentleerung. «Total», sagte der Kapitän. «Ich hatte die Scheiße in den Stiefeln. Ich mußte mich im Meer saubermachen, denn kein Motel hätte mich aufgenommen.» Er zerrte ungestüm an seinem Bart, als er diese schlimmen Augenblicke noch einmal erlebte. «Angst. Schlicht und einfach. Ich fühlte nichts anderes. Nichts Schlimmes war passiert, aber ich spürte die Scheiße zwischen den Zehen.»

De Gier versuchte sich die Situation vorzustellen. «Welche Strafe hätte Sie erwartet, wenn der Cop Ihre Ladung überprüft hätte?»

Der Kapitän schüttelte sich. Jede Menge Qualen, denn er besaß keine großen Scheine, die er dem Anwalt zuschieben konnte, damit er mit dem Richter handelte. Er hätte endlos im Knast gesessen, mißbraucht von sadistischen Wärtern und Gangs entarteter Gefangener. «Ich wäre für mein Leben gezeichnet gewesen. Keine Persönlichkeit hält das aus.»

«Lieferten Sie Ihre Ladung aus?»

«Einen kolumbianischen Job nicht zu Ende machen?» Der Kapitän deutete auf seinen Schritt. «Riskieren, daß ich 'ne Ladung Schrot in die Eier kriege?»

Es ist alles relativ, dachte de Gier. Laß dir für dreitausend Dollar die Eier zerquetschen, oder finde eine Million Dollar beim Stöbern in einem verlassenen Kellergeschoß in der Amsterdamer Bloodstraat.

«Inzwischen ist wirklich ein zu großes Risiko damit verbunden», sagte Kapitän Noah. «Die Preise werden von Washington hoch gehalten, aber wenn wir versuchen, die zu schlagen, die das Sagen haben, ist nicht viel drin.» Er spie aus, knapp vor die Füße seiner Passagiere. «Kapiert? Was ich in Dallas ablieferte, war bloß ein bißchen Hasch, der kümmerliche Abfall von ein paar kolumbianischen kleinen Fischen, und ich hielt auch meine Hand auf, aber das große Geld ...»

Der Wind nahm zu.

De Gier genoß die frische Meeresluft, das Mahlen von Seilen in hölzernen Flaschenzügen, das Knattern straffer Segel. Er dachte an die vergangenen ruhmreichen Zeiten, als die Holländer noch gestandene Seeleute waren. Joho und ein Fäßchen Genever. Als sie Piraten spielten mit einem Holzbein und einer Donnerbüchse, geladen mit zerhackten Nägeln. Einen fluchenden Papagei auf der Schulter. Commander Rinus Rüpel Rauhbein. Ja, Mylady, ziehn Sie die Bluse aus, bevor Sie geschändet werden, Herzogin de Portobello y Veracruz, es spielt keine Rolle, das Lösegeld, darum kümmern wir uns später. Hat Eure Ladyschaft feste Brustwarzen? Nein, nein, nein, keine Peitsche, Schätzchen. Was ist das, Peitschen macht Eure Ladyschaft an? Nein, wir machen das nicht auf holländischen Schiffen. Wir sind puritanische Piraten, müssen Sie wissen.

«Was macht ihr Burschen, wenn ihr nicht, nun – wie soll ich sagen? – hier euren Urlaub genießt?» fragte Kapitän Noah.

De Gier sagte, er mache dauernd Ferien.

«Schon lange?»

«Ziemlich lange.»

«Und davor?»

De Gier sei früher bei der Stadt beschäftigt gewesen, in Amsterdam, Holland.

«Ja», sagte der Kapitän. «Die großen Geschäfte laufen bei den großen Bossen. Beamte der Stadt beispielsweise. Sind reich geworden, wie?» De Gier dachte an die Banknoten, die er gerade eben von seiner Rolle abgezählt hatte. «Ein bißchen Glück, war mal Polizist.»

«Schlechte Bullen», sagte Kapitän Noah entschuldigend, «schlechte Zollbeamte, schlechte Drogenfahnder und was sonst jagen uns freie Männer. Währenddessen fliegt das wirkliche Geschäft da oben.» Der Kapitän deutete auf ein großes Frachtflugzeug, das an Höhe verlor und zum Landeanflug auf den Marineflughafen Boca Chica ansetzte. De Gier blickte auf das graue Flugzeug mit dem amerikanischen weißen Stern. «Militär, richtig?»

«Verbindung nach Mexiko», sagte Kapitän Noah. «Vielleicht nicht gerade dieses Flugzeug, das Militär hat natürlich andere Aufgaben. Die, die das Sagen haben.»

De Gier sah zu, wie die Transportmaschine hinter Palmen und struppigen Pinien verschwand. Ein fliegender Wal, vollgestopft mit mexikanischem Heroin?

«Aber die See bleibt schön.» Der Kapitän lachte. «Früher, in den alten Zeiten, verlor ich immer die Beherrschung, bevor ich lernte, daß die Dinge nicht besser werden, bevor ich aufhörte, rumzujammern.» Er schwenkte in Siegerpose einen Arm. «Schwimm mit der Strömung, kämpfe nicht gegen den natürlichen Lauf der Dinge.» Die *Berrydore* erreichte das offene Meer. Weiße Brecher klatschten gegen ihren Rumpf. Kapitän Noah ließ die Segel noch mehr reffen. Grijpstra und de Gier wurden mit Seilen, die in Haken ausliefen, an der Reling eingeklinkt. Das Schiff änderte fortlaufend die Richtung, um Untiefen und auflandigen Strömungen auszuweichen. Jedesmal wenn die *Berrydore* den Kurs änderte, mußten sich die Passagiere von der Reling loshaken, sich auf die andere Seite quälen und sich wieder festmachen. De Gier schaffte das gut, Grijpstra brauchte Hilfe.

Grijpstra sah bleich aus. De Gier wies ihn auf interessante Einzelheiten hin: die Hotels von Key West, die im Nebel verschwanden, die Schornsteine eines riesigen Kraftwerks, Inseln, die wie grüne Linien auf allen Seiten auftauchten. Da waren Rückenflossen, die das Kielwasser des Schoners durchschnitten. Delphine. Später kamen andere Rückenflossen dazu, dreieckig, scharf.

«Haie, Henk. Erinnerst du dich an den Film *Der weiße Hai*? Der wurde hier irgendwo gedreht. Der Hai, der kleine Boote fraß? Das war ein weißer. Sehr angriffslustig. Es muß 'ne Menge davon hier geben. Sieh doch. Siehst du das?»

Sie sichteten hellfarbige Korkschwimmer, die Krabben- und Hummerkörbe markierten. «Es ist nicht gut, wenn ihre Leinen sich in Schraube oder Ruder verwickeln», sagte Kapitän Noah. «Würden uns runterziehen oder Planken aus dem Boden reißen. Altes Schiff. Holz wird mürbe.»

Der Nebel wurde dichter.

Grijpstra benutzte ein Taschentuch, um seinen Mund zu bedekken.

«Oder wir könnten auf eine von diesen Sandbänken laufen», sagte de Gier. «Stimmt's, Kapitän? Die Wellen würden das Schiff in Null Komma nichts zertrümmern. Die Kraft des Wassers.»

Der Nebel wurde noch dichter. «Wir erleben so etwas einmal oder zweimal im Jahr», sagte der Kapitän. «Gut, daß wir die Elektronik haben.» Ein Aushilfsseemann, der an der Universität Miami Naturwissenschaft studierte und von seinen Semesterferien guten Gebrauch machte, erklärte die Instrumente auf dem Steuerpult. Ein schwarzer Plastikkasten wurde an eine Batterie angeschlossen. Der winzige Schirm begann aufzuleuchten.

«Es kann vielleicht einige Zeit dauern, ehe wir eine Position ablesen können», sagte der Student. Kapitän Noah glaubte nicht, daß noch soviel Zeit war, weil der Nebel alle roten Spitzbojen und grünen Tonnen verschluckt hätte, die den Schiffen Gefahr signalisierten, und was jetzt? Der Student ließ seinen Kasten beiseite und maß Länge und Breite mit Hilfe von Zirkel und einem Paar paralleler Lineale. Die Karte kam bei jeder Bewegung des Schoners ins Rutschen. Der Zirkel war ein bißchen verbogen, und die Plastiklineale waren, da sie in der Sonne gelegen hatten, nicht mehr ganz gerade. Kein Problem, das Ganze war nur eine Frage der Ausdauer. Trotzdem war's nicht ganz einfach, denn der Zirkel fiel vom Kartentisch und pikste den Studenten, als er ihn aufhob. Aha, jetzt arbeitete der kleine Computer. Sehr schön. Also, wenn dies die Position des Schoners war und die nächste rote Boje dort war, brauchte man bloß die Position der Boje über die winzige Tastatur des kleinen Computers einzugeben, und da haben wir's, diese Zahl hier war der Kompaßkurs, o du liebe Güte, der Computer machte schlapp, ach, die falsche Taste gedrückt, den Computer ganz schnell neu programmieren, anhand des Codes, kennt jemand den Code? Er stand in dem kleinen Handbuch. Hat jemand das kleine Handbuch gesehen? Da haben wir's, Neustart, Code eingeben, da, er leuchtet wieder auf, zwei Positionen eingeben, die des Schiffes und die der Tonne, die wir suchen, das wär's, das ist unser Kompaßkurs. «Steuern Sie 310 Grad, Kapitän. Scharf geradeaus. Eine Achtelmeile, und die rote Boje wird in Sicht kommen. Dieser Computer ist auf dreißig Fuß genau. Kann sich nicht irren. Hängt an sechs Satelliten. Satelliten werden von Nebel nicht beeinträchtigt. Vorwärts, Kapitän Noah.»

Der Kurs müsse falsch sein, sagte Kapitän Noah. 310 Grad sei Nordwest, und die rote Boje, die wir suchten, müsse südlich vom Schoner sein, daran erinnerte er sich. Vielleicht hatte der kleine Computer versagt? Da, der Schirm wurde schon wieder dunkel. Vielleicht waren die Batterien schwach? Mußten vielleicht ersetzt werden. Waren welche an Bord?

Eine Viertelstunde später lief der Schoner bei einer Sandbank auf Grund, nachdem ihn der Global Position System Finder angewiesen hatte, unterschiedlichen und widersprüchlichen Kursen zu folgen. Das GPS, ein System, das auch von Flugzeugen benutzt wird, zeigte an, daß der Schoner in einer Höhe von fünfundvierzigtausend Fuß flog. Offensichtlich stimmte etwas mit dem kleinen Ding nicht. Grijpstra, der sich erbrochen hatte, herumgeschlittert und sogar schmerzhaft gestürzt war, lehnte an der Reling der Leeseite, wo er noch immer angehakt war. De Gier machte ihn los. Grijpstra nutzte die Schwerkraft, um über die steile Kajütentreppe unter Deck zu gelangen. Er fiel in eine

Koje. Er sagte de Gier, weitere Bemühungen seien sinnlos. Es sei jetzt vorbei. Er wolle bleiben, wo er sei.

Der Wind blies jetzt nicht mehr, und der Nebel wurde von strahlender Sonne aufgesogen. Der Schoner lag vor einigen kleinen Inseln, gekrönt von Palmen und von Mangroven umgeben, die dem Kapitän unbekannt waren. Er suchte sie mit dem Fernrohr nach möglichen bekannten Wegezeichen ab. Ein Frachtschiff, eine Meile entfernt, dichter bei den Inseln, war vielleicht imstande, die *Berrydore* von der Sandbank freizuschleppen. Oder war auch das Frachtschiff in Schwierigkeiten? Es hatte eindeutig Schlagseite. Er ließ das Fernglas sinken, erschreckt durch das Dröhnen und Pfeifen von Düsenjägern, die im Tiefflug über die Masten des Schoners sausten. Besatzung und Passagiere – Grijpstra, durch die fehlende Bewegung besänftigt, war heraufgekommen – krümmten sich und hielten sich die Ohren zu. Hubschrauber schwebten dicht über der hilflosen *Berrydore*, verbargen die Sonne hinter ihren bedrohlichen Schatten – ein Schwarm dunkler Schatten, die wie Insekten hin und her schossen, durch gewölbte Glasaugen und mit schwankenden Antennen ein Ziel beäugend, hinter geöffneten Schiebetüren vollgepackt mit Soldaten. Die Soldaten richteten Maschinengewehre und Sturmgewehre auf das Schiff, bis Kapitän Noah mit wilden Gesten, auf seinen langen Beinen tanzend, sich tief niederbeugend, hinter sich auf die amerikanische Flagge der *Berrydore* deutete, die schlapp über die Reling des Schoners hing. Die Hubschrauber schienen die Unterwerfung des Kapitäns zu akzeptieren, zumindest vorübergehend. Der Führungshubschrauber stieg, nachdem er einige Fuß gefallen war, wieder auf, durch seine riesigen Bugaugen starrend, und beschrieb eine scharfe Kurve. Die anderen Maschinen folgten ihm elegant: eine Schar menschenfressender Raubvögel, die jetzt einem interessanteren Ziel entgegenstoben.

Vorn in der Lagune wurde das Frachtschiff, das auf einem Korallenriff festsaß, von den Kampfflugzeugen mit Bordwaffen und Bomben angegriffen. Nachdem die schnellen Flugzeuge abgerauscht waren, machten die Hubschrauber gemächliche Ausfälle im Tiefflug und durchlöcherten den sterbenden Rumpf mit dem Feuer von Handfeuerwaffen. Der Student umarmte wimmernd zärtlich einen Mast. Andere Mitglieder der Besatzung knieten noch immer, die Hände auf den Ohren. Grijpstra sah mitten im letzten Stadium des Erbrechens jämmerlich gelassen aus, als sei dieser überwältigende Angriff ganz selbstverständlich. De Gier stand auf dem Vorderdeck des Schoners, beugte sich über das Bugspriet hinaus und versuchte, nichts von dem eindrucksvollen Schauspiel zügelloser Zerstörung zu verpassen. Die Kehrseite des Abenteuers (was hatte die Besatzung des Frachtschiffes Schlimmes getan, um von mechanischen Dämonen erbarmungslos zerrissen zu werden?) schien im Rausch der Begeisterung unwichtig. Warum Mitleid haben mit Verlierern? Siegestrunkene, grausame Gedanken schossen durch de Giers Hirn. Er nahm sich vor, sich für seine nächste Verkörperung einen kriegerischen Planeten auszusuchen. Ständiger Krieg. Teil zerstörerischer Mächte zu sein für die Dauer eines kurzen, aber glänzenden Daseins. Sein nächstes Heim einfach in die Luft sprengen. Was zählte schon der Verlust einer vorübergehenden Unterkunft? In einem endlosen Universum, das für dieselbe Seele unendlich viele Körper bereithielt? De Gier feuerte die Hubschrauber an, die jetzt auf eine Sandbank herabstießen, die eben noch von kreischenden Jets bombardiert worden war.

Kapitän Noah war im Begriff, das Kriechen zur Besänftigung überlegener Mächte aufzugeben, als ein riesiges Flugzeug niedrig über die *Berrydore* hinwegdonnerte, so niedrig, daß es die zierlichen Topsegel des Schiffes abzurasieren schien. Die Maschine, riesiger als große Passagierflugzeuge, hatte die Klappen in ihrem elegant geschwungenen olivgrünen Bauch geöffnet. Dunkle Gegenstände unterschiedlicher Größe fielen heraus. De Gier, der die fallenden Gegenstände für Bomben hielt, machte einen Kopfsprung vom Schoner, in der Hoffnung, im Wasser Schutz zu finden. Die größeren Gegenstände erwiesen sich als Gummiflöße, die kleineren als Waffenbehälter und Soldaten. De Gier, zwischen den Flößen schwimmend, tauchte ab, als er die maskierten Köpfe aus dem Ozean auftauchen sah. Die Köpfe tanzten, während die Männer Wasser traten und nach ihren Flößen suchten. Die Soldaten, die jetzt schwammen, trugen schwarze Kälteschutzanzüge, Schutzbrillen und an den Füßen Schwimmflossen. Sie hielten verschiedene Arten von Feuerwaffen in die Höhe, bereit, noch mehr Verwüstungen anzurichten. Sie kletterten in ihre Gummiboote, die mit kraftvollen Außenbordmotoren bestückt waren. Die Boote wendeten und rauschten auf die Überreste des Frachtschiffes zu. Wieder fielen Schüsse. Strahltrossen schossen aus mörserähnlichen Röhren, ihre Haken klinkten sich von selber an Reling fes zu. Wieder fielen Schüsse. Stahltrossen schossen aus mörserähnlichen Röhren, ihre Haken klinkten sich von selber an Reling und Schandeckel des Frachtschiffes ein. Die Soldaten hangelten sich, Hand über Hand, an den Stahltrossen entlang und sprangen Schwimmer eine Leine zugeworfen hatte, an Bord gezogen wurde, wurden in der Ferne auf dem Frachtschiff die Stars and Stripes gehißt. Die Düsenjäger kehrten zurück, schneller als ihr eigener Schall, der über den Schoner hereinbrach, als die Maschinen herabstießen und eine Insel hinter dem Frachtschiff unter Feuer nahmen.

Die Schonerbesatzung duckte sich verzweifelt, als ein zweiter Riesenbomber weitere Flöße, Container und Männer fallen ließ. Abermals war die Lagune mit angreifenden Soldaten übersät.

«Froschmänner.» Kapitän Noah rief durch den Lärm schnellen Gewehrfeuers, während er neben de Gier auf der sicheren Seite des Ruderhauses kauerte. «Luftlande-Spezialeinheiten im Manöver. Das müssen die Typen sein, die sie ‹Dead Men Keys› nennen. Wir sind ziemlich weit von unserem Kurs ab.»

De Gier, froh, daß er seine persönlichen Papiere im Hotel gelassen hatte, versuchte, das Wasser aus seinen Jeans und seiner Jacke zu quetschen. Grijpstra kroch auf Knien und Ellenbogen langsam heran. «Bist du okay?» fragte de Gier. Grijpstra hörte ihn nicht, weil die in nächster Nähe explodierenden Raketen und Granaten ihn taub machten. Er seufzte und sackte zusammen. Nachdem weitere amerikanische Flaggen gehißt worden waren, auf jeder eroberten Insel oder Sandbank eine, nahm ein Führer eines Gummibootes Kontakt mit der *Berrydore* auf. Der Offizier schien echt empört. «Was haben Sie hier zu suchen? Dies ist Sperrgebiet. Hier hat niemand was zu suchen. Wir hätten euch Idioten abknallen können. Sie stehen unter Arrest.»

Kapitän Noah gab dem Nebel und der eigenen Dummheit die Schuld. Er versprach, seinen Schoner nie wieder auf einer militärischen Sandbank auf Grund zu setzen. Er sagte dem Offizier, wie sehr ihm und seiner Besatzung die Show gefallen hätte. Er hob Tüchtigkeit, Mut und Patriotismus der Soldaten hervor. Er erzählte dem Offizier, wie gern er selber Soldat geworden wäre.

Der Offizier im Gummiboot gab nach. Er sprach in sein mobiles Funkgerät. Weitere Gummiboote kamen heran und zogen die *Berrydore* frei. Kaum begann sich die *Berrydore* in der leichten Dünung zu bewegen, wurde Grijpstra wieder seekrank. Das Erbrochene fiel auf seine Schuhe und nicht nach unten auf die Köpfe der Froschmänner, denn de Gier zog ihn rechtzeitig zurück.

«War das nicht 'ne tolle Sache?» fragte der Kapitän de Gier, nachdem er sich von seinen Befreiern verabschiedet hatte.

Grijpstra war bereits an Land und lehnte sich an eine Palme.

«Kann ich euch sonst noch mit was dienen, Leute?»

«Erzählen Sie mir was über den Ölhandel», sagte de Gier.

«Haschischöl?» fragte Kapitän Noah. «Ein Freund von mir hat was eingeschmuggelt, in falschen Benzintanks alter Jaguars, die er an Sammler verkaufte. Eine seiner Freundinnen hat ihn verpfiffen. Er sitzt jetzt schon eine ganze Weile im Knast.»

«Rohöl», sagte de Gier. «Der Rohstoff für Treibstoff. Kommt mit Supertankern rein. Geht manchmal verloren.»

Der Kapitän war interessiert. «Hier? In der Nähe von Key West?»

«In der Nähe von Saint Martin», sagte de Gier. «Antillen. Diese Seite von Puerto Rico.»

«Ich kenne die Gegend», sagte Kapitän Noah. «Ich laufe gelegentlich Saint Kitts und Nevis an, britische Antillen. Sie wollen einen Tip? Wird Sie eine Provision kosten.»

«Ich brauche einen Tip», sagte de Gier.

«Gutes Gras auf ein paar von diesen Inseln», sagte der Kapitän. «Es gibt auch Landepisten. Jemand hat mal fünfzig Tonnen von dem Shit eingeladen, flog sie direkt nach Paris. War eine Jumbo-Ladung. Ich könnte Sie in Kontakt bringen. Wird ein paar Tausender kosten, okay?»

De Gier war verwirrt. «In einem Tankflugzeug?»

«Sie wollen fünfzig Tonnen Haschöl?»

«Rohöl», sagte de Gier. «Ein Supertanker, die *Sibylle*, ließ sich nahe Saint Martin kapern. Die Ladung war Eigentum von Ambagt & Sohn, die von dem Feadship *Admiraal Rodney* aus operieren.»

Kapitän Noah hatte die *Rodney* gesehen. «Sie wollen wissen, wer die Piraten sind?»

«Ich muß die Ladung finden.» De Gier grinste entschuldigend. «Sie war nicht versichert.»

Der Kapitän pfiff. «Wir sprechen von Millionen.»

«Ich werde Ihnen fünfhundert zahlen», sagte de Gier.

Kapitän Noah pfiff weiter.

De Gier pfiff mit.

«Zweihundert jetzt», sagte der Kapitän, «dreihundert, wenn ich Ihnen eine brauchbare Information geben kann. Kann ich Sie irgendwo erreichen?»

«Ich treffe Sie hier», sagte de Gier.

Kapitän Noah schrieb ihm die Nummer seines Funktelefons auf. De Gier zählte zwei Banknoten ab.

13. Heilige musikalische Schreie

Der Pilot des vom Commissaris gecharterten Learjets hatte den Flughafen Aruba angefunkt, um dafür zu sorgen, daß ein Taxi warten würde. Der Taxifahrer, ein großer schwarzer Mann, trug bunte Kleidung. Sein Fahrzeug war ein etwa fünfzehn Jahre altes Mercedes-Modell, aber ziemlich gepflegt.

«Hotel, Mijnheer? Sie sind Holländer, nicht wahr? Das dachte ich mir. Ich bin aus Curaçao, also spreche ich Holländisch, aber auf dieser blöden Insel wird nur Englisch gesprochen.»

Der Commissaris sagte, er suche einen Tankerkapitän namens Souza. Der Fahrer kannte keine Tankerkapitäne, wenngleich es eigentlich ein paar geben müsse, die mit ihren Schiffen zwischen Arubas Lago-Raffinerie und den USA kreuzten. Der Fahrer kannte kolumbianische und venezolanische Schonerkapitäne, die Waren vom südamerikanischen Festland brachten. Er drehte sich zu seinem Fahrgast um, der verloren in der Mitte des riesigen Rücksitzes saß und unter seinem veralteten Tropenhelm komisch aussah, ansonsten aber mit seinem Shantungseide-Tropenanzug und einer goldenen Uhrkette über der bescheidenen Wölbung seines kleinen Bauches ganz korrekt gekleidet war. «Gemüse und anderes organisches Zeug.»

«Öl», sagte der Commissaris.

«Könnte Ihnen was zum Muntermachen empfehlen, Mijnheer», sagte der Fahrer, «oder was zum Ruhigstellen, je nachdem.»

«Rohöl», sagte der Commissaris. «Gibt es auf Aruba vielleicht einen Treffpunkt für Offiziere der Handelsmarine?»

«Sie können organisches Zeug haben, um es zu schnupfen, zu spritzen, zu essen, zu rauchen, sich in den Arsch zu schieben, sogar um es auf die Genitalien zu schmieren.»

Der Fahrer hatte seinen Wagen noch nicht gestartet. «Aber Sie brauchen deshalb keine Bar aufzusuchen, Mijnheer, ich kann Kostproben in Ihr Hotel bringen. Weniger riskant für Sie. Sie sind ein Glückpilz, ich bin genau der Kontaktmann, den Sie sich gewünscht haben.»

«Kapitän Souza», sagte der Commissaris. «Master der *Sibylle*, ein Supertanker. Ein Alkoholiker und Pornograph, wenn ich richtig informiert bin. Ein Schwarzer. Ein Bürger von Aruba.»

«Nutten haben wir hier auch», sagte der Fahrer. «Vielleicht nicht ganz die Qualität, wie man sie auf Curaçao findet, aber auch nicht schlecht. Arbeiten mit Rabatt. Spezialisiert. Was immer Sie möchten, Mijnheer. Bitte bestimmen Sie Alter, Maße, Farbe, und ich bringe sie in Ihr Hotel, mit Gummi natürlich, keine Gefahr, daß Sie sich was einfangen, Mijnheer.»

«Kapitän Souza», sagte der Commissaris, «wurde schwerkrank eingeflogen. Möglicherweise wurden beide Beine amputiert. Ich bin sicher, daß Sie mich zu jemanden führen können, der mir helfen könnte, den Kapitän zu finden.»

«Ein Öl-Skipper», sagte der Fahrer. «Die Hotelbar in Sabaneta, da treffen sich Seeleute. Schlage vor, Sie geben mir einen Hunderter im voraus und einen Hunderter, wenn ich Ihren Mann finden kann. Ich fahre Sie überall hin. Zweihundert insgesamt, plus was immer das Taxameter zeigt.»

Der Commissaris beugte sich vor. «Sie haben kein Taxameter.»

«Wenn», erwiderte der Fahrer, «ich ein Taxameter hätte, würde es ungefähr einen Hunderter anzeigen, wenn ich Sie heute zum letzten Bestimmungsort bringe, Mijnheer.»

Die Seemannsbar im Dorf Sabaneta, zehn Kilometer vom Flughafen und fünf vom Tankerhafen Lago an Arubas Saint Nicholas Bay entfernt, war mit einfach gezimmerten Holztischen und hellen gelben Plastiksesseln möbliert. Die Musik war live, gespielt von zwei schwarzen Trompetern, einem westindischen Gitarristen und einem großen, rundgesichtigen Weißen als Bandleader. Sein langes Haar war silbergrau und hing glatt herunter. Der lange Schnurrbart, der unter den großen leuchtenden Augen und den hohen Backenknochen hervorguckte, verlieh ihm ein katzenartiges Aussehen. Der Bandleader spielte eine Doppelrolle: Er bediente die Perkussion, ein paar Kalebassen und Metallglocken, die von der Decke hingen, er sang aber auch Scat mit gelegentlichen langen scharfen Schreien, die, jedesmal wenn sie aus seiner breiten Brust kamen, jede Hintergrundmusik auf der Stelle verstummen ließen, obwohl die Trompeten manchmal in einen Dialog traten, entweder die Katzenschreie des Bandleaders musikalisch kommentierten oder eigene Fragen stellten. Der Commissaris, der sich in dem großen Raum umsah, um zu erkunden, ob er einen Tankerkapitän ausfindig machen konnte, schenkte der Musik keine besondere Beachtung, doch nach einer Weile bemerkte er die Vibrationen in seinem Rückgrat und Schädel, wann immer die schrillen Schreie ertönten.

Das Lokal war ein Ort, «wo es alles gab», wie der Fahrer sagte. Man konnte essen, trinken, spielen, fixen, tanzen und sich, wenn man wollte, von Animiermädchen in Hinterzimmer mitnehmen lassen. Die Mädchen trugen saubere Baumwollkleider und schlichte hochhackige Schuhe, als wollten sie einander besuchen, um Tee zu trinken und Kekse zu knabbern. Sie sprachen spanisch. Der Fahrer sagte, die jungen Damen stammten von der kolumbianischen Küste und wären nach Aruba gekommen, um sich in zwei Wochen ihre Aussteuer zu verdienen, denn länger galten die Visa nicht, die die niederländische Marechaussee ausgab, Militärpolizei, von der weit entfernten früheren Kolonialmacht Niederlande hergeschickt.

«Komm her», sagte der Fahrer zu einem der Mädchen. *«Que venga aqui, amor.»*

Das Mädchen lächelte den Commissaris an. *«Lo que quieres, viejito.»*

«Was immer du willst, alter Mann», übersetzte der Fahrer und fügte hinzu, daß «alter Mann» ein Kosewort sei. «Margarita wird nächsten Monat in Barranquilla heiraten. Das Haus ist gemietet, aber noch nicht eingerichtet. Ihr Beitrag wird dankend entgegengenommen.» Der Fahrer schloß verzückt die Augen. «Oh, seinen Samen zu spenden, damit eine Nachttischlampe gekauft werden kann.» Er zwinkerte dem Commissaris zu. «Margarita ist ausprobiert und für gut befunden worden.» Er hob anerkennend einen Finger. «Erste Sahne.»

«Von Ihnen ausprobiert?» fragte der Commissaris.

«Von wem sonst?»

«Gracias», sagte der Commissaris und fügte hinzu, ihm fehle einfach Zeit. «*Que no tengo tiempo, desgraciadamente*, ich bin hier wegen *trabajo*, Schätzchen, ich suche nach *el capitan Souza del buque Sibylle*, beraubt *cerca la isla holandesa Sint Maarten.*»

«Ich kenne Ihren Freund Kapitän Souza nicht. *No lo conozco.*» Das Mädchen lächelte und stand auf. Sie berührte seine Hand. *«Hasta luego.»*

Der Commissaris lüftete seinen Tropenhelm. *«Muy amable.»*

«Also wirklich», sagte der Fahrer. «Sie sprechen ihre Sprache.»

«Meine Frau Katrien nimmt Spanischunterricht», sagte der Commissaris. «Sie will, daß wir uns in Spanien zur Ruhe setzen. Wir denken uns gemeinsam Unterhaltungen aus. Wir können uns nie einigen, worüber wir auch sprechen.» Er sah zu dem Mädchen hinüber, das an der Bar Cola trank. «Erstaunlich, meinen Sie nicht?»

«Ihre Frau Katrien?»

«Sie auch», sagte der Commissaris. «Aber ich meine Santa Margarita da drüben. Sich vorzustellen, daß dieses niedliche kleine Geschöpf wirklich mit mir ins Bett gehen würde.»

«Für Geld.» Der Fahrer sah das Mädchen an. «Mit mir auch.» Er schüttelte den Kopf. «Ich würde es mit mir nicht machen. Nicht für alles Geld in der Karibik. Vielleicht ist es für Frauen anders.»

Der Commissaris dachte das ebenfalls. «Vielleicht können sie ihre Phantasie abschalten.»

«Unglaublich», sagte der Fahrer.

Der Commissaris konnte es ebenfalls nicht glauben.

«Ich bin froh, daß ich das nicht glauben muß», sagte der Fahrer.

Der Commissaris sagte, es sei möglich, daß ein Augenblick käme, wo man nichts mehr zu glauben brauche, ein Augenblick der Offenbarung, wo alles klar werden würde. Vielleicht würde man im Tod davon befreit, glauben zu müssen.

Der Fahrer bekreuzigte sich ängstlich, obwohl er dem Commissaris mit leiser Stimme erzählte, der Tod mache ihm nichts aus, weil er ihn befreien würde.

«Wovon?»

«Von mir selbst», sagte der Fahrer.

Gebackener Reis wurde serviert, dazu geräucherter und gebakkener Fisch und eingelegte Peperoni, deren beißender Geschmack perfekt mit den schrillen Schreien des katzengesichtigen Scat-Sängers harmonierte.

Der Kellner kannte einen Emilio Souza, der einen Bruder hatte, der einen Tanker befehligte. Emilio war auf Aruba eine Berühmtheit. Emilio wurde immer, wenn er sein Quantum getrunken hatte, von seinem Esel heimgebracht. Der Esel trank auch, jedoch nicht so viel wie Emilio. Emilio Souza besuchte die Bar in Sabatena nicht mehr. Ihre Schnapsrechnung, die seine und die des Esels, hatte vor langer Zeit ihr Limit erreicht. Vielleicht verkehrte das Paar inzwischen in der *Divi-Divi*-Bar. Die *Divi-Divi*-Bar lag in Ponton. Auf Wunsch des Fahrers rief der Kellner dort an. Er kam zurück und sagte, Emilio hätte auch dort Lokalverbot und lebe inzwischen auf Kredit in Venezuela. Der Kellner wußte nicht, wo in Venezuela. Emilios Frau, Solange, wohnte auf Aruba, in Boca Mahos. Solange war Mexikanerin, der Kellner kannte sie. Das war ein paar Jahre her. Er sagte, sie scheine eine nette Frau zu sein. Wenngleich vielleicht ein bißchen zu gerissen. Schwanger und barfüßig, aber ihre Augen waren stechend. «Kann es nicht leiden», sagte der Kellner. «Wenn sie uns durchschauen.»

Der Commissaris gab dem Kellner zwanzig Dollar.

«Ist Boca Mahos weit von hier?» fragte der Commissaris. Der Kellner und der Fahrer lachten schallend. Auf Aruba war nichts weit entfernt. Der Commissaris, ein Bewohner der unermeßlichen Ebenen Hollands, konnte sich nicht vorstellen, wie klein die Insel Aruba war. Der Kellner brachte ein schnurloses Telefon. Der Commissaris, nachdem er eine Nummer bekommen hatte, die der Kellner ihm herausgesucht hatte, schaffte es, Solange zu erreichen. Solange sagte, sie hätte nichts mit Emilio zu tun und noch weniger mit ihrem Schwager, dem Tankerkapitän Guzberto Souza. *«Todos chingados!»* Sie legte auf.

«Chingados?» fragte der Commissaris.

«Mexikanisch für ‹die Nieten›», sagte der Fahrer. «Nicht ‹Wichser›, dann hätte sie *chingadores* gesagt.»

«Schade», sagte der Commissaris. «Ich muß mit Guzberto Souza sprechen. Wollen Sie es nicht mal versuchen? Sagen Sie ihr, ich würde sie dafür bezahlen.»

Der Fahrer wählte die Nummer. «Solange, du wirst *monedas, ducados, dinero sancto, plata chingada, patatas de oro* bekommen.» Er sah den Commissaris an. «Wie viele Moneten, Dukaten, heilige Münzen, verdammtes Silber, goldene Möpse?»

«Fünfzig?»

Der Fahrer sagte, Solange sei bereit, ihn zu empfangen. «Fünfzehn Minuten durch Täler und Hügel. Hübscher Trip, Mijnheer.»

«Nach dem Dessert.» Der Commissaris wollte noch mehr Kalebassen- und Glockenmusik hören. Das Dessert bestand aus gedünsteten Birnen unter einem brustförmigen Kegel steif geschlagener Schlagsahne mit einer Kirsche als Brustwarze. Margarita servierte den letzten Gang. Sie wollte wissen, ob der Commissaris wirklich keinen Gebrauch von ihrem Körper machen wollte. Sie sei auf ältere Kunden spezialisiert. Es würde nicht lange dauern.

«Gracias, pero que me pardona por favor», antwortete der Commissaris.

«Wie war noch mal der Name Ihrer Frau?» erkundigte sich der Fahrer.

«Katrien», sagte der Commissaris. «Mein Name ist Jan.»

Der Fahrer meinte, das sei großartig. «Jan hat Angst vor Katrien», sagte er Magarita. «Katrien schlägt Jan. Weißt du das nicht?

Das Pärchen aus dem alten Puppenspiel? Jan Klaassen und Katrien? Hänsel und Gretel? Sie schlägt ihn immer. Auf seinen Holzkopf.»

Margarita kannte das Pärchen nicht. Stammte es aus der Literatur? Sie glaubte nicht, daß Gabriel García Márquez es jemals erwähnt hatte.

«Gabriel wer?» fragte der Fahrer.

«Der kolumbianische Nobelpreisträger», flüsterte der Commissaris.

Der Fahrer schlug sich an die Stirn. «Natürlich.»

Die zwei Trompeten und die Gitarre der Combo spielten ein Stück, das der Commissaris als Bach-Kantate wiedererkannte, die er einmal in Wien gehört hatte. Die Trompeten schlangen die Melodie durch den Gitarrenrhythmus, zogen sich dann zurück, damit der Bandleader das Thema mit seinen unheimlich langgezogenen Lauten wiederholen konnte. Wieder trat Stille ein und wurde umrahmt von den genau akzentuierten kleinen trockenen Schlägen des Perkussionisten auf seine Kürbisse. Bei diesem Klikken drehte sich das kolumbianische Mädchen herum, wackelte mit den Hüften und Brüsten, die Kunden standen stocksteif neben ihren Partnerinnen, die Hände auf den Rücken, die Kinnspitzen vorgestreckt. Die Trompeten spielten ein Duett, Wiener Mezzosopran mit mexikanischen Anspielungen. Der katzenähnliche weiße Bandleader schlug auf eine einfache kleine Trommel, beide Seiten als Resonanzboden benutzend, und wechselte zwischen Klicken und widerhallendem Stakkatogerassel ab.

Der Fahrer war glücklich: «Das bringt's, Mijnheer.» Der Commissaris stimmte zu. Vielleicht sollte er hier auf Aruba bleiben. Schulze, seine Schildkröte, könnte er sich schicken lassen. Katrien könnte bei den Enkelkindern bleiben. Sie könnten via E-Mail miteinander in Verbindung bleiben.

Um die durch die Musik erzeugten Spannungen zu entschärfen, schafften die Mädchen ihre angenehm erregten Kunden in die Hinterzimmer der Bar. Margarita eskortierte einen rotköpfigen Ersten Maat in prächtiger weißer Uniform. Barmänner zapften emsig Bier und brachten mit einer makellosen weißen Blume gekrönte Gläser mit goldener Flüssigkeit hervor. Kellner flitzten herum und trugen Tabletts mit gegrillten Barschen und Makrelen.

«Der Bandleader ist ein Guru», sagte der Fahrer. «Seine wahre Natur wurde ihm in Amsterdam bewußt. Weil sie dort keinen blassen Dunst haben, kam er zu uns.»

«Ach», sagte der Commissaris, der seine Brillengläser geputzt hatte, weil er einem Dunstschleier die Schuld gab, daß er über dem Kopf des katzenähnlichen Mannes einen Heiligenschein sah. «Und was treibt er, wenn er hier nicht gerade mystische Musik macht?»

«Er spielt im *Hilton.*»

«Gewinnt er?»

«Er verliert», erwiderte der Fahrer.

«Vielen Dank», sagte der Commissaris vor dem Verlassen der Bar. Er gab dem Bandleader eine Hundertdollarnote. «Sie machen wunderbare Musik.»

«Speziell für Sie komponiert und vorgetragen, Commissaris.»

Der Commissaris konnte die Züge des Gurus nicht wiedererkennen.

«Früher bin ich als ‹Gestiefelter Kater› aufgetreten», sagte der Sänger und deutete auf seine hohen Lederschuhe. «Amsterdam-Nord, vor zwanzig Jahren, ich war damit beschäftigt, arbeitslose Arschlöcher zu knechten, auf dem Deich. Stehlen und verteilen. Erinnern Sie sich an die Zeit? Sie waren mit meinem Idealismus nicht einverstanden. Ließen mich eine Zeitlang brummen. Um auf das Karma zu achten, arbeitete ich ein paar Jahre lang für die staatliche Sozialhilfe, aber das, was ich jetzt mache, scheint besser zu meiner Mission zu passen.»

«Ich bin gekommen, um Kapitän Guzberto Souza von dem gekaperten Supertanker namens *Sibylle* zu sprechen», sagte der Commissaris.

Der Trommel-Heilige berührte seine Kalebassen. Die Trompeten schmetterten, die Gitarre wimmerte. Wieder vibrierte das

Rückgrat des Commissaris. Die Empfindung wurde fast unerträglich, als der Sänger abermals seinen dünnen scharfen Gesang begann.

Der Commissaris verbeugte sich.

Der Guru nickte.

«Schlechtes Benehmen», sagte der Fahrer und startete den Mercedes. «Aber darüber ist er hinaus. Ist bei guten Musikern üblich. Bei mir wäre es auch so, wenn ich gute Musik machen könnte.» Unglücklicherweise war der Fahrer kein Musiker. Er hatte die Judds auf CD, alle Aufnahmen, so weit hatte er es gebracht.

14. Das tödliche Delirium des Amputierten

«Divi-divi-Bäume», sagte der Fahrer, während der Mercedes langsam, um streunenden Ziegen auszuweichen, über eine staubige Aruba-Landstraße fuhr. «Der Monsun fegt über sie weg, aber sie kommen nie so tief runter, daß sie den Boden berühren.»

«Schön», sagte der Commissaris. Die Bäume sahen eher wie Büsche aus, in einer ausgedörrten Landschaft, sandig, mit ein paar Felsen und Gruppen niedrig wachsender dorniger Pflanzen. Der Commissaris bewunderte einige riesige blühende Kakteen. Kleine Drosseln lugten aus schwarzen Nesthöhlen in zehn Fuß hohen fahlen grünen Stämmen. Andere kleine Vögel saugten Nektar aus den weißen Kaktusblüten. Baufällige Hütten tauchten entlang der Straße auf, hinter Zäunen, die aus Zweigen verschiedener Größe zusammengezimmert waren. Hunde kratzten sich faul im Schatten ausgedörrter Bäume. Kinder starrten ihnen von zerfallenden Veranden nach. Der Fahrer sagte, die Insel sei früher von Wald bedeckt gewesen, zwischen den Felsen hätte es Quellen gegeben und Rotwild und Kaninchen hätten das Wasser getrunken. Woher er das wisse? Weil es von diesen Tieren Höhlenbilder gebe. Von wem gemalt? Von den eingeborenen Arawaks. Die Arawaks flohen aus Venezuela, verfolgt von ihren Feinden, den Kariben. Die menschenfressenden Kariben kamen den Arawaks nach, schlachteten sie ab und verspeisten sie. Kolumbus folgte den Kariben und massakrierte sie. Die Kariben zu verspeisen war nicht notwendig, denn es gab genug Schweinefleisch und Fisch, und die Bibel schrieb nicht vor, man müsse Kariben verspeisen.

Der Fahrer wußte, was die Bibel vorschrieb, denn auf Curaçao hatte er eine Bibelschule besucht. Er kannte das Buch auswendig. Die Bibel schrieb nur Totschlag vor.

«Und nach Kolumbus seid ihr gekommen», sagte der Fahrer. «Weiße Holländer massakrierten die Spanier. Das hätte ich gern gesehen. Meine Großväter sahen es. Ihr habt meine Großväter aus Afrika hergebracht, sie müssen kränklich gewesen sein, denn ihr konntet sie nicht in die Staaten verkaufen, also blieben wir hier, um euch Drogen und Margaritas zu verkaufen.»

Der Commissaris seufzte. Der Fahrer ebenfalls.

Solange, die Ehefrau von Emilio Souza (sie habe gerade die Scheidung eingereicht, erzählte sie dem Commissaris), war klein und anmutig mit ihren langen Zöpfen. Sie trug Jeans und ein schlichtes weißes T-Shirt. Sie sprach englisch mit mexikanischem Akzent. Ihr kleines Haus war verputzt, weiß getüncht und hatte ein Dach aus roten gebrannten Ziegeln. Es war von einem großen Gemüsegarten umgeben, mit Stacheldraht eingezäunt, um Ziegen und Hühner fernzuhalten. «Das Haus ist auf meinen Namen eingetragen», sagte Solange. «Der chingado Gerichtsvollzieher wollte mir nicht glauben, also mußte ich mir einen chingado Rechtsanwalt nehmen.»

Sie atmete tief aus. «Emilio, *el chingado.*»

Solange servierte Limonade, aus den Früchten ihrer eigenen Limonenbäume gepreßt. «Ihr Burschen sucht nach Guzberto? Fünfzig Eier sind nicht genug, señores.» Sie lachte traurig. «Eine alleinstehende Frau.» Zwei kleine Mädchen waren von einem kleinen Schulbus abgesetzt worden und kamen, ihre Wachstuchtaschen schlenkernd, den Pfad entlang. «Drei alleinstehende Frauen. Wissen Sie, was der chingado Anwalt dafür verlangt hat, *das* für mich zu schreiben?» Sie zeigte ihnen einen Brief. Sie rieb sich die Hüften. «Wissen Sie, wie hoch mein Einkommen ist? Nein? Die niedrigste Arbeitslosenhilfe für eine Alleinstehende, die Kinder versorgen muß? Ohne das Gemüse und die Hühner würden wir verhungern. Wissen Sie, was der chingado Gerichtsvollzieher und der chingado Anwalt mich gefragt haben? ‹Amor, amor, wie schaffen Sie das?› Wissen Sie, was ich sagte? Ich sagte nichts, weil sie mir über waren.» Sie kreuzte abwehrend die Arme. «Also, was wollen Sie mir sagen?»

Der Commissaris war von Solanges Wortschwall mitgerissen worden. Die Frage schreckte ihn auf. «Äh. Ja.» Was wollte er ihr eigentlich sagen? Richtig. «Wissen Sie», fragte er ernst, «wo wir Ihren Schwager finden können, Kapitän Guzberto Souza, Master des Supertankers *Sibylle*? Wenn ja, würden Sie es uns bitte sagen?»

«Nicht für fünfzig Eier.» Die Frau blickte auf ihre kleinen nackten Füße. «Das hätte ich Ihnen schon eher gesagt, aber dann wären Sie nicht hergekommen.» Sie wandte sich an den Fahrer. «Sie mit Ihrem blöden Gerede, Mann. Heiliges Silbergeld. Goldene Möpse. Woher haben Sie diesen Schwachsinn, Mann?»

«Ich bin ein Dichter», sagte der Fahrer. «Ich wollte Sie nicht beleidigen. Ich rede so. Ich glaube, daß Sie eine Göttin sind.»

Sie machte eine Faust.

«Ich glaube auch, daß Sie eine Göttin sind», sagte der Commissaris. Er bat sie um einen Umschlag und fragte, ob er ihre Toilette benutzen dürfe. Sie brachte ihm den Umschlag des Anwaltsbriefs und zeigte ihm den Weg zum Außenklo im hinteren Teil des Gartens. Die Verkleidung des Gebäudes war mit den Rippen von Palmwedeln ausgefüllt, die von sauber zugeschnittenen Rahmen schmaler Bretter gehalten wurden, die man einzeln aus Treibholz gesägt hatte. Das Dach war aus einzelnen verrosteten Eisenteilen von unterschiedlich rotbrauner Farbe zusammengesetzt, eine Flickendecke aus Metall in Sepia, Zartrosa und Rot. Eine gesprungene, aber glänzende Kloschüssel stand auf einem Fundament orangefarbener Zementblöcke. «Ein Kunstwerk, Madame», sagte der Commissaris, der sich schuldig fühlte, weil sein eigener Garten ein Unkrautacker war und sein Geräteschuppen seit dem letzten Sturm gegen einen Zaun gedrückt war, der ebenfalls jeden Augenblick umfallen konnte.

«Emilio hat sich das ausgedacht», sagte Solange. «Dinge anfangen kann er, aber er kann sie nicht zu Ende bringen.»

«Sie haben es gemacht?»

«Ich mache alles hier.»

Solange wies auf ihren Garten. «Ich dünge mit Kompost, deshalb wächst das Gemüse, und manchmal regnet es. Ich fange das Wasser auf. Sehen Sie die Dachrinne? Die Tonnen? Es gibt auch eine Zisterne, vielleicht kann ich die Pumpe reparieren lassen.»

Der Commissaris benutzte das Außenklo und kehrte mit dem Umschlag zurück. «Hier bitte.»

«Kann ich reingucken?»

«Nachdem wir weg sind, bitte», sagte der Commissaris. «Es sind mehr als fünfzig Dollar, Madame.»

«Guzberto wurde in die Klinik der Nonne Schwester Meshti geschafft», sagte Solange. «Seine Beine mußten abgenommen werden, und er zitterte und schrie dauernd. Guz rauchte schlechte Zigarren, davon schrumpfen die Adern, aber er sagte, das mache nichts, weil er auch ein Säufer wäre und der Alkohol sie wieder anschwellen lassen würde. Auch das war nicht wahr.» Solange schüttelte sich, bis ihre Zöpfe um ihren kleinen Kopf wirbelten. «Nichts als Machogesülze.»

Der Commissaris dankte ihr. Er stieg in den Wagen. «Zu Schwester Meshtis Klinik, bitte.» Der Mercedes fuhr von der Ausfahrt, als der Fahrer in den Rückspiegel blickte. «Solange rennt uns nach. Soll ich anhalten?» Der Commissaris öffnete ein Fenster. Solange weinte. «Ich habe Ihnen nicht gesagt, daß Guzberto tot ist.» Sie warf den Briefumschlag in den Wagen. «Hier. Ich will das Geld nicht.»

Der Commissaris stieg aus. Er gab ihr den Umschlag zurück und nahm sie zärtlich in den Arm. «Aber, aber, meine Liebe.»

Sie flüsterte ihm ins Ohr. «Zuviel chingado Geld.»

Sie küßte ihn auf die Wange. «Sie sind ein Engel, der sich unter einem Pißpott versteckt.» Er nahm den Tropenhelm ab und wollte ihn ihr schenken. Vielleicht würden ihre Töchter gern mit dem Ding spielen, doch sie sagte, er brauche ihn, um seinen Kopf zu bedecken, er könne von der Sonne Krebs bekommen, sein Haar sei so dünn.

«Was war los?» fragte der Fahrer.

«Passiert mir dauernd», sagte der Commissaris. «Frauen fliegen auf mich. Meine Frau meint, es sei Charisma.»

«Tatsächlich», sagte der Fahrer.

Die Klinik, in der Kapitän Guzberto Souza zuerst seine Beine und später sein Leben verlor, war ein Holzschuppen, der in bedenklicher Lage, auf dem Abhang eines Hügels, errichtet war. Ein überdachter Gang führte in eine Höhle. Die Mutter Oberin war eine magere Deutsche mit großen nackten Füßen. Sie trug einen grauen Baumwollkittel und eine gestärkte weiße Kapuze. Ein insektenzerfressenes Holzkreuz hing auf ihrer flachen Brust. Ihre unscharfen Augen schützte sie mit dicken Brillengläsern. Ihr runzeliges Gesicht war tiefbraun. «Ja, mein Lieber?» Ihr Mund wies wenige Zähne auf. «Der Kapitän Guzberto Souza», sagte der Commissaris. «Ich möchte gern wissen, ob er Ihnen etwas über sein Schiff erzählt hat, das von Piraten angegriffen wurde.»

«Zie zind immer noch da?» fragte die Oberin. «Tie Piraten?»

«Sie stahlen das Öl», erklärte der Commissaris, «das der Kapitän mit seinem Tanker beförderte.»

«Deshalb hatte ter Kapitän kein Geld?» fragte die Oberin. «Ich verstehe das nicht. Kapitäne verdienen gutes Geld.»

Der Commissaris und der Fahrer wurden in die Wohnräume der Nonnen im kühlen Höhleninneren geführt. Sie nahmen auf Rohrstühlen mit geraden Lehnen rund um einen klobigen quadratischen Tisch Platz. Eine junge Nonne brachte Gläser und einen Plastikkrug mit Eistee.

«Schwester Johanna», sagte Schwester Meshti. Schwester Johanna sprach das weiche Niederländisch Südhollands.

«Guzberto war ein netter Mann. Ich habe ihn jeden Tag gewaschen. Hat mir nie Ärger gemacht.»

«Damals hatte er keine Beine», sagte die Oberin. «Wir dachten, wir könnten ten Kapitän retten, aber ter arme Bursche bekam Fieber, und tie Antibiotika halfen nicht, und sein Zustand war zehr schlecht.» Sie sah traurig aus. «Alles, was ter Kapitän wollte, war Gin, aber wir geben zo was nicht.»

«Merkwürdig», sagte der Commissaris. «Kaperung seines Schiffes, das muß ein traumatisches Erlebnis gewesen sein, doch er hat Ihnen nie davon erzählt.»

«Ter arme Mann war krank», sagte die Schwester Oberin. «Der Entzug war schlimm.»

Schwester Johanna mischte sich ein. «Guz wurde von großen schwarzen Fröschen gequält.» Sie zeigte mit den Händen, wie groß die Frösche gewesen waren. So groß wie die Oberin. «Und anschließend juckten Guz die Zehen, und ich mußte sie kratzen. Er hatte keine Zehen. Ich kratzte trotzdem, unterm Laken am Fußende des Bettes. *Kratz, kratz.* Danach fühlte er sich immer besser.» Schwester Johanna schneuzte sich in ein großes buntes Taschentuch. «Diese großen schwarzen Frösche machten Guz angst. Sie waren ganz feucht und griffen ihn an.»

«Wurden Sie für die Pflege des armen Kapitäns bezahlt?» fragte der Commissaris die Oberin.

Sie schüttelte den Kopf. «Guz hatte keine Versicherung. Tie Leute von der Reederei zahlten auch nicht.» Sie holte einen Aktenordner und sah die Papiere durch. «Ambagt & Sohn.»

«Niemand bezahlte für die Arbeit, die Sie hier machten?»

«Niemand.»

«Gott zahlte auch nicht?»

«Wer?» fragte die Mutter Oberin.

Sie sagte, daß sie und Johanna manchmal mit ihrem Eselskarren zum Betteln führen. Sie sprachen die Buchhalter der Hotels und Kasinos an. Aus denen holten sie gewöhnlich ein bißchen Geld heraus. Sie sei selber Buchhalterin gewesen, vor langer Zeit in Köln, wo sie für die Verwaltung eines Chemiekonzerns verantwortlich gewesen sei. Sie habe Zahlen gemocht. Jetzt waren ihr nicht mehr allzu viele Zahlen geblieben, um die sie sich kümmern konnte. «Aber tas ist in Ordnung.»

«*Sie* wissen mit Sicherheit, wer Gott ist», sagte der Commissaris zu Schwester Johanna.

«Wer?» fragte Schwester Johanna und lächelte freundlich.

«Haben Sie einen Umschlag?» fragte der Commissaris die Oberin. «Und könnte ich bitte Ihre Toilette benutzen?»

«Sie arbeiten nicht zufällig für die Firma, die diesen nichtsnutzigen Kapitän Souza beschäftigte?» fragte der Fahrer, nachdem sie die Klinik verlassen hatten, von wo ihnen die glücklichen Nonnen nachwinkten.

Der Commissaris sagte, er sei von Detektiven angeheuert worden, um ein paar Nachforschungen anzustellen.

«Warum waren diese Nonnen ganz hin und weg von Ihnen?» fragte der Fahrer.

«Nonnen sind Frauen», erwiderte der Commissaris. «Es ist wegen meiner charismatischen Erscheinung. Sogar diese Margarita mochte mich.»

«Tatsächlich», sagte der Fahrer und trat aufs Gas, denn der Commissaris hatte es eilig, wieder zu seinem gecharterten Learjet zu kommen.

«Schade, daß wir diesen Säufer nicht aufstöbern konnten», sagte der Fahrer. «Aber ich hatte einen netten Tag. Zahlen Sie mir bloß einen Hunderter. Das Benzin ist umsonst.»

«Haben Sie einen Umschlag?» fragte der Commissaris. «Sie können ihn öffnen, wenn der Flieger abgehoben hat.»

«Und er wird leer sein», sagte der Fahrer argwöhnisch. «Hören Sie, Mijnheer. Ich bin keine Frau, die Verständnis braucht. Sie wissen, was ich bin? Ich bin ein Lude und Drogendealer. Burschen wie Sie geben mir nichts.»

Der Commissaris reichte ihm eine Hundertdollarnote.

Der Fahrer gab sie zurück.

«Sie ziehen den Umschlag vor?» fragte der Commissaris.

Der Fahrer trieb am Flughafen einen Umschlag auf. Der Commissaris nahm ihn in den Waschraum des Flughafens mit. «Öffnen Sie den Umschlag nicht, bevor mein Flugzeug startet», sagte der Commissaris, als er ihn dem Fahrer gab. «Danke, daß Sie sich den ganzen Tag mit mir abgegeben haben. Wie ist Ihr Name, bitte?»

Der Fahrer hieß Maurice Mazlof.

«Wiedersehen, Mr. Mazlof.»

Der Fahrer stand still, während der Learjet niedrige Wolken durchstieß. Zurück im Mercedes, öffnete er den Umschlag. Er war mit zusammengefaltetem Toilettenpapier gefüllt.

15. Die untere Ebene

«Die untere Ebene?» fragte der Commissaris beim Frühstück auf der Terrasse des *Eggemoggin Hotels.* «Ist Amerikanisch nicht eine ausdrucksstarke Sprache? Was meinen Sie? Einen höllischen Keller? Was will die Polizei mit Ihnen auf der *unteren Ebene*, de Gier?»

De Gier wischte sich den Schnurrbart mit einer Serviette, die Grijpstra ihm reichte, schluckte den Rest seines Kaffees, schob sich ein halbes Brötchen mit Lachs, Sahnekäse, Zwiebeln und Kapern in den Mund, machte eine Geste der Ahnungslosigkeit und folgte dem Kellner, der die Nachricht gebracht hatte.

Das Handy in der Tasche des Commissaris läutete.

«Hallo-oo», sagte Carl Ambagt. «Nieselregen und Nebel, haben Sie heute morgen den Wetterfrosch gehört? Er sagt das gern, aber es klart hübsch auf. Werden Sie von Moskitos geplagt? Ich schlage schon den ganzen Morgen Moskitos tot. Wir sind eingelaufen. Wir sind im Trockendock. Ganz in Ihrer Nähe. Die Reparaturen an der *Rodney* werden nicht so lange dauern. Kaputte Teile raus, neue Teile rein. Kostet trotzdem einen Haufen Geld. Aber was macht das schon, oder? Mit ein bißchen Glück können wir vor Sonnenuntergang auslaufen. Sind Sie bereit?»

«Ja, Mr. Ambagt», sagte der Commissaris und beobachtete einen Moskito, der Blut aus seiner rechten Hand saugte. Seine linke Hand hielt das Telefon. Er drehte die gebissene Hand um und versuchte, den Moskito auf dem Tischtuch zu zerquetschen, aber der Moskito ahnte etwas.

«Die Betten sind gemacht», sagte Carl Ambagt, «die Drinks eisgekühlt. Die Matrosen haben frische Uniformen an. Heute abend essen wir Crêpes mit Puderzucker, und Dad ist heute nicht so betrunken.»

«Crêpes», sagte der Commissaris und klappte das Telefon zu. Er verfehlte den blutverdauenden Moskito. «Wo haben wir uns wohl eingemietet? In einem kulinarischen Kindergarten?»

Grijpstra nahm von einem lächelnden Kellner noch mehr Pflaumenkompott entgegen. Sahne in seinen Napf löffelnd, erinnerte er den Commissaris daran, was man ihnen angetan hatte. «Feder von Ihrem Hut weggeputzt. De Gier kann noch immer nicht durchatmen. Und ich ...» Grijpstra hustete.

«Rache», sagte der Commissaris, nach dem Moskito schlagend. Das Tierchen landete langsam mit einem gebrochenen Flügel. Der Commissaris zerdrückte es. «Wir sollten unseren niederen Gefühlen nicht nachgeben, Grijpstra. Dieses Unternehmen ist nicht mehr als eine Charakterprüfung.» Befriedigt betrachtete er das blutbefleckte Tischtuch.

«Wie nannte der Kellner den Ort, an dem Sergeant Symonds lauert und auf den furchtlosen de Gier wartet?»

«Die untere Ebene», erwiderte Grijpstra.

Der Commissaris nickte. «Wir sind keine Leute von der unteren Ebene, Grijpstra, wir haben Ichbezogenheit, Engstirnigkeit, das Verlangen, Beleidigungen und Schmerzen zu rächen, die unseren illusorischen Egos zugefügt wurden, bezwungen.»

«Mijnheer», sagte Grijpstra.

Die untere Ebene war ein Parkdeck, eingefaßt von Eckpfeilern aus Beton, die das Hauptgebäude des Hotels trugen. Von dort hatte man einen weiten Blick auf das Meer. Auf dem Sitz ihrer Harley-Davidson hatte Sergeant Symonds die Lotus-Position eingenommen. Sie trug Shorts. Sie beobachtete Pelikane, die elegant über der blaugrünen Oberfläche schwebten, bereit, wie Steine herabzufallen, sobald sie Schwärme kleiner Fische erspähten. Der Sergeant lachte. «Ein Haufen fliegender Gaukler. Ich bin froh, daß sie wieder da sind. Fischer schossen sie ab, aber das neue Gesetz gibt den Tieren jetzt eine Chance.»

«Geschützt?» fragte de Gier.

Ramona machte eine Bewegung zum Beiwagen des Motorrades.

De Gier stieg ein.

«Sie haben das Recht zu schweigen», sagte der Sergeant. «Alles, was Sie sagen, kann gegen Sie verwendet werden. Sie können einen Telefonanruf machen. Wenn Sie sich keinen Anwalt leisten können, wird die Stadt Key West Ihnen einen Anwalt stellen.» Sie beugte sich zu ihm hinunter. Er konnte ihr Parfüm riechen. «Ja, die Pelikane sind geschützt, weil sie den Tourismus in die Gegend locken, Rainus. Mörder locken den Tourismus nicht an, Rainus. Wir schützen keine Mörder.»

Sie griff nach den Handschellen, die an ihrem Pistolengurt schimmerten, doch sie überlegte es sich anders. Die Harley brüllte auf. Die Spitze ihres Stiefels brachte die Maschine in Gang. Polizeipsychologie, dachte de Gier. Aus der Trickkiste. Erst Gelaber über Pelikane, dann die Handschellen zeigen. Einschüchtern, indem man die Furcht vor Ketten weckte, das Verlangen, sich der Natur zu erfreuen.

Motorrad und Beiwagen fuhren an kleinen Holzhäusern vorbei. Hecken blühten, Blumen wuchsen in Töpfen, die von Verandageländern baumelten. Überall Palmen, große Palmen mit Büscheln roter Früchte, kleine fette Palmen mit riesigen Blättern, Palmen, geformt wie gewaltige Fächer. Orangen, Pampelmusen und Limonen schimmerten zwischen feuchten grünen Blättern. Weißes Gitterwerk kontrastierte mit blaßblauen oder rosa Fensterläden. Ramona rief durch das Donnern der Maschine, diese Häuser wären im vorigen Jahrhundert von Schiffszimmerleuten gebaut worden. Matrosen brachten aus Tahiti und Neuseeland tropische Samen mit. Key West, wie es die frühen Eroberer vorfanden, kannte bloß das Grün und Grau von Sumpfmangroven, doch die importierten Pflanzen gediehen auf dem hiesigen Boden.

Beim Warten an einer Verkehrsampel erzählte Sergeant Symonds ihrem Gefangenen, die Polizei-Harley sei eine Dyna Glide, jede Menge Hubraum, Spitze hundertundsechzig Meilen, ohne Beiwagen natürlich.

«Nur in Amerika, Rainus. Was fahrt ihr Burschen in Europa?

Japanische Reiskocher?» Sie schüttelte den Kopf. «Die Dinger sind nichts Reelles.»

De Gier blickte auf die reellen Handschellen an ihrem Pistolengurt.

«Fuhren Sie ein Motorrad, als Sie ein Amsterdamer Cop waren?»

De Gier erwähnte eine 2-Zylinder-BMW.

«Waren Harleys drüben zu teuer?»

«Waren sie, Ramona.»

Da bin ich nun, dachte de Gier, in einen Kinderwagen eingesperrt, werde von einem chauvinistischen Kindermädchen durch die Gegend gefahren und mache verdammte Konversation.

In ihrem Büro setzte ihm Ramona Feinschmeckerkaffee vor. «Ich bin wirklich dankbar, daß ich imstande bin, Sie festzunehmen, Rainus. Ich hatte Glück. Wollen Sie wissen, was ich habe?»

«Neues Belastungsmaterial?»

Der Sergeant sah erfreut aus. «Ja, Sir.»

«Dürfte ich erfahren, um welches neue Belastungsmaterial es sich handelt?» fragte de Gier.

«Kennen Sie», fragte Symonds, «das alte Belastungsmaterial?»

Amerikanische Polizeimethoden, dachte de Gier, würden im wesentlichen nicht anders sein als die, die er gewohnt war. Sergeant Symonds hatte eine hochrangige Persönlichkeit überzeugen müssen, daß eine Festnahme gerechtfertigt war, einen Polizeichef oder einen Richter. De Gier formulierte eine mögliche Argumentation, auf Tatsachen basierend, die der verhaftende Beamte verfolgen konnte.

Tatsache 1: Opfer T. Stewart-Wynne fährt seinen Jeep in ein Restaurant, wo der Verdächtige de Gier mit zwei Komplizen zu Mittag ißt.

Hypothese: Das Opfer wollte den Verdächtigen in ebendiesem Restaurant treffen. Das Opfer wollte in der Nähe parken, als es die Kontrolle über das Fahrzeug verlor.

Verteidigung: Es gibt keinen Beweis, daß Opfer und Verdächtiger sich kannten. Es war reiner Zufall, daß der Jeep ausgerechnet an diesem bestimmten Ort versagte.

Tatsache 2: Ein Motorradpolizist untersucht den Wagen, nachdem dieser im Restaurant zum Stehen gekommen war. Von allen Anwesenden ist nur der Verdächtige an der Leiche des Opfers interessiert.

Hypothese: Der Verdächtige ist der Killer, er überprüft, ob sein Anschlag erfolgreich war.

Verteidigung: Der Verdächtige ist ein ehemaliger Polizeibeamter, der aus Gewohnheit an dem tödlichen Unfall interessiert ist.

Tatsache 3: Das Opfer, ein Angestellter der britischen Finanzgruppe Quadrant, und der Verdächtige, ein ehemaliger Polizist, stehen in Verbindung mit Ambagt & Sohn, einer Schiffahrtsgesellschaft, die von dem in Liberia registrierten Feadship *Admiraal Rodney* aus operiert. Ambagt & Sohn behaupten, mit Rohöl zu handeln. Das Opfer wohnte im Luxushotel *Eggemoggin.* Der Verdächtige ebenfalls. Key West ist ein strategisch wichtiger Ort für den Drogenhandel.

Hypothese: Die Quadrant-Gruppe finanzierte die Geschäfte von Ambagt & Sohn, erhielt ihr Geld aber nicht zurück. Das Opfer forschte nach möglichen Vergehen und stößt auf Beweise für Drogenhandel. Opfer droht, die Polizei zu informieren. Ambagt & Sohn heuern den Verdächtigen an, um das Opfer loszuwerden.

Verteidigung: Verdächtiger sagt, er kenne das Opfer nicht, und bestreitet, ein Killer zu sein.

Tatsache 4: Die Bremse und das Gaspedal des gemieteten Jeeps wurden manipuliert, so daß sich ein Transportmittel in eine tödliche Waffe verwandelte.

Hypothese: Der Verdächtige führte die Manipulation aus, mit dem Ziel, das Opfer zu ermorden.

Verteidigung: Der Verdächtige bestreitet das.

«Ja?» fragte de Gier.

«Perfekt», sagte Ramona. «Sie haben den Durchblick. Alles, was Sie jetzt noch tun müssen, ist zu leugnen. Aber jetzt ...» sie beugte sich über ihren Tisch und lächelte angriffslustig, als wollte sie ihm zwischen die Beine greifen – eine uniformierte Wächterin und ihr hilfloser Sklave – «welche neue Tatsache ist aufgetaucht, die mir erlaubt, Sie festzunehmen?»

«Jemand, der etwas gesehen hat?» fragte de Gier. «Aber da gab es nichts zu sehen. Ich bin unschuldig. Irgend etwas interpretieren Sie falsch.»

«*Zwei* Tatsachen?» fragte Sergeant Ramona Symonds vom KWPD triumphierend. Sie berichtete und starrte dabei über de Giers Kopf, als spreche sie zu einer hinter ihm thronenden Gottheit. «Das Opfer», sagte Ramona mit professionell ausdrucksloser Stimme, «wohnte fünf Tage im *Eggemoggin Hotel.* Während der ersten vier Tage war er sehr fleißig. Er zog sich normal an und fuhr einen gewöhnlichen Mietwagen.» Symonds blickte in ihre Notizen. «Zweitüriger beigefarbener Geo Kompakt ... Belästigte den Zimmerkellner nicht, war nicht interessiert an Kokain-Annies Diensten ... Annie ist eine teure Hure, arbeitet offiziell im *Eggemoggin* als Masseuse, erstklassige Lady ... Aber am fünften Tag veränderte das Opfer plötzlich seine Persönlichkeit.» Sie warf einen kurzen Blick auf de Gier. «Können Sie mir folgen?»

«Ich bin auf Ballhöhe», sagte de Gier strahlend.

Symonds lächelte triumphierend. «Am fünften Tag putzt sich das Opfer für teures Geld als Cowboy heraus, kneift den Zimmerkellner in den Hintern, läßt Annie auf sein Zimmer kommen und verlangt extravagante sexuelle Spielchen, tauscht den Geo in einen Jeep ein, beklagt sich über das Essen – Steak sei sehr durch, will es blutig –, lacht laut, während er allein Champagner trinkt.»

«Verrückt?» fragte de Gier. «Abnormes Verhalten nach einer Phase farbloser Depression? Kann das Opfer als bipolar eingeordnet werden?»

Ramona überging den Einwand. «Hypothese: Das Opfer hat seine Ermittlungen erfolgreich abgeschlossen. Das Opfer feiert, und der Verdächtige ...» Ramona starrte de Gier in die Augen, «... das sind Sie, Mister Rai-nus, schnappt zu.»

Sergeant Symonds lehnte sich zurück. «Verteidigung: Der

Verdächtige leugnet, das Opfer an diesem kritischen Punkt der Entwicklung geschnappt zu haben.»

De Gier lachte. «Tut er, Sergeant. Und was Sie da haben, ist ein alter Hut. Ich hab es bereits gesagt. Keine Beweise, wissen Sie. Ich habe nichts damit zu tun.»

Symonds lächelte ebenfalls. «Ich habe genug, eine Jury dazu zu bringen, einem Untersuchungsrichter zuzuhören, aber ich habe noch mehr.» Ihr Lächeln wurde breiter. «Viel mehr. Wollen Sie es hören?»

De Gier schüttelte den Kopf. Das alles klang bedenklich. Vielleicht hätte er bei der Polizei bleiben sollen, am längeren Ende des Hebels. «Erzählen Sie es mir», sagte er ruhig.

«Das Postamt von Key West», sagte der Sergeant, «liegt am Rande unseres Schwarzenviertels. Dort hat jemand Kinder belästigt. Wir gehen dort jetzt häufiger Streife. Eine Polizistin in Zivil beobachtete den Parkplatz an dem Tag, als Stewart-Wynne starb. Sie sah einen langhaarigen Mann, der sich mit einer Handvoll Werkzeug unter einen Jeep schob. Sie dachte, er führe Reparaturen aus. Der Mann sah ungepflegt aus, der Jeep war neu. Der Gegensatz fiel ihr natürlich auf. Wie Sie wissen, richtet die Polizei ihr Augenmerk immer auf Gegensätze.»

«Ja», sagte de Gier. «Was hat Ihre Polizistin noch gesehen?»

«Ein weißer Gentleman in Cowboyklamotten fuhr den Jeep weg, nachdem der ungepflegte Scheinmechaniker mit seiner Arbeit fertig war.»

«Ich war's nicht», sagte de Gier. «Ich habe keine langen Haare, und ich sehe nicht ungepflegt aus.»

«Perücke? Andere Kleidung?» Sergeant Symonds las von ihren Notizen ab. «Großgewachsener Mann, militärische Haltung, riesiger Schnurrbart, sechs Fuß groß, breite Schultern. Hypothese: Der Verdächtige hatte sein Äußeres ein wenig verändert, als er den Jeep in eine tödliche Waffe verwandelte.»

De Gier grinste. «Ich war's trotzdem nicht.»

Sergeant Symonds sah ernst aus. «Polizistin Susan G. Wilson bat um Versetzung. Ich schickte sie letzte Nacht ins *Eggemoggin*

Hotel. Sie sah Sie in der Bar, als Sie sich Jazz anhörten. Ich habe Sie ihr nicht beschrieben. Es war nicht nötig. Sie erkannte Sie sofort. Sie wird es außerdem beschwören. Deshalb stehen Sie jetzt unter Arrest.»

De Gier ließ seine Hände auf die Knie fallen.

«Verteidigung?» fragte Symonds.

De Gier zuckte die Achseln. «Mein Name ist Hase, und ich weiß von nichts.»

«Hase?»

«Ein holländisches Kinderlied», erklärte ihr de Gier. «Kleine Kinder singen es, wenn man sie beschuldigt, in die Keksdose gegriffen zu haben.» Er sang ihr den Vers vor, mit den Händen den Takt schlagend.

«Das ist nicht zum Lachen.» Der Sergeant stand auf und blickte aus dem Fenster.

«Wollen Sie mich wirklich aufgrund dieser erdichteten Beschuldigungen festhalten?» fragte de Gier.

«Die Polizistin Susan G. Wilson hat einen guten Ruf.» Ohne sich umzudrehen, sagte Ramona eisig: «Ich kann Sie festhalten, bis Sie schwarz werden.»

«Bitte», sagte de Gier, «habe ich an einem Jeep rumgefummelt, während ich im *Lobster Lateta* aß, mit zwei Zeugen?»

«Ihren Komplizen?» Sergeant Symonds drehte sich abrupt um. «Angeheuert von Ambagt & Sohn, vermutlichen Großdealern, die von einem steuerfreien schwimmenden Palast aus agieren, der aus unersichtlichen Gründen dauernd mexikanische Häfen anläuft? Ist Ihnen bekannt, daß die Hälfte aller Kokain-, Heroin- und Cannabisprodukte, die in diesem Land konsumiert werden, aus Mexiko kommt? Wie wollen Sie sich da rauswinden, sagen Sie's mir?»

«Lassen Sie mich auf Kaution frei», sagte de Gier. «Ich werde Ihnen den wahren Killer liefern, von dem ich jetzt weiß, daß er ein ehemaliger Soldat ist, der genauso aussieht wie ich.»

«Ehemaliger? Wieso?»

«Männer im aktiven amerikanischen Militärdienst sehen nicht

ungepflegt aus und haben keine langen Haare. Ich werde nach einem Ehemaligen suchen, unehrenhaft entlassen.» De Gier sprang auf. «Ich dürfte nicht lange dafür brauchen. Lassen Sie mich das für Sie tun.»

Ramona Symonds näherte sich dem Gefangenen. Ihre gespitzten Lippen berührten seine Wange. Sie flüsterte: «Ich dachte, Sie würden mich nie darum bitten, mein Teuerster.»

16. Hölle auf hoher See

Das Feadship *Admiraal Rodney* verließ Key West am späten Nachmittag des nächsten Tages mit Kurs auf Saint Martin. De Gier war nicht an Bord. Grijpstra hatte versucht, an de Giers Stelle die Verfolgung des Killers von Stewart-Wynne zu übernehmen, indem er darauf hinwies, daß er und de Gier austauschbar wären. War nicht auch er im *Lobster Lateta* gewesen, als der Agent der Quadrant Bank dort starb? War er nicht de Giers Partner in der Detektei? Arbeitete er nicht auch für die Besitzer der verdächtigen *Rodney*? Stand nicht auch er, ebenso wie Stewart-Wynne, mit den Ambagts in Verbindung? Warum nicht den armen de Gier rauslassen und den höherstehenden Grijpstra nehmen, der nebenbei nicht gern auf kleinen Schiffen segelte.

Sergeant Symonds sagte, sie würde das sehr gern tun, aber sie könne es wirklich nicht. De Gier sei bereits festgenommen, und es sei einfach zu mühsam, über Monroe County in den Lauf der Bürokratie einzugreifen.

«Ich mag Sie wirklich lieber», sagte Sergeant Symonds. Sogar den Commissaris mochte sie lieber, aber dieser war nicht daran interessiert, de Giers riskante Stelle einzunehmen. Außerdem segelte der Commissaris gern auf kleinen Schiffen.

Der Commissaris begleitete Grijpstra, als dieser de Giers Kaution bezahlte: fünfzigtausend Dollar in fünfhundert Hundertdollarnoten. Ein ziemlich ansehnliches Bündel. Der Commissaris bekam das Geld, nachdem G & Gs Luxemburger Bank über einen amerikanischen Geschäftspartner per Fax die Zahlung bestätigte. Während Ramona das Geld zählte, studierte der Commissaris das Porträt von Mynah. «Ich habe ein Foto meiner Schildkröte auf meinem Schreibtisch.»

Ramona blickte auf seinen Ehering. «Nicht das Ihrer Frau?»

«Katrien», sagte der Commissaris, «verändert sich. Eine Schildkröte ist ewig.»

Ramona blickte ihn ernst an. «Sie streben nach Ewigkeit, Sir?»

«Wer tut das nicht?» fragte der Commissaris. Das Unveränderliche, das irgendwie im zeitlosen Gesicht der Schildkröte symbolisiert sei, fasziniere ihn. «Die Weisheit eines uralten Reptils, jenseits von Furcht und Begehren.»

«Sie sind von beidem nicht frei?» fragte Ramona.

«Im Grunde bin ich frei», sagte der Commissaris. «Ich glaube es. Andererseits, wer ist das nicht?»

«Mynah ist laut», sagte Sergeant Symonds, «besonders wenn er das Geräusch meiner Cappuccino-Maschine nachmacht.»

Grijpstra wollte nicht glauben, daß der Vogel so etwas kann.

Ramona machte nach, wie ihr Vogel das Geräusch ihrer Cappuccino-Maschine nachmachte.

Grijpstra applaudierte.

«Aber Sie lieben Ihre Frau», sagte Ramona zum Commissaris, «selbst wenn sie sich dauernd verändert.»

«Gewiß, gewiß», sagte der Commissaris, «und Sie lieben Ihren ...» er überflog die übrige Schreibtischplatte, «den, von dem Sie hier kein Foto haben.»

Ramona erklärte, mit Mary-Margaret sei es vorbei und sie könne nicht glauben, daß es nicht schon immer vorbei gewesen sei. Denn nach all den Streitereien und Enttäuschungen, worauf laufe eine menschliche Beziehung hinaus? Es sei nichts als ein Krieg zwischen zwei Egos. Gewalt in der Familie. Anlaß für die meisten Hilferufe bei der Polizei.

«Ist das in Europa auch so?» fragte Sergeant Symonds.

Grijpstra erwiderte, Gewalt in der Familie habe ihn immer aus der Fassung gebracht. Es sei schön, jetzt davon entfernt zu sein. Auch von zu Hause. Obwohl seine zweite Frau zuweilen seiner ersten ähnele, werfe sie nicht mit Gegenständen.

Der Commissaris betrachtete das Foto des Vogels. «Abgesehen von Mynah, haben Sie keine engen Bindungen?»

«Was geht Sie das an?»

Der Commissaris lächelte. Er veränderte seine Stimme. «Ramona, meine Liebe ...»

Ramona, durch die Geste des Commissaris besänftigt, sagte, sie hätte jetzt einen älteren Mann zum Freund. Manchmal habe sie ein schlechtes Gefühl dabei, denn das Lesbischsein habe ihr einige Befriedigung verschafft, aber einige ältere Männer seien vielleicht okay. Sie lächelte den Commissaris an. «Sie könnten okay sein, aber mein alter Mann sieht athletischer aus.» Vom Commissaris aufgefordert, erzählte sie, ihr Freund wohne in einer Gasse hinter Petrona Street in einem der von Schiffszimmerleuten gebauten kleinen rechteckigen Häuser, überschattet von Flammenbäumen. Während des Frühlings und Frühsommers schienen die Bäume in Flammen zu stehen, weil sie von orangefarbenen und roten Blüten strotzten. Ramonas Freund war ein Psychiater, der sich zur Ruhe gesetzt hatte und zu dem Schluß gelangt war, daß alle menschlichen Persönlichkeiten unheilbar unangenehm seien. Unverheiratet und kinderlos, führte er das Leben eines Gelehrten, zwischen ererbten Antiquitäten, die Strandräuber aus Key West vor langer Zeit geborgen hatten. Hinter seiner Oleanderhecke hegte ihr Freund einen milden Widerwillen gegen die Leute, wenngleich er sich zuweilen Ramonas Gesellschaft gefallen ließ und ihren Vogel liebte, der sie gern begleitete.

«Gabriel liebt es, für uns zu kochen.»

«Schlafen Sie und Ihr Freund zusammen?» fragte Grijpstra.

«Wie bitte?»

Grijpstra kratzte sich am Kinn. «Ich frage mich manchmal, ob glückliche Paare es tun.»

«Tun Sie es und Ihre Frau?» fragte Ramona.

Grijpstra gab zu, daß er es nach und nach vorzog, daran zu denken.

«Mit Ihrer Frau?»

«Klar», sagte Grijpstra.

«Gibt Ihnen Gabriel ein Gefühl der Sicherheit?» fragte der Commissaris, wieder in seine großväterliche Art verfallend.

«Ich tröste ihn», sagte Ramona. «Gabriel, selbst wenn es ihm vielleicht nicht gefällt, lebt trotzdem im Universum. Das Universum ist im wesentlichen weiblich. Das Weibliche tröstet manchmal.»

«Gegenseitige Sicherheit?» fragte der Commissaris hoffnungsvoll.

Ja, vielleicht. Ramona sagte, sie verbringe gern ein bißchen Zeit hinter Gabriels schützender Hecke und dem Schild, das am Ast eines Flammenbaumes hing. In der korrekten Schrift des alten Mannes sei, hübsch karminrot auf weiß darauf geschrieben: DER LÖWE IST OKAY. Wenn jemand an die Tür fasse, knurre der Löwe im Hausinneren, wenn jemand das Tor öffne, brülle der Löwe direkt hinter der Eingangstür. Mit dem Knurren und Brüllen war ein Gerät von Sony programmiert, oder war es von Philips Electronics?

«De Gier hat Ihren Engländer nicht ermordet», sagte der Commissaris, als sie das Büro des Sergeant verließen.

«Natürlich nicht», sagte Sergeant Symonds.

«Rücken Sie ihn nach einiger Zeit wieder raus», sagte Grijpstra. «Wir brauchen ihn für Routinejobs.»

«Ich auch», sagte Sergeant Symonds.

17. Die fromme Kunst des Strandraubs

«Sie sehen alle miesepetrig aus», sagte der Bootsmann auf der Gangway der *Rodney*, «aber die Wetteraussichten sind gut. Gutes Wetter bis runter nach Puerto Rico.» Grijpstra war nicht beruhigt. Er hatte noch einmal die Karten des Commissaris studiert. Von Puerto Rico nach Saint Martin schien immer noch ein ziemlich weiter Weg. «Und danach?» fragte Grijpstra besorgt.

«Winde, schneller als dreiundvierzig Knoten, sind nicht zu erwarten.» Der Bootsmann rechnete mit einer kleinen Brise bei den Jungferninseln.

Ein paar Meilen später legte Grijpstra die Snacks in den Eisschrank der Luxuskabine zurück, die er sich mit dem Commissaris teilte. Das Schiff bewegte sich.

«De Gier hatte recht», sagte Grijpstra. «Das wird ein böses Ende nehmen.»

Das goldene Telefon auf dem Nachttisch zwischen den Betten spielte eine kleine Melodie, an die sich der Commissaris aus seiner Studentenzeit erinnerte, ein obszöner Refrain, gesungen von einer schrillen Männerstimme, die von einer rülpsenden Tuba und einem hämmernden Schlagzeug begleitet wurde. Der Commissaris nahm dem Hörer ab.

Carl Ambagt informierte seine Passagiere, daß die *Admiraal Rodney* im Begriff sei, den Hafen zu verlassen. Er lud seine Gäste auf die Brücke ein, um den Abschied von Key West zu genießen. Carl sprach von sonnengeküßten Stränden, viktorianischen Häusern mit bizarren Türmen, pagodenförmigen Pinien, einer bröckelnden Backsteinfestung, seltenen tropischen Vögeln, die in warmen Winden schwebten.

«Unser Kunde ist ein Dichter», sagte der Commissaris auf dem

Gang des Schiffes. «Er ist wirklich manchmal ziemlich komisch. Das ärgert mich, Grijpstra. Ich mag es nicht, wenn der Gegner versucht, sich meiner Charakterisierung zu entziehen. Carl ist ein verabscheuungswürdiger Schurke. Halunken, die bluffen, sollten kein Auge für Schönheit haben. Ein untypisches und darum inakzeptables Verhalten, Grijpstra. Hitler hätschelt seinen Lieblingshund. Mein halb verblödeter Bruder liest Cormack McCarthy. Sie sind ein einfühlsamer und kreativer Schlagzeuger. Nichts davon paßt.»

«De Gier?» fragte Grijpstra.

Der Commissaris machte ein düsteres Gesicht. «Mein Starschüler. Der, der keine Fortschritte macht? Der, mit dem es vielleicht noch schlimmer wird?»

«Ihre Frau?»

Der Commissaris seufzte. «Nur Schulze.»

Das Schiff, von einer Welle getroffen, schüttelte sich.

Grijpstra rülpste abwehrend.

Die Ambagts erwarteten ihre Gäste auf der Brücke, wo der Bootsmann seine Monitore und Zusatzbildschirme studierte und ein Matrose mit einem Finger das Ruder bediente. Ein Diener brachte Liegestühle auf das Teak-Achterdeck und plazierte sie im Schatten eines Hubschraubers. Ein Kaffeetisch, eine nackte Frau aus schwarzem Marmor, die, auf dem Rücken liegend, mit Händen und Füßen eine Spiegelglasplatte stützte, trug eine kunstvolle Anordnung von Nüssen und Käsen und farbigen Drinks in Karaffen.

«Willkommen», sagte Skipper Peter, «auf unserer unbezahlbaren Yacht, die Herren Detektive.»

Die Südküste von Key West glitt an dem langsam fahrenden Schiff vorbei.

Skipper Peter zeigte auf den Martello Tower, der sich über einem Touristenstrand erhob. «Dort pflegten die Strandräuber von Key West Wache zu halten.»

Grijpstra wünschte sich, die Küste würde zu gleiten aufhören.

Den Commissaris verblüffte der Ausdruck «Strandräuber».

Die Ambagts klärten ihn auf, während der Diener einschenkte:

Bourbon für Peter, Cola für Carl, Eistee für den Commissaris und, bitte, nichts für Grijpstra.

Key Wests erste Strandräuber, erzählten Peter und Carl, seien Calusa-Indianer gewesen. Nach deren Vernichtung übernahmen Europäer das Geschäft. «Key West» ist eine englische Übernahme des spanischen «Cayo Hueso». Cayo = kochen. Hueso = Knochen. Am Anfang war der Strand von Key West mit Skeletten übersät. Die Knochen stammten von ermordeten schiffbrüchigen Seeleuten.

Die Insel mache vielleicht einen friedlichen Eindruck, sagte Carl und sprach von Bäumen, Stränden, Gebäuden, richtete ihre Aufmerksamkeit auf blühende Kletterpflanzen, Orangenbäume, die wolkenähnlichen Gummibäume, den grünen Samt der Rasenflächen, das niedliche alte Schwulenpärchen, das auf seinem Tandem über einen Kiesweg radelte, auf gleichermaßen niedliche heterosexuelle Kombinationen, die langsam spazierten, die gleichen Strohhüte tragend und Händchen haltend, die Terrassen der Restaurants mit gelben und blauen Sonnenschirmen und ... – Peter unterbrach barsch seinen Sohn – ... Läden, die Zeug verkauften, das niemand brauchte, T-Shirts mit Blabla-Texten, vorgewaschene Jeans, Netzunterwäsche, Plastikmist zum Ankleben an die Schirme rosafarbener Mützen, Sonnenhüte, durchflochten mit Alufolie.

«Aber in den alten Tagen», rief Skipper Peter, «als es dort noch *richtige* Männer gab, he?»

«Richtige Männer?» fragte der Commissaris.

Carl sagte, sein Vater meine Piraten und Strandräuber. Die Männer mit der echten Motivation.

Die Ausführungen gingen weiter. Die Calusas, die Florida-Indianer, waren in der Regel friedlich. Sie fingen Fische und Wild zum Grillen. Sie bauten Salatpflanzen an. Sie waren glücklich und gesund und wohnten in Strandhütten aus Palmenblättern, in denen es selbst im Hochsommer angenehm war, weil bewegliche Schirme kühle Brisen hineinleiten konnten. Die Calusas paddelten in geschnitzten Kanus, besuchten Familien auf anderen Inseln.

Eines der Paradiese der Welt, das bald unter das spanische Kreuz kommen sollte, an dem der spanische Jesus hing.

Spanische Streitkräfte suchten die Eingeborenen zu vernichten, aber ein Vorhaben solcher Größenordnung, sagte Skipper Peter, anscheinend nüchtern und verständlich sprechend, brauchte Zeit und Mühe. Vater Ambagt, um seine blutrote geschwollene Nase herumspähend, verglich die veränderte Situation mit der Roms, das nicht an einem Tag erbaut sei und auch nicht an einem Tag niedergerissen werden konnte. Die Calusas waren nicht damit einverstanden, sich abschlachten zu lassen. Sie schossen aus den Mangroven mit vergifteten Pfeilen. Getarnte Kanus glitten lautlos durch schmale Sumpfkanäle, und dann gingen ihre Insassen auf die Eindringlinge los. Nackte Calusafrauen boten Fruchtsäfte an, um die spanischen Seeleute mit ihren Stahlhelmen in die Falle zu locken.

Der junge Ambagt nahm seine Gäste mit auf die Brücke der *Rodney*. Ein schiffsförmiges Symbol erschien auf dem großen Bildschirm des Computers. Das sich bewegende Symbol war die *Rodney* selbst, ortsfeste kleine Flecken waren Riffe, Linien waren Sandbänke, aufblitzende Pfeile gefährliche Strömungen. Die Seefahrer des siebzehnten Jahrhunderts sahen nur das Meer, aber die Calusas kannten die verborgenen Korallenriffe, die darauf warteten, Schiffe aufzuschlitzen. Die Calusas, mit geraubten spanischen Kleidern aufgeputzt, lockten sie mit wehenden Flaggen oder nachts mit Laternen in die Falle.

Aber die Calusas seien trotzdem Primitive gewesen, sagte Skipper Peter, aufgeregt sein Glas schwenkend, ungeübt in der Handhabung von Feuerwaffen. Sie paßten sich neuen Werten nicht an.

«Mangel an Wertvorstellungen», sagte der Commissaris.

«Genau», sagte Carl. Er hob dozierend seine Hand. «Primitive können nicht über ihre eigenen Moralvorstellungen hinausblikken. Wenn sie mit Veränderumgen konfrontiert werden, bleiben sie überholten Regeln verpflichtet.» Calusas glaubten an Abmachungen, Vereinbarungen, Ehre, diese Art von Idealen, die nur funktionieren, wenn es genügend Raum und Rohstoffquellen gibt, doch diese Zeit ging zu Ende. «Vergiß den ganzen Unfug, wenn eine Million Spanier versuchen, einzudringen. Wenn nicht ...»

«... wirst du gefoltert, vergewaltigt und getötet», grinste Skipper Peter.

«Fünfzehntausend Calusas», sagte Carl, «mehr sind's nicht, von denen wir hier sprechen, bloß ein kleiner Stamm mit bemalten Gesichtern, der ein bißchen ums Feuer herumtanzt. Also brauchst du die Blödmänner bloß auf Big Macs mit Mayo einzuladen und sie mit in Massen produziertem chemischem Schnaps abzufüllen, und dann kannst du sie alle totschlagen.»

«Und ein paar übriglassen, die hübscher geformt sind», grinste Skipper Peter.

«Wenn du mußt», brummte Carl.

«Nach Gebrauch gehen auch sie über den Jordan», sagte Skipper Peter zwinkernd, während er schmatzend und kleckernd Schnaps und Snacks verzehrte.

«Dieses Mal waren wir zufällig die Bösewichte, es hätten auch andere Primitive sein können.»

Carl wandte sich an den Commissaris. «Mit den Calusas ging es bald zu Ende, aber die Schiffe kamen weiterhin, und wir behielten die Gewohnheit der Strandräuberei bei. Warum auf eine alte Tradition verzichten?» Er lächelte. «Richtig?»

«All diese sinnlose Dummheit», der Commissaris blickte zur entschwindenden Insel. «Und wir alle hätten so eine angenehme Zeit verbringen können. Vereinigung von schamanischem und westlichem medizinischen Wissen über Geburtenkontrolle und Sterbehilfe. Bevölkerungszahl konstant halten. Fünfzehntausend Calusas, fünfzehntausend Besucher. Jedermann ein Rockefeller. Austern am Lagerfeuer. Blühende Büsche. Kaffee und Zigarren aus Kuba. Liebkosungen unter den Palmen. Musik. Die heißen Lieder.»

«Wie?» fragte Carl.

«Der Blues», sagte der Commissaris, «ihn hätte es vielleicht nicht gegeben.»

Grijpstra vergaß für einen Augenblick seine Übelkeit. Ihm gefalle der Blues, sagte er, wenn auch nur als Gegensatz. Wer müsse denn andauernd glücklich sein? Wer wolle denn den Blues am Lagerfeuer singen, wenn er gerade eine Wilde mit festem Fleisch liebkose?

Der Commissaris wollte gerade davon sprechen, daß es noch andere Möglichkeiten gebe, als sich durch gegenseitigen Egoismus massakrieren, oder von der bürgerlichen Neigung, alles zu umarmen, langweilen zu lassen, als die See rauher wurde und Grijpstra wieder zu kotzen begann.

«Wirklich, Henk», sagte der Commissaris.

Carl Ambagt hatte von dem Zwischenspiel keine Notiz genommen. «Wir verbesserten natürlich die Kunst des Strandraubes.» Er tippte den Commissaris auf das Knie. «Hören Sie mal. Indianer sind jetzt groß in Mode. Kristalle und Trommelkurse und Tiere mit magischen Kräften und der Wirbel um Tipi und Meskal, aber was ist das schon wert, wie?» Carl lächelte allwissend. «Legen Sie fünf Dollar plus Steuern drauf, und für diesen ganzen Indianerschwachsinn können Sie sich zwei Cappuccini kaufen. Stellen Sie sich bloß mal vor: Die Calusas haben Tausende von Jahren hier gelebt und nie daran gedacht, ein Segelschiff zu erfinden! Hier hatten sie alles, schließlich ist hier das gottverdammte Amerika, und die eingeborenen Amerikaner kamen nie auf die Idee, ein bißchen Sprengstoff zusammenzurühren!»

«Und Räder kannten sie auch nicht», rief Skipper Peter wütend. «Scheiße, Mann, sogar in Rotterdam hatten wir Räder.»

Carl schlug sich spaßhaft an die Stirn. «Wir haben das fünfzehnte Jahrhundert, und keiner denkt an Räder!»

«Oder Öltanker», sagte Peter, der sich auch vor die Stirn schlagen wollte, aber nicht traf. Sein Glas zerschellte auf dem Boden. Der Diener kehrte die Überreste zusammen, brachte ein neues Glas und hielt die Wild-Turkey-Flasche hoch.

Peter schlürfte. «Wo war ich?»

«Öltanker, Skipper Peter.»

«Guter Junge.» Ambagt senior schüttelte bewundernd seinen Kopf. «Das Ölgeschäft ist das Beste. Besonders, seit ich dabei bin. Räder waren nicht übel, aber Öl?» Er warf dem Commissaris einen schiefen Blick zu. «Öl ist das Größte.»

«Wie ist es mit Drogen?» fragte der Commissaris. «Ich bin sicher, daß die Calusas etwas über Drogen wußten.»

«Was war das?» fragte Peter geistesabwesend.

«Drogen.» Der Commissaris hob die Stimme. «Mexikanische Häfen. Die Halbinsel Yukatan mit ihren Cannabis-Plantagen.» Dann trank der Commissaris seinem Gastgeber mit seinem Glas Eistee zu, um seinen guten Willen zu zeigen. «Die Coca-Dschungel und Opiumfarmen Südamerikas. Jetzt machen sie dort eine Menge Geld.»

Skipper Peter sah verdrießlich aus. «Drogen interessierten mich nie.» Er hob sein Glas. «Alkoholschmuggel, gewiß, aber Sprit ist ja jetzt erlaubt.»

Carl gab den Indianern die Schuld an der Entdeckung der Drogen. «Was gab es denn sonst? Keine Sitcoms oder Nintendo. Die Tropennacht dauert zwölf Stunden. Ziehen Sie acht Stunden für Schlaf ab, und Ihnen bleiben vier schwarze Stunden, um sie mit Rauschmitteln zu erleuchten. Wenn man so beschränkt ist, daß man nicht mal eine vernünftige Beleuchtung erfinden kann ...»

«... Petroleumlampen!» jubelte Skipper Peter.

Die *Admiraal Rodney*, vom Finger des jungen Seemannes gelenkt, drehte nach Osten und stieß in die gefährliche Strömung der Florida-Straße. Grijpstra sah tiefe Strudel, die in abgrundtiefe Mahlströme übergingen, scharfe Klippen, von weißen Haien umkreist. «Wracks», sagte Skipper Peter, nachdem er sein Gebiß wieder zurechtgeschoben hatte, das dauernd verrutschte.

Key West wurde weiß, sagte Carl. Englische Protestanten, die offener dafür waren, ihr Verhalten den Gegebenheiten anzupassen. Die Gemeinde blickte zu ihrem Priester auf, der, hoch auf seiner Kanzel, den Horizont im Auge behielt, wo sich Segel nahe der heimtückischen Küste bewegten.

«Strandendes Schiff in Sicht!» brüllte der Priester und trieb seine Herde an den Strand. Um nachzuhelfen, banden die Key Westianer Lampen an die Rücken von Eseln und ließen die Tiere am Strand herumlaufen. Langsam schwankende Lichter spiegeln, vom Meer aus gesehen, Schiffe vor, die gemächlich in einem sicheren Hafen dümpeln. Sobald ein Schiff auf ein Riff lief, fielen die Inselbewohner über ihr hilfloses Opfer her. «Wie Ameisen, die eine Raupe angreifen», sagte Carl zufrieden. Gute Beute war garantiert. Schiffe auf östlichem Kurs waren mit Gold, Silber und Edelsteinen beladen, die man in Süd- und Mittelamerika erbeutet hatte. Schiffe auf westlichem Kurs beförderten Luxusgüter für Gouverneure, Offiziere, Plantagenbesitzer und Kaufleute. Gefangene Passagiere sorgten für üppige Lösegelder. Mannschaften, die Ärger machten, schlug man die Schädel ein.

«Dieses ganze Karma», sagte der Commissaris. «Was für verschwendete Möglichkeiten. Stimmt doch, Grijpstra?»

Grijpstra stöhnte.

«Daß man für Wracks sorgt, ist noch immer in Mode, oder?» wandte sich der Commissaris an Carl. «Früher waren es Schiffe, jetzt sind es Jeeps. Mr. Stewart-Wynnes Jeep.»

«Was?» fragte Carl.

«Quadrant Bank, London», sagte der Commissaris. «Sie machen Geschäfte mit Quadrant, nicht wahr?»

«Was?» fragte Skipper Peter.

Carl zuckte die Achseln. «Bank, Banker. Toter Banker. Hat nichts mit uns zu tun, Dad. Wir kennen den Burschen nicht einmal.»

«Ich kenne Quadrant», sagte Peter. «Das ist eine Bank in London.»

«Benutzen Sie die Quadrant Bank für Ihre Geldgeschäfte?» fragte der Commissaris.

Skipper Peter hatte Schwierigkeiten, sich zu konzentrieren.

«Früher vielleicht», sagte Carl. «Quadrant bearbeitet die Karibik. Große Bank, glaube ich.»

«Interessant, nicht wahr?» fragte der Commissaris Grijpstra. «Kein Drogenhandel, aber Quadrant scheint unseren Klienten nicht unbekannt zu sein.» Er spähte in Grijpstras Gesicht. «Lieber Gott, sind Sie in Ordnung, Henk?»

Ein junger Mann mit einer Kochmütze verkündete, das Dinner sei serviert. Grijpstra beugte sich über die Reling. Skipper Peter war eingeschlafen und wurde von Bootsmann und Diener in seine Kabine getragen. Carl Ambagt und der Commissaris saßen einander an den Schmalseiten eines langen Eßtisches gegenüber. Das Tischtuch war Damast, das Geschirr vergoldet.

Der Commissaris verspeiste seinen Heilbutt au gratin. Das Geräusch mächtiger Motoren ließ ihn aufblicken.

«Die amerikanische Luftwaffe», sagte Carl. «Kommt vom Flughafen Boca Chica.» Er deutete mit einer Gabel voller Nudeln an die Decke. «Dauernd Übungen.»

Der Commissaris löffelte Ei und Senfsauce auf seinen Spargel. «Übungen?»

«Training für den Ernstfall», sagte Carl. «Allezeit bereit. Die kubanische Bedrohung – sechs veraltete MIGs könnten vielleicht die Meerenge überqueren. Könnte passieren. Und Ihre mexikanischen Drogen. Immer auf der Hut.»

«Meine Drogen?» fragte der Commissaris.

«Nicht me-i-i-ne», sagte Carl mit seinem singenden Rotterdamer Akzent.

18. Eine jüdische Großmutter

De Gier hatte den Cadillac mit einem Fahrrad vertauscht. Der Cadillac war zu groß für die Gassen von Key West. Dauernd dachte de Gier, ein anderes Auto folge ihm, aber es war der Cadillac selbst, dessen Hinterteil den Rückspiegel ausfüllte. De Gier radelte zwischen blühenden Magnolienbäumen am Friedhof in der Mitte von Key West entlang. Steinerne Engel, von Ranken erstickt, neigten sich von geborstenen Grabsteinen zu ihm. Geier kreisten über einem frisch ausgehobenen Grab. De Giers Reifen knirschten auf zerbrochenen Austernschalen, die ein kleines Fischrestaurant entsorgt hatte. Ein Mann in fleckigen Jeans und zerrissenem Hemd streckte vom Rand des Bürgersteigs, wo er zwischen Mülltonnen saß, ein Bein aus. Der Mann war gut gebaut: schmale Hüften unter einem muskulösen Brustkorb. Sein langes, schmutziges Haar hing um unrasierte, eingefallene Wangen. Die tiefliegenden Augen erschienen unnatürlich groß. Trotz seines augenblicklichen Zustandes sah der Mann militärisch aus. Ein heruntergekommener Soldat?

De Gier machte einen Schlenker, um dem einladenden Bein auszuweichen. Er wußte, weil Sergeant Ramona es ihm erzählt hatte, daß Key West auf obdachlose Männer wie ein Magnet wirkte. Sie wurden von zahlreichen christlichen Vereinigungen durchgefüttert, verbrachten ihre Tage an den Stränden, schliefen in Schrottautos oder zwischen Mangroven an den Golfkanälen. Ihren täglichen Bedarf an Alkohol und Drogen finanzierten sie, indem sie Touristen ausnahmen. Vorhin war de Gier über einen Gitarrenkasten gestolpert, der ihm in den Weg geschoben wurde. Das Unglück verursachte Tumult. Das Innere der Gitarre sei beschädigt worden, als de Gier gegen den Kasten getreten hätte! Der Besitzer des wertvollen Instruments, ein dickbäuchiger Penner in zerfetztem Regenmantel, schätzte, für etwa fünfzig Dollar könne die Gitarre repariert werden.

De Gier schüttelte den Kopf. «Du machst Witze, Buddy.»

«Ach ja?» rief der Beschwerdeführer. «Dann eben anders, wie?» Zwei weitere Penner tauchten auf. Drei Männer schüttelten haarige Fäuste über ihren Bierbäuchen. «Arschgesicht von Tourist, her mit deiner Brieftasche.»

De Gier entsann sich eines guten Rates, den ein Lehrer an der Amsterdamer Polizeischule erteilt hatte. De Gier sprach freundlich und starrte den Beschwerdeführer direkt an. «Warum bist du so nervös, Freundchen?»

Der Mann kicherte verlegen, plötzlich entmutigt. «Ich? Nervös? Wie meinst du das? *Nervös?*»

«Er ist psychisch nicht im Gleichgewicht», sagte der zweite Penner, dem de Gier zu neugierig zu sein schien. «Könnten die Hormone sein.» Der dritte Penner lüftete seinen abenteuerlichen Hut. «Ich habe früher in einer Apotheke gearbeitet, Mister. Es sind die Chemikalien, die uns am Wickel haben. Wegen der künstlichen Aufputschmittel, die Leute wie wir eingenommen haben, vermindert sich die natürliche Fähigkeit des Körpers, sich zu beruhigen, ja sich aufzuheitern.» Er setzte seinen Hut wieder auf. Er nahm ihn wieder ab. «Eine Schwäche, die uns nervös macht.»

«Es ist das Werk des Teufels», jammerte der erste Penner. «Jetzt müssen wir Chemikalien nehmen, um uns normal zu fühlen.»

Minuten später, als er von der Autovermietung zum Fahrradverleih ging, lauerte man de Gier abermals auf. Diesmal sagte der Penner, daß er just an diesem Morgen, vor nicht weniger als einer Stunde, verwandelt, sozusagen wiedergeboren worden sei. Der Penner, seine Tränen zurückdrängend und vor lauter Gefühlsbewegung stotternd, sagte, er sei gerade eben mit – er wisse nicht, wie er das Wesen beschreiben solle – einer «höheren Macht» zusammengetroffen. Gerade da drüben, hinter dieser kleinen Kirche, im Schatten des riesigen Feigenbaums, des größten Banyanbaumes von Key West, sei es passiert. Banyanbäume seien heilig. Während der Unterhaltung mit, nun ja, Gott, einer schimmernden Gestalt, die möglicherweise aus leuchtender, komprimierter Luft bestanden habe – der Penner beteuerte, es sei nicht einfach, den höchsten Schöpfer aller Dinge zu beschreiben –, war diesem Sünder klargeworden, daß ihm eine neue Chance geboten wurde. Er müsse nach New York City zurückkehren, wo er in der 58. Street West seine Familie ohne Auskommen oder Geld zurückgelassen hätte. Eine Busfahrkarte nach Hause würde einhundert Dollar kosten. Der Penner, der sein Bestes tat, nicht zu weinen, streckte eine krallenähnliche Hand aus. Das habe Gott gesagt. Gott habe gesagt, er werde einen Boten schicken, jemanden, der ihm seinen Busfahrschein bezahlen werde, denn Gott, nun ja, Gott habe nun mal keine Brieftasche.

De Gier wünschte dem wiedergeborenen Penner eine gute Reise.

«Kein Zaster?»

«Kein Zaster.»

«Arschloch», rief der Penner.

«Warum bist du so nervös?» fragte de Gier freundlich und blickte seinem Angreifer in die Augen. Der Penner fing an zu weinen. Und jetzt wurde de Gier von einer weiteren obdachlosen Person belästigt. De Gier fuhr weiter, während der Penner hinter ihm herrief, es sei egal, ob de Gier sein Bein beinahe oder richtig verletzt hätte, und daß er den unachtsamen Radfahrer jetzt anzeigen werde.

«Wie ist dein Name, Arschloch?»

De Gier fragte sich, warum die Penner ihn dauernd «Arschloch» nannten. Im Holländischen benutzte man das Wort nicht, außer im entsprechenden Kontext. Holländische Säufer würden ihn «Scrotum» nennen. Warum diese anale Anspielung?

Er stieg von seinem Fahrrad, lehnte es gegen einen Baum und ging langsam zurück. Der Penner stand auf und sagte, so habe er es nicht gemeint. De Gier kam näher. Der Penner riß sich wieder ein bißchen zusammen. Er gab zu, keinen guten Tag zu haben, aber das bedeute nicht, daß er bereit sei, schwule Touristen auf seinem Körper rumtrampeln zu lassen. Er sei ein Mann vom Militär, ein Spezialist, «so etwas wie ein Held». Er stellte sich in Positur: die Füße ausgestellt, die Knie gebeugt, die Arme locker, die Finger gespreizt. Er sagte mit gekünstelter Baßstimme: «Komm und hol's dir.»

«Ein Bier?» fragte de Gier und setzte sich auf die Kante des Bürgersteigs.

«Das läßt sich hören», sagte der Säufer. «Der Fish & Chips-Laden da drüben hat kalte Dosen, aber du mußt es holen. *Mich* lassen sie nicht mehr rein.»

De Gier holte zwei kühle Dosen für seinen Gast und einen Eistee für sich selber. Die Bierdosen wurden in braune Papiertüten geschoben. Unverpackte Bierdosen würden nicht geduldet, sagte die Verkäuferin, nicht mal in Key West, «Hauptstadt der Republik Conch». Natürlich ein reiner Witz, sagte sie. Es hätte nie eine Conch-Republik gegeben, aber die Leute von Key West hielten sich gern für etwas Besonderes. Sie lachte. Wie konnten sie das sein? «Bei all den blöden Brücken!»

«Wir werden keine gemeinen Spielchen spielen, okay?» fragte der Penner und riß die Bierdosen aus de Giers Händen.

De Gier fragte, was er meine.

«Wollen keine unnatürlichen Handlungen begehen», sagte der Penner. Er hob eine Bierdose. «Touristen einen blasen, als Gegenleistung für ein paar Unzen Flüssigkeit. Okay?»

«Okay.» De Gier lächelte alle unnatürlichen Zweifel beiseite. «Sie waren beim Militär?»

Der Penner ließ sich Zeit für das Ritual. Die Dose mußte schwungvoll aufgerissen werden, dann folgte das anbetende Zurückwerfen des Kopfes, das weite Aufreißen der Augen, welche die Quelle des göttlichen Tranks erblickten, das eigentliche Strömen, das höhere und niedere Gefilde verband, das befriedigte Schlucken, das nachorgiastische «Ahhhhh», das Zurückziehen der Lippen, um die innere Konzentration auszudrücken, unterstrichen durch ein scharfes Einsaugen der Luft.

«Ja», salutierte der Penner. «Ich war ein Spezialist, müssen Sie wissen.»

«Stoßtrupp», sagte de Gier.

Er hätte bei einer Einheit gedient, deren Aufgabe der kurzzeitige Schutz bei der Anlegung von Hubschrauberstützpunkten gewesen sei, beschrieb der Säufer seine ehemalige Tätigkeit. Dazu hatte gehört, daß man mit Fallschirmen über dem Dschungel absprang, bewaffnet mit Buschmesser und Dschungelkarabiner, in einem Tarnkampfanzug, einem breitrandigen Schlapphut, das Gesicht geschwärzt, den Rucksack gefüllt mit Kraftnahrung und Getränken. Man mußte sofort über Funk Kontakt mit zwei Kameraden aufnehmen, die in der Nähe absprangen. Diese Kameraden treffen. Zusammen einen geeigneten Ort für einen künftigen Landeplatz für Hubschrauber finden. Die Koordinaten per Funk an den Commander übermitteln. Warten auf riesige Lasthubschrauber, die alle zehn Minuten Soldaten und Vorräte ausluden. Schutz des Stützpunktes, solange er hergerichtet wurde. In der Zwischenzeit stiegen kleine Kampfhubschrauber von irgendeiner entfernten Basis auf, um feindliche Stützpunkte anzugreifen. Sie benutzten den Landeplatz, um neue Munition und Treibstoff aufzunehmen. Sie griffen den inzwischen näher gekommenen Gegner abermals an, vielleicht mehrere Male, in kurzen Abständen, bis ihr Auftrag erfüllt war. Die ganze Aktion dauerte vielleicht nur ein paar Stunden. Die großen Hubschrauber kehrten zurück und nahmen das Bodenpersonal des Landeplatzes auf. Inzwischen wußte der Feind möglicherweise, wo man war, aber wenn er dort anrückte, würde er nichts vorfinden als verbrannte Erde und Baumgerippe. Und man selber und die zwei Kumpels schlichen, nachdem man die übriggebliebenen Vorräte an Nahrung, Treibstoff und Munition per Fernsteuerung in die Luft gejagt hatte, durch den Dschungel, versteckte sich für ein paar Tage, schlug sich durch bis in eine sichere Zone, wo ein Hubschrauber die Männer abholen konnte.

«Hübsche Arbeit», sagte de Gier. «Warum machen Sie das nicht mehr?»

Der Penner hielt die zweite Bierdose in die Höhe. Es hatte Probleme gegeben. Die erste Verwarnung erfolgte nach einer Kneipenschlägerei. Eine zweite, nachdem er in Gegenwart von Nutten über streng geheime Dinge gesprochen hatte. Saufen in der Kaserne. Dreimal, und man flog raus. Unehrenhaft entlassen, traurig, aber wahr.

«Auf Ihr Wohl», knurrte der Penner.

«Auf das Ihre», sagte de Gier freundlich.

«Bei dem Glück, das ich habe», sagte der Penner traurig, «gehn die Dinge immer schief.» Er habe sich vorläufig damit abgefunden, total abgebrannt zu sein, aber es gab alle möglichen offiziellen Stellen, die bereit waren, Mittellosen zu helfen. Eine spirituelle Neueinschätzung stehe unmittelbar bevor. Es sei notwendig, dafür offen zu sein. Ausgerechnet jetzt sei er blockiert.

«Ich könnte Ihre Dienste brauchen», sagte de Gier.

«Nichts, was zu schmutzig ist?»

«Absolut schmutzig», sagte de Gier. «Absolut perfekt. Ein tödlicher Unfall. Technische Manipulationen.»

Der Penner sagte, dies sei das Zeitalter der Spezialisierung. Er selber sei nur dafür ausgebildet worden, vorübergehende Hubschrauberbasen ausfindig zu machen, zu schützen und zu zerstören. Danach kam die Sicherheit des Dschungels. In Key West gebe es aber keinen Dschungel. Würde die Polizei die Route A 1 A sperren, die einzige Ausfallstraße, würden die Gesetzeshüter ihn mit Sicherheit kriegen. Jeder wußte, was als nächstes kam. Ausreißen der Zehennägel und Stromstöße in die Genitalien in einem Bambuskäfig, während fette Weiber den Körper mit vergifteten Speeren durchbohrten.

«Ja», sagte de Gier.

«Nein», sagte der Penner.

De Gier fragte seinen neuen Freund, ob er einen Kumpel kenne, einen anderen ehemaligen Spezialisten, der technische Unfälle herbeiführen könne, die einen Dritten töten würden? De Gier erwähnte die Manipulation eines Fahrzeuges, Durchschneiden der Benzin- und Bremsleitung. Jemand mit langen Haaren. Jemand, der wie de Gier aussah. Mit einem Schnurrbart. Wenn der Penner zufällig eine solche Person kenne, wäre diese Hundertdollarnote drin.

Die zugreifende Hand des Säufers zitterte. Er fiel gegen de Gier. De Gier stieß ihn zurück. Der Penner kippte um. Er stöhnte. Seine Beine zuckten unkontrolliert. Speichelbläschen traten auf seine Lippen. Das Weiße seiner Augen wurde sichtbar.

De Gier ging zu einer nahen Telefonzelle und wählte 9-1-1.

«Standort?» De Gier blickte nach draußen. «An einer Kreuzung.» Er las Schilder. «Ecke ‹Gehen›-Straße und ‹Nicht Gehen›-Straße. Solche Straßen gibt es nicht? Verzeihung. Augenblick bitte.» Er verließ die Zelle und kehrte zurück. «Ecke Olivia- und Frances-Street.» Nein, der Vorfall hätte nichts mit ihm zu tun, sondern mit einer einheimischen Person, die einen epileptischen Anfall erlitten zu haben schien. Er selbst sei ein Tourist. Name? Jannemann Hasemann. Nein, er könne den Namen nicht auf englisch buchstabieren. Wiederhören, Miss.

Schade, dachte de Gier, als er wieder auf seinem Fahrrad saß. Die Idee schien nicht übel. Wenn der Killer des britischen Bankangestellten ein ausgerasteter militärischer Typ war, dann würde ein Waffenbruder, angesichts der Überschaubarkeit von Key West, den besagten Killer kennen. Hier war Amerika, Land des Kampfes. Er hatte in der Lobby des Hotels *Soldier of Fortune* gesehen. Die Zeitschrift enthielt Kriegsgeschichten, Aufsätze über die Kunst des Tötens und über Gebiete im Ausland, wo Abenteurer gutes Geld verdienen konnten. Es gab Anzeigen, die «Dienste» anpriesen. De Gier stellte sich alkoholsüchtige ehemalige Kommandeure vor, Green Berets, die an der Nadel hingen, Marinesoldaten mit psychischen Problemen. Er erinnerte sich an den Film *Das dreckige Dutzend*, in dem Verbrecher gezeigt wurden, die man entlassen hatte, damit sie Missetaten begingen. Dies war der südlichste Ausläufer des Landes, die Republik der Ausgepowerten, eine Sackgasse, in der sich Außenseiter sammelten. War es nicht wahrscheinlich, daß der Killer in Key West blieb, um eine fette Prämie zu verjubeln?

Schon möglich, daß ein obdachloser Säufer keine gute Informationsquelle war. Während er an dekorativen Büschen und Palmen vorbeiradelte, einen Blick in belebte Bars und geschäftige Bootshäfen warf, dachte de Gier darüber nach, wer wissen könnte, wo man Killer finden konnte, die mit Geld um sich warfen. Das Personal des *Eggemoggin Hotel*? Liebe Jungen, hilfsbereit, charmant, aber würden sie wissen, wo hartgesottene Verbrecher ihren Zaster verjubelten? Sergeant Ramona Symonds von der Key West Polizei würde es wissen. Trotzdem, de Gier hatte seinen professionellen Stolz. Würde ein Detektiv der Amsterdamer Mordkommission mit zwanzigjähriger Berufserfahrung eine Kollegin um Hilfe angehen, die ihn beleidigte, demütigte und festnahm? Da waren noch andere Dinge zu bedenken. Mann gegen Frau. Weiß gegen Schwarz. Das Element der Konkurrenz erschien ihm plötzlich wichtig. Hetero gegen Homo. Oder war Sergeant Symonds bisexuell? Machte beides und wohl lieber mit Frauen? War er selber ein Zwitter? Das eine gegen das andere? Was war mit seinen esoterischen Studien? Sollte er sich über die Gegensätze hinwegsetzen?

De Gier, sorgenvoll, allein und verloren, saß auf der niedrigen Mauer der öffentlichen Bibliothek in Fleming Street, eingerahmt von dekorativen Fahr-dahin-Palmen, die so genannt wurden, weil sie Fächern ähnelten und Frauen mit Fächern winkten, wenn ihre Liebsten gingen. De Gier winkte seinem höheren Ich nach. Er wandte sich an das einzige Wesen, das ihn immer geliebt hatte. Großmutter Sarah, dachte de Gier. Wo bist du? Ich bin in Amerika festgenommen worden. Ich bin auf Kaution frei. Ich suche nach einem Killer. Wenn ich ihn nicht finde, werde ich kleinen Nagetieren zum Fraß vorgeworfen. In einer schlecht gelüfteten Zelle, Großmutter Sarah. Tut mir leid, daß ich dich belästige, hörst du? Ich weiß, daß du da oben im Himmel bist, zusammen mit deinem Kanarienvogel Pete, der für mich sang, wenn du ihn darum batest, und mit dem Puppenhaus, mit dem ich sonntags morgens spielte. Erinnerst du dich? Ob du mir wohl weiterhelfen kannst? Großmutter Sarah würde Besseres zu tun haben, dachte de Gier, der unglücklich dahinradelte. Er sollte die liebe Frau nicht belästigen. Was hatte sie nicht alles von ihm erhofft, und was war am Ende aus ihm geworden? Jetzt sah er seine Großmutter vor sich. Sie war anmutig, großgewachsen, mit vollen, sinnlich geschwungenen Lippen, selbst noch im hohen Alter. Er konnte ihre liebkosenden Hände spüren. Er erinnerte sich an ihre Stimme, die lustige Geschichten erzählte. Von einer Arche, mit Tieren gefüllt. Giraffen und Küchenschaben. Noahs Arche.

Noah.

Kapitän Noah.

Kapitän Noah vom Schoner *Berrydore*.

De Gier fuhr bei Rot über eine Ampel. Hupen ertönten. «Arschloooooch!» rief die Menge. De Gier nahm es kaum wahr. «Hast du ‹Noah› gesagt, Großmutter Sarah?»

De Gier hatte immer noch Kapitän Noahs Nummer auf einem Stück Papier in der Brusttasche seiner Baumwolljacke. Er fand eine Telefonzelle und wählte.

19. Grijpstras furchtbare Freiheit

Grijpstra stellte den Plastikeimer ab und fiel auf sein Bett zurück. Der Commissaris nahm ein kleines Handtuch aus einer mit zerstoßenem Eis gefüllten Schüssel und legte es auf Grijpstras Stirn. «Wissen Sie, was an unserer Situation so reizend ist, Henk?»

Es rumorte in Grijpstras Bauch. «Nein, Mijnher.»

«Daß wir keine Unterstützung haben», sagte der Commissaris. «Nennen Sie mich ‹Jan›, mein Lieber. Sie können es nicht, oder? De Gier kann's auch nicht. Ich glaube, ihr beide braucht einen Meister, zu dem ihr aufblicken könnt. Jemanden, der die Entscheidungen für euch trifft.» Der Commissaris schüttelte den Kopf. «Wissen Sie, daß das kindisch ist, Henk? Mit den Moralbegriffen eines anderen zu leben? Als könnte man Führern trauen! Ihr verehrt tatsächlich Leute, die Regeln aufstellen?» Er legte seine besänftigende Hand auf Grijpstras lärmenden Bauch. «Wissen Sie, was Mark Twain gesagt hat? *Jeder Dummkopf kann eine Regel aufstellen.*»

Grijpstra machte eine hilfesuchende Geste. Der Commissaris gab ihm den Eimer. Grijpstra übergab sich.

«Warum», fragte der Commissaris, «nehmen Sie die angenehme Seite unserer augenblicklichen Zwangslage nicht zur Kenntnis? Wir haben Freiheit. Wollen Sie vor der Freiheit zurückschrecken?» Er schwang die Fäuste. «Wie in den guten alten Zeiten, Henk, als freie holländische Bürger hier an Land gingen und sich aufführten, wie es ihnen gefiel.» Er tätschelte mitfühlend Grijpstras rumpelnden Bauch. «Also was würde uns im Augenblick gefallen, was denken Sie?»

Grijpstra lag wieder auf dem Rücken. Der Commissaris tauchte das kleine Tuch in schmelzendes Eis. Diese Therapie hatte er von Katrien gelernt, in einer fast vergessenen Vergangenheit, als er noch trank, sich auf Parties unangemessen benahm, im Korridor des Gastgebers Frauen auflauerte, betrunken fuhr, in Klosettschüsseln farbige Kreise wirbeln sah. Schließlich hatte ihn Katrien zur Rede gestellt, um eine Entscheidung zu erzwingen. Nie wieder. In Ordnung. Grijpstra hatte den Commissaris nie betrunken erlebt. Also konnte der Commissaris den armen Burschen jetzt belästigen. «Sind Sie und de Gier wirklich damit zufrieden, in illegal erworbenem Geld zu schwimmen?» fragte der Commissaris ernst. «Würdet ihr euren Schatz gern hinter einem Honorar von einer Million Dollar verstecken, die euch der kleine Mister Schlau und sein betrunkener alter Daddy anbieten?»

«Aber, Mijnher ...»

«War bloß ein Scherz, Henk», sagte der Commissaris. «Und ich hatte eine schöne Zeit, als ich euren Schatz anlegte. Haben Sie die letzte Bankabrechnung gesehen?»

«Verdoppelt», flüsterte Grijpstra angsterfüllt.

«Ich versuchte alles mögliche», sagte der Commissaris. Er wurde immer fröhlicher. «Wenn Sie *wüßten*, was für Sachen ich mit eurem Geld angestellt habe.» Er schüttelte den Kopf. «Ich ging bis zur Grenze, spekulierte auf Rückprämien, wurde klamm, setzte alles auf eine Karte, immer wieder, Henk. Ich nahm Gelegenheiten wahr, die kein Anleger je wahrnehmen sollte.» Er lachte. «Aber warum sollte ich mir Sorgen machen, he? Es war nicht *mein* Geld.»

Grijpstra stöhnte.

«Sie haben recht, Henk, ich schaffte es, euren Zaster zu verdoppeln.»

Grijpstra starrte an die Kabinendecke.

«Aber jetzt reicht es», sagte der Commissaris. «Es geht mir auf die Nerven, mit solchen Summen zu jonglieren. Jetzt ist alles in Wertpapieren angelegt. Hundertprozentige Sicherheit und eine durchschnittliche Rendite von sieben Prozent. Haben Sie eine Vorstellung davon, wieviel sieben Prozent von neuneinhalb Millionen sind, Henky? Glauben Sie, daß Sie und Rinus davon leben können? Steuerfrei? Alles, was ihr tun müßt, ist, einmal im Jahr nach Luxemburg zu fahren und den Kofferraum eurer Limo mit nagelneuen Scheinen zu füllen. Habt ihr mit dem Luxemburger Geld nicht ausgesorgt?»

Grijpstra lächelte ängstlich.

«Geschmorter Aal in Erbsensuppe zum Frühstück», sagte der Commissaris. «Sahnepudding und Butterkekse zum Lunch, Schweinekoteletts im eigenen Saft zum Abendessen. Eine Flasche dickflüssiger Likör, eine gute dicke schwarze Zigarre, eine extragroße Nutte für Sie, alter Junge ...»

Grijpstra machte eine flehende Geste. Der Commissaris schob den Plastikeimer rüber.

Der erschöpfte Grijpstra versuchte wegzudämmern. Auch der Commissaris legte sich hin. Die *Rodney* schwankte noch immer ein bißchen, aber sobald sie direkt in die Florida-Strömung steuerte, fand sie ihr Gleichgewicht. «Das seitliche Schwanken scheint vorüber zu sein», sagte der Commissaris heiter. Es sei das sich ständig ändernde Schwanken, erklärte er Grijpstra, das einem den Magen umdrehe, besonders wenn diese Art von Shimmy von der kurzen, aber nicht immer regelmäßigen Erschütterung durch Ripptidenwellen untermalt werde. Die Hauptursache sei, daß sie aus den Kreiselströmungen heraus wären. Oder rechne Grijpstra etwa mit weiteren Überraschungen? Der Commissaris hatte gehört, daß es in der Nähe Kubas Tornados geben solle.

«Sie saugen kleine Schiffe *hinunter.*»

Grijpstra richtete sich auf.

Der Commissaris entschuldigte sich. Jetzt sei alles in Ordnung. Er garantiere dafür. «Es wird Ihnen einfach prima gehen, Henk. Worüber haben wir gesprochen? Über unsere Freiheit. Die Chance, endlich das zu tun, was immer uns gefällt.» Er blickte Grijpstra an. «Zum Beispiel?»

«Zu Nellie zurückkehren», bat Grijpstra.

Der Commissaris glaubte nicht, daß Grijpstra jetzt wirklich aussteigen wollte. Nellie war eine angenehme Frau, das hatte Grijpstra genossen, aber jetzt sollte er eigentlich für einen Urlaub reif sein.

Wieder einmal Spannung und Action, das war jetzt angesagt. «Abenteuer, Henk.» Der Commissaris umriß ihre augenblickliche Situation: Grijpstra und er, unbewaffnet, in der Gewalt von zwei krankhaften Unternehmern ...

«Aus Rotterdam», flüsterte Grijpstra heiser.

Das stimmte. Der Commissaris hatte die meiste Zeit seines Lebens die Stadt gemieden, aber er wußte ein bißchen über Rotterdam. Die Stadt, unter Europas Häfen die Nummer Eins, war für ihre kalten Winde bekannt, die unausgesetzt aus den umliegenden Marschen hereintrieben. Keine Grachten, keine Giebelhäuser, kaum Poesie, Mangel an Kunst. Eintönig, geradlinig, Himmel des arbeitenden Menschen. Rotterdamer Kaufleute glaubten an Kontinuität, an Geschäftemachen auf lange Sicht. Ehrlichkeit heute, Profite in der Zukunft. Ambagt & Sohn waren eindeutig Ausnahmen, und gerade ihre Andersartigkeit machte sie gefährlich. Wenn man, sinnierte der Commissaris, Carls und Peters Unmoral mit gewöhnlicher Rotterdamer Tatkraft und Weitsicht kombinierte, Reizbarkeit hinzufügte, hervorgerufen durch das Aufwachsen in Nieselregen und Nebel, würde man den Gefahrenfaktor vervielfachen.

Jetzt, da die *Rodney* ruhig über die Wellen glitt, anstatt wie ein Kleinkind während einer Spielunterbrechung herumzuhüpfen, konnte Grijpstra wieder sprechen. «Wer werden für diese Sache nie Geld sehen, Mijnheer.» Grijpstra tat es leid, den Commissaris mit hineingezogen zu haben. Diese Unannehmlichkeit sei eine direkte Folge seines Mißgeschicks in Amsterdam, als er dieses blöde Geld gefunden habe. Jetzt begreife er alles. Seine und de Giers Habgier hatte sie Ketchups und Karates Intrigen ausgeliefert. Der Commissaris habe recht, wenn er vermutete, daß sie immer noch Führung brauchten. Man sah ja, wohin ihre Fehler sie gebracht hätten. Empfohlen von korrupten Kollegen, standen sie widerwärtigen Halunken bei, und warum? Nur um dem Finanzamt zu beweisen, daß sie legale Einkünfte hatten! Wohin würde das führen? «Werden uns gekaufte Handlanger den Haien zum Fraß vorwerfen?»

Der Commissaris verschränkte seine Finger hinter dem Kopf, der bequem auf Daunenkissen ruhte. «Sagen Sie mal, Henk, haben Sie je die hunderttausend Dollar bekommen, die die Ambagts als Vorauszahlung anboten?»

«Nein», sagte Grijpstra. «Vom ersten Tag an haben wir verloren. Sie und ich werden an die Fische verfüttert, während dieser Sergeant in Key West de Gier an die Kette gelegt hat. Das nennen Sie Freiheit?» Grijpstra wedelte schlaff mit den Händen. «Wir haben uns überschätzt. Sartre hat recht. Freiheit ist furchtbar.»

Der Commissaris duschte. Er bestellte heiße Schokolade und Graham-Kekse. Er kam zurück, summte, versuchte, obwohl sein Bein immer noch schmerzte, zum Bett zu hüpfen, wo er unter die Daunendecke schlüpfte und zufrieden seine nackten Füße aneinanderrieb.

«Hallo, Grijpstra.»

«Ja, Mijnheer?» fragte Grijpstra matt.

«Wenn jemand je im Unrecht war», sagte der Commissaris, «dann war es Ihr Sartre. Jean-Paul Sartre?» Der Commissaris schniefte verächtlich. «Treibt eine ganze Generation von Schülern in Ekel und Abscheu, anstatt die Jungen zu drängen, die Befreiung zu genießen. Aua.»

«Haben Sie Schmerzen, Mijnheer?»

«Hüftknochen», meinte der Commissaris. «Jeden Abend etwa um diese Zeit ziehen meine Hüften rote heiße Mäuse an. Tunnel durch den Knochen. Au ...» Er drehte sich um und versuchte eine bessere Lage zu finden. «Kodein wird mit ihnen fertig.» Er benutzte seine heiße Schokolade, um die Pillen hinunterzuspülen. «Überlegen Sie mal, Henk. Wenn Sie diesen ganzen Unsinn über Urteilsvermögen, die krampfhaften Versuche, festzulegen, was gut oder schlecht ist, beiseite lassen, wohin führt Sie das?»

Grijpstra quiekste ängstlich.

«Dann würden Sie ohne Fesseln dahintreiben», sagte der Commissaris. «In der Leere schwimmen. Anfängliche Schwindelgefühle werden Sie rasch verlassen. Schauen Sie sich de Gier an. Er hat es einige Male geschafft, kurz, und es hat ihn zu dem liebenswerten Burschen gemacht, der er zuweilen ist. Ich sah, wie Sie kurz davor waren, beim Schlagzeugspielen. Das vergessen Sie jetzt, weil Ihr Magen schmerzt. Denken Sie daran, sich an diese Augenblicke zu erinnern. Finden Sie den Weg zurück ins Nirgendwo.»

«Zurück in die Sicherheit bei Nellie?» fragte Grijpstra hartnäkkig. «Vielleicht wieder Croquetten aus Kalbfleisch essen? Was Lustiges in der Glotze gucken?» Er setzte sich auf. «Sie sagten, Sie hätten einen Plan?»

Der Plan des Commissaris war noch nicht fertig. Er blickte auf die Uhr. «Ich muß London anrufen, aber dort ist es jetzt sechs Stunden später als hier.»

«Hat es etwas mit dem toten Engländer zu tun?» fragte Grijpstra.

Der Commissaris war eingenickt. Auch Grijpstra döste. Beide träumten. Grijpstra wachte schreiend, der Commissaris lachend auf. Es war 4 Uhr, 10 Uhr vormittags in London. Der Commissaris kannte die Nummer von Quadrant nicht. Ihm stand bevor, in die Telefonhölle einzutreten, erfüllt von Computerstimmen, die einem rätselhafte Wahlmöglichkeiten offerierten und zuwenig Zeit zur Entscheidung ließen, die lange Telefonnummern wiederholten, plötzlich mit einem Summen abbrachen, noch mehr Computerstimmen, weitere lange Nummern, hin und wieder müde Stimmen, die wissen wollten, was der Anrufer wissen wolle, knisternde Pausen, überbrückt mit schlechter Musik.

«Wissen Sie was?» sagte der Commissaris zu Grijpstra. «Warum rufen Sie nicht in London an, seien Sie so nett. Ich werde weiterschlafen, um zu sehen, was passiert. Das bedeutet nicht, daß ich nicht direkt bei Ihnen bin. Okay? Sobald Sie Quadrant an der Strippe haben, wecken Sie mich. Ja? Ja.»

Grijpstra war anderer Meinung. «Aber, Mijnheer, angenommen die Ambagts haben Quadrant betrogen und die Londoner haben einen Agenten geschickt, um herauszufinden, was passiert ist. Wen kümmert das? Alles, was wir tun müssen, ist, irgendwie eine Rückerstattung der verlorenen Fracht der *Sibylle* zu erreichen.»

Der Commissaris hob eine Hand. Der Zeigefinger bediente die Drehscheibe eines unsichtbaren Telefons. «Bitte, ja?»

«Nein, im Ernst, Mijnheer. Selbst wenn die Ambagts dafür gesorgt haben, daß dieser Bankangestellte in unseren Tisch donnerte, das Verbrechen würde unser Projekt nicht betreffen. Warum sich mit Quadrant abgeben. Das Ziel schwindet, wenn wir unseren Weg verlieren.»

«Sie können keinen Weg verlieren, auf dem Sie sind», sagte der Commissaris. «Außerdem: der Weg ist das Ziel. Rufen Sie an, ja?»

20. Im *Treulosen Papagei*

Kapitän Noah erinnerte sich an de Gier. De Gier war der Ausländer, der Hundertdollarscheine austeilte. Und der Ausländer wollte Informationen? Wo in Key West vom Militär ausgemusterte Sonderlinge herumhingen, wenn sie Knete hatten? «Ein sonderbarer Zufall, alter Junge. Genau hier, wo sonst?» In der Oben-ohne-Bar, wo der Kapitän exakt in diesem Augenblick de Giers Hundertdollarnote verjubelte. In der Bar *Der treulose Papagei*, wo der Kapitän gerade in sein Handy sprach, würde de Gier sein Opfer finden.

«Muß einen Schluck von meinem frisch gezapften Budweiser nehmen, Buddieboy.» Noah rülpste glücklich. Er forderte de Gier auf, vorbeizukommen und sich in der Nummer Eins der Schoßtanz-Bars von Key West seinen speziellen Buddieboy zu greifen. Wackelnde nackte Busen, erklärte der Kapitän, die zwischen den Knien des Gastes rhythmisch schwangen.

«Hören Sie mal.» Kapitän Noahs hochgehaltenes Handy erfüllte de Giers Telefonzelle mit einem anscheinend wahllosen Gemisch von Geräuschen: KaBUMM, KarrBUMM. He He HEEhee. Jaa Jaa Jaa JAA Tarr-RASSEL Tarr-RASSEL. KASCHEE Ka-SCHEE. «Können Sie die nackten Busen hören?»

«Nicht unbedingt», sagte de Gier, aber der Kapitän hörte ihn nicht. «Beeilen Sie sich», rief Kapitän Noah. «Ich werde hier warten.»

Nachdem er eingehängt hatte, fragte de Gier einen Passanten, wo die Bar *Treuloser Papagei* sei. Beim Seaside-Lagerhaus? Gekennzeichnet durch rot-weiße Signalflaggen? Gegenüber dem Pelikan-Krankenhaus? Hinter dem haushohen Wandgemälde eines Papageis?

«Danke.»

Der Passant, ein Einheimischer, schien freundlich. Vielleicht konnte de Gier bei ihm sein Glück versuchen. «Was ist Schoßtanz, Sir?»

«Sind Sie von auswärts?»

«Holland», sagte de Gier.

«Holland, Michigan», sagte der Passant. «Habe mich immer gefragt, wie die Leute aus Michigan sprechen. Erstaunlich. Ist wie ein ausländischer Akzent.» Der Passant sagte, er sei nie in Michigan gewesen. Er habe es einmal überflogen. Er habe darüber nachgedacht, was die Leute da unten wohl trieben. War das nicht der Staat, wo ein gutherziger Arzt den unheilbar Kranken half, ein bißchen früher Schluß zu machen? Schien ihm eine gute Idee. Wurden die Nutten in Michigan vielleicht auch intim? Nicht wie in seinem Heimatstaat (der Passant lächelte selbstbewußt). «Nicht hier in Florida Masturbiria.»

De Gier blickte überrascht. «Die Prostituierten nehmen hier die Kunden nicht mit nach oben?»

«Bei uns ist alles öffentlich.» Der Passant versicherte dem Mann von außerhalb, daß es in Florida der Vergangenheit angehöre, jemanden mit nach «oben» zu nehmen. «Die Huren winden sich auf dem Schoß des Freiers. Der Freier sitzt sehr ruhig.»

De Gier versuchte sich die Prozedur vorzustellen. «Was ist, wenn der Betanzte erregt wird und die Tänzerin berührt?»

Der Passant sah empört aus. «Sie dürfen nicht mal daran denken, hier etwas zu berühren.»

De Gier radelte an silbergrauen verwitterten Häusern vorbei, die auf einen Hafenkai blickten. Segelboote liefen aus, Fischerboote kamen an. Matrosen mit Ohrringen und verblichenen Taschentüchern, die um kahlgeschorene Schädel gewickelt waren, sogen an gebogenen Pfeifen, während sie an den ausgebleichten Rümpfen auf den Strand gezogener Boote lehnten. Schöne junge Menschen rasten auf Düsenskiern umher. Ein verrosteter Chevrolet, der aus der Gegenrichtung kam, fuhr an de Giers Fahrrad vorbei.

Verlockende Bilder gingen de Gier durch den Kopf. Angenommen, er bliebe hier, kaufte eines der baufälligen Häuser, an dem ein

Schild «Zu verkaufen» zu lesen war, saß auf einem verwitterten überladen verzierten Balkon, schlürfte Whiskey, spielte Trompete, ernährte sich von Hummern, Steinkrabben, Key Lime Pie? Sah den vorbeifahrenden Booten zu. Kaufte sich selber ein Boot. Sayukta könnte ihn besuchen. Vielleicht zum Tee ein paar Damen aus Kuba oder Haiti. Wechselnde Gesellschaft. Er konnte Sergeant Symonds in ihren Dienst-Hot-Pants bewundern, während Mynah einen Walzer pfiff.

Traumbilder huschten vorbei. Selbst zubereitete exotische Gerichte, die hauptsächlich aus dem täglichen Fang bestanden. Sein Boot würde etwas Ausgefallenes, vielleicht eine chinesische Mini-Dschunke, wie er sie im Hafen gesehen hatte. Früh morgens Kaffee trinken, wie die alten Gentlemen aus Kuba, die er überall sah, vielleicht konnte er in eine ähnliche Rolle schlüpfen, einen makellosen Strohhut tragen, gebügelte weiße Hosen, ein Frackhemd, weiß-braune Schuhe, Espresso trinken, Kraft tanken, um nichts damit anzufangen. Die Kellnerin würde bereits unterwegs sein. «*Otro cafecito, senor* Rai-nus?» Einen Mann, der gute Trinkgelder gab, würde sie sich merken.

«Por favor, senorita.»

Die Abende mit Pornografie verbringen, die Tage mit Segeln und Tauchen ausfüllen. Schluß mit dem Nieselregen und Nebel Amsterdams.

Vor dem *Treulosen Papagei* stieg de Gier vom Rad.

Das Firmenemblem der Bar war mit wenigen gezackten Zen-ähnlichen Strichen auf die Giebelwand eines ehemaligen Hafenspeichers gezeichnet. Der Vogel, die Flügel großspurig halb gespreizt, sah angriffslustig aus.

«Uns gefällt er», sagte der Türsteher, als er de Giers Interesse an dem Logo bemerkte. Der Türsteher war ein Abbild der hochmütigen Haltung des Vogels. Seine Nase ähnelte dem Schnabel des Papageis. Seine Kleidung sah federartig aus. Die breite orangefarbene Seidenschärpe wurde zum Bauch, das weiße Jakkett die Brust des Papageis. Die hohen Schuhe verwandelten sich in muskulöse Vogelbeine.

«Eindrucksvoll», sagte de Gier höflich.

«Dieser Papagei ist Maya-Kunst», sagte der Türsteher.

«Präkolumbianisches Mexiko, einer Höhlenmalerei des sechsten Jahrhunderts nachgebildet. Entdeckt in den Chiapas-Bergen. Mayapriester führten für Goldmünzen Totemtier-Tänze auf. Der Papagei gab dem Wächter des Höhlentempels Kraft. Ich habe den verdammten Vogel nach der Erinnerung gezeichnet. Ist gut geworden. Er und ich heißen Gäste wie Sie willkommen.» Er deutete mit dem Daumen über seine Schulter. «Wollen Sie rein?»

«Wenn's möglich ist», sagte de Gier höflich.

Der Türsteher streckte seine Hand aus. «Zehn Dollar Eintrittsgeld.»

De Gier zog seine Brieftasche.

«Für den Fall, daß wir Sie rauswerfen müssen», sagte der Türsteher, «wenn Sie sich schlecht benehmen. Ist Ihnen klar, daß Sie Ihre Flossen vom Fleisch fernhalten sollen? Keine koketten Spielchen? Nicht rauchen, essen, schlafen?» Er dehnte seine Muskeln. «Die Bestrafung wird weh tun.»

De Gier starrte den Türsteher an.

Der Türsteher blickte unverbindlich zurück.

«Leck mich», sagte de Gier und schob seine Brieftasche wieder in die Gesäßtasche seiner Jeans.

Der Türsteher verengte die Augen. «*Was* sagten Sie, Sir?»

«Leck mich.» De Gier blickte ebenfalls unverbindlich.

Der Türsteher war teuer angezogen. Es ist ermüdend, sich am hellen Mittag unter einem heißen Himmel auf zerbröselten Austernschalen zu wälzen. Zahlte es sich wirklich aus, sich auf eine Schlägerei mit einem ordentlich gekleideten Touristen einzulassen, der bereit war, an einem Urlaubsort Geld auszugeben?

«Willkommen, Freund», sagte der Türsteher.

Drinnen dröhnte Musik. Kapitän Noah winkte von seinem Barhocker. Nackte, fast nackte, halbnackte, dreiviertelnackte, kaum, dürftig, vollständig bekleidete Frauen bewegten sich zwischen Tischen, zogen sich in den Nischen aus und an, knieten oder kauerten vor den Gästen, tanzten auf Tischen, wälzten sich auf der Bühne, glitten über Treppengeländer, schritten durch Türen herein, kamen heraus, standen für kurze Augenblicke auf ihren Köpfen, standen für lange Augenblicke auf ihren Füßen, lächelten unterwürfig, starrten herrschsüchtig, zogen die Mundwinkel hoch wie Madonnen, zogen sie herunter wie höllische Huren, verrenkten ihre Körper, als hätten sie große Schmerzen oder vielleicht große Bedürfnisse? Wonach? Nach Liebe? Liebe zu de Giers Geld? Ein kahlköpfiger Wirt mit einem Leibgurt aus roter Seide schüttelte de Gier die Hand.

«Sie kennen unsere Regeln, Sir?»

De Gier atmete tief ein. Der Türsteher hinter ihm winkte dem Wirt zu. Der Türsteher formte mit gekrümmtem Zeigefinger und Daumen ein «O». Seine Lippen sagten stumm «Okay». Der Wirt zog sich zurück. «Willkommen Freund. Unser Lokal ist Ihr Lokal, Sir.»

«Budbuddyboy», sagte Kapitän Noah an der Bar. «Da ist er ja. Setzen Sie sich zu mir, Sie betuchter Ausländer, Sie.»

Der Kapitän zeigte auf die Tänzerinnen. «Die olivgrüne Schönheit im hautengen schwarzen Kleid mit den schmalen Trägern stammt aus Syrien, und die schwarze Lady ist Jüdin, floh aus dem Sudan nach Israel, floh aus Israel in das Land der Ruhe und des Friedens. Die weißen Frauen auf der Bühne sind aus Irland, die größere der beiden gehört Nasty Nick.»

«Nasty wer?» fragte de Gier.

«Der Türsteher.» Kapitän Noah mache es glücklich, sagte er, daß er einen Neuankömmling in diese neue Welt einführen dürfe.

«Nasty Nick ist Anthropologe mit Universitätsabschluß.»

«Das Fach gewechselt?» fragte de Gier.

«Sein Fach umgemodelt», sagte Kapitän Noah. «Nick, Spezialist für präkolumbianische Kulturen, erarbeitete sich sein Studium als Profiboxer, hervorragender Student, großartiges Examen, niemand wollte ihn, als er fertig war.»

«War er zu anders?» fragte de Gier.

«Wer anders ist, fällt auf und wird platt gehämmert», flüsterte Kapitän Noah. «Ich bin anders, weil ich Frankokanadier bin.

Wissen Sie», der Kapitän drückte seinen Ellenbogen in de Giers Seite, «daß Sie anders sind, weil Sie Ausländer sind? Wissen Sie, was das bedeutet? Nein?» Der Druck des Ellenbogens verstärkte sich. «Es bedeutet, daß die, die nicht anders sind, dich nicht allzu gut verstehen. Also lassen sie dich in ihren Filmen den Schurken spielen.»

Die Kellnerin war Engländerin, mit einem nach innen gekehrten damenhaften Gesichtsausdruck. Sie hatte große Brüste und trug eine enganliegende Jacke. Der V-Ausschnitt der Jacke war mit einer rosafarbenen Schärpe verhüllt. De Gier bestellte Fruchtsaft.

«Mit Schuß.»

«Nein, danke.»

Sie lächelte. «Sie trinken keinen Alkohol?»

«Nicht mehr», erwiderte de Gier.

«Bewunderungswürdig», sagte die Kellnerin.

«Säufer quatschen sie voll», sagte Kapitän Noah und sah der Kellnerin nach. «Sehen Sie diese damenhaft schwingenden Hüften? Warten Sie, bis Sie ihre damenhaften Schenkel sehen. Ah.» Der Kapitän schüttelte ungestüm den Kopf. «Wir müssen ernst werden. Sie sind geschäftlich hier. Der Schlupfwinkel von Exmilitärs. Das Rohölgeschäft. Auch darüber habe ich ein paar Informationen. Öl oder der böse Soldat?»

«Gibt es da eine Verbindung?» fragte de Gier, der die versammelte Weiblichkeit mit Aufmerksamkeit betrachtete. Das sollte er auch. Das werde erwartet, sagte Kapitän Noah. «Sind holländische Frauen attraktiver?»

«Sind keine hier», sagte de Gier.

Der Kapitän sagte, er könne sich nicht vorstellen, daß es schönere Brüste gebe als die der englischen Kellnerin, nicht mal im unbekannten Holland. Konnten holländische Frauen längere Beine haben als die olivgrüne Syrerin, die in diesem Augenblick gerade an ihrem Tisch vorbeiging? Waren die holländischen Frauenhüften verführerischer, schwungvoller oval geformt als die der Irinnen auf der Bühne?

De Gier sah zu, wie Nasty Nicks große Freundin mit einer schwarzen Frau tanzte. Das irische Mädchen trug nur Ballettschuhe, die Schwarze schien sich ausziehen zu wollen. Die zwei Tänzerinnen küßten sich.

«Rohöl», sagte der Kapitän.

De Gier sah weiter zu.

Kapitän Noah hielt seine Hände vor de Giers Augen. «Sie gaben mir Geld im voraus für Informationen über den karibischen Ölhandel. Die *Sibylle*. Piraterie nahe Saint Martin, Niederländische Antillen. Erinnern Sie sich?»

De Gier versprach zuzuhören, während er weiter guckte.

Der Kapitän sagte, er habe sich umgehört. Es existiere ein Umschlaghafen für Öl auf der niederländischen Insel Saint Eustatius, eine Insel südlich von Saint Martin. Die Anlage gehörte einer Gesellschaft, die Ladungen von Supertankern in Vorratstanks bunkerte, dann das Produkt auf kleinere Tanker verlud. Ein Großhandelsgeschäft – große Mengen mit Rabatt kaufen, kleine Mengen mit Aufschlag verkaufen. Kaufen, wenn das Öl billig ist, verkaufen, wenn das Öl teuer ist. Sich am Markt orientieren. Angebot und Nachfrage.

«Haben Sie das kapiert?» fragte Kapitän Noah. «Oder haben Sie es mit Ärschen und Titten durcheinandergebracht?»

De Gier tippte an seine rechte Schläfe. Die Information sei gespeichert. Hundert Prozent fehlerfei. Sagte er.

Der Kapitän berichtete weiter, daß mit Computern ausgerüstete Tanker von kleinen Besatzungen gefahren würden. Fünf, höchstens sechs Männer, der Kapitän eingeschlossen. Tankerbesatzungen waren so gut wie immer an Bord. Auf engen Raum beschränkt zu sein rief Depressionen hervor. Ein negativer Gemütszustand führte zum Mißbrauch von Alkohol, Drogen und Pornographie. Es wäre nicht schwierig, ein Schiff, das mit einer trübsinnigen und benebelten Besatzung fuhr, zu übernehmen. Kapitän Noah hatte gehört, daß die Versicherungsprämien für Tankerladungen hoch waren und immer noch stiegen.

«Aha», sagte de Gier. Die englische Kellnerin war zurückgekehrt und brachte Papayasaft auf Kosten des Hauses, mit Empfehlungen von Nasty Nick, der sich lächelnd und winkend im Eingang sehen ließ. De Gier lächelte und winkte zurück. Die Kellnerin ließ de Gier von seinem Barhocker steigen, kauerte auf ihren Fersen, stellte ihr Tablett auf einen niedrigen Tisch, zeigte lange glatte Schenkel. Sie nötigte ihn in seinen Sessel. Sie legte ihren Minirock ab. Sie zog ihre Jacke aus. Sie kniete zwischen de Giers Knien und ließ ihren BH fallen. Ihre Brüste rieben seine Schenkel. Sie schob die Lippen vor. Ihr Körper folgte, wie das Chassis eines gutgefederten Sportwagens, während der kräftige Beat des rockigen Blues aus Lautsprechern dröhnte, die in allen Ecken angebracht waren. Sie ließ ihre Zunge zwischen den zusammengepreßten Lippen vorschnellen, um sie lüstern hin und her gleiten zu lassen. Sie rieb ihre Scham an seinem Knie. Sie beugte, drehte sich zur Seite, rieb abwechselnd Brüste und Schenkel an ihm. Sie stand auf und liebkoste mit ihren Brustwarzen seinen Schnurrbart. Sie zog sich an. De Gier reichte ihr eine Banknote. Sie nahm ihren Rock und schob den Schein in ihren Slip. Er dankte ihr. Sie dankte ihm, daß er ihr gedankt hatte. Sie ging weg.

«Öl», sagte der Kapitän, immer noch in luftiger Höhe auf seinem Barhocker, «ist ein faszinierendes Erzeugnis.»

«Was?» fragte de Gier.

«Sie scheinen Frauen zu mögen», sagte Kapitän Noah. «Das mag ich an einem Mann. Sie machen sich nicht viel aus Männern?»

De Gier betrachtete die niedrige Stirn des Kapitäns, seine zerfransten Augenbrauen, die ineinanderwuchsen, die kleinen spähenden Augen, die Ohrläppchen, die bis zum Nacken reichten, die Henkelohren, den mottenzerfressenen flaumigen Bart, die gebogenen Beine, die haarigen Zehen, die in den offenen Sandalen des Kapitäns zu sehen waren. «Männer sind okay», sagte de Gier höflich.

«Männer, die Männer mögen, haben Geschmack, allerdings», sagte Kapitän Noah. Key West sei von ihnen restauriert worden, prächtig, mit Feingefühl. Elegante Restaurants, schnuckelige

Bars, perfekte Pensionen, die lieblichen Gärten, alles verriet guten Geschmack. Er selbst habe keinen.

Wenn er zu Hause war, im Binnenland von Maine, fuhr er einen verrosteten Pick-up, einen Haufen leerer Bierdosen auf der Ladefläche, ein Jagdgewehr am Rückfenster des Führerhauses festgeklemmt. Wenn Noah zu Hause war, rutschte er neben Suzie, eine aufgeblasene lebensgroße Puppe, die vom Sicherheitsgurt des Beifahrersitzes gehalten wurde. Suzie trug eine blonde Perücke, die Noah in einem Katalog entdeckt hatte. Er zog ihr enge Jeans und ein T-Shirt an, auf dem stand LEGUAN-PARTY?, unter einem Bild von kopulierenden Reptilien. Suzie hielt eine Flasche zwischen den Beinen fest. Noah lächelte traurig. «So lebe ich da.»

«Flasche Alkohol zwischen Suzies Beinen?» fragte de Gier.

«Die Flasche paßt in ihren Körper, die Öffnung guckt raus. Ist ein Behälter», erklärte der Kapitän.

De Gier schüttelte den Kopf.

«Nicht gut?»

«So was hätte ich nie für möglich gehalten», sagte de Gier.

«Und wenn doch?»

«Aber haben Sie da draußen keine lebendigen Frauen?» fragte de Gier.

«Große Miezen», sagte der Kapitän. «Von der furchterregenden Sorte. Nur drei Größen. Normalgröße. Übergröße. O-mein-Gott-sie-geht-auf-mich-los-Größe.»

«Ich verstehe», sagte de Gier.

Er sah, daß die Tänzerinnen auch eine Papageien-Show vorführten, in Federkostümen, deren Reißverschlüsse geöffnet wurden. Die Tänzerinnen präsentierten sich den Zuschauern, sie kamen herunter, um die Gäste zu berühren. De Gier wurde von dem syrischen Mädchen betanzt. Als die Musik aufhörte, trank sie eine Coca Cola. De Gier bekam weiteren Papayasaft vorgesetzt, den der Türsteher heranwinkte. De Gier machte Konversation. «Was tun Sie, wenn Sie nicht hier arbeiten?»

Das syrische Mädchen studierte an der Universität von Miami und verbrachte hier ihre freien Tage. Sie stand kurz vor dem

Schlußexamen. Sie wollte Anwaltssekretärin werden. Sie sagte, das große blonde Mädchen, das gerade hereingekommen sei, studiere Medizin. «Sie ist fast fertig. Wir verdienen hier gutes Geld. Die Kellnerin will Anwältin werden.» Kapitän Noah lud das blonde Mädchen an ihren Tisch ein. Sie trug ein Abendkleid, das anstelle von Knöpfen mit kleinen ovalen Spiegeln versehen war, die das syrische Mädchen aufknöpfte. Das blonde Mädchen erkannte de Giers Akzent. Sie hatte holländische Eltern, die jetzt englisch sprachen wie sie selbst, aber sie war in Holland geboren und erinnerte sich an ein paar Worte. «Gefällt es dir hier, Schatz?» fragte sie auf holländisch.

De Gier bejahte auf holländisch.

Sie setzte sich auf seine Knie. Sie zog seinen Kopf herunter, so daß ihre nackte Brust seine Wange streifte. «Wollen Sie praktische Ärztin werden?» fragte de Gier. Die blonde Stripperin verneinte. Sie wolle Chirurgin werden. Vielleicht könne sie helfen, jetzt, wo Brustkrebs immer häufiger würde. De Gier, die Nase zwischen ihren Brüsten, fröstelte. Er reichte ihr eine Banknote. Sie dankte ihm. Sie bat auch, sie zu entschuldigen, da sie auf die Bühne müsse. Ihr fiel noch ein bißchen Holländisch ein, sie wünschte ihm einen fröhlichen Aufenthalt im Land und bat ihn, die Heimatstadt ihrer Eltern zu grüßen, *Schoonrewoerd*, was «schönes Land zwischen Deichen» hieß.

«Alles Ärztinnen und Anwältinnen?» fragte de Gier und deutete mit der Nase auf die lebendige Darbietung festen Fleisches.

Einige, sagte Noah, doch die meisten Schoßtänzerinnen arbeiteten einfach für den Türsteher, vergeudeten ihre Jugend, bevor sie soweit waren, für ein bißchen Crack Fellatio zu machen. Zuhälter Nick fuhr einen Ferrari und teilte sein Penthouse mit der Angestellten der Woche. Die anderen wohnten in seinem Ghetto-Motel mit schlecht funktionierender Klimaanlage. Er bestand darauf, den größten Teil ihres Geldes einzukassieren.

De Gier sagte dem sudanesisch-jüdischen Mädchen, das sich auf seinem Schoß räkelte, er genieße seine glückselige Situation. Wenn sie doch nur andauern würde.

Die Sudanesin tröstete ihren Kunden. «Sie wird so lange dauern, wie Sie's aushalten können.»

Tanzende Brüste machte de Gier durstig. Der Papayasaft floß weiter. De Gier wurde schläfrig. Die Tänzerinnen kamen, knieten nieder, drückten seine Knie auseinander, stießen, rieben.

«Sie haben noch einen Vorrat an Zwanzigdollarnoten», sagte Kapitän Noah. «Wollen Sie etwas über Ihren ehemaligen Mann von der Spezialeinheit hören?»

«Mein früherer was?» De Gier gähnte. Er fragte sich, ob er auf Papayasaft allergisch reagierte.

«Sie haben angerufen», sagte der Kapitän. «Exsoldaten-Typen. Mit Geld auf der Naht. Wo sie ihren Zaster verlieren. Das ist hier, alter Junge.»

Richtig, erinnerte sich de Gier. Er hatte gesagt, er suche nach einem Exsoldaten, der aussah wie er selber.

«Mickey», sagte das Mädchen auf de Giers Schoß, «muß Mikkey sein. Ich dachte einen Augenblick, Sie wären Mickey, aber das konnte nicht sein, weil Nasty Nick Mickey gerade rausgeworfen hat.» Sie rieb sich an de Giers Wange. «Du bist süßer.»

«Sie suchen nach Mickey, alter Junge?» fragte der Kapitän. «Warum haben Sie das nicht gesagt?»

De Gier zwang seine Lippen zu sprechen. «Bitte erzählen Sie mir alles über Mickey.»

«Ein Säufer, der oft herkommt», sagte Kapitän Noah. «Früher ein Green Beret. Haust in einem Camper auf dem Wohnwagenplatz in der William Street. Fährt ein verrostetes offenes Chevy-Cabrio, hat gerade den Führerschein zurückbekommen, den die Polizei wegen Trunkenheit am Steuer kassiert hatte, beim nächstenmal werden sie ihn behalten.» Kapitän Noah deutete auf den leeren Barhocker. «Hat genau dort gesessen, kurz bevor Sie reinkamen. Fingerte an den Nippeln Ihrer medizinischen Landsmännin rum. Die Kahlköpfe haben ihm den Weg nach draußen gezeigt.»

Kapitän Noahs Stimme schien aus nächster Nähe zu kommen. «Junge, geht es Ihnen gut da unten?»

De Gier sah, wie Nasty Nick Kapitän Noah schlug und zum Ausgang schleifte. De Gier wollte dem Kapitän helfen, aber er kam nicht vom Boden hoch, auf dem er ruhte. Die Musik klang ganz anders und brach plötzlich ab, bis auf den Beat, der unablässig weiterhämmerte. Die Frauen rissen sich ihre Häute ab. Darunter trugen sie Skelette. Nasty Nick war ein riesiger Papagei, dessen hohle Stimme in de Giers Kopf Drohungen schrie. Der Papagei hüpfte näher, beugte sich nieder und schälte de Gier aus seiner Haut. Andere Papageien nahmen sein rohes Fleisch, schleppten es nach draußen und mischten es unter die zermahlenen Austernschalen des Parkplatzes. «Müssen Sie das wirklich tun?» wollte de Gier fragen, aber ein Papagei zerquetschte de Giers Stimme zwischen seinen gekrümmten Krallen und riß sie mit seinem scharfen Schnabel in Stücke.

21. Nackt auf dem Friedhof

Die See nördlich von Kuba blieb rauh, obwohl Skipper Peter sagte, das sei für diese Jahreszeit ungewöhnlich. Das habe nichts zu bedeuten, erklärte Ambagt senior – sie müßten bloß mehr Alkohol trinken. Diese Vorstellung, wie inzwischen fast jede, schlug Grijpstra auf den Magen. Der Skipper trank weiter, allein in der Bar. Der Commissaris und Carl Ambagt waren auf dem Achterdeck der *Rodney* in ihre Liegestühle geschnallt. Der Diener brachte Kaffee in Bechern mit Deckeln, aus denen Plastikstrohhalme hervorragten. «Andernfalls haben wir hier eine Schweinerei.» Er blickte Carl finster an. «Und wer macht sauber?»

«Manchmal treiben mich die Klugscheißer zur Weißglut», sagte Carl zum Commissaris, dem Diener nachblickend, der auf dem Absatz kehrtgemacht hatte. «Sie wissen genau, wie weit sie gehen können, und das tun sie jedesmal.»

«Ich wünsche Ihnen einen Haufen Angestellte», sagte der Commissaris und zwinkerte, um zu zeigen, daß der Fluch nicht ernst gemeint war.

Schon gut, sagte Carl, aber was konnte man auf einer Luxusyacht schon machen ohne Personal, um den Luxus in Gang zu halten? Je mehr Wünsche erwachten, desto mehr Diener sind nötig, sie zu erfüllen. Ein Teufelskreis. Ärgerlich blies Carl durch seinen Strohhalm, so daß der Kaffee Blasen warf. «Dad läßt sich gern bedienen.» Er schnippte seinen vollen Kaffeebecher über die Reling. «Er mag das einfach. Ich könnte mir meinen Kaffee ebensogut selber holen.» Carls Stimme kreischte. «Er ist an Mama gewöhnt, die nie zuließ, daß Dad seine Couch verließ.»

«Ihre Mutter ist eine fürsorgliche Frau?» fragte der Commissaris.

«Das Bild meiner Mutter gehört auf eine Keksdose», sagte

Carl. Er hob seine Augenbrauen, um die mütterliche Gemütlichkeit zu unterstreichen. «Glückliche Ambagtfamilie mampft Kekse im glücklichen Heim. Glücklicher Dad, während er Zeitung liest. Glückliche Mama, während sie Wäsche bügelt. Glücklicher Carlie, während er seine Hausaufgaben macht. Glücklicher Hund bettelt um Keks. Ich sehe zu, wie der Blödmann pariert: Sitz!»

Carl warf den Kaffeebecher des Commissaris ebenfalls in das Karibische Meer. «Glückliche Wohnung im Obergeschoß, Bürgergasse, Rotterdam. Sehe Mama mit stumpfem Messer ranzigen Käse schneiden. Sich über einen zerbeulten Küchenherd beugen. Eine Plastikdecke mit Mondrian-Muster auf dem wackligen Küchentisch glattziehen.» Carl starrte den Commissaris wütend an. «Analysieren Sie meinen Charakter?» Er stand auf und hüpfte um den Liegestuhl des Commissaris. «Wollen Sie rausfinden, was mich auf die Palme bringt?»

«Sie interessieren mich», sagte der Commissaris. «Etwas über Sie rauszufinden bewahrt mich davor, Ihr Leben zu leben.» Er lächelte. «Sie mögen also Mondrians Kunst nicht?»

«Sie ist in Ordnung, um Wände zu dekorieren», sagte Carl. «Dad hatte früher einen Mondrian, hängte ihn in die Bar, aber in Saint Martin haben wir ihn verkauft. Brachte eine ganze Menge Kohle.»

«Das ganze Geld», sagte der Commissaris. «Ich bin überrascht, daß Sie für Ihre Reise keine weibliche Begleitung angeheuert haben.»

«Dad macht sich nichts aus Frauen», sagte Carl. «Wenn ich sie an Bord bringe, versucht die Besatzung, sie zu kriegen.»

Der Commissaris schien schockiert. «Das lassen Sie zu?»

«Ich bin ein Sklave von Sklaven», sagte Carl schwermütig.

«Ihr Leben muß kompliziert sein.»

Carl, von der freundlichen Stimme seines Befragers gerührt, gab zu, es verlange ihn nach Einfachheit. So wie es früher in Rotterdam gewesen sei. Natürlich ohne Mamas Gemütlichkeit. Eine schlichte Wohnung im Obergeschoß, ohne Aussicht. Wenn er eine Aussicht wolle, könne er Mario Vargas Llosa oder Carlos Fuentes lesen, denn die Literatur eröffne Ausblicke, die ein Fenster nie bieten könne. In einer schlichten Zweizimmerwohnung würde er Zeit haben und wieder lesen. Auf diesem verdammten Schiff habe er nie Zeit. Nicht, daß er seine erstklassige Yacht nicht zu schätzen wisse, um die ihn alle anderen Hochseeskipper beneideten, aber es gebe immer die eine oder andere Kleinigkeit zu tun. Carl gestikulierte wild. Jawohl. Trotzdem, für dreißig Millionen könne man schließlich etwas erwarten, oder? Und dann war da die Besatzung. Gute Leute, seine Matrosen verstanden ihren Job, auch nicht faul, aber immer belästigten sie einen mit irgend etwas. Carl machte die Stimme des Dieners nach. «Was dürfen wir Ihnen heute zum Dinner servieren, Master Carl?» Alles, was Carl wollte, war eine einfache Suppe, die ewig simmerte, vielleicht hin und wieder umgerührt. Gemacht aus allem, was die Jahreszeit zu bieten hatte, Karotten, Kartoffeln, ganz egal. Mit Nudeln serviert. Schlürfen und schlucken. Anschließend Eiscreme aus dem Supermarkt. Einmal in der Woche einen Film. In einem richtigen Kino, Großleinwand. Wer brauche zu Haus einen Minischirm, wie sie auf der *Rodney* einen hatten, mit Rundum-Sound und wer-weiß-was? Ein einfaches Zehndollarticket, um auf eine einfache große Leinwand zu glotzen. Wer will sich schon mit teuren Heim-Anlagen abgeben, die einmal im Monat ihren Geist aufgeben?

«Gibt es», fragte der Commissaris, «Raum in ihren schlichten Phantasien für eine einfache Gefährtin?»

Carl zuckte die Achseln. «Nee.»

«Keine Intimitäten?» fragte der Commissaris.

«Bitte», sagte Carl. Er dachte nach. «Nun ja, vielleicht. Wenn sie spanisch sprechen würde. An einem verregneten Nachmittag. Dann könnte ich es machen.»

«Sie würden es schaffen?»

«Was ist *das*?» rief Carl. «Sind Sie Dr. Jan Freud?»

Der Commissaris sagte, er wolle gern wissen, wer der Mann sei, mit dem er es zu tun hätte.

«Nicht wer», sagte Carl mit normaler Stimme. «*Was* es ist,

womit Sie es zu tun haben.» Er verzog das Gesicht. «Wir haben es hier mit Öl zu tun.»

Der Commissaris sah ernst aus. «Aber womit haben wir es hier wirklich zu tun? Sie wollen Ihr Öl zurück, und Sie werden Ihr Öl zurückbekommen, und ich will eine Million dafür, daß ich Ihnen Ihr Öl wiederbeschaffe, und ich werde die Million kriegen, bloß damit G & G ein legales Einkommen vorweisen können, aber worauf, glauben Sie, sind wir wirklich scharf, Mister Ambagt?»

«Worauf?» fragte Carl tonlos.

Der Commissaris sah ihn erwartungsvoll an.

«Profit», sagte Carl. «Sie wollen Profit machen. Immer und ewig verdammte Profite wollen Sie machen.»

Das Schweigen vertiefte sich. Der Wind hatte sich gelegt. Die Maschinen der *Rodney* summten leise.»

«Interessieren Sie sich für Spanisch?» fragte Carl.

Der Commissaris reagierte nicht.

«Wenn ich wieder in Rotterdam bin?» fragte Carl. «Haben Sie jemals Manuel Vázquez Montalbán gelesen? Oder Pablo Ignacio Taibo Dos?» Er schüttelte vor Bewunderung den Kopf. «Was diese Burschen mit der Sprache anfangen können. Das ist wunder-bar, Mijnheer.»

«Wünschen Sie sich ein Haustier?» fragte der Commissaris.

«Eine Krähe», antwortete Carl wie aus der Pistole geschossen. «Ich werde sie im Hafenpark finden.»

Der Commissaris lachte. «Was finden Sie an einer Krähe, Carl?»

Carl hatte eine persönliche Beziehung zu Krähen. Sie wiesen den Weg. Er träumte von ihnen.

«Weg wohin, Mijnheer Ambagt?»

Carl beschrieb den Pfad, den die Traumkrähen wiesen. Der Pfad war in einem Wald, sonnengefleckt, Kiefernnadeln leuchteten, er führte auf eine Lichtung mit silbernem Moos auf verwitterten Felsen und goldenen Flechten.

«Sie erreichen Ihr Ziel?»

Carl seufzte. Er hatte es nur gesehen. Von weitem. Er würde es gern erreichen.

Der Commissaris deutete auf den Hubschrauber, der auf dem Deck befestigt war, auf den goldenen Aschenbecher, den Teakboden des Achterdecks, die makellos weißen Uniformen der Matrosen auf der Brücke der *Rodney*, die nackte Marmorfrau, die den Glastisch stützte, die liberianische Flagge, die über dem azurblauen Meer flatterte. «Könnten Sie ohne das auskommen?»

«Dies war im wesentlichen Dads Idee», sagte Carl.

«Reichtum ist für Sie nicht wirklich von Interesse?»

«Natürlich ist er das.» Carl machte eine lebhafte Geste. «Und wenn nur, um damit anzugeben.» Er wackelte überzeugend mit einem Finger. «Haben Sie eine Ahnung, wie viele Leute es gibt, die so leben wie Dad und ich? Wie viele können sich das Auf und Ab des Lebens wirklich zunutze machen? Kennen Sie das Verhältnis zwischen denen, die Gaunereien begehen, und denen, die begaunert werden?»

Ein Matrose berichtete, mit der Wasserleitung sei etwas nicht in Ordnung. «Und das bedeutet?» fragte Carl. «Das bedeutet, eine Zeitlang kein Trinkwasser, Master Carl.» Der Matrose, bereits auf dem Rückweg, drehte sich um und lächelte.

Das Problem mit dem Wasser erinnerte ihn an ein anderes Problem. Carl fragte den Commissaris, wie es mit der Ermittlung vorangehe. «Fortschritte?»

Das Schiff änderte den Kurs und wurde seitlich von der Dünung getroffen. Eine Welle brach sich, und Wasser spritzte auf die Brille des Commissaris. Er rieb sie trocken. «Welche Ermittlung, Mijnheer Ambagt?»

Carl näherte sein Gesicht dem des Commissaris. «Was war das?»

Jetzt wurden sie beide bespritzt. Der Commissaris verschob geduldig seinen Sessel.

«Wir erwarten, für unsere verlorene Ladung entschädigt zu werden», rief Carl. «Sie waren in Aruba. Das haben Sie gesagt. Sie müssen mit Kapitän Guzberto Souza gesprochen haben.»

Der Commissaris schüttelte den Kopf.

Carl schien außer sich. «Nein? Was haben Sie denn sonst dort gemacht? Und was macht Ihr fetter Freund die ganze Zeit, außer daß er kotzt?» Carl rang beinahe die Hände. «Sie haben zwei erfahrene Detektive auf den Job angesetzt. Ich will, daß sie die Piraten schnappen und sie zwingen, uns zu bezahlen. Warum haben Sie de Gier in Key West gelassen? Was hat er herausgefunden?»

«Niemand hat vor, etwas herauszufinden», sagte der Commissaris. «Da Sie uns nicht bezahlt haben, sind wir jetzt auf Urlaub eingestellt. Wir warten, Mijnheer Ambagt.»

Carl, der sich am Hubschrauber festhielt, starrte den Commissaris an. «Was ist mit den Hunderttausend, die wir im voraus bezahlt haben?»

Der Commissaris breitete die Hände aus. «Wir haben Ihr Geld nicht gesehen, Mijnheer Ambagt.»

Carl ließ den Hubschrauber los, schlitterte über das Deck, verschwand auf der Treppe nach unten, war nach ein paar Minuten wieder in seinem Sessel, Kugelschreiber und Notizbuch bereithaltend. «Könnte ich bitte die Nummer Ihres Bankkontos haben?»

Der Commissaris sah auf einer Karte in seiner Brieftasche nach und nannte Carl die Ziffern. Carl verschwand abermals und kehrte umgehend zurück. «Dad überweist Ihre Hunderttausend, wie abgesprochen, Sir.»

«Hat er es vergessen?» fragte der Commissaris.

Carl erwiderte, Skipper Peter neige beim Bezahlen zu Nachlässigkeit.

«Aha.» Der Commissaris betrachtete die liberianische Flagge, die unmittelbar hinter seinen ausgestreckten Beinen flatterte.

«Was glotzen Sie noch?» fragte Carl. «Rufen Sie Ihre Bank an. Das Geld dürfte inzwischen da sein.»

Der Commissaris überprüfte auf seiner Uhr das Datum und die Zeit. «Morgen ist Samstag. Da in Europa das Wochenende anfängt, werde ich erst nächste Woche erfahren, ob Ihr Vater uns bezahlt hat.» Er blickte in den aufklarenden Himmel und fragte, was die grünen Linien am Horizont bedeuteten.

«Die letzten Inseln der Bahamas», sagte Carl. «Der Anfang von Haiti.» Man hielt sich jetzt ein bißchen nördlicher. Kuba war immer noch nahe. Obwohl es dort bewaffnete Auseinandersetzungen zwischen Drogenschmugglern gebe, wären die Bahamas erheblich sicherer als die kubanischen Gewässer. Kuba beschlagnahme gern Luxusyachten, die sich in seinem Hoheitsgebiet herumtrieben. Man könne sich natürlich freikaufen, aber es würde Verzögerungen geben, eine Zeit im Knast, zusätzliche Geldstrafen kurz vor dem Auslaufen, alle Arten von Ärger.

«Die kubanische Marine ist der Feind?»

«Richtig», lachte Carl. «Castro ist pleite, Castro ist ein Pirat.»

Der Commissaris wollte wissen, was daran so komisch wäre.

«Je mehr Chaos, desto besser», sagte Carl fröhlich. «Das ist es, was mir und Dad an der Karibik gefällt. Keine Sicherheit. Wenn die Lage mal sicher ist, können wir unsere Profite vergessen. Mehr Ärger, mehr Geld.»

«Trübes Wasser?»

«Darin läßt sich gut fischen», bestätigte Carl. «Piraterie. Strandräuberei ... Zurückgehen auf die Ursprünge. Nummer eins beachten.»

«Egoismus», stimmte der Commissaris zu.

Carl grinste. «Die Bedürfnisse des einzig Wahren erfüllen.»

«Aber», fragte der Commissaris, «wie wollen Sie in Anbetracht Ihrer Selbstsucht andere zur Zusammenarbeit gewinnen?»

«Ein bißchen mit dem Portemonnaie wedeln?» fragte Carl.

Der Commissaris breitete seine Hand auf und betrachtete seine leere Handfläche.

«Einhunderttausend sind gerade elektronisch auf Ihr Konto überwiesen worden», brachte Carl vor. «Wirklich. Ich schwöre bei allem, was heilig ist.»

«Bei Ihrer eigenen Habgier?» fragte der Commissaris.

Der Commissaris und Carl blickten vom Achterschiff hinaus. Das Feadship folgte ruhiger See an einem Riff entlang. Delphine sprangen in die Höhe. Die untergehende Sonne erleuchtete ihre schimmernden graugrünen Leiber. Ein Albatros flog auf parallelem Kurs, schwebte auf Flügeln von sieben Fuß Spannweite mühelos in der Höhe. Am Horizont wurden Inseln als smaragdgrüne Linien sichtbar.

Grijpstra erschien und ließ seinen schweren Körper mühsam in einen Liegestuhl sinken. «Werden Sie jetzt etwas unternehmen?» fragte Carl den Commissaris.

«Sie haben Ihren Teil der Abmachung nicht eingehalten», sagte der Commissaris ernst. «Der Deal ist geplatzt. Wir verhandeln neu. Noch mal hunderttausend im voraus, wenn's recht ist.»

«Niemals», knurrte Carl. «Sie müssen liefern!»

«De Gier hat angerufen», sagte Grijpstra. «Der Sergeant in Key West hat ihn laufenlassen, und er ist unterwegs nach Saint Eustatius. Er wird im *Old Rum House* wohnen. Es hat ein paar Probleme gegeben, aber am Ende ist es gutgegangen.»

Carl ging wütend murmelnd außer Hörweite.

«Schlimme Probleme?» fragte der Commissaris.

«Ameisenbisse. Er brauchte Injektionen.»

«Liebe Güte.» Der Commissaris sah besorgt aus.

«Moskitos auch, Fliegen, alles», sagte Grijpstra. «Wachte nackt auf dem Friedhof von Key West auf.»

«Besoffen?» fragte der Commissaris.

«Papayasaft», erwiderte Grijpstra.

Carl winkte ein paar Bikinimädchen auf einem Segelboot zu. «Hallllоо.» Die Mädchen nahmen keine Notiz von der Yacht.

«Und de Gier hat etwas rausgefunden», sagte Grijpstra. «Er hat einen Plan.»

«Blöde Gänse.» Carl war zurückgekehrt. «Rattern mit diesem Schuhkarton aus Plastik herum.» Er drehte den Rücken zur Reling. «Was ist das für ein Plan?»

«Wenn de Giers Plan mit meinem übereinstimmt, und ich bin sicher, daß es so sein wird, und Sie die zweiten Hunderttausend bezahlen, wovon ich überzeugt bin», sagte der Commissaris, «werden Sie Ihren Verlust ersetzt bekommen.»

«Ich habe bezahlt», sagte Carl.

«Die Hälfte», lächelte der Commissaris, «das sagen Sie wenigstens.»

«Toast», sagte Carl zu dem Diener. «Keine Butter. Tee ohne Zucker. Lauwarm. Nichts Besonderes.»

Der Diener notierte den Auftrag. Grijpstra sagte, bei ihm möge man eine Scheibe Räucherlachs, dünn geschnitten, bloß ein Scheibchen, hinzufügen. Auch Kapern. Eine Essiggurke.

«Okay», sagte Carl, nachdem der Diener gegangen war. «Sie haben recht. Das Geld wird über Veracruz in Mexiko transferiert, und Mexiko ist langsam.» Er sah betrübt aus. «Kleine Bankangestellte müssen ihre Macht beweisen. Auf unsere Kosten, denen das Geld gehört.»

«Haben Sie Bargeld an Bord?» fragte der Commissaris.

«Ob ich Bargeld an Bord habe?» fragte Carl. «Bei diesen zurückgebliebenen Inseln ringsum? Nehmen wir an, es geht etwas schief. Glauben Sie, die kennen hier Kreditkarten?»

«Zahlen Sie uns die zweiten Hunderttausend auf die Hand.» Der Commissaris deutete auf die näher kommende grüne Linie. «Das muß Haiti sein.» Er entfaltete seine Karte. «Vielleicht nicht so ein guter Platz für Bargeldgeschäfte, aber hier, der nächste Halt, das wäre die Dominikanische Republik. Wie wäre es mit diesem Puerto Plata? Das bedeutet doch wohl ‹Geldhafen›, oder? Dort dürfte es eine Bank geben. Ich schlage vor, Sie geben mir jetzt das Geld, setzen mich morgen in Puerto Plata ab, und ich kann Ihr Geld auf unser Amsterdamer Konto überweisen lassen.»

Carl jammerte. Warum doppelt bezahlen? Der Commissaris tröstete ihn. Das ginge ja alles von derselben Million ab, die ihnen später zustünde, oder nicht?

Ja, wenn die gestohlene Fracht irgendwie ersetzt wird.

Das würde sie, versicherte ihm der Commissaris, freilich nicht, wenn das Bargeld nicht auf der Stelle bereitgestellt werde.

«Es ist noch nicht verdient», klagte Carl.

«Niemand bekommt das, was er verdient hat», sagte der

Commissaris, «er bekommt das, was er ausgehandelt hat.» Das hatte er im Flugzeug nach Miami in einer Zeitung gelesen.

Am nächsten Morgen war das Trinkwasserproblem des Schiffes noch nicht behoben. Der Koch nahm für das Frühstück Wasser aus Flaschen. Es gab keine Milch auf dem Schiff, und die Eier Benedictine mußten mit Sahne aus der Tube zubereitet werden. Nachdem er sich noch einmal die Zähne geputzt hatte, wurde der Commissaris mit dem Hubschrauber an Land geflogen.

«Und?» fragte Carl, als sie die dominikanische Bank verließen. «Was bekomme ich jetzt für meine zweihunderttausend Dollar?»

«Wenn wir erst einmal mit der Arbeit anfangen», sagte der Commissaris, «arbeiten wir in der Regel schnell. Mehr oder weniger müssen wir das auch, denn es ist wie bei den Mordfällen, die wir früher aufklärten. Verzögerungen verwischen Spuren.»

Der Commissaris summte und schmunzelte, nachdem der Hubschrauber auf dem Achterdeck der *Rodney* gelandet war.

«Es freut mich zu sehen, daß Sie sich besser fühlen», sagte Carl, nachdem er den Motor des Hubschraubers abgestellt hatte. «Ich wette, daß Sie jetzt ein paar Spuren erkennen können, richtig?»

«Die Welt ist ein offenes Buch», sagte der Commissaris.

«Aber man muß darin lesen können», sagte Grijpstra, nachdem Carl von einer kurzen Unterredung mit seinem Vater zurückgekehrt war. «Wir haben alle unsere speziellen Fähigkeiten. Dabei machen Sie Fehler ...»

«... wir beheben den Schaden», sagte der Commissaris. Er sah beunruhigt aus. «Wie geht es Ihrem Vater?»

Sein Vater mache sich Sorgen, sagte Carl. Skipper Peter beobachtete die Monitoren seiner Online-Computer, die an der Decke seiner Kabine installiert waren. Die Monitoren zeigten die weltweiten Konjunkturschwankungen an. Ambagt senior gab sich seit kurzem mit Spekulationen ab und hatte sich auf sogenannte «Karussell»-Aktien konzentriert, die er bei ihrem vermeintlichen Tiefstand kaufte. «Schlecht für sein Herz. Zuviel Anspannung.»

Da gerade von Anspannung die Rede sei, sagte der Commissaris, es sei Zeit für ihn, ein Nickerchen zu machen.

Grijpstra schloß sich ihm an.

«Was weiß de Gier inzwischen?» fragte Grijpstra, als sie wieder in ihrer Kabine waren.

«Was wir wissen, Henk.»

«Und was wissen wir, Mijnheer?»

Der Commissaris deutete auf das Badezimmer. Grijpstra drehte Wasserhähne auf. Der Commissaris flüsterte Grijpstra ins Ohr.

«Frösche?» fragte Grijpstra.

«Pst!» sagte der Commissaris. «Souza wurde von Fröschen in Panik versetzt, erinnern Sie sich? Und die andere Sache, die de Gier herausgefunden haben wird, ist, daß diese Quadrant Bank eine Versicherungsgesellschaft ist.»

«Thomas Stewart-Wynnes Arbeitgeber? Der ihn nach Miami geschickt hat?»

«Da Sie von hier keine Verbindung mit Quadrant bekamen», flüsterte der Commissaris, «hab ich es in Puerto Plata versucht. Die Leute von Quadrant sind nicht nur Bänker, sie versichern auch. Ich sprach mit Stewart-Wynnes Chef. Unser toter Mann im Jeep in Key West war darauf spezialisiert, Ansprüche aus Frachtversicherungen zu überprüfen.»

«Also war die *Sibylle* doch versichert?» Grijpstra zwinkerte listig. «Was also, glauben Sie, ist passiert?»

«Die Piraterie hat stattgefunden», sagte der Commissaris.

Grijpstras Grinsen wurde breiter.

22. Ein gerupfter Papagei

De Gier holte Karate am Flughafen Key West ab. De Gier fragte nicht, aber Karate erzählte von sich aus, daß es ihm nicht übermäßig gutgehe. Karate war von einem fetten Mann eingequetscht worden, der im Flugzeug Amsterdam–Miami über seinen Sitz quoll. «Ein riesiges Kondom, voll mit Joghurt.» Die Stewardeß war alt und häßlich. Karate erwartete keine kriecherische Unterwürfigkeit, sondern bloß ein bißchen allgemein übliches freundliches Verhalten. Wenn ein Passagier um eine weitere Minitüte muffiger Erdnüsse oder eine Dose lauwarmen Saft aus Konzentrat bat, war das etwa zuviel verlangt? Karate deutete auf seinen feuchten Schritt. «Passierte, als die verschrumpelte Flugbegleiterin Kaffee eingoß. Das Flugzeug fiel in ein Luftloch. Sie steckte mit dem Piloten unter einer Decke. Der Pilot hatte das Luftloch anvisiert. Kaffeezeit? Hinein ins Luftloch, ha, ha. Der Film im Flugzeug war schlecht. Ketchup hatte sich gedrückt und Entschuldigungen vorgebracht: sein Paß mußte erneuert werden, sein Tropenanzug war noch in der Reinigung. Ketchup hatte einen neuen Typen gefunden, der ihm den Schlaf raubte. Schön. In Ordnung. Es war nicht so, daß Karate auf Treue bestand, nein Mijnheer, er wußte ganz genau, daß Treue zu einem Freund nicht mehr angesagt war, aber hören Sie mal, wenn man an einem Fall arbeitete, dann nahm man sich doch die Zeit, zusammen zu sein – oder war er inzwischen altmodisch?

Und warum war es hier in Florida so entsetzlich feucht. «Seit wann regnet es in diesem tropischen Supersumpf?»

Und warum mußte Karate auf dem Gepäckträger eines Leihfahrrades sitzen? Was war falsch daran, einen Mercedes oder einen Ferrari zu mieten? «Verdammt noch mal, jetzt habe ich Dreck an der Hose.» Ob es de Gier etwas ausmachen würde, der nächsten Pfütze vielleicht auszuweichen? «Oh, bitte! Schon wieder!»

Und was waren das für Vögel über ihnen? Doch wohl keine Geier? Und warum waren de Giers Gesicht und Hände ganz angeschwollen? Insektenstiche? Auf dem Friedhof aufgewacht? Der Friedhof, an dem sie gerade vorbeikamen? Splitternackt aufgewacht? Hatte noch Glück gehabt, daß ihn die Friedhofskrokodile nicht gefressen hatten, die von da drüben aus dem Sumpfgebiet krochen? Wühlen Krokodile Gräber auf, um an die Leichen zu kommen? Aber wie kam ein nackter de Gier auf den Friedhof von Key West?

Papayasaft in einer Schoßtanz-Bar? Von bösartigen Papageien auf den Friedhof geschleppt? Hahaha.

Nein, nein, Karate lachte nicht, er räusperte sich bloß. Karate hatte sich im Flugzeug eine böse Erkältung eingefangen, war von einem zirkulierenden Virus angesteckt worden. «Strömt ständig dieselbe Luft vorbei. Derselbe Virus erwischt dich jedesmal.»

Karate hustete immer noch, als ihm de Gier in einer Suite des *Eggemoggin Hotel* auseinandersetzte, was Karate und Ketchup, dessen Ankunft erwartet wurde, in dieser Nacht zu tun hatten. Alle wichtigen Punkte wurden glasklar wiederholt.

Die betreffende Person ist Mickey Donegan. Wohnwagenplatz William Street. Ein heruntergekommener Doppelgänger de Giers, bis hin zum lächerlichen Schnurrbart. *Treuloser Papagei*. Altes Chevy-Cabrio in schlechtem Zustand. Kein Alkohol für ihn und Ketchup für die Dauer der Aktion. Auch kein Papayasaft. Nur Sodawasser in Flaschen, in ihrer Gegenwart zu öffnen. Eine Karte von Key West. Ja, Karate würde sie aufmerksam studieren. Das schwarze Kreuz war die William Street, das rote Kreuz der *Treulose Papagei*.

«Kapiert?» fragte de Gier.

Das meiste hatte Karate verstanden. Er verstand nicht, warum de Gier das nicht selber machte, warum er, Karate, und Ketchup, der treulose Fiesling, auf eigene Kosten den ganzen Weg von Amsterdam herkommen mußten. Okay, sie hatten den Flug mit den

Royal Dutch Airlines frei, bis ins triefendnasse sumpfige Florida, um «eine Situation zu bereinigen». Gewiß nicht wegen der Prämie, die Ambagt & Sohn Karate und Ketchup dafür zahlten, daß sie Grijpstra und de Gier für einen Eine-Million-Dollar-Job köderten, oder? Bestimmt nicht. Es konnte sich durchaus um eine Art Rache handeln.

Wirklich reizend. Hatte de Gier eine Ahnung, wie müde Karate war? Je von psychischen Störungen durch Zeitverschiebung gehört? Dazu Mangel an Schlaf wegen eines blöden Films, der nicht schlecht genug war, um die Kopfhörer abzuschalten.

Karates Empörung schlug ihm auf die Atmung. Er wurde rot im Gesicht. De Gier mußte dem kleinen Mann Klapse auf die Wangen verpassen, um ihn zur Vernunft zu bringen.

«Ruhen Sie sich aus», sagte de Gier. «Stellen Sie Ihren Wecker so, daß Sie Ketchup vom Flughafen abholen können. Denken Sie daran, für diese Hotelsuite selber zu bezahlen. Einen schlappen Tausender pro Tag. Kleingeld für euch Schwuchteln.»

«Und wo werden Sie sein, wenn wir mit der Sache anfangen?» fragte Karate.

«In der Nähe», sagte de Gier. «Ganz in der Nähe. Keine Sorge.»

«Und wie erfahren wir, um was es schließlich ging?»

De Gier versprach, er werde Karate bei einem zukünftigen Treffen, wahrscheinlich bei der Stripper-Lady im Billardcafé in Amsterdam, über alle Einzelheiten in Kenntnis setzen und Zeitungsausschnitte vorlegen, denn es werde vielleicht ein paar Meldungen geben.

«Es *wird* ein paar geben», lachte Karate. «Die Sache wird bei den Zeitungen bestimmt einschlagen. Überlassen Sie das uns, Mister ehemaliger Brigadier. Hahaha.»

Das ehemalige Mitglied einer Sondereinheit, Michael C. Donegan, zur Zeit selbständig, fuhr mit der sicheren Gewißheit aus dem Schlaf, daß er heute vermutlich leicht zu seinem täglichen Quantum Alkohol kommen würde. Zwei Weck-Dämonen waren zu viele Weck-Dämonen. Er war daran gewöhnt, sich einem Kater-Dämon gegenüberzusehen. Mickey konnte ihn ignorieren. Er würde bloß seine langen Beine vom orangefarbenen Lattenbett in dem Sperrholzcamper schwingen, der in der übelsten Ecke des Wohnwagenplatzes William Street geparkt war, und einfach durch das offensichtlich massive Bild hindurchgehen. Der Dämon stand immer einfach da. Manchmal trug er Frauenkleider und gab vor, Mickeys verstorbene Mutter zu sein, manchmal gefiel er sich darin, als Zombie zu erscheinen, mit einem menschlichen Leib und einem Papageienkopf. An Morgen, die einem offiziellen Feiertag folgten, glich er vielleicht einem gewöhnlichen Teufel mit Hörnern und Fangzähnen und schwenkte einen rotglühenden Schürhaken. Ein Weck-Dämon war nichts Besonderes. Er würde ihm vielleicht nach draußen folgen, aber er würde verfliegen, wenn ihn der Schauer aus Mickeys Duschkopf traf, der an einem Gartenschlauch befestigt war, der von der Luftwurzel eines Feigenbaums herabbaumelte. Oder es war vielleicht das Licht, das den Kater-Dämon schwinden ließ. Wenn er mit dem Dämon fertig war, hatte Mickey genügend Zeit, sich einen Plan zu überlegen, wie er an Biergeld kommen konnte. Der Kater-Dämon war ärgerlich, doch man konnte mit ihm fertig werden, aber jetzt waren zwei Dämonen da, und er konnte nicht an ihnen vorbei. Er hatte es versucht, aber sie stießen ihn auf das Bett zurück, sanft, während sie ihn höflich in irgendeinem europäischen Englisch anredeten. Dieses Euro-Gestammel hörte sich an, als hätten die Sprecher ihre Kehlen voller Fliegen und versuchten, die lästigen Insekten loszuwerden.

«Hellu, wie läuft's denn so, Mickey?»

«Hey!» sagte Mickey.

«Bier?» fragte ein Dämon. Er bot ihm eine kalte Dose Heineken an. Er schien auch «Heineken» zu sagen, aber die Vokale waren falsch, und er knurrte, als er sie aussprach, wobei er seine oberen Zähne zeigte wie ein Hund, der seinen Herrn begrüßt, nachdem er ihn irrtümlich für einen Eindringling gehalten hat. Ein freundliches, verlegenes Knurren.

Der andere Dämon lächelte ebenfalls und bot ihm eine zweite schmackhafte Dose an, an der Rinnsale schmelzenden Eises herunterliefen.

«Prooost!»

Mickey, aus der Dose schlürfend, spähte durch ein schmutziges Fenster und sah draußen durch die verflochtenen Wurzeln des Feigenbaums ein orangefarbenes Glühen. Sonnenaufgang? Am frühen Morgen verdoppeln sich Dämonen, aber das Fenster ging nach Westen. Womöglich waren die Eindringlinge wirkliche Menschen. Schuldeneintreiber? Aber sein Wohnwagen war schuldenfrei, und sonst besaß er nichts. Ihm wurde klar, daß er den ganzen Tag geschlafen hatte. Die Bilder in seinem langsam in Gang kommenden Hirn setzten sich zusammen. Nasty Nick. Weibliche Brüste. Nasty Nicks Partner, Bad Baldy, der Mickey rausgeschmissen hatte. Die Sache war nicht allzu gut gelaufen. Er konzentrierte sich auf seine Besucher, die den freien Raum in seinem winzigen Camper ausfüllten. Zwei fast identische kleine Männer in sauberen Jeans, polierten Halbstiefeln, gebügelten Hemden, neu aussehenden Baseballmützen mit demselben Text («Erzähl mir keinen Stuß»), die lächelten und die verrückt klingende Vokabeln von sich gaben, die Teil ihrer Sprechweise waren. Mickey stand langsam auf, lächelte selber, als wolle er die unbekannten Gäste begrüßen. Er berührte einen von ihnen. Ja. Massiv.

«Hi», sagte ein Besucher. «Du bist Mickey? Zeigen uns Nuttenbar? Hallo? Erst was essen? Steinkrebbse?»

«Gebackene Fisch?» fragte der andere Besucher. «Tintenfischsuppe?»

Mickey, obwohl er sich inzwischen meistens von Alkohol ernährte, aß trotzdem hin und wieder, und Meeresfrüchte schienen keine schlechte Idee.

«Wer ...», krächzte er und rieb sich die Kehle, «... seid ihr?»

«Freunde», sagten die beiden kleinen Männer gleichzeitig. Sie stellten sich vor. Cornelius bot ihm eine Zigarette an, die aus einer verschrumpelten blauen Packung vorragte. «Fransösisch, sehr gutt.»

Fernandus schnippte sein Feuerzeug an.

Mickey inhalierte tief, dann hustete er. Seine Freunde klopften ihm mitfühlend den Rücken. Die plötzliche und kraftvolle Aufnahme von Nikotin klärte Mickeys Hirn. Mickey nahm noch ein paar tiefe Züge von dem schwarzen glimmenden Tabak. «Ja, gut.» Er zog Jeans und T-Shirt an. «Ihr habt Geld, oder?»

«Jede Menge Monäten», sagte Cornelius.

«Haben wir», sagte Fernandus. Sie zeigten ihm Banknotenbündel, Zwanziger und Fünfziger. «Genug?»

Mickey fand das ausreichend. Eine kalte Dusche draußen trug dazu bei, daß sein Hirn noch klarer wurde. Er produzierte eine Theorie, welche die zwei kleinen Männer erklärte, die jetzt auf der Treppe des Campers saßen, nach Moskitos schlugen und Rauch gegen die Fliegen bliesen.

«Ihr seid von einem Schiff?» fragte Mickey. «Besatzung? Jemand gab euch meinen Namen und meine Adresse? Ich soll euch führen?»

«Klar», sagte Cornelius lächelnd.

«Genau», sagte Fernandus, «Schiff *Statendam.*»

«Zahlmeister», sagte Cornelius. «Haben Dope geschmuggelt. Monäten gemacht. Jetzt ausgeben. Du zeigen wo. Nutten.»

«Erst Fische essen», sagte Fernandus.

Die drei aßen in einem Gartenrestaurant in einer Seitenstraße der Whitehead Street, das auf Meeresfrüchte spezialisiert war. Dort wurde kein Alkohol serviert, aber Cornelius und Fernandus hatten Sechserpacks in Mickeys Kofferraum verstaut und holten sie. Gebackene Schnappbarsche kamen auf den Tisch, umlegt von Limonenscheiben, Steinkrabben wurden im eigenen heißen Sud serviert, die gefrorene Limonentorte mit frisch geschlagener Sahne.

«Ahh», sagten die Ausländer in einem fort. «Guut.» Außerdem hoben sie dauernd ihre Bierdosen. «Proost.»

«Proost», sagte auch Mickey. Das war nach seinem Geschmack. Die Glücksgöttin hatte sich wieder einmal gezeigt. Weibliche Macht belohnte ihn für fachmännisch erteilte Ratschläge. Mit seiner Alkoholverträglichkeit war es in der letzten Zeit steil bergab gegangen, und obwohl er nicht mehr als fünf oder sechs Biere gehabt hatte, war Mickey betrunken. Er erzählte seinen sympathischen Gastgebern von der schönen und reichen Christina, die früher mit ihm den Camper geteilt hatte. Wie diese gute Frau vom schlimmsten Zuhälter der Insel verführt worden war. Wie Nasty Nick die arglose Christina an einem bösen Ort arbeiten ließ, dem *Treulosen Papagei.* Daß er Christina dort nicht mehr besuchen konnte. Seine Zuhörer lauschten gebannt. «Mein Chott», knurrte Cornelius. Fernandus keuchte nur. War eine solche Ungerechtigkeit möglich? Ja, versicherte ihm Mickey. Er pflückte eine Jasminblüte von dem Busch neben seinem Stuhl, verglich die weiße Blüte mit seiner geliebten Christina, ließ seine Gastgeber den feinen Duft schnuppern, dann machte er ein finsteres Gesicht und zerdrückte die Blüte. «Das hat Nasty Nick gemacht.»

«Sage nichts mehr», sagten die Rachegeister ihrem Schützling. Sie bezahlten die Rechnung und ließen der lächelnden Kellnerin ein üppiges Trinkgeld zurück. Sie sprangen in Mickeys Wagen. Der Klapperkasten mit Mickey am Steuer donnerte los.

Weniger als zehn Minuten später hatte der Chevy, nachdem er rote Ampeln überfahren, über Bürgersteige, durch Parks und Parkplätze gerast war, mit heulender Hupe auf der falschen Straßenseite gefahren war, wobei Fahrer und Passagiere schrien, die Stadt durchquert und schlitterte seitlich über den Parkplatz des *Treulosen Papagei*, wo er abrupt bremste. Türsteher Nasty Nick wurde von einem Hagel zermahlener Austernschalen getroffen, die die Räder des Chevy hochwirbelten.

«Ist er das?» fragte Karate.

«Er gehört mir», kreischte Mickey, aber die zwei Holländer, die auf dem Rücksitz des Wagens standen, waren herausgesprungen und gingen auf ihren vorübergehend geblendeten Gegner los, bevor Mickey auch nur Zeit hatte, seine Wagentür zu öffnen. Karate zielte auf Nicks Kopf, Ketchup auf Nicks Knie. Das Opfer war ein halbprofessioneller Boxer gewesen und darin geübt, ein paar Schläge einzustecken, doch seine Aufmerksamkeit wurde durch eine neue Bedrohung abgelenkt, die sichtbar wurde. Eine große menschliche Gestalt mit einer Kapuze, die auf einem rosafarbenen Fahrrad saß, war, über einen Bürgersteig kommend, auf dem Schauplatz erschienen und fuhr nun im Kreis um Nick herum. De Gier, der einen schwarzen Umhang trug, der mit knallweißen Knochen bemalt war, riß seine Kapuze herunter. Ein Schädel grinste, tiefliegende rote Augen glühten aus Elfenbeinhöhlen.

«Was ...?» schrie Nasty Nick, ehe ihn Karate an der Schläfe traf und Ketchup einen Schlag unter die Gürtellinie landete. Mickey, professionell darin geübt, bei schmerzhafter Verrichtung Vergnügen zu empfinden, trat ihm zwischen die Beine.

Mickey, wahnsinnig von Alkohol und Wut, hielt den Radfahrer für seinen spät eingetroffenen Weck-Dämon. Er winkte der Spukgestalt zu und rannte ins Innere, seinen Kumpanen folgend, die in die Halle des Nachtclubs flitzten. Bad Baldy, Nasty Nicks Partner, ein riesiger Mann, einen muskulösen, breitschultrigen Rausschmeißer im Rücken, versperrte den Weg. Baldy wollte nach einer Schrotflinte greifen, die hinter dem Tresen versteckt war. Ketchup pfiff mit den Fingern und deutete auf etwas über Baldys Kopf. Der große Mann blickte zur Hallendecke hinauf. Ketchup machte einen Satz, schlitterte über den Tresen und drehte sich dabei. Seine Füße kickten in Bad Baldys Bauch. Baldy krümmte sich. Mickeys Hände krachten auf Baldys rasierten Schädel. Karate griff sich die Schrotflinte, hieb dem übriggebliebenen Rausschmeißer den Kolben gegen das Kinn, richtete die Waffe gegen die Decke und feuerte beide Läufe ab. Die drei Eindringlinge stießen in das Lokal vor. Der DJ, ein weiterer großer Mann, griff in das Handgemenge ein, während die rauhe Rockmusik weiterlief und die Frauen sich immer noch auszogen und ihre Körper verdrehten. Ein paar Gäste schlossen sich den Eindringlingen an, andere kamen dem DJ zu Hilfe. Baldy tauchte wieder auf. Mickey fing einen fliegenden Stuhl auf und zertrümmerte ihn auf dem Schädel des großen Mannes. Baldy ging abermals zu Boden.

«Christina!» rief Mickey. Der Name wurde ein Schlachtruf.

Christina, eine kleine Rothaarige, die versuchte, durch ein zerbrochenes Fenster zu entkommen, wurde von Mickey an den Beinen zurückgezerrt. Sie hatte nicht den Wunsch, gerettet zu werden, wurde aber trotzdem in einen abgerissenen Vorhang gewickelt und nach draußen getragen. Eine fallende Kerze setzte ein Tischtuch in Brand, und bald leckten Flammen an den Wänden empor, griffen auf hölzernes Mobiliar über und züngelten durch die Spalten zwischen trockenen Dielen.

Während das Gebäude brannte, sorgten Karate und Ketchup dafür, daß die sich noch immer wehrende Christina auf Mickeys Rücksitz festgebunden wurde. Vorbeikommende Wagen, durch das Feuer angelockt, fuhren auf den Parkplatz. Andere Wagen versuchten verzweifelt zu flüchten. In der Ferne hörte man Sirenen. Ketchup und Karate dirigierten den Verkehr so, daß der Chevy entkommen konnte. Die zwei kleinen Männer tauchten in Schatten ein und verschwanden. Der gespenstische Radfahrer hatte sich längst aus dem Staub gemacht.

Zeitungsausschnitte, gefaxt von Sergeant Ramona Symonds an Rinus de Gier c/o *The Old Rum House* in Saint Eustatius, Niederländische Antillen

Ausschnitt 1 (Tagesbericht der *Polizei von Key West*)

Heute 3 Uhr 30 wurden von mir, Polizist Albert B. Paton (verstauchtes Handgelenk, medizinischer Bericht beigefügt), Fahrer des Streifenwagens 1, mit Hilfe von Kollegen der Streifenwagen 7 und 3 folgende Personen festgenommen: ein weißer Mann, bekannt als Michael C. Donegan (33), wohnhaft in Camper Nr. 3, Wohnwagenplatz William Street, ohne Beschäftigung, desgleichen Samuel «Piggy» Jones (zerbrochene Brille, Schadensbericht beigefügt) und Carl Opken (ausgerenkte Schulter, medizinischer Bericht beigefügt). Ort: Kreuzung White Street und Truman Avenue, wo Donegans Wagen gegen einen Baum prallte. Die genannte Person schien betrunken (undeutliche Sprechweise, unsicherer Gang, starker Alkoholgeruch). Die Person verweigerte den Alkoholtest und widersetzte sich der Festnahme. Nachdem ihm Handschellen angelegt worden waren, schlug der Festgenommene um sich und zertrümmerte ein Seitenfenster von Streifenwagen 1 (Schadensbericht beigefügt). Die genannte Person war in Begleitung von Christina «Chesty» Fetcher (26), wohnhaft im *Happy End Motel* (Terry Lane), eine exotische Tänzerin, die in der Striptease-Bar *Treuloser Papagei* auftritt. Sie beschuldigte Donegan der Entführung und des tätlichen Angriffs (unterschriebene und bezeugte Anzeige beigefügt). Nach meiner Ankunft auf dem Revier Simonton Street meldete Einsatzleiter J. Dembska einen Telefonanruf von Nicholas «Nasty» Silsby, Türsteher und Mitinhaber des erwähnten *Treulosen Papagei*, registriert um 3 Uhr 20. Silsby berichtete Dembska, daß der genannte Michael Donegan, seit kurzem mit Lokalverbot belegt, sich gewaltsam Zutritt zur Stripbar verschafft, ihn, Silsby, angegriffen und die bereits erwähnte Christina C. Fetcher entführt habe. Donegan sei von zwei unbekannten Personen unterstützt worden. Diese drei Personen hätten angeblich auch das Gebäude in Brand gesetzt, in dem sich die Bar befindet. Bis zum Abschluß weiterer Ermittlungen wird besagter Donegan auf dem Revier Simonton Street in Haft gehalten. Seine beiden Gehilfen wurden nicht gefaßt. Silsby beschrieb sie als Weiße, männlich, um die 30, von kleiner Statur, die deutsch sprachen.

Zeitungsausschnitt Nr. 2
(Miami Daily Messenger)

Gewalttat in Key West

Ein entflohener Gefangener wurde letzte Nacht in Key West erschossen. Michael «Mickey» C. Donegan (33), in Haft auf dem Polizeirevier Simonton Street wegen des Verdachts des Angriffs auf einen Nachtclub-Türsteher, Entführung einer exotischen Tänzerin, Brandstiftung, Versuchs, sich der Festnahme zu entziehen, Widerstands gegen Festnahme, tätlichen Angriffs auf drei

Polizeibeamte, gelang es letzte Nacht, eine zwanzig Fuß hohe Backsteinmauer hinter dem Gefängnis in der Simonton Street, Key West, zu erklettern. Wächter Tim Jones sagte aus, Donegan habe ihn um Zigaretten gebeten, aber das Gefängnis sei kürzlich zur «rauchfreien Zone» erklärt worden. Donegan, sagte der Wächter, habe darauf verkündet, er werde sich sein Nikotin auf «eine andere Weise» verschaffen. Niemand rechnete damit, daß der Gefangene in der Lage sein würde, eine zwanzig Fuß hohe Mauer, die mit einer Rolle Stacheldraht gesichert ist, zu erklettern. Der Gefangene war ein ehemaliger Green Beret und im Golfkrieg ausgezeichnet worden. Die Gefängnismauer hatte Risse gezeigt und war mit kleinen Stahlhaken repariert worden, die etwas hervorragten. Donegan benutzte die Vorsprünge zum Abstützen seiner nackten Füße und rollte über den Stacheldraht auf der Mauerkrone. Der Gefangene, in heller orangefarbener Gefängniskluft, rannte davon und erreichte die Fleming Street. Der Wächter hatte inzwischen alle Polizeistreifen in der Stadt alarmiert. Ein Motorradpolizist forderte den Flüchtenden auf stehenzubleiben. Donegan rief, er sei unterwegs zum Fausto Supermarkt, um sich Zigaretten zu besorgen, und werde bald zurück sein. In diesem Augenblick wurde ein Schuß abgefeuert, und Donegan fiel auf den Bürgersteig. Laut Aussage von Zeugen hatte der Polizist seine Waffe nicht gezogen. Die Identität des Killers ist bis jetzt noch unbekannt. Donegan könnte aus einem fahrenden Wagen erschossen worden sein. Es wurde nur ein Schuß abgegeben. Die Kugel traf Donegan ins Herz. Militärische Präzision?

23. Prämienjäger

Saint Eustatius, eine der drei nördlichen Niederländischen Antillen, ist kaum sechs Meilen lang und zwei Meilen breit. Vor Oranjestad, Hauptstadt und Hafen von Saint Eustatius, einem Dorf mit ein paar hundert Einwohnern, hatte die *Admiraal Rodney* Anker geworfen und wiegte sich sanft in einer friedlichen See.

Grijpstra und Carl Ambagt wurden mit der Schaluppe an Land gerudert. De Gier winkte ihnen vom Balkon seines Zimmers im zweiten Stock des Hotels zu. Das *Old Rum House*, vor Jahrhunderten aus dem Sandstein der Insel und hiesigem Holz erbaut, mit Dächern aus importierten holländischen Ziegeln, stand auf einer Klippe, die einen weiten Blick auf den Ozean und die benachbarten Inseln erlaubte. Der Commissaris und der Skipper beobachteten vom Sonnendeck der *Rodney*, was vorging. Ambagt senior war bei seinem zweiten Sherry («um mit meinem täglichen Pensum auf ordentliche Art zu beginnen»), der Commissaris bei seinem zweiten doppelten Espresso. Der Skipper schüttete Sherry auf seine frisch gewaschene Admiralsuniform, der Shantunganzug des Commissaris war von den vielen Wasserspritzern zerknittert. Ein gefaltetes Handtuch, vom immer aufmerksamen Diener im Inneren seines Tropenhelms plaziert, hielt diesen davon ab, dem Commissaris über die Augen zu sacken.

«Sieht ein bißchen wie das Paradies aus», sagte der Commissaris und deutete mit seinem Krückstock auf Saint Eustatius. Skipper Peter schnaubte. «Nur für Krausköpfe.» Er machte eine weit ausholende Handbewegung, die den gesamten Bogen der Antillen beschrieb. «Wissen Sie, was da drüben los ist? Nichts als schmutzige Nigger.» Der Skipper blickte verdrießlich auf die Insel. «Dort, auf ‹Statia›, wie sie den Platz hier nennen, ist ein Hotel auf der anderen Seite, genannt *Strandschloß* oder so ähnlich, dort wohnten Carl und ich vor ein paar Jahren. Wir wurden ausgeraubt, wissen Sie.»

«Von Schwarzen?» Der Commissaris schüttelte den Kopf. «Was für ein Pech. Mit Waffengewalt?»

«Einbrecher», knurrte Skipper Peter.

«Sie erwischten die Verbrecher auf frischer Tat?»

Skipper Peter verneinte, aber sein Gepäck sei gestohlen worden. Der Commissaris blickte ernst. «Woher wissen Sie also, daß die Schurken Schwarze waren?»

Ambagt senior zog eine Grimasse. «Carl und ich hatten einen Spaziergang gemacht oder es wenigstens versucht, denn hier auf dem Strand liegt eine Menge Abfall herum. Wir waren erschöpft, denn wir hatten dauernd über zerbrochene Eimer, Tauenden, Flaschen und was nicht alles steigen müssen und wollten uns ausruhen, aber als wir in unser Zimmer zurückkamen, waren alle unsere Kleider und Sachen verschwunden.» Skipper Peter stellte die traurige Überraschung dieses verhängnisvollen Augenblicks mimisch dar. «Ihr Zeug ist weg. Ist Ihnen das schon mal passiert? Man kommt sich nackt vor.»

Der Commissaris bejahte. Gepäck, das auf Flughäfen nicht ankommt. Irgendwie angenehm. Was nicht da ist, braucht man nicht zu tragen. Erleichterung der täglichen Bürde. Weniger Dinge, um die man sich Sorgen zu machen braucht.

«Ja», sagte Ambagt senior betrübt. «Sorgen. Höchst ärgerlich. Gegenstände verwandeln sich in einen leeren Raum. Nichts zum Festhalten. Aber sie hatten uns etwas dagelassen, meine neue Kamera, eine 35-Millimeter Nikon, das verdammte Ding lag da und starrte uns vom Tisch an.»

«Ihre Einbrecher hatten kein Interesse an Fotografie?» fragte der Commissaris.

«Kein sonderlich großes», erwiderte der Skipper. «Es war ein Film in der Kamera, den ich viel später entwickeln ließ. Es waren eigene Schnappschüsse drauf und zwei gestochen scharfe Bilder großer schwarzer Rückseiten. Finden Sie das nicht komisch?»

Der Commissaris entschuldigte sich für sein plötzliches Abschweifen. Er deutete auf einen kleinen Berg mit einer zerklüfteten Spitze an der Südseite der Insel. «Ein Vulkan? Glauben Sie, daß er aktiv ist?»

«Untätig», sagte Ambagt senior. «Aber die Antillen sind tükkisch, Sie können sich auf nichts verlassen. Mit den Eingeborenen ist es genauso. Und wenn man sich vorstellt, was für gute Beispiele wir ihnen gaben.» Er befühlte behutsam seine Nase, die heute stärker geschwollen zu sein schien als gewöhnlich. «Wissen Sie, daß Saint Eustatius früher als der ‹Goldene Felsen› bekannt war? Daß niederländische Kaufleute hier das große Geld machten?»

Der Commissaris versuchte, Interesse zu zeigen.

«Vor zweihundert Jahren pflegten hier *jeden Tag* bis zu fünfzig hochseetüchtige Schiffe anzulegen? Benjamin Franklin persönlich hatte auf Saint Eustatius einen Briefkasten!»

«Hier?» Der Commissaris betrachtete nachdenklich die stumme Untätigkeit an Land. Ein winziger Vulkan im Süden, ein enges Tal direkt davor, fünf Maulwurfshügel im Norden. Hinter dem schmalen Strand so etwas wie eine Allee mit ein paar Bäumen hier und da, die vergeblich versuchten, ein ödes trockenes gelbes Binnenland zu verdecken.

Das Dorf bestand aus zerbröckelnden Mauern und einigen zusammensackenden Ziegeldächern. Andere Schiffe waren nicht in Sicht. Oranjestad schob eine einzige kurze Pier ins Wasser vor, ein paar hundert Fuß lang. Am entfernten Ende der Insel war ein weit eindrucksvolleres Gebäude ins Meer gebaut, eine riesige Kaianlage, wo gerade zwei Supertanker leer gepumpt wurden. Zwischen den niedrigen Hügeln schimmerten große Lagertanks aus Aluminium.

«Hier wurden Billionen verdient», krächzte Peter Ambagt, «nach heutiger Währung. Billionen, lieber Herr. Alles verdient von klugen Köpfen. Goldene britische Pfunde. Jawohl.» Er hielt Zeigefinger und Daumen hoch, etwa zwei Zoll voneinander entfernt. «Erstklassig. Das Goldene Zeitalter, die Ära, als Amerika noch eine Kolonie war und Britannien es seinen amerikanischen

Untertanen verbot, mit irgendeinem anderen Land außer mit dem Heimatland Handel zu treiben. Die Kolonisten verkauften ihre Rohstoffe billig und mußten schweres Geld für britische Fertigprodukte zahlen.»

«Also gab es Schmuggel», sagte der Commissaris heiter. «Ich mag einschränkende Gesetze.» Er nickte zustimmend. «Ermutigt man illegale Geschäfte, dann können wir alle unsere Abenteuer haben. Ständig Räuber und Gendarm, Skipper Peter. Britische Bullen, wie? Amerikanische freie Männer?» Er rieb seine kleinen schmalen Hände. «Ein prächtiger Konflikt. Also wurden die Geschäfte mit Amerika hier durch unsere Kaufleute abgewickelt?»

So sei es gewesen, sagte Skipper Peter. Der Schmuggel zwischen den Niederlanden und Amerika wurde über Statia abgewickelt, wo große Frachtschiffe kamen und gingen. In jenen Tagen gewaltige Fahrzeuge, drei Stockwerke hoch, randvoll mit hochwertigen Produkten. Warum gerade diese Insel, wo es doch so viele gab? Weil Saint Eustatius auf einer Leeseite einen perfekten Ankerplatz hatte. «Genau dort sind wir jetzt», sagte Peter. Er hob sein Glas, um dem Ort zuzuprosten.

Der Commissaris malte sich den Schauplatz aus. Hölzerne Fregatten und Galeonen, die Tausende Quadratfuß komplizierter Besegelung hißten oder refften. Die niederländische Trikolore flatterte am Ufer und an vielen Mastspitzen. Melodische Rufe in vielen Sprachen, wenn die Besatzungen Waren entluden oder in Speichern lagerten. Ruderboote, mit lärmenden Matrosen bemannt, glitten unter Bugspriets dahin, die mit barbusigen Figuren von Meerjungfrauen, Kurtisanen, sogar von Edelfrauen verziert waren. Am Ufer stellten sich lebendige Frauen zur Schau, um die Aufmerksamkeit möglicher Kunden zu erregen. Gurgelnde Krüge füllten Zinnkrüge mit Rum oder Genever, in kühlen Lagerräumen oder unter Sonnenschirmen am Kai.

Statias Handelsverkehr verdoppelte sich, berichtete Skipper Peter, sobald Amerika sich zu seiner Befreiung anschickte.

«Waffen», flüsterte der alte Mann gierig. «Schießpulver. Die immerwährende Nachfrage nach Munition. Lebensmittel. Transportmittel. Das Militär ist ein Geldfresser.» Die Handelsflotte kam weiterhin, von niederländischen Kriegsschiffen beschützt. Es war die Zeit der großen niederländischen Admiräle. Der alte Ambagt sprach ihre Namen mit Ehrfurcht aus: Heyn, Tromp, der furchteinflößende Michiel de Ruyter.

«Peter Heyn», sang Ambagt senior in falschem Diskant, «sein Name war klein.»

«Groß seine Kugeln», sang der Commissaris, der sich an Zeilen eines vaterländischen Liedes aus der Schulzeit erinnerte.

«Seine Taten waren prächtig», sang Skipper Peter. «Sein Name leuchtet noch mächtig.»

«War Admiral Heyn nicht der Mann, der die spanische Silberflotte kaperte?» fragte der Commissaris. «Das war viel früher, nicht wahr? Im sechzehnten Jahrhundert?»

Ja. Das hat nichts zu sagen. Profit ist Profit. Skipper Peters lange spinnenartige Finger zitterten vor gieriger Erregung. Das wären noch Zeiten gewesen, sagte er zum Commissaris. Die spanische Flotte ankerte vor der kubanischen Küste. Die Spanier hatten einen kleinen Sturm hinter sich und lagen, blöde wie sie waren, in tiefem Schlaf. Die holländischen Schiffe ankerten hinter einer bewaldeten Insel, unsichtbar, die Masten vermischten sich mit den Silhouetten hoher Bäume. Admiral Heyn ließ seine Männer in Schaluppen steigen und geräuschlos auf den Feind losrudern. Die kleinen Boote wurden vom frühen Morgennebel verhüllt. Als die spanischen Wachen Alarm schlugen, wurden sie bereits von Scharfschützen beschossen, die langläufige Luntenmusketen benutzten. *«Buena guerra»*, riefen die holländischen Offiziere, «guter Krieg», um daraufhinzuweisen, daß man dem Feind kein Leid zufügen werde, wenn er sich ergebe. *«Buena guerra, amigos queridos.»* Die lieben Freunde ergaben sich prompt. Schiffsladungen an Silberschätzen, aus Inkatempeln geraubt, wechselten abermals die Besitzer. Ein Beispiel für gewinnbringende Kriegführung, erklärte Skipper Peter, aber außerdem waren noch holländische Freibeuter da, und es gab immer den Sklavenhandel. Alle Geschäfte wurden über Statia abgewickelt. Zuckerplantagen florierten auf der winzigen Insel, etwas Kaffee wurde angebaut, es gab ausgedehnte Gemüsegärten, Viehhaltung, einen Überfluß an Geflügel.

«Freie schwarze Arbeit», krächzte Skipper Peter, «ein Segen für freie weiße Geister. Der Goldene Felsen, mein Freund.» Sein Gebiß klickte, als er lachte. «Gehen Sie mal in die öffentliche Bibliothek in Oranjestad. Hübsche Kupferstiche.» In seiner Aufregung hatte Ambagt senior seine Nase zu heftig gedrückt. Zwischen seinen Fingern sickerte Blut hervor und befleckte seine weiße Uniformjacke mit den Goldknöpfen. «Die häßlichen Frauen arbeiteten auf den Feldern, die schönen hielt man sich in den Villen. Hübsche Sklavinnen arbeiteten nackt. Freie Arbeit.» Er wackelte mit seinen blutigen Fingern, während er wie verrückt kicherte. «Junge, Junge!»

«Freie Arbeit für freie Geister?» fragte der Commissaris.

Es gebe dumme Leute, erläuterte Skipper Peter, verschüttete Schnaps, fing sein oberes Gebiß ein und bugsierte es elegant wieder an Ort und Stelle. Es gebe auch kluge Leute. Die Dummen seien verdammt, die Klugen gesegnet. Die Verdammten müßten von den Klugen regiert werden. Ach, die gesegneten Kaufleute von Saint Eustatius.

«Das war damals», sagte der Commissaris und beobachtete die stille Küstenlinie vor ihnen. «Was passiert jetzt?»

Jetzt passiere wenig, sagte Skipper Peter traurig. Statia döse vor sich hin wie ihr Vulkan Mazinga. Mazinga, ein altes Indianerwort, bedeute «Menschenfresser», aber die jetzigen Statianer säßen bloß herum und warteten darauf, später gefressen zu werden. Er persönlich werde nie mehr einen Fuß auf die verdammte Insel setzen. Es war die Mühe nicht wert, Herz und Lunge zu riskieren, um den steilen Sklavenpfad zum Dorf hinaufzuklettern. «Sie brauchen mich nicht zu tragen, Sklaven sind im Augenblick aus der Mode, ich weiß, ich weiß ...» jammerte er wieder «... aber sie könnten einen Aufzug bauen, wenn sie reiche Kaufleute wie mich anlocken wollen.»

«Schade, daß ich mich gerade nicht in der Lage fühle, steile

Höhen zu erklimmen», sagte der Commissaris und rieb seine schmerzenden Schenkel.

Skipper Peter blickte auf die Beine des Commissaris. Er lachte. «Ich hinke besser als Sie», sagte er und ließ seinen Stock auf das Deck knallen. «Gegen mich können Sie nichts ausrichten. Ich bin der ewige Gewinner.» Er leerte sein Glas und hielt es dem Diener hin, um es nachfüllen zu lassen. «Wissen Sie, daß gewinnen mir nie an die Nieren geht?»

«Selbst jetzt nicht?» fragte der Commissaris zwinkernd. «Macht es Ihnen wirklich nichts aus, die unversicherte Ladung der *Sibylle* zu verlieren? Oder haben Sie vielleicht noch einen Trumpf im Ärmel?» Skipper Peter zwinkerte zurück. «Hehehe.»

Der Commissaris und Skipper beobachteten Statias Küste durch starke Ferngläser, die ihnen der Diener höflich reichte. Sie sahen den untersetzten Grijpstra und den winzigen Carl den gewundenen Pfad zwischen Klippen und Bäumen hinaufsteigen. Der schmale Küstenstreifen, den der Pfad überquerte, sah wie ein grüner Gürtel aus, der die Insel umspannte. «Dahinter ist nichts als Elend», quengelte Peter Ambagt. «Diese paar Palmen täuschen mich nicht. Ich bleibe, wo ich bin.»

Von seinem Balkon aus beobachtete de Gier den Anmarsch von Grijpstra und Carl. Das Hotel lag innerhalb der grünen Zone der Insel. Malvenfarbige Bougainvilleen und weiße Oleander blühten am Sklavenpfad. Kokospalmen und Königspalmen schwenkten ihre Wedel über Hibiskus- und Jasminbüschen. Rote Backsteinmauern und blaue Dachziegel erinnerten an Holland.

Währenddessen erzählte auf der *Rodney* der Commissaris dem Skipper, wie hübsch die Insel aussehe. «Vergangener Glanz könnte wiederhergestellt werden, meinen Sie nicht? Errichten Sie Häuschen, legen Sie Blumen- und Obstgärten an. Laden Sie eine Jazz-Combo ein, unter Palmen zu spielen. Machen Sie am frühen Morgen friedliche Spaziergänge. Ich bin sicher, man könnte die Inselbewohner davon überzeugen, den Ort zu pflegen. Bekommen Sie raus, worin die Eingeborenen gut sind, lassen Sie sie das machen, überschütten Sie sie mit Lob. Schmeicheln Sie der

Inselregierung, lassen Sie sie glauben, alle Veränderungen seien ihr eigenes Werk. Würde Ihnen das nicht gefallen, Skipper Peter? Ein Projekt für Ihre alten Tage. Ihnen, mit all Ihrer Genialität, würde es vielleicht Spaß machen, Saint Eustatius seinen alten Glanz zurückzugeben.» Der Commissaris, angefeuert durch seine redegewandte Überzeugungskunst, schwenkte begeistert die Hände. «Ich könnte Ihnen helfen. Wir veranstalten einen Schönheitswettbewerb, ein Musikfestival, ein Strandreinigungsrennen, wir lassen die Kinder die hiesige Tierwelt malen oder schnitzen, entdecken volkstümliche Gerichte wieder, flößen den Großmüttern Stolz auf ihre Kochkünste ein. Machen wir uns ihre Religion zunutze. Beziehen wir Priester und Pfarrer mit ein, den Gouverneur, die Alten. Trauen wir ihnen etwas zu.»

«Hört sich nach Arbeit an», sagte Skipper Peter düster.

Der Commissaris sah das anders. «Sie brauchen nichts zu tun, als das Projekt auf den Weg zu bringen. Wenn es klappt, überlassen Sie alles weitere ihnen und erzählen ihnen, es sei auf ihrem Mist gewachsen. Dann lehnen wir uns zurück und lassen sie ihre Schönheitskönigin wählen. Sie werden ihr die Medaille anheften.» Er deutete auf den Berg. «Man wird Sie lieben.»

Skipper Peter überdachte die Idee. Er gab zu, das könne womöglich Spaß machen. Seine Trunkenheit nahm ab, als er von einem Abstieg in den Krater des Mazinga vor einiger Zeit erzählte. Es hätte Singvögel gegeben und riesige Eidechsen, einen echten Regenwald, Statias ureigene Spezies riesiger Farne. Er erwähnte Archäologen, die Spuren von karibischen Indianerhäusern gefunden hätten, ähnlich den Behausungen venezolanischer Eingeborener, die noch existierten, eine Art Pagode mit dreifachem Dach. Die Hütten von Statia dürften Wände aus geflochtenen Binsen gehabt haben, beweglich, so daß jahreszeitliche Seewinde die Räume kühlen konnten. Skipper Peters magerer Arm wies auf die Silhouette des Mazinga. «Eine klare Sicht auf Wald und Meer. Der Ort war damals anders. Jede Menge große Bäume, im Tal Teiche.»

«Die gegenwärtige Ökologie könnte verbessert werden», sagte

der Commissaris. «Vielleicht ein lohnendes Experiment. Lassen Sie kluge Studenten eine Methode ausknobeln, Sonnenenergie zu benutzen, um Meerwasser zu destillieren. Wenn Sie erst einmal Bewässerungskanäle haben, soll jeder Bewohner hundert Bäume pflanzen.»

Skipper Peter schüttelte den Kopf. «Ich bin ein Straßenkehrer, kein Weltverbesserer. Der Planet geht vor die Hunde. Ich bin hinter den letzten Resten her.»

Der Commissaris schwieg.

«Es gibt bessere Plätze», sagte Skipper Peter schroff, «da ist bereits alles vorhanden, wie auf Bora Bora, den Fidschi-Inseln, den südlichen Salomonen. Aber wo ich auch an Land gehe, lassen sie mich Steuern zahlen.» Er zeigte auf Kanonenrohre, die aus Statias alter Festung hervorragten, dann drohte er mit den Fäusten der holländischen Flagge, die über der alten Bastion flatterte. «Schröpfen mein Bankkonto.»

«Quadrant Bank», sagte der Commissaris, «beschäftigte diesen britischen Burschen, Stewart-Wynne, der sich den Hals brach, als er mit einem Jeep durch die Duval Street fuhr. Kannten Sie den Mann?»

«Inspektor wer?» fragte Peter.

«Versicherungsinspektor Thomas Stewart-Wynne», sagte der Commissaris.

«Bankinspektor», sagte der alte Ambagt triumphierend, dem Commissaris über den Rand seiner Brille zuzwinkernd. «Quadrant ist eine Bank.» Behutsam berührte er seine Nase. «Hat mit Versicherungen nichts zu tun.»

Der Commissaris zuckte die Achseln. «Sie wissen ja, wie es heute mit diesen großen Gesellschaften ist, sie verzweigen sich gern. Ich höre, daß sich Quadrant jetzt schon eine ganze Weile mit Frachtversicherungen befaßt. Spezialisiert auf Tankerladungen, sagte man mir.»

Skipper Peters Augenlider zuckten unkontrolliert.

«Wenn Sie einen Polizisten für schmutzige Arbeit anheuern», sagte der Commissaris, «bekommen Sie's mit der Neugier zu tun, die polizeiliche Ausbildung hervorbringt.» Er lächelte seinen Gastgeber an. «Und jetzt, da Sie zugeben, die Fracht der *Sibylle* versichert zu haben, könnten Sie mich vielleicht auch über deren Wert informieren?»

Skipper Ambagt nickte. «Das wäre der genaue Betrag, dessen Wiederbeschaffung ich von Ihnen erwarte.» Er bedeutete dem Diener, sein Glas nachzufüllen. «Halb, lieber Junge.»

«Sind Sie sicher, daß Sie kein volles Glas wollen, Skipper Peter?»

Ambagt senior sah zu, wie sein Glas gefüllt wurde. Er trank, dann sah er den Commissaris schief an. «Der Wert der Fracht? In der *Sibylle* waren zwölf Millionen Gallonen Rohöl. Zweiundvierzig Gallonen sind ein Barrel. Sagen wir, das Barrel ist zwanzig Dollar wert. Wolln mal sehn. Zwölf Millionen geteilt durch zweiundvierzig, das sind, rund gerechnet, hm, zweihundertachtzigtausend Barrels. Multipliziert mit, sagen wir mal, zwanzig? Ja? Okay. Das wären, hm, fünf Komma fünf Millionen Dollar.» Er machte eine Faust. «Das ist kein Katzendreck.»

Der Commissaris schnalzte mitfühlend.

«Es ist die ganze Katze», kreischte Skipper Peter. «Und Sie werden sie für mich häuten, Mister Polyp, Sie und der alte Fettsack und der filmreife Meister Schnurrbart.» Er ließ sein Glas auf den Tisch mit der umgedrehten Nackten krachen. «Wenn Sie soviel wissen, dann wissen Sie auch, daß Quadrant noch nicht gezahlt hat?»

«Die Bank weist Ihren Anspruch nicht zurück, oder?» fragte der Commissaris freundlich.

«Stellt den Anspruch zurück bis zum Abschluß einer Routineuntersuchung.» Ambagt senior quetschte seine Nase wieder. «Und weil dieser Versicherungsinspektor, dieser schwule Schaufenster-Cowboy, kein Freizeitfahrzeug durch Key West lenken konnte, ohne sich umzubringen, geht die Verzögerung weiter.» Ambagt senior schmetterte sein Glas auf den Tisch. «Darum hat Carl Ihnen erzählt, die Fracht sei nicht versichert. Und solange man uns nicht bezahlt hat, trifft diese Aussage zu.» Die Nase des

Skippers schien kurz vor dem Zerplatzen. «Wissen Sie, was Geld kostet, heutzutage?»

«Sieben Prozent?» fragte der Commissaris.

«Für risikofreudige Unternehmer wie mich?» Ambagts polierte Schuhe stampften auf das Teakdeck. «Achtzehneinhalb Prozent, Mijnheer Bullengesicht, und das bei der *Rodney* als Nebensicherheit.» Die Schuhe trampelten schneller. «Alles geht schief, und ich verliere mein Schiff.»

«Wie», fragte der Commissaris, «haben Sie erfahren, daß der Inspektor von Quadrant schwul war, angezogen wie ein Cowboy und sein Leben verlor, als er in Key West einen Jeep fuhr?»

Skipper Peter grinste. «Weil Stewy uns jeden Tag anrief, und dann plötzlich nicht mehr. Weil wir die Zeitung lasen, als wir in Key West im Dock lagen. Weil wir das lokale Fernsehen einschalteten.» Das Grinsen des Skippers wurde breiter. «Okay, Mijnheer Ich-weiß-fast-alles?»

Der Commissaris blieb gelassen. «Und warum sagten Sie mir, Sie hätten von der Quadrant Bank nie gehört, während Sie mit ihrer Versicherungsabteilung Geschäfte machten?»

«Weil es nichts damit zu tun hat, warum ich euch Clowns anheuerte.» Skipper Peter blickte auf die entblößten Hügel der Insel. Er prostete dem Commissaris mit seinem Shaker zu. «Ketchup und Karate empfahlen euch als kompromißlose Draufgänger. Eine Fracht verloren, zwei Frachten retour.» Er winkte dem Diener nachzufüllen. «Ich habe euch Clowns als Prämienjäger angeheuert.» Dieser Ausdruck ließ den Commissaris an Action-Filme denken, die er in seinem Arbeitszimmer auf Video sah, während sich Katrien im Schlafzimmer Liebesfilme anschaute. Prämienjäger, das war etwas für harte Burschen. Das hier war Ernst. Zweifache karibische Piraterie. Wiederbeschaffter Schatz. Eine Geschichte, um sie zu Hause zu erzählen.

Der erschöpfte Skipper Peter und der nachdenkliche Commissaris sahen Schulmädchen zu, die zwischen Strand und Schiff schwammen. Ein Wölkchen schwebte gemächlich zur Spitze des untätigen Mazinga. Der Commissaris dachte, was es doch für ein

Jammer war, daß seine Beine schmerzten. Er würde gern in den Vulkankrater blicken, Finken in Bananenblättern trällern und zwischen Farnbäumen riesige Eidechsen rascheln hören.

«Ein Verlust führt zu doppeltem Gewinn», sagte Skipper Ambagt, «aber bisher bin ich der Angler auf der Brücke vor unserem Haus in Rotterdam, damals, als ich ein kleiner Junge war und es bei uns noch Kanäle gab, wie ihr Burschen sie in Amsterdam habt, und die Deutschen die Stadt noch nicht bombardiert hatten und das ganze Wasser mit unserem Schutt füllten.»

«Ja?» fragte der Commissaris verträumt.

«Ich fragte diesen Angler», sagte Skipper Peter, «ob er schon etwas gefangen hätte, und er sagte: *Wenn der anbeißt, der am Köder nibbelt, und wenn ich noch einen fange, werde ich zwei Fische gefangen haben, Kleiner.*»

«Die Versicherungssumme wird ausgezahlt werden, und wir werden liefern», sagte der Commissaris. «Kein Grund zur Sorge.»

Peter Ambagts Reiben brachte seine gemarterte Nase dazu, reichlich zu bluten. Er sprach weiter, während er sie in Binden hüllte, die der diensteifrige Diener ihm reichte. «Die Verdoppelung ist es, die das Geschäft florieren läßt. Der erste Grundsatz des Geschäftemachens: Verkaufe zum Zweifachen deiner Kosten. Kaufe für einen Gulden, verkaufe für zwei, und so kannst du den Mitarbeitern, die die Arbeit machen, eine kleine Provision zahlen. Jeder soll glücklich sein.»

«Mein Vater war Kaufmann», sagte der Commissaris. «*Er* sagte, das oberste Geschäftsprinzip sei Stetigkeit. Halte die Gewinne in Grenzen. Bemühe dich nicht um ein Geschäft, bedenke das nächste. Genieße es still, wenn die Gewinne fließen.»

«Stetigkeit?» fragte Ambagt senior. «Aber die haben wir auch, guter Mann. Glauben Sie wirklich, ich hätte bloß einen Tanker? Da ist noch die *Rebecca*. Ein weiterer Supertanker ist vom Iran unterwegs, den ich innerhalb der nächsten zehn Tage erwarte.» Der Skipper lächelte. Seine Hände zitterten, und seine Knie bebten, doch er sah aufgeregt aus. «Wiederum für Havanna bestimmt. Kuba wird immer noch nicht zahlen. Dasselbe Spielchen noch mal.»

«Während der ganzen Zeit haben Sie auf eine Wiederholung hingearbeitet?» Der Commissaris rückte in seinem Sessel nach vorn, seine Hände umkrampften seinen Stock, er starrte gespannt in das Gesicht des Skippers. «*Zwei* Ladungen verloren, *vier* Ladungen wiederbekommen?»

«Ich?» fragte Skipper Peter und schlürfte Sherry.

24. Lohn eines Kriegers

Carl Ambagt in einem makellosen weißen Leinenanzug mit dazu passendem breitkrempigem Hut, gefolgt von kleinen Kindern, die auf der Pier gespielt hatten, sah zu, wie Grijpstra und de Gier sich mit formlosen «Hallos» begrüßten.

«Keine Umarmung, kein Schulterklopfen?» fragte Carl. «Seid ihr nicht Freunde?» Er umarmte Luft, dann patschte er sie, um zu zeigen, wie Energieströme zwischen engen Freunden fließen. «Oder gebt ihr euch gegenseitig die Schuld?»

«Winzling!» Grijpstra schüttelte eine haarige Faust.

«Kleiner Kampf, Dicker?» Carl tänzelte hinter hochgezogenen Fäusten wie ein Boxer herum. De Gier schob Grijpstra zur Seite, damit er seinem Gegner ins Gesicht sehen konnte. «Mein lieber Junge», sagte de Gier sanft, Carl freundlich anblickend, «guter Freund, kleiner Stöpsel.» Er beugte seinen Arm, als wolle er Carl auffordern, sich darauf zu stützen. Carl entspannte sich. De Giers Hand schoß vor und zog Carl den breitkrempigen Hut über die Augen. De Giers Fuß schlug Carls Bein weg. Carl fiel auf den Rücken. Grijpstra packte Carl, stellte ihn aufrecht hin und drehte ihn mehrere Male herum. Während Carl, blind in seinem Hut steckend, auf der Pier zu einem Brummkreisel wurde und die Kinder jubelten, gingen de Gier und Grijpstra den Fußpfad an der Küste entlang. Grijpstra war immer noch empört. «Ist er nicht ein aufdringlicher kleiner Kotzbrocken?»

«Hör mal», sagte de Gier, «ist das nett? Du warst Carls Gast auf diesem wunderbaren Schiff.»

«Diese Badewanne?» Grijpstra brüllte, niemand werde ihn dazu bringen, noch einmal einen Fuß auf die *Admiraal Rodney* zu setzen.

«Du bist jetzt sicher an Land, Henk.»

Grijpstra stampfte auf Steinplatten. «Bah.»

«Du bist auf einer tropischen Insel. Jeder brave Bürger träumt davon.» De Gier rüttelte Grijpstras Schultern. «Genieße deinen bürgerlichen Traum.»

Der Küstenweg, geplant und unterhalten, um Kreuzfahrtschiffe anzulocken, wurde von Palmen überschattet. Niedrige Backsteinmauern stützten Betonkübel, gefüllt mit Lobelien, Springkraut und Juanitas, die ihre hübsch gefärbten Blüten vermischten. Ein abgemagerter alter Esel, beladen mit Körben, die zum Teil mit kränklich aussehenden Fischen gefüllt waren, überholte sie. Die Führerin des Esels, eine alte Frau in dunklen Kleidern, wünschte ihnen auf holländisch guten Tag. Die Detektive lüfteten ihre Hüte. Grijpstra blieb stehen, um die Umrisse von de Giers Hotel zu mustern. «Ist diese Bude in Ordnung?»

«Pleite.» De Gier schob Grijpstra auf einen gepflasterten Vorhof. Verrostete Klappstühle waren zwischen Baumstümpfen aufgestapelt. Aus Ritzen wuchsen Wildblumen.

«Ich bin hier der einzige Gast. Das Anwesen soll versteigert werden. Angeblich soll es ein Mädchen zum Bettenmachen und Saubermachen geben, aber ich habe es noch nicht gesehen. Telefon und Fax funktionieren. Eine Managerin kommt im Laufe des Vormittags, sie läßt mich selbst kochen.»

Grijpstra sah auf seine Uhr. Es war noch früh. Er stellte fest, daß der Boden nicht schwankte und ihm nicht übel war. Er schlug ein Frühstück vor.

«Gebackener Fisch mit einer Scheibe Limone?» fragte de Gier. «Ich kann auch Brötchen backen.»

Grijpstra war eher für ein Steak oder vielleicht etwas Wurst. De Gier hatte auf dem Bauernmarkt in Oranjestad Ziegenfleisch entdeckt. «Es taugt vielleicht zum Schmoren. Fisch ist weniger haarig.»

Grijpstra entschied sich für Eier. De Gier kochte auf flackernden Gasflammen, in zerbeulten Töpfen, benutzte Geräte, die er entrostet hatte. Langsam bildete sich ein großes Omelett. Er pflückte Thymian und Petersilie in den Überresten eines Küchengartens im Hof und schnitt die Kräuter mit einer Axt, die er an einem Schleifstein geschärft hatte. Er toastete Brot über den Herdflammen, fabrizierte Milch aus Milchpulver und Leitungswasser, das er durch ein sauberes Taschentuch filterte und kochte, bevor er es untermischte. Er zerklopfte mit der flachen Seite der Axt Kaffeebohnen, nachdem er die Bohnen in eine Tischdecke gewickelt hatte, die er aufgestöbert hatte.

Er ließ den Kaffee kurz aufkochen. «Niemals zu lange, Henk. Ich wende Großmutter Sarahs Formel an. Hör zu.» Er sprach singend: «*Ein*undzwanzig, *zwei*undzwanzig, *drei*undzwanzig, alles *fer*tig, und der Topf kommt von der *Flamme*.»

De Gier servierte den Brunch draußen, auf gesprungenen, aber sauberen Tellern, angeordnet auf einem Steinmäuerchen, das den Hotelhof vor einem steilen Gefälle zum Strand schützte. Grijpstra erhielt den Auftrag, einen Strauß von Weihnachtssternen zu pflücken und in der Hotelhalle eine Vase aufzutreiben. De Gier breitete Papierservietten aus und stellte Stühle auf.

«Das gefällt mir nicht übel», sagte Grijpstra, genoß das Omelett samt der würzigen Garnierung, den frischen Kaffee, die kühle Brise vom Meer und die Aussicht.

«Wir bekommen zwanzig Prozent Nachlaß», sagte de Gier, «weil der Service fehlt.»

«Warum gerade Saint Eustatius?» fragte Grijpstra. «Wäre der Touristenort Saint Martin nicht viel bequemer? Die Besatzung der *Rodney* sagt, diese Insel hier sei eine Qual.»

«Arbeit», sagte de Gier.

«?»

«Glotz nicht so dumm», sagte de Gier. «Bitte. Wir haben einen Job zu erledigen. Wir werden bezahlt. Rohöl. Supertanker. Piraterie. Ein toter Mann. Zwei tote Männer, wenn du den Cowboy mitzählst, der in Key West durch unser Dinner fuhr. Man erwartet von uns, daß wir für ein glückliches Ende sorgen.»

Grijpstra grunzte.

De Gier tätschelte Grijpstras Wange. «Es wird alles gutgehen. Jetzt denken wir mal zusammen nach. Zwölf Millionen Gallonen

Rohöl wurden aus der gekaperten *Sibylle* abgepumpt. Wo? Auf See? Machst du Witze? Wo hinein? In einen anderen Supertanker? Niemals. Zwei Metallwalfische, die nebeneinander schlingern, der eine spuckt, der andere saugt. Und keiner merkt was?» Er deutete auf den Ozean. Eine Yacht segelte vorbei, der Skipper lebhaft am Ruder, während sich seine Freundin auf dem Vordeck zur Schau stellte. Die *Rodney* lag vor Anker, auf ihren Decks bewegten sich Mannschaftsmitglieder. Das Inselflugzeug nach Saint Martin hatte gerade von Statias behelfsmäßigem Flugfeld abgehoben. Das Flugzeug ging in eine Kurve, was Piloten und Passagieren ausreichend Gelegenheit gab, den Ozean von oben zu betrachten. Ein Tanker und ein Kreuzfahrtschiff bewegten sich langsam am Horizont.

«Ich weiß», sagte Grijpstra. «Ich habe darüber nachgedacht. Ziemlich viel Verkehr hier, sogar weiter draußen, auf dem offenen Ozean. Ich fragte den Bootsmann auf der *Rodney*. Durch die ganze Karibik führen vielbefahrene Schiffahrtslinien, dazu kommen unzählige Schiffe. Auch die amerikanische Luftwaffe beobachtet die Region.»

«Meinst du nicht auch, daß man so etwas Ungewöhnliches, zum Beispiel zwei Supertanker in enger Berührung, nicht sehen, nicht darüber reden würde?»

Diese Möglichkeit bejahte Grijpstra.

So könne es also nicht gelaufen sein, sagte de Gier. Die *Sibylle* sei von einem schnellen kleinen Schiff gekapert worden, das dann verschwand. Der Tanker wurde entführt und an einen Ort geschafft, wo er entladen werden konnte. «Es war nur eine Handvoll Piraten. Du brauchst keine Invasionsarmee, um eine kleine Besatzung zu überwältigen.»

«Ganz bestimmt nicht nachts.» Grijpstra nickte. «Die Besatzung der *Sibylle* ist betrunken. Schläft. Guckt sich Sexfilme an. Ein Mann auf der Brücke, dieser junge Bursche, den sie beseitigten. Das Schiff dürfte mit einem Autopiloten gefahren sein. Was passierte dann?»

«Sag's mir», sagte de Gier.

Grijpstra dachte nach.

«Wohin würden Piraten, die darauf aus sind, Rohöl gegen Bares einzutauschen, einen Tanker bringen?» fragte de Gier.

«Zu einem Umschlagplatz vielleicht?» De Gier zeigte zur Nordseite von Saint Eustatius. «Zu einer langen Pier mit einer Ausrüstung, die das Öl aus den Laderäumen saugt und die Ladung in Vorratstanks pumpt?»

«Warum hier?» fragte Grijpstra. «Es dürfte hier in der Gegend viele Umschlagplätze geben. Die Karte zeigt jede Menge Inseln.» Er deutete in beide Richtungen. «Im Nordwesten bis runter nach Florida. Im Süden bis nach Venezuela.»

De Gier schüttelte den Kopf. «Die leere *Sibylle* wurde treibend in dieser Gegend gefunden, in der Nähe der einzigen Insel, die ein Öl-Terminal unterhält, das keiner großen Ölgesellschaft gehört.» Er deutete wieder auf die Pier am entfernten Ende der Insel. Ein Supertanker war auf der einen Seite vertäut, ein zweiter manövrierte in der Nähe.

«In den Tropen scheinen sie rascher reif zu werden», sagte Grijpstra und bewunderte Schulmädchen, die unten am Strand umherliefen. «Ob die gerade eine Tanzstunde haben? Was für anmutige junge Damen.»

Er blickte de Gier ernst an. «Wie kommt es, daß du so viel weißt? Und wie kommt es, das diese schöne Polizistin aus Key West dich nicht als Haustier behalten hat? Hat sie Stewart-Wynnes Killer geschnappt?» Er bemühte sich, nicht zu den tanzenden Mädchen hinunterzublicken. «Warum wurde dieser Versicherungs-Cowboy überhaupt umgebracht? Hat er rausgekriegt, was hier abgelaufen ist?»

«Was sonst?» fragte de Gier zurück. «Der Dummkopf identifizierte die Piraten, und dann hing er herum, so daß diese Piraten sich einen Killer besorgen konnten, der einen Unfall arrangierte. Wir beobachteten das Ergebnis, als wir versuchten, Hummerschwänze zu knacken.»

«Piraten sind Profis.» Grijpstra schüttelte den Kopf. «Sie erschossen dieses arme Matrosenjüngelchen auf der *Sibylle*, warum erschossen sie nicht auch den Cowboy? Wer braucht einen Killer?»

«Einfach», sagte de Gier. «Du bist der ältere Detektiv. Sag's mir.»

Grijpstra nahm seine Erfahrung zu Hilfe und versetzte sich in das Denken der Verbrecher.

«Ja?» fragte de Gier geduldig.

«Unsere Piraten müssen Amerikaner sein», sagte Grijpstra widerwillig. «In diesem gesetzlosen Territorium können sie sich schlecht benehmen, aber zu Hause reißen sie sich zusammen.»

«Was für amerikanische Piraten leben in Key West?» fragte de Gier.

«Nicht so hastig.» Grijpstra hob abwehrend die Hand. «Die Piraten müssen Angehörige des US-Militärs sein, Leute von Eingreiftruppen, die hier schwarzgearbeitet haben. Wir haben sie in Aktion gesehen, als du mich auf diesen maroden Schoner gelockt hast. Als sie dahinterkamen, daß der Engländer ihnen auf den Fersen war, wurden sie zu ihrem Stützpunkt zurückgeschickt. Und dann tauchte er dort ebenfalls auf.»

De Gier nickte.

Grijpstra hämmerte auf de Giers Schulter. «Spezialeinheiten können kein Risiko eingehen, richtig? Nicht auf US-Territorium, in Key West. Wer also war ihr Killer?»

«Mickey», sagte de Gier. «Ein ehemaliger Green Beret, ein Spezialist im Morden. Aber Mickey ließ sich von der Polizei in Key West einbuchten. Also mußten die Schwarzarbeiter schließlich doch das Risiko eingehen, und sie holten Mickey raus.»

De Gier ging in sein Zimmer und kam mit den Zeitungsausschnitten zurück, die Sergeant Ramona Symonds ihm gefaxt hatte.

Grijpstra knurrte und murrte, während er sie las. «Weißt du, das klingt nach Marionetten, die Marionetten bedienen: Piraten werden von dem englischen Inspektor enttarnt, der von Mickey umgebracht wird, du wirst von Sergeant Ramona Symonds festgenommen, weil du ihr in die Quere kommst und sie darauf rechnet, daß du ihr Ärger ersparst, du setzt Ketchup und Karate ein, damit Ramona Mickey kriegt, aber Mickey wird von Piraten aus dem Weg geräumt!»

Grijpstra lachte laut auf und schlug sich auf die Schenkel. «Ketchup und Karate, die versuchten, *uns* als Marionetten zu benutzen. Im Auftrag der Ambagts, unseren obersten Fädenziehern. Hübsch. K & K haben schwer eins aufs Dach bekommen, die kleinen Halunken?»

«Darauf kannst du wetten», sagte de Gier glücklich.

«Und diese hübsche Polizistin?» fragte Grijpstra zaghaft. «Hat sie dich belohnt?»

«Tolle Frau», sagte de Gier glücklich.

An Einzelheiten war Grijpstra nicht interessiert. Es war Grijpstra egal, ob de Gier für seine Dienste angemessen belohnt worden war. Was konnte man von einer Frau erwarten, die mit einem Vogel zusammenlebte.

«Und ihr habt bloß Kaffee getrunken?» fragte Grijpstra.

«Nein», erwiderte de Gier.

«Ist das wahr?» fragte Grijpstra. Er wollte nicht herumschnüffeln. Bloß ein theoretischer Aspekt interessierte ihn ein wenig. Seit dem Erscheinen Nellies, das bereits einige Jahre zurücklag, war Grijpstra sozusagen nicht mehr «in der Übung». Die Zeit war vorbei, wo er «nichts anbrennen» ließ. Er hatte jedoch gehört, daß die Dinge jetzt ein wenig anders wären. Es war nicht mehr so, daß die Frau, unschuldig zurückweichend, den Mann sozusagen durch Zufall in eine enge Beziehung zog. Die Frau, in Wahrheit das beherrschende Element in der Beziehung der Geschlechter, war in die Offensive gegangen. Von Männern, hatte Grijpstra gehört, wurde jetzt erwartet, daß sie schüchtern waren. «Oder nicht?»

«Ramona war schüchtern», sagte de Gier.

«Und du?»

«Ich bin immer schüchtern.»

«So? Ihr seid beide damit fertig geworden?» Grijpstra versuchte, seine Stimme nicht zu heben. «Was passierte?»

De Gier kratzte seine linke Hinterbacke. «Das Normale, denke ich.»

«Was ist normal», fragte Grijpstra, «bei einer schönen, schwarzen, bisexuellen Frau mit einem Vogel als Zimmergenossen?»

De Gier antwortete, daß Ramona mit der ganzen Sache ziemlich normal umgegangen sei.

«Und du?»

«Ich ebenfalls.»

Was ihn wirklich beeindruckt habe, berichtete de Gier, sei Ramonas Wohnung gewesen, die ihm wie ein Kunstwerk vorgekommen sei. Ein Arbeitszimmer in gelben, orangen und ein paar roten Farbtönen, Kissen, Teppiche, eine Couch, ein bemalter Tisch, die Einrichtung von einer wandgroßen hölzernen Collage beherrscht. Ramona hatte de Gier erzählt, ihre Vorfahren seien Westafrikaner. Ihr ursprünglicher Stamm hatte einen Brauch, der es allen Mitgliedern ermöglichte, im Erwachsenenalter dekorative Collagen zusammenzusetzen, die ihren geistigen Weg und ihre Bestrebungen symbolisierten. Diese Collage diente dann als eine Inspiration für das tägliche Leben. Ramona hatte sich für stilisierte Vogelköpfe auf einem verwitterten Sperrholzbrett entschieden, das sie am Strand gefunden hatte. Die Vogelköpfe, die sie aus getrockneten Mangrovenwurzeln und sonnengebleichten Muschelschalen modelliert hatte, bildeten den Umriß eines Krokodilkörpers. «Ein Symbol», sagte de Gier.

«Für Sex?» fragte Grijpstra.

«Nein. Symbol eines Lebensweges, für den sie sich entschieden hatte.» Es sei komisch, sagte de Gier zu Grijpstra, die Collage habe ihn an den Symbolismus in Grijpstras Gemälde *Tote Ente in Amsterdamer Gracht* erinnert.

«Meine toten Enten», sagte Grijpstra mürrisch, «sind nichts als gottverdammte tote Enten.»

Ramona habe gesagt, fuhr de Gier fort, ihre Vogelköpfe seien Sinnbilder für kleine Neben-Ichs, die Teil des allumfassenden Geistes würden, während das Krokodil in der westafrikanischen Kunst Erleuchtung bedeute. Die Vögel, nachdem sie vom Krokodil gefressen worden seien und die dann zusammen zum Krokodil würden, seien, sagte de Gier, wie deine Enten, die sich allmählich in einer Amsterdamer Gracht auflösen.

De Gier versuchte, das ein wenig näher zu erläutern. Grijpstras Besessenheit, tote Enten zu malen, könne Grijpstras Wunsch symbolisieren, seinen gewohnten Stumpfsinn loszuwerden, seine Gier (sich noch mehr zu verwirklichen), sein Mißtrauen, seine Furcht (etwas von sich selbst einzubüßen). «Wir alle sind es leid, an unserem Ego zu kleben ...» Wegen der dramatischen Wirkung machte de Gier eine Pause. «Wenn wir die Schleier erst einmal zerrissen haben, wird Ramonas wunderbares afrikanisches Krokodil in deiner gereinigten Amsterdamer Gracht schwimmen. Das begreifst du doch? Oder nicht?»

«Der Sex, den ihr genossen habt, war also für beide Seiten hilfreich?» fragte Grijpstra hoffnungsvoll.

De Gier sagte, das hoffe er aufrichtig. Er faltete die Zeitungsausschnitte und den Polizeibericht zusammen und steckte sie in seine Hemdtasche. Dem war nicht viel hinzuzufügen. Wieder einmal war Zufall im Spiel. Die Polizei von Key West glaubte nicht, daß das Militär überall in der Stadt Scharfschützen postiert und Mickeys Flucht arrangiert hatte, um ihn ins Visier zu bekommen. Die Absicht hatte natürlich bestanden, und jeder, der in den Überfall auf die *Sibylle* verwickelt war, würde nach Mickey Ausschau halten, um ihn zu töten, bevor er auspacken konnte, da der Mann aber im Knast saß ... wer konnte annehmen, daß er fliehen würde, um in einem Supermarkt ein bißchen Tabak zu klauen.

«Zufall», sagte de Gier.

«Hat der Commissaris ihn nicht den obersten Puppenspieler genannt?»

«Prima Ziel», sagte Grijpstra. «Trägt diese orangefarbene Gefängniskluft und rennt auf dich zu. Du brauchst bloß zu zielen und abzudrücken.»

De Gier pflichtete bei. In gewisser Weise war es schade um ihn. Laut Kapitän Noah war Mickey ein anständiger Kerl, intelligent, witzig, kreativ, aber was konnte man von einem Trinker erwarten? Wenn erst einmal Alkohol im Spiel ist ... De Gier zuckte die Achseln.

Grijpstra war beleidigt. War das eine weitere Botschaft, für die fürsorgliche Mütter bezahlt hatten? Was war so großartig an einem soliden Leben? Ach, die Tage, als eine Ehefrau gegangen, die nächste noch nicht erschienen war, als Grijpstra in einer leeren Wohnung gemalt hatte! Die Nächte in den Cafés, wo er Billard und Schlagzeug spielte, Witze erzählte, Genever trank. Eine Zeit der Einsichten.

«Du konntest langweilig sein», erinnerte ihn de Gier. «Nervtötend. Sentimental. Nörgelig. Es war schwer, mit dir auszukommen.»

«Für mich nicht», sagte Grijpstra barsch.

De Gier bewunderte die Schulmädchen unten am Strand von Statia und sagte, seit er trocken sei, habe er diese Tage, verdammt noch mal, auch vermißt. Er erzählte Grijpstra von möglichen Plänen für ein Leben in Key West. Dem Schicksal und der Verdammung ins Auge sehen, einen doppelten Bourbon in der Hand. Den *Treulosen Papagei* wiederaufbauen, Trompete spielen, mit ungezügelten Frauen umgehen.

Grijpstras Stimmung schlug abrupt um. «Nichts davon.» Er erinnerte den eigensinnigen Träumer an Sayukta daheim, die de Giers Kräutergarten wässerte. Er beleuchtete die behagliche Zukunft seines Freundes. «Eine Couch, eine Glotze, ein viertüriger Honda.» Und was die Gegenwart betraf, gab es, verdammt noch mal, Arbeit für sie. Wie fand man eine Ladung, die der verlorenen Ladung der *Sibylle* entsprach? Wie kam man in ihren Besitz? Wie verkaufte man die Beute an einen Hehler? Er zeigte auf die Öltanks vor ihnen, beschrieb den Käufer von gestohlenem Rohöl. Der Hehler, vermutete Grijpstra, würde ein schäbiger Typ sein.

De Gier sagte: «Sicher. Ein fetter Kerl im Nadelstreifenanzug. Hängebacken. Wäßrige, blaue Augen. Leicht anfällig. Wird häufig krank.»

Der Hehler konnte wie der Commissaris aussehen, wenn es nach Grijpstra ging. Seit er und sein Freund de Gier das versteckte

Geld der Drogendealer behalten hatten, seit der Commissaris das Geld angelegt hatte, waren sie alle drei Verbrecher geworden. De Gier marschierte über den Hof des Hotels und hielt erregt dagegen, Grijpstra habe wirklich eine zu geringe Meinung von der Freiheit. Gerade weil sie die Beute behalten hätten, befänden sie sich an einem Punkt jenseits von Gut und Böse. Sie waren jetzt Supermänner, die in Sphären der Freiheit im Sinne Nietzsches arbeiteten. Sie waren Bodhisattwas, die halfen, die Menschheit zu erwecken. Ob Grijpstra jemals tibetanische Zeichnungen freier Geister gesehen habe? Oft trugen die Arhats, Gnanis oder Gurus Halsbänder aus Schädeln, ihre Münder waren voller Reißzähne, sie wurden als Skelette dargestellt, die sich um Feuer der Ich-Zerstörung bewegten. Sie sahen bloß böse aus, waren es aber nicht. Er und Grijpstra standen außerhalb der Gut-und-Böse-Verwirrung, dienten aber immer noch den Langsamen und Beschränkten als Helfer. Grijpstra war der Meinung, er und de Gier wären einfach schlecht. Außerdem solle de Gier auch nicht denken, er, Grijpstra, sei auf einer niederen Ebene klug. Diese verblüffende Erkenntnis, daß die Piraten der *Sibylle* amerikanische Soldaten waren! Der Commissaris habe, als er auf Aruba Schwester Meshtis Klinik besuchte, herausgefunden, wer die Piraten waren. Kapitän Souza glaubte, während seines Deliriums riesige schwarze Frösche gesehen zu haben. «Froschmänner», sagte Grijpstra. US-Soldaten. Nachdem ich dem Commissaris von unserer Segeltour mit der *Berrydore* erzählt hatte, reimten wir es uns zusammen. Ich und der Commissaris: Froschmänner-Frösche.» Er lächelte sarkastisch. «Ganz einfach ...» De Gier schlug einen Spaziergang um die Insel vor. Falls Grijpstra wegen seines Körpergewichtes oder Alters schlappmachte, konnten sie einen Wagen mieten. Statia war vielleicht eine Einöde, von Ziegen kahlgefressen, aber irgendwo mußte es etwas geben, das anzuschauen sich lohnte. Etwas, wovon man Nellie erzählen konnte.

«Bitte», sagte Grijpstra und beobachtete die reifen Schulmädchen, die unter ihm im Ozean herumtollten.

25. Auf der Suche nach Klein Abner

Sie gingen.

«Ist die ganze Insel pleite gegangen?» fragte Grijpstra und zeigte auf verlassene Hütten, die sich aneinanderlehnten oder in sich zusammengefallen waren. Unkraut wucherte in leeren Räumen, Ranken überwucherten Autos, die man an Straßenecken stehengelassen hatte, und verwandelten sie in bizarre und staubige Blumenkästen. Statianer gingen schweigend ihrer Wege. «Gutaussehende Leute», sagte Grijpstra. «Und gut angezogen. Wie kommen sie an das Geld?» Nicht durch Arbeit, dachte de Gier. Dies schien eine nichtarbeitende Insel zu sein. Während der zwei Tage vor der Ankunft der *Rodney* waren die einzigen Menschen, die de Gier tätig gesehen hatte, Kinder gewesen. Die Erwachsenen saßen auf Balkonen in Schaukelstühlen und nickten Vorbeikommenden zu. Die Religion der Insel schien noch lebendig zu sein, denn de Gier war an einer Kirche vorbeigekommen, aus der Gesang zu hören war. Es gab Parties: er sah Frauen in halbdurchsichtigen Kleidern, die auf einem Rasen mit Fächern wedelten. Er bemerkte eine Werkstatt, wo sich sterbende Autos der Reparatur widersetzten, eine Bäckerei, die nur eine Brotsorte anbot, einen Schuppen, wo gebrauchte Kleidung verkauft wurde, ein Regierungsgebäude, in dem schweigsame Beamte friedlich hinter leeren Tischen saßen. Ein Restaurant war, einer handschriftlichen Notiz zufolge, die ans Fenster geklebt war, «vorübergehend geschlossen». Ein anderer Schuppen hatte Ansichtspostkarten von den Nachbarinseln zu verkaufen.

De Gier erzählte Grijpstra von einem Fischmarkt, den er unlängst entdeckt hatte, geöffnet von acht bis neun Uhr morgens.

«Viele Fische?» fragte Grijpstra.

«Sehr wenige.»

«Und was essen sie hier?»

Was ihnen in die Quere kommt, dachte de Gier.

Grijpstra versuchte, das klagende Meckern ungemelkter Ziegen nicht zu beachten, die heiser atmenden Haut-und-Knochen-Kühe, die Esel mit offenen Wunden, die sich wie rasend kratzenden Hunde und hustenden, verhungernden Katzen. Um Grijpstra aufzuheitern, wies ihn de Gier auf Kuriositäten hin. Sie kamen an einer Zisterne vorbei, die aus riesigen Felsbrocken erbaut, von Sklaven einen Berg hinaufgeschleppt worden und später mit gemeißelten Köpfen von Sklaventreibern, leichenhaft weiß gekalt, verziert worden war. Ein verrostetes Moped, auf dem ein Junge in Jockeykleidung saß, raste vorbei. Auf einem ansonsten brachliegenden Feld lag ein Haufen Abfall, rings um ein schief stehendes Schild mit der Aufschrift «Keinen Abfall abladen». Eine stillgelegte Fabrik hatte ihr Dach eingebüßt.

Um sich abzulenken, unterhielten sich die schwitzenden Detektive über Klienten. «Glaubst du, daß es böse Arschlöcher gibt?» fragte Grijpstra.

«Es gibt nur unwissende Arschlöcher», antwortete de Gier.

Sie erörterten Ketchups und Karates Zukunft.

«Nasty Nick hat es also geschafft, sie zu verletzen», sagte Grijpstra dankbar. «Geschieht ihnen recht. In der Nähe eines hilflosen, alten Mannes ein Gewehr abzufeuern.»

De Gier meinte, es sei keine so schlechte Idee, dem Commissaris Angst einzujagen. Ein Heilmittel gegen Selbstgefälligkeit?

Grijpstra war grundsätzlich derselben Ansicht. Der Chef neigte vielleicht dazu, seine ewige Rechthaberei zu übertreiben. Es war erstaunlich, daß seine Überheblichkeit ihn nicht manchmal auf die Nase fallen ließ. «Weißt du, was ich meine?»

De Gier wußte genau, was Grijpstra meinte.

Mittlerweile gingen sie am Strand entlang, spielten mit Dosen und Behältern, die die Brandung anspülte, Fußball. Der Commissaris hatte eine Neigung abzustürzen. Den Mann zu bewundern war töricht, ihm zu folgen konnte Wahnsinn sein.

Sie erörterten den vorliegenden Fall. «Woher wußten deine US-Spezialisten, daß Stewart-Wynne über ihre Piraterie Bescheid wußte?»

Sie erfuhren es, sagte ihm de Gier. Stewart-Wynne hatte auf den Inseln zu viele Fragen gestellt und war in Key West zu großkotzig aufgetreten. Sergeant Ramona Symonds befragte den Zimmerkellner des *Eggemoggin Hotel*, welche Personen er in das Zimmer des Versicherungsinspektors gelassen hätte.

Der Zimmerkellner hatte Stewart-Wynnes Suite zwei großen, bösen Männern gezeigt. Er brach zusammen, als Ramona ihn in die Mangel nahm. Es sei nicht seine Schuld, daß die großen, bösen Männer überwältigend gewesen wären. Militärische Typen – Kurzhaarschnitt, enge Jeans, T-Shirts, Muskeln. Der eine Mann, der die Spiegelsonnenbrille trug, habe den anderen, den mit den behaarten Handgelenken, mit «Hauptmann» angeredet. Sie hätten nichts gefunden, sagte der Zimmerkellner schluchzend.

«War nichts zu finden?» fragte Grijpstra.

Es gab eine Minikassette, die in das Innere von Stewart-Wynnes Cowboyhut eingenäht war. Harry, der Motorradpolizist, hatte sie gefunden, als er den Toten durchsuchte.

«Gut», sagte Grijpstra. «Das beweist, daß Cops besser sind als Soldaten.»

De Gier mochte Harry trotzdem nicht. «Das Glück kommt zu den Glücklichen.»

«Hast du das Band gehört?» fragte Grijpstra.

Gewiß. Prima aussagekräftiges Material. Betrunkene Dialoge, geführt von Kaperei betreibenden US-Soldaten, alles leicht zu identifizierende Stimmen. Stimmen schwarzer Barmänner. Stimme einer schwedischen Prostituierten, die in Saint Martin und Key West wohlbekannt war. Prahlerisches Gelaber von Heldentaten. All das war de Gier vorgespielt worden, als Belohnung für seine glänzend in Szene gesetzte Ergreifung des Killers Mikkey.

«Haben diese eindeutig identifizierbaren amerikanischen Soldatenstimmen, die man mit den Stimmen Verdächtiger in der Kaserne von Key West vergleichen kann, die Tötung des jungen blonden Seemannes durch Gewehrfeuer erwähnt?»

Ja. Man habe Bedauern geäußert. Das wäre nicht nötig gewesen. Aber bei all dem Adrenalin, das wirke, bei all der Hektik und Eile passiere eben Scheiße. Außerdem hätte der Seemann eine drohende Haltung eingenommen. Sei vielleicht bewaffnet gewesen. Grijpstra runzelte vor Empörung die Stirn, dann blickte er verärgert auf seine Schuhe, die mit dem Teer des Strandes beschmiert waren.

«Aber wenn die Piraten den Verdacht hatten, daß es Stewart-Wynne gelungen war, belastendes Material gegen sie zu sammeln, warum haben sie ihn nicht hier aus dem Weg geräumt? Auf den Antillen?» De Gier zeigte auf kleine Jungen, die ihnen den ganzen Weg vom *Old Rum House* gefolgt waren und jetzt zwischen Dornenbüschen hervorspähten. Statia war zu klein. Fremde fielen sofort auf. Wenn sie sich hier gegenseitig umbrachten, gab es Dutzende von Zeugen. Außerdem mußten die Soldaten zu ihrer Basis in Key West zurückkehren, nachdem sie ihre Übungen in diesem Gebiet erfolgreich abgeschlossen hatten.

«Bist du dir in allen diesen Punkten vollkommen sicher?» fragte Grijpstra.

De Gier brauchte in keinem dieser Punkte vollkommen sicher zu sein. Eine Vorstellung zu haben, die jeden vernünftigen Zweifel ausschloß – das war's, was sie jetzt brauchten. Sie spielten nicht mehr die Cops, ihnen ging es bei diesem Job bloß um das Geld. Keine Verdächtigen wurden mehr vor Gericht geschleppt. Keine Analyse von Tatsachen, die zur Begründung für eine Festnahme führte. Kein Ärger. Letzten Endes eine angenehme Arbeit, wenn man es recht bedachte. Dazu eine Million US-Dollar, die härteste Währung der Welt. De Gier lächelte.

Grijpstra betrachtete den Abfall, den die Brandung auf das entfernte Ende des Strandes spülte. «Warum räumen sie hier nicht auf?»

«Sie tun hier gar nichts», sagte de Gier. «Was geht es uns an? Wir essen die letzten Fische, bestreut mit der letzten Petersilie, geschnitten mit dem letzten brauchbaren Messer in einem bankrotten Hotel, nehmen die letzte Maschine nach Hause und sind von da an glücklich.»

Grijpstra schüttelte den Kopf. «Richtig.» Er runzelte die Stirn. «Es ist derselbe Ozean. Auch unser Heimatland liegt an diesem Ozean.» De Gier versuchte weiter zu lächeln.

Grijpstra fragte sich, was wohl mit der übrigen Besatzung der *Sibylle* passiert war. Ein junger, blonder Seemann wurde von Seemöwen zerhackt. Aber was war mit den anderen? Mit dem Ersten Maat? Dem Schiffsingenieur? Dem Funker? Anderen Matrosen? Bekamen sie einen Schlag auf den Kopf und wurden über die Reling befördert?

«Die Stimmen auf Stewart-Wynnes Band erwähnten sie», sagte de Gier. «Die überlebende Crew wurde gebraucht, um den Tanker zur Pier des Umschlagplatzes zu bringen. Anschließend fuhr die Besatzung den Tanker wieder auf den Ozean, die Männer wurden von einem Hubschrauber aufgenommen und auf einer anderen Insel abgesetzt. Nach de Giers Ansicht war das Saint Kitts, eine ehemals britische Insel. Den Besatzungsmitgliedern der *Sibylle* gab man soviel Geld, daß sie sich Flugtickets kaufen konnten und immer noch genug übrig hatten, um glücklich und dankbar zu sein.»

«Wurden sie ebenfalls bedroht?»

«Natürlich», sagte de Gier.

«Und sie fahren jetzt auf einem anderen Tanker?»

De Gier zuckte die Achseln. «Später vielleicht. Zuerst werden sie mal ihre Heuer verjubeln. Das kann eine Weile dauern.»

«Bist du sicher, daß man sie nicht an die Fische verfüttert hat?»

De Gier war sich in keinem Punkt sicher, das habe er schon gesagt.

«Sei nicht gemein», sagte Grijpstra.

Wenn er gemein werden wolle, erwiderte de Gier, würde er genau das tun.

«Weißt du, was ich glaube?» sagte Grijpstra. «Ich glaube, daß unsere Theorie eine Lücke hat. Was ist, wenn die Soldaten mit den Ambagts unter einer Decke steckten?»

«Die Ambagts wollten ihre eigene Ladung stehlen lassen, um die Versicherungssumme zu kassieren?»

«Natürlich», sagte Grijpstra. «Castro zahlte nicht. Ich sage, die Soldaten wurden entweder angeheuert, um für eine Prämie zu arbeiten, oder man sagte ihnen, sie könnten alles behalten, was der Hehler ihnen zahlte, wenn sie ihm die *Sibylle* brachten.»

De Gier tanzte um Grijpstra herum. «Und dann heuerten sie uns an, um die Soldaten zu schnappen, die sie angeheuert hatten?»

Grijpstra stampfte um de Gier herum. «Um sie dazu zu bringen, den gesamten Wert der Ladung zurückzuzahlen, die sie an einen Hehler verkauft hatten?»

Als sie weitergingen, waren sie sich einig, daß ihnen nur eine Möglichkeit offenblieb, wie sie weiter vorgehen konnten. Sie mußten mit dem Hehler sprechen. Dort war er, sagten sie sich, auf die vor ihnen liegenden Berge zeigend, auf vertäute Tanker, schimmernde Lagertanks, von Palmen überschattete Gebäude. Sie würden einfach in die Ölfestung hineinmarschieren, damit drohen, den Boß als Käufer von Diebesgut bloßzustellen, und ihn zwingen, den Gegenwert von zwölf Millionen Gallonen Rohöl zum gegenwärtigen Preis auf ihr Konto in Amsterdam zu überweisen. Dann würden sie heimkehren und die Ambagts auszahlen, abzüglich der achthunderttausend Dollar ihres Resthonorars.

«Richtig?» rief Grijpstra.

«Richtig», rief de Gier.

Sie marschierten weiter, im Gleichschritt, schwangen die Arme, eins-ZWEI, eins-ZWEI. Es war ein heißer Tag, und er wurde heißer. Sie wurden langsamer, kamen an verfallenen Lagerhäusern vorbei, wo Kaufleute einst Vermögen gemacht hatten. Eine Führerin in einer beigen Uniform mit einem Abzeichen erbot sich, die Touristen herumzuführen. Sie zeigte ihnen ein Sklavenhaus, in das man die zum Export bestimmten Menschen gepfercht hatte. Sie zeigte ihnen die Kanonen der Festung, wo schlafende holländische Marinesoldaten von französischen Matrosen geweckt wurden, die sich auf Strümpfen herangepirscht hatten. Aber das freie Amerika kaufte keine Schmuggelwaren mehr, sondern bezog alles direkt. Mittelsmänner auf den kleinen Inseln waren überflüssig. Die enttäuschten Franzosen verschwanden, die Holländer zogen ihre Flagge wieder auf, aber Statias bankrotte Kaufleute kehrten nach Holland zurück, und die ehemaligen Sklaven waren so frei, die holländische Sozialhilfe in Anspruch zu nehmen. «So ist es noch heute», sagte die Führerin am Ende des Rundganges und wies ein Trinkgeld zurück.

Grijpstra schwitzte. De Gier klopfte an die Tür von Tulips Autoverleih. Madame Tulip selbst, eine strahlende Riesin hinter einem Eichentisch, der, wie sie sagte, früher Admiral Rodney gehört habe, ließ ihnen von ihrem Gatten ihren Personenwagen erklären. Es ertönte eine Stimme, die mit den Kunden sprach. «Ihre rechte Vordertür ist nicht geschlossen.» «Ihr Benzin wird knapp.» «Ihre Ölleitung leckt.» «Alle Ihre Systeme schwinden.» Die Stimme sprach mit einem Chicago-Akzent.

«Was ist *schwinden*?» fragte Grijpstra.

«Weniger werden», sagte de Gier.

Ein kleiner Junge, der sich hinter Büschen versteckte, schob eine schwarze Ziege auf die Straße. De Gier bremste. Die unverletzte Ziege begann zu meckern. «Sie haben meine Ziege erwischt», kreischte der Junge. De Gier stieg aus und zahlte fünf Dollar. Grijpstra streichelte das Tier. «Hübsche Ziege hast du da, Freundchen.» Der Junge gab ihnen zwei große, blaue Glasperlen. Er erklärte sein Geschenk. «Delfter Blau»-Perlen wären früher im Sklavenhandel wertvoll gewesen. Sieger in afrikanischen Stammeskriegen tauschten ihre Gefangenen gegen Perlen ein. Als der Sklavenhandel abgeschafft war, wurden Hunderte von Kästen mit Perlen auf den Stränden von Saint Eustatius ausgeleert. Die Perlen verschwanden im Sand, tauchten aber manchmal wieder auf, wurden von den Kindern gesammelt und an Touristen verkauft. «Behandeln Sie sie gut, und sie werden Ihnen Glück bringen», sagte der Ziegenbesitzer.

De Gier legte seine Perle in ein Taschentuch. Grijpstra ließ die seine in die Brusttasche seiner Jacke fallen. Junge und Ziege kehrten in ihr Versteck hinter dem Busch zurück.

Der Wagen wollte nicht anspringen. Carl Ambagt kam in einem Jeep ohne Kotflügel angefahren, Tulips zweitem Mietwagen. Er hielt an, als er sah, daß de Gier und Grijpstra ihre Daumen hochstreckten. Carl war nicht mehr sauer auf seine Detektive. Aber er wurde abermals ärgerlich, als er eine halbe Meile weiter anhalten mußte. Zwei städtische Pick-ups hatten, aus entgegengesetzten Richtungen kommend, nebeneinander gehalten. Die Fahrzeuge versperrten die schmale Straße. Die Fahrer waren in eine intensive Unterhaltung vertieft. Carl hupte ungeduldig. Die Fahrer rächten sich, indem sie ihr zwangloses Zusammensein in die Länge zogen. Wie alle Widerwärtigkeiten hatte auch diese ein Ende. Der Jeep fuhr an Ställen und eingezäunten Feldern vorbei, auf denen zwei Pferde zwischen verwelkten Unkräutern herumscharrten. Sie sahen ein handgeschriebenes Schild «Zu verkaufen». Läden und Cafés waren leer hinter offenen Türen, die verlassen in den Angeln hingen: finstere schwarze Löcher voll lauwarmer, abgestandener Luft. Im Handschuhfach des Jeeps entdeckte Grijpstra eine Karte und las Straßennamen vor: *Jeems, Paramira, Zeelandia.* Carl sagte, die Straßen hätte man nach bankrotten Plantagen benannt. Es gab keine Straßenschilder auf den schmalen, mit Schlaglöchern übersäten Straßen. Eine schlampige Weiße mit großen nackten Füßen, schwarz von Staub und Teer vom Strand, zeigte ihre Zahnruinen und lächelte verstört. «Umschlagstation?» Sie versuchte es noch einmal mit ihrem Lächeln. «Geht lieber nach Hause, Schätzchen.» Sie schlurfte davon.

«Leben in der Karibik», sagte Carl. «Vielleicht ist es zu leicht, richtig?»

Die immer gegenwärtigen kleinen schwarzen Jungen zeigten ihnen den Weg zur Umschlagstation. Die Straße war von einem Stacheldrahtzaun gesperrt, hoch und abschreckend aussehend. Hinter dem offenen Tor standen Männer, mit langen Gummiknüppeln bewaffnet. Die Männer konnten Ringer sein oder Profiboxer. Sie trugen tarnfarbene Kampfanzüge und spiegelglatt polierte knöchelhohe Stiefel. Ihre Mützenschirme waren schnurgerade nach vorn gerichtet.

«Seid ihr Soldaten, Männer?» fragte Carl.

Die Männer schüttelten die Köpfe.

«Wächter der Ölgesellschaft?»

Die Männer nickten.

«Dürfen wir rein?»

Die Männer schüttelten die Köpfe.

«Wir haben ein paar Fragen wegen der *Sibylle*», sagte de Gier. «Ein Tanker. Ob er hier vielleicht entladen wurde? Reden Sie mit Ihrem Chef.»

Die Männer schüttelten die Köpfe.

«Wir wissen wirklich nicht, wie sein Name ist», sagte Grijpstra.

«Ihr Geschäftsführer, Ihr Boß.»

Die Männer hoben ihre Knüppel und schlugen damit auf die Innenseiten ihrer freien Hände. Das Klatschen erfolgte rhythmisch, so daß man denken konnte, die Männer würden durch das Tor kommen und die unerwünschten Besucher verprügeln.

Carl wendete langsam und behutsam den Jeep.

«Bye», sagte Carl.

Die Männer präsentierten ihre Knüppel.

«Sie nennen ihn den Oberhehler?» fragte Carl Grijpstra, als er Schlaglöchern auswich und den Jeep nach Oranjestad steuerte, das fünf Meilen entfernt war. «Dad nennt ihn Klein Abner. So sieht der Käufer aus. Wie diese Comicfigur?»

26. Eine historische Untersuchung

«Puzzle?» fragte der Commissaris. «Fehlende Teile?»

«Welche Rolle genau spielen wir in den Plänen der Firma Ambagt & Sohn?» fragte de Gier.

«Skipper Peter erzählte mir, daß ein zweiter Supertanker, ebenfalls von Ambagt & Sohn gechartert, die *Rebecca*, hierher unterwegs ist. Das gleiche Spiel. Die *Rebecca* befördert eine volle Ladung iranisches Rohöl, das für Kuba bestimmt ist. Der Plan ist, das Schiff seiner Reiseroute nicht folgen zu lassen, denn Kuba wird Ambagt & Sohn nicht bezahlen», antwortete der Commissaris.

Angesichts dieser neuen Information und eingedenk der Tatsache, daß Skipper Peter ein Genie in der Herstellung von Verbindungen war – und was war Geschäftemachen anderes als die Herstellung von Verbindungen? –, sahen sie einen Zusammenhang.

Der Commissaris lenkte ihre Überlegungen.

«Denken Sie an die Geschäfte, die Ambagt & Sohn mit sowjetischem Öl machten, das sie an einen früher ausgestoßenen Staat, Südafrika, verkauften. Der Unterschied zu heute liegt darin, daß Südafrika Ambagt & Sohn bezahlte und Ambagt & Sohn die Sowjets nicht bezahlten und von Kuba kein Geld bekamen. Die Zeiten ändern sich. Die Methoden ändern sich. Die Habgier bleibt.»

De Gier erkannte, wie er und Grijpstra vielleicht in dieses Spiel paßten. Grijpstra erkannte es auch. Ein bißchen später.

«Piraterie», sagte de Gier. «Dieses Mal nicht von Soldaten ausgeführt.»

«Wie das?» fragte der Commissaris freundlich.

«Soldaten können nur in ihrer Freizeit machen, was sie wollen», sagte de Gier. «Sie hatten zufällig frei. Hier auf den Antillen, als die *Sibylle* kam, aber jetzt verbringen sie ihre Freizeit in Key West.»

«Und dort ist auch ihre Ausrüstung», fügte de Gier hinzu.

«Die Soldaten waren zu gewalttätig für unsere schlichten Kaufleute», sagte der Commissaris. «So viel Geld ist bei Mord nicht drin. Außerdem kappt Mord Verbindungen.»

De Gier stimmte zu. «Sie lassen die Schwachköpfe sausen, damit sie wiederkommen können, um noch mal beraubt zu werden.»

«Kontinuität», bemerkte Grijpstra, «ein Grundelement des Profits.»

Der Commissaris war erfreut, daß seine Schüler gelernt hatten. Die Gesetzesmaschinerie, ständig durch unvermeidliche Steuern unterhalten, ist jederzeit bereit, zu verhaften, einzukerkern und zu töten, aber ein kommerzielles Unternehmen wird durch Profite finanziert und muß darauf achten, seine Kunden nicht zu vergrämen. «Also», sinnierte de Gier. «Unser Klient steht ohne Piraten da, aber dann tauchen Karate und Ketchup in Saint Martin auf und empfehlen die Detektei G & G.»

«Aber von Anfang an werden wir reingelegt», spann Grijpstra den Faden weiter. «Man sagt uns nicht, welche Rolle wir wirklich spielen. Wir werden an der Nase herumgeführt, manipuliert, angestachelt, umschmeichelt ...»

«Geködert, geleimt», fügte der Commissaris hinzu.

«Einfach genial», dachte de Gier laut. «Carl hatte die höchste Bewertung bei der Aufnahmeprüfung für Hollands beste Handelsuniversität, während er die teuersten Fords für seinen schlauen Papa Peter klaute ...»

«... allmählich», sagte der Commissaris, «unmerklich, wurden wir wie Marionetten von diesem ausgeschlafenen kleinen Burschen und seinem blutnasigen alten Herrn zur bevorstehenden Ankunft der *Rebecca* dirigiert. Exaktes Timing war natürlich unbedingt erforderlich. Als wir uns zu Anfang widersetzten, befahlen sie Ketchup und Karate, gewaltsam nachzuhelfen. Da waren die Schlägerei, das versuchte Ertränken, das amüsante kleine Zwischenspiel mit der Feder an meinem Hut, aber ...»

«... wir gaben zu rasch nach? Bekamen wir deshalb unsere Ferientage in Key West?» De Gier war verblüfft. Er wurde ärgerlich. «Aber ich muß das gespürt haben, Mijnheer. Ich versuchte, das Tempo zu drosseln.»

De Gier deutete anklagend auf Grijpstra. «Ich habe etwas Richtiges getan. Erinnere dich, daß ich in dem Café in Amsterdam sagte, wir sollten die Finger davon lassen?»

«Die Eile war meine Schuld», sagte der Commissaris. «Ich war es leid, aufzupassen, wie eure Anlagen sich verdoppelten. Ich war so scharf auf den Job, daß die Ambagts ihre Ozeanpassage verlangsamen mußten.»

«Mit der *Rodney* war also alles in Ordnung?» fragte Grijpstra.

«Vermutlich», sagte der Commissaris ruhig. «In gewisser Weise bin ich froh, das wir drinstecken. Amsterdam ist zu friedlich.» Er strahlte seine Schüler an. «Hier draußen herrscht bewußte Gemeinheit. Die uns als Einfaltspinsel bloßgestellt hat.» Er hob einen Finger. «Bewußte Bösartigkeit, nicht diese pflaumenweiche Toleranz, an die wir gewöhnt sind.»

Grijpstra erkannte keine bewußte böse Absicht, nicht einmal bei den Ambagts oder den US-Soldaten. «Alles Zufall: daß die Ambagts geldgierig, die Froschmänner gewalttätig, wir die Dummköpfe sind und daß die *Rebecca* unterwegs ist.»

Der Commissaris genoß die Aussicht von seinem Zimmer im *Old Rum House*, schlürfte ein Getränk, das de Gier, autodidaktischer Kräuterkenner, aus wilden Limonen-Verbenen gebraut hatte. «Sind Sie sicher, daß mich das nicht umbringen wird, Rinus?»

«Sanft euphorisierend. Peppt Sie auf, gewissermaßen. Tut mir leid wegen des Marmeladenglases, Mijnheer. Was anderes konnte ich in der Küche nicht finden.»

«Zufall», sagte de Gier jetzt. «Dieser Ärger mit dem Feadship war echt. Der Bootsmann hat es mir gesagt, als ich ihm heute frühmorgens am Strand über den Weg lief. Normalerweise läuft das Schiff einwandfrei. Grijpstra hat recht. Es war alles bloß Zufall.»

Der Commissaris wandte ein, daß bewußte Anstrengung

schlechte Elemente zusammenfügen und gute Ergebnisse erzielen könne, doch er verlor in seiner Beweisführung den Faden. Er gab nach. «Also gut, wir sind zufällig zur rechten Zeit hier.»

Grijpstra hielt sein Gefäß gegen das Licht und betrachtete mißtrauisch die mattgrüne Flüssigkeit. Er zuckte die Achseln, schlürfte und schüttelte dann den Kopf, überrascht von dem frischen Geschmack. «Wir werden also jetzt wirklich Piraten? Helfen den Ambagts bei ihren Geschäften mit dem Hehler?»

«Mit wem?» Der Commissaris richtete sich auf und verschüttete seinen Trank. «Ein Mitspieler, von dem ich keine Kenntnis habe?»

«Der Ölkäufer beim internationalen Öl-Terminal von Saint Eustatius», sagte Grijpstra. «Alias Klein Abner.»

«Wir konnten in die Umschlagstation nicht reinkommen», sagte de Gier. «Typen in Uniform bewachen das Tor.»

«Ruft die Käufer einfach an», sagte der Commissaris. «Sie werden im Telefonbuch von Statia stehen. Ich werde das für euch machen.» Er zwinkerte verschlagen.

De Gier kratzte sich nervös am Hintern. «Äh ... Sir?»

«Rinus?»

«Können wir nicht an diesem Punkt aussteigen?» fragte de Gier.

«Sie haben uns die zweihunderttausend Dollar Vorauszahlung gesichert. Grijpstra kann sie haben, wenn er möchte, wieder sauber werden, weil er ein Einkommen nachweist, und mit Nellie glücklich sein.»

Grijpstra sprang auf. «Hallo! Was ist mit dir?»

«Ich dachte daran, es mal mit Key West zu versuchen», sagte de Gier.

Der Commissaris konnte das verstehen. «Sie haben ein paar hübsche Geschichten erzählt. Sie könnten dort glücklich werden, Rinus.»

«Warte ab, ob ich das zulasse», sagte Grijpstra und hielt de Gier seine Fäuste unter die Nase.

«Sie könnten hier auf Statia bleiben», sagte der Commissaris zu

Grijpstra. «Sie mögen Kirchenmusik. Spielen Sie Schlagzeug in der Kirche, von der de Gier erzählte, und lassen Sie die durchsichtigen Ladies dazu singen. Aber zuerst liefern wir. Sie wissen, daß wir das Geld der Ambagts genommen haben.»

«Unter Dieben gibt es keine Ehre, Mijnheer», sagte de Gier. «Die alte Rotnase und der kleine Pfiffikus haben uns angelogen.»

Der Commissaris kämpfte mit seiner eigenen Versuchung. Da war Aruba, der heilige Katzenmann, das tätige Leben der Schwestern Meshti und Johanna, der gebackene Fisch in dem Café, wo es alles gab. Inzwischen wartete Schulze in Amsterdam. Und Katrien.

«Zuerst wollen wir Piraten sein.» Er humpelte begeistert herum. «Ein weiterer erfüllter Kindheitstraum. Wißt ihr, daß ich als Kind heimlich eine Augenklappe trug, mit dem Armeesäbel meines Großvaters spielte und mir den Namen Francis Drake gab?»

Der Commissaris, dessen Beinen es besserging und der imstande gewesen war, den steilen Sklavenpfad zu bewältigen, Grijpstra und de Gier wohnten im *Old Rum House*, in Zimmern mit Ozeanblick. De Gier experimentierte mit Ziegenragout auf Reis. Grijpstra machte Salate.

Die Dame am Empfang, eine weißhaarige weiße Lady, kam jetzt öfter zur Arbeit, meistens um dem Commissaris zu helfen, am Strand aus Abfall Skulpturen anzufertigen.

Ein Gärtner, der behauptete, von Haile Selassie gezeugt worden zu sein, dem er körperlich ähnelte, tauchte auf, um in den Gästezimmern und auf dem Eßtisch pompöse Blumengebinde zu plazieren.

«Können Sie nicht auf der Yacht wohnen?»

Der Commissaris teilte Haile junior mit, das könne er nicht. Eine Stunde täglich, mehr sei nicht drin. Er war mit der Schaluppe der *Rodney* selber an Land gerudert, zusammen mit einer Krankenschwester, die Skipper Peters Nase behandelte. Skipper Peter, der sich einem Sturz der Aktienkurse gegenübersah, war nicht glücklich.

Trotzdem empfand der Commissaris eine gewisse Sympathie. «Wäre ich in Rotterdam geboren», sagte er zu Grijpstra und de Gier, «hätte im frühen Kindesalter Kinderlähmung bekommen, wäre praktizierender Alkoholiker, hätte einen Sohn wie Carl und von nichts anderem eine Ahnung als von der Kunst des Autodiebstahls und betrügerischer Geschäfte mit Rohöl und hätte ich nicht das Glück gehabt, euch Burschen zu begegnen, wäre nicht durch Schulzes Lebenseinstellung beeinflußt worden und hätte Katrien mich nicht geschnappt, als die Gelegenheit günstig war, dann wäre ich höchstwahrscheinlich am Ende genauso geworden wie Skipper Peter, meint ihr nicht auch?»

Grijpstra und de Gier nickten höflich.

«Was macht die Arbeit?» fragte der Commissaris.

De Gier und Grijpstra übten jeden Morgen mit einem gemieteten Zodiac-Schlauchboot, das mit zwei Außenbordmotoren ausgerüstet war. Der Hubschrauber des Schiffes war zu schwach, um Lasten zu befördern, also nahm Grijpstra einmal am Tag das Flugzeug nach Saint Martin, um einzukaufen. Der Commissaris besuchte Statias Bibliothek, wo eine stille junge Frau in einem mit Blumen bedruckten Kleid ihm bei seinen Nachforschungen über Admiral Rodney half, Tee bereitete und die holländischen Kekse mit ihm teilte, die er ihr schenkte.

«Meine Liebe», sagte der Commissaris. «Dieser Admiral Rodney, der hier alles beschlagnahmte, der Halunke interessiert mich. Warum sollten meine holländischen Klienten ihre Yacht nach einem britischen Seefahrer benennen? Und warum zieht sich Skipper Peter wie ein Admiral an?» Die Bibliothekarin erzählte dem Commissaris, daß Admiral Rodney ein Siegertyp gewesen sei. «Aber wer strich den Gewinn von Admiral Rodneys Siegen ein?» Die Bibliothekarin brachte dem Commissaris Bücher über das Leben des Admirals, mit Kupferstichen illustriert, und nahm ihn mit in das kleine Museum der Insel, um ihm die wertvolle Sammlung von Originaldokumenten vorzuführen, und ließ Fotokopien anderer Dokumente aus Staatsarchiven im fernen, nie gesehenen Holland herüberfaxen. «Oh, ist das nicht interessant, meine Liebe?» sagte der Commissaris ein ums andre Mal. Er schnippte mit den Fingern. «Ehe ich's vergesse, haben Sie eventuell einen Umschlag? Ich muß einen Scheck an einen gewissen Maurice Maslow schicken, meinen Taxifahrerfreund auf Aruba. Glauben Sie, daß Sie die Anschrift von Maurice ermitteln können?»

«Wie konnten Sie vergessen, einen Taxifahrer auf Aruba zu bezahlen?» Die Bibliothekarin war auf Aruba gewesen. Sie wußte, wie hart das Leben auf den Inseln sein konnte. «Hat er Sie mit einem Messer bedroht?»

Der Commissaris senkte den Kopf. «Ich war ein böser Bursche, meine Liebe, ich bezahlte den armen Mann mit Toilettenpapier und verschwand mit einem Jet.»

Der Commissaris rief Hoofdagent Simon Cardozo von der Amsterdamer Polizei an und bat um ein paar Tage Urlaub für dessen Untergebene Ketchup und Karate. Eine Gefälligkeit für einen hilflosen alten Mann. Cardozo sagte, beide Agenten seien auf Krankenurlaub: Ketchup in ihrer Wohnung mit Amstelblick, Karate im karibischen Ferienhaus. Der Commissaris führte ein Konferenzgespräch. «Laßt das Vergangene ruhen und kommt her, oder ich setze de Gier auf euch an.»

De Gier holte die Freiwilligen von der Landebahn von Saint Eustatius ab. Beide Männer waren diensttauglich. Ketchups verschobenes Rückgrat war wieder an Ort und Stelle und Karates Knöchel nicht mehr so angeschwollen.

Grijpstra und Carl Ambagt lernten, aus einem mörserähnlichen Gerät, vom Schiffsingenieur der *Rodney* konstruiert, Greifhaken und Leinen abzuschießen. Die *Rodney* selbst diente als Übungsziel. Ketchup, Karate und Carl, an einem straff hochgehievten Gurtwerk baumelnd, übten sich darin, nichtsahnende Matrosen zu überwältigen. Grijpstra steuerte das Schlauchboot, das als Sturmboot diente. Es war nicht einfach, den Hindernissen auszuweichen, der «Hals-ab-Bank», der «Toter-Mann-Koralle», den «Galgenfelsen» oder ein paar schwer auszumachenden Sandbänken oder den «Gräbern», den «Strandräuber-Untiefen», und der von Riffen umgebenen «Schmutznaseninsel». Carl gefielen die Namen. «Wir machten nichts Neues, richtig?»

Grijpstra flog weiterhin zwischen Saint Eustatius und Saint Martin hin und her. Er holte Kälteschutzanzüge, Schutzbrillen, schwarze Farbe, Balsaholz, Meißel, Elektrogeräte, Raketen, frisch gebackene Muffins und Brötchen, tiefgefrorene Kalbfleischcroquetten, Kekse für die Bibliotheksfreundin des Commissaris, eingelegte Heringe, ein Rad Gouda, übergroße Tafeln Schokolade und andere Delikatessen und Grundnahrungsmittel, um die Bedürfnisse und Sehnsüchte des Angriffstrupps zu befriedigen, der mit Eintopf und altbackenem Brot nicht mehr zufrieden war.

«Diese Art von freundschaftlicher Zusammenarbeit muß euch doch einfach gefallen, oder?» fragte de Gier die Agenten, als er sie in einem Hinterzimmer des *Old Rum House* weckte.

«Denkt daran, wie es euch gefällt, wenn wir eure Rollen spielen», sagte Grijpstra zu den erschöpften Polizisten.

«Wo würdet ihr ohne uns sein?» fragte de Gier.

«Zu Hause», sagte Ketchup, «und vor der Glotze zwischen Porno und Fußball hin und her zappen. Sagen Sie mir, warum ich mich um Mitternacht an Tauen entlanghangeln muß, unter mir Haifischflossen und Ripptiden?»

«Nicht wegen des Geldes», sagte Karate. «Wir haben alles, was man für Geld kaufen kann. Es steht mir bis *hier*, daß ich alles habe, was man für Geld kaufen kann.»

«Sollen wir verduften?» fragte Ketchup.

Grijpstra war nicht sicher, ob die Agenten noch gebraucht wurden. Vielleicht konnten er, Carl und de Gier den Job machen. Zu viele Leute traten sich womöglich gegenseitig auf die Füße. Auch de Gier dachte das. Er überprüfte die Abflugzeiten der Inselmaschine zum Flughafen Saint Martin.

«Ihr könntet in Amsterdam frühstücken, Jungs.»

Die Agenten sagten, das solle wohl ein Witz sein, ihnen gefalle der Job wirklich. Sie hätten Spaß. Ehrlich.

«Dann eben nicht.»

27. Der Weg ist das Ziel

«Man sollte sich», sagte Skipper Peter Ambagt, «sein Ziel so weit stecken wie menschenmöglich.» Der Commissaris, der seinen Klienten an Bord der *Rodney* besuchte, fragte, wie das zu verstehen sei.

«Ich zitiere meinen Vater», sagte der Skipper. «Er fuhr einen Wagen der Straßenbahnlinie 10, Rotterdam Mitte nach Rotterdam Nord, dauernd hin und her. Er war nicht glücklich. Er strebte ein höheres Ziel an. Er wollte Straßenbahnkontrolleur werden. Und es geschah, Papa wurde befördert – andere Uniform, Streifen, Winkel, hübsche Mütze. Straßenbahnfahrer salutierten vor Papa. Er stieg nie weiter auf, denn er hatte nie einen höheren Posten im Auge. War Papa glücklich? Nein. Die Verkehrsbetriebe schickten in früh in Pension, um sein Lamentieren nicht mehr ertragen zu müssen. War er jetzt glücklich? Nein. Die Rente war zu niedrig, das Fernsehen langweilig, und Papa hatte all diese Beschwerden und Schmerzen. Er löste sein Problem, indem er haarscharf vor Lastwagen die Straße überquerte. So knapp, daß sie ihm das Bein zerschmetterten, aber der Arzt flickte es wieder zusammen, und dann wurde es noch einmal zerschmettert. Dieses Mal konnte der Arzt es nicht so gut zusammenflicken, und der dritte Unfall führte zu einem Herzanfall. Der gab ihm den Rest.»

«Tot?»

«Ja», sagte Skipper Peter. «Ein unglücklicher, toter Papa.»

Der Commissaris war neugierig. «Aber Sie haben ein höheres Ziel im Auge. Sie wären gern Direktor der Verkehrsbetriebe?»

«Verkehrsminister?» fragte Skipper Peter. «Höchstgehalt plus ein bißchen Bestechungsgeld?» Er schielte den Commissaris an, den Kopf neigend, so daß er über seine geschwollene Nase sehen konnte. «Welches Ziel haben Sie sich im Leben gesetzt?»

«Keines», erwiderte der Commissaris.

«Wie bitte?»

«Kein bestimmtes», sagte der Commissaris, «denn wenn es etwas Bestimmtes wäre und ich es erreichen würde, was dann, richtig?»

«Ihr Ziel ist nichts?»

«Stimmt.»

«Nichts gibt es nicht», sagte Skipper Peter. «Oh, ich verstehe.» Er lächelte versonnen. «Das sich immer weiter entfernende Ziel? Wie Liebe oder so was?»

«Nichts», sagte der Commissaris fest.

«Richtig.» Skipper Peter legte seinen Kopf schief, als wolle er um den Commissaris herumgucken. Er berührte vorsichtig seine Nase. «Gute Idee vielleicht. Ich habe auch daran gedacht. In gewisser Weise ist es logisch. Stecke dein Ziel so weit, daß es keine Möglichkeit gibt, es je zu erreichen. Auf diese Weise wirst du nie enttäuscht.» Er kicherte. «Hm, hm. Weiter und weiter. Bis ganz zur Null?»

«Null ist immer noch etwas», sagte der Commissaris ernst. «Die Null hat einen Rand.» Sein Finger zeichnete ein Oval in die Luft. «Sie werden ihn loswerden wollen.»

«Der Null den Rand wegnehmen», sagte Skipper Peter, beugte sich in seinem Sessel so weit vor, daß er herauszufallen drohte, aber der Diener setzte ihn wieder aufrecht hin. «Und was dann?»

Der Commissaris wechselte vom belehrenden zum respektvollen Tonfall.

«Und Ihr Ziel, Mijnheer?»

Skipper Peter setzte seine Admiralsmütze gerade auf und legte seine Hände auf die Knie. Plötzlich dröhnte seine Stimme. «Dreihundert Millionen Dollar. Ich habe mein Ziel letztes Jahr verdreifacht. Früher lag es bei hundert Millionen, aber die Zeiten ändern sich.»

«Die Dinge werden gewiß nicht billiger», sagte der Commissaris verständnisvoll. Das Mitgefühl erfreute Skipper Peter. Er hatte jetzt keine Hemmungen mehr, zwischen Schlucken darüber zu klagen, daß diese einhundert Millionen, für die er und der kleine Carl sich all die Jahre krumm gearbeitet hätten, für die täglichen Bedürfnisse draufgingen. Um von jeder Sorge ganz frei zu sein, mußte das Ziel geändert werden. Ambagt senior hielt drei Finger in die Luft. «Ein Drittel von einer Billion.»

«Sind Sie dicht dran?» fragte der Commissaris.

«Nicht ganz.» Skipper Peter schob die Lippen vor und schloß die Augen halb. «Ich bin im Begriff, ein kalkuliertes Risiko einzugehen, um die Lücke zu schließen.»

«Toll.» Der Commissaris hob die Stimme und schlug sich auf die Schenkel. «Toll, Skipper. Ich bin der Mann, den Sie in just diesem Augenblick brauchen. Kalkuliertes Risiko. Ja.» Er starrte den Skipper überrascht an. «Ein Zufall. Ein Geschenk des Himmels!»

«Sie wollen selber ein kalkuliertes Risiko eingehen?» fragte der Skipper mit zitternder Stimme.

«Tue ich das je?» Der Commissaris hob sich in seinem Sessel und neigte sich liebevoll zu seinem Gastgeber. «Und ich bin ...», flüsterte er und ließ eine Lücke von Millimetern zwischen den Spitzen seiner Zeigefinger, «... ich bin so dicht dran, mein Ziel zu erreichen, ein Vermögen zu machen, Peter.»

«Ja?» fragte Skipper Peter heiser. «Was läßt Sie glauben, daß Sie so viel Glück haben werden?»

«Glück?» fragte der Commissaris. «Wer baut schon auf Glück? Glück saugt Sie auf, also kann das Unglück Sie auch auskotzen.» Er tippte vorsichtig auf die Platte des Glastisches. «Ich vertraue einzig und allein auf Gewißheit.» Er rief: «VOLLTREFFER, Peter!» Er senkte die Stimme. «Ich richte mich nur nach absolut verläßlichem Insiderwissen. Wollen Sie wissen, nach welchem?»

«Nach welchem?» flüsterte Skipper Peter.

«Die Brüder meiner Frau sind Bankdirektoren *und* Direktoren einer gewissen Gesellschaft.» Der Commissaris klatschte in die Hände. «Tausendprozentige Sicherheit. Die Aktien sind auf den denkbar niedrigsten Stand gefallen. Sie sind kurz davor, zum

Höchststand zu steigen. Ein phänomenaler Umschwung.» Er schlug sich auf den am wenigsten schmerzenden Schenkel. «Die Gelegenheit des Jahrhunderts, mein lieber Freund Peter. Ich hänge mich voll rein.»

Die Brille glitt ihm von der Nase, doch dem Diener gelang es, sie aufzufangen. «Danke, mein Lieber», seufzte der Commissaris und lehnte sich erschöpft zurück. Er wandte sich wieder an seinen Gastgeber. «Solange ich spekuliere, mein Leben lang, habe ich darauf gewartet. Ich werde mein ganzes Geld einsetzen. Geld leihen. Jeden Kredit in Anspruch nehmen, meinen Besitz verpfänden, den allerletzten Cent zusammenkratzen.» Er wurde so aufgeregt, daß er sich an die Brust schlagen mußte, um Luft abzulassen. «Jetzt oder nie! Danach setze ich mich zur Ruhe.» Er lächelte schwach. «Niemand wird mich mehr sehen. Ich werde in der Welt herumziehen.» Er deutete auf die Umgebung. »Ich werde an Land und auf See leben, in Saus und Braus.»

Skipper Peter hob warnend einen Finger. «Gerade eben sagten Sie, Sie wären hinter nichts her.»

Der Commissaris lachte. «Ich habe gelogen.»

Der Skipper brachte sein Gesicht näher heran. «Ich bin dabei, Jan.»

Der Commissaris stand mit einiger Mühe auf und schlurfte um den Liegestuhl des Skippers. Halb sprach, halb sang er. Er werde den Skipper gewiß beteiligen, aber zuerst müsse der *Rebecca*-Job erledigt und der verbliebene Rest von achthunderttausend Dollar auf das Amsterdamer Konto der Detektei G & G eingezahlt werden.

«Warum sich um Peanuts sorgen?» fragte Skipper Peter.

«Peanuts zählen», erklärte der Commissaris. Er hatte nicht vergessen, wo er heute wäre, wenn Peanuts ihn nicht interessiert hätten.

«Wissen Ihre Männer Bescheid?» fragte der Skipper heiser.

Der Commissaris setzte sich und lächelte überlegen. Seine Schüler seien noch nicht soweit. Der Gedanke an den Begriff «Hochfinanz» habe Grijpstra und de Gier bis jetzt nicht einmal gestreift. Der Commissaris nickte bekräftigend. «Mein Projekt, lieber Peter, ist nur etwas für Eingeweihte.» Er nickte abermals. «Für diejenigen, die sich in jeder möglichen Hinsicht bewährt haben.» Das Schiff, von der Dünung bewegt, veränderte seine Lage. Das Gesicht des Commissaris lag jetzt nicht mehr im Schatten. Sonnenstrahlen erleuchteten sein lächelndes Gesicht. «Für die Elite, Peter.» Er deutete auf Ambagt senior. «Für *Sie.*» Er deutete auf sich. «Für *mich.*»

Der Skipper und der Commissaris schienen zu ruhen, die Augen meditierend geschlossen, die Hände andächtig auf den Griffen ihrer Stöcke gefaltet. Gleichwohl schienen sie auf höchstem Niveau miteinander zu kommunizieren.

«Warum haben Sie Grijpstra und de Gier an diesem Abenteuer beteiligt?» fragte der Skipper, nachdem ihre Meditation beendet war. «Ich habe Sie doch nicht so eingeschüchtert, Jan, daß Sie sich so entschieden haben, oder?»

Der Commissaris beglückwünschte seinen Freund zur Scharfsinnigkeit dieser Frage. Er sehe keinen Anlaß, mit halben Wahrheiten zu arbeiten, da sie im Augenblick doch auf einem höheren Niveau miteinander kommunizierten. Die brutalen Schläge, die de Gier habe einstecken müssen, das Eintauchen Grijpstras in stinkendes Wasser, die pfeifenden Kugeln im Naturschutzgebiet nördlich von Amsterdam, die seine Fasanenfeder geknickt hätten, ja, gewiß, die *Persönlichkeit* des Commissaris sei erschüttert worden. Aber – der Commissaris beugte sich vertraulich vor – hatten sie es hier mit *Persönlichkeiten* zu tun? Was waren Persönlichkeiten anderes als Masken, die man während gewisser Episoden trug? Das vorliegende Projekt befasse sich mit dem *Wesentlichen.* Mit dem absoluten Sein. Das absolute Sein kenne keine Furcht.

Auch der Skipper wurde feierlich. Er stimme zu, wolle aber einen anderen Aspekt menschlichen Strebens hervorheben. Da sei noch der Begriff der Herausforderung. Nachdem er sein Leben lang Herausforderungen angenommen und schließlich gemeistert habe, sei er nun gerüstet, die letzte Herausforderung anzunehmen. Was denn das für Effekten seien, an die der Commissaris denke?

Der Commissaris bat um Entschuldigung. Er könne das Zauberwort in dieser Situation noch nicht aussprechen. Sein augenblickliches Projekt sei weder abgeschlossen noch honoriert. Aber erlebten er und sein Kumpan Peter nicht gerade einen besonderen Augenblick gemeinsam, vor dem Hintergrund des schönsten Fleckchens auf der Erde ...? Von der Stimmung bewegt, konnte der Commissaris jetzt nur gestikulieren. «Ich sah», sagte er, nachdem er seine Stimme wiedergefunden hatte, «diese Anzeige für Feadships in *Time*. ‹Nur wenige Leser können sich den Luxus des abgebildeten Schiffes leisten.› Wissen Sie, daß ich binnen Tagen vielleicht die Ehre haben werde, Ihnen ebenbürtig zu sein?»

«Teilen Sie die *Rodney* mit mir», sagte Skipper Peter. «Vielleicht werde ich mich ganz an Land niederlassen. Vielleicht hier. Tun Sie die Dinge, von denen Sie gesprochen haben. Wenn ich keinen offiziellen Wohnsitz nehme, bleibe ich womöglich steuerfrei.»

Der Commissaris strahlte. «Wir werden Freunde sein.»

28. Admiral George Brydges Rodney (1718–1792)

An Bord gab es eine Party. Um Skipper Peter zu erfreuen, wurde Rotterdamer Küche im Stil der frühen fünfziger Jahre serviert, aus Lebensmitteln zubereitet, die der Koch mit dem Hubschrauber aus dem Delikatessengeschäft in Saint Martin geholt hatte.

Der Diener stellte eine Servierplatte aus Alabaster mit glasigen, zerkochten Kartoffeln auf den Tisch, dann holte er ihr Gegenstück, das glitschige Winterendivien enthielt. Es gab auch Mangoldpüree. Das Dessert war Eiercreme mit knusprigem Rand. Der Kaffee war schwach, mit einer darauf schwimmenden Milchhaut. Der Alkohol, ein chemischer holländischer No-name-Gin, «junger Genever», wurde aus einem Glaskrug ohne Etikett ausgeschenkt. Der Skipper hob sein Schnapsglas. «Rotterdamer Hinterhof-Mondschein. Auf Ihr Spezielles.» Er zwinkerte. Der Commissaris zwinkerte zurück. Die Zeit war gekommen. Beide Männer verließen den Raum.

Nachdem sie an Deck waren, durch die rauhen Schreie der Seemöwen vor unreifen, feindlichen Ohren geschützt, sagte Freund Jan seinem Freund Peter, daß er Aktien von Fokker Aircraft kaufe, einer Gesellschaft, die kurz vor der Übernahme durch Koreaner stand. Skipper Peter stürmte in seine Kabine, um sich über E-Mail mit seinen Maklern in Verbindung zu setzen. Er kam erschöpft zurück, trank zu schnell zuviel, wurde ohnmächtig und von Bootsmann und Diener zu Bett gebracht.

Daß er jetzt betrunken sei, erzählte Carl währenddessen de Gier, sei auf die Überraschung zurückzuführen. Das Entern und die anschließende Kaperung des Supertankers *Rebecca* war leicht gewesen.

Wenn man sich vorstellte, daß Grijpstras Männer nachgemachte Waffen, aus bemaltem Balsaholz gefertigte Pistolen und Karabiner benutzt hatten. Sich vorzustellen, daß die Agenten Ketchup und Karate, müde und mit schmerzenden Knochen, überzeugend als grausame Seeräuber aufgetreten waren. Daß die Luftwaffe der Piraten nicht mehr war als der Minihubschrauber der *Rodney*, daß Fettsack Grijpstra und daß er, der kleine Carl, beide wohl kaum in der Blüte ihrer Jahre, geschweige denn in erstklassiger Kondition, geschrien, geknurrt und herumgesprungen waren und es geschafft hatten, so *böse* zu sein.

«Nicht zu vergessen Admiral Sir Francis Drake auf unserem Flaggschiff», sagte de Gier grimmig und dachte daran, wie der Commissaris darauf bestanden hatte, eine Augenklappe zu tragen, und, wie vom Diener berichtet, auf den Decks der *Rodney* herumstolziert war, während er über ein Handy von seiner Entermannschaft auf dem laufenden gehalten wurde.

Ja, sagte Carl, zusätzlich seien noch alle Mitglieder des Unternehmens durch Hobbes & Calvin-Masken, made in China, unkenntlich gemacht gewesen, die man in Saint Martin kaufen konnte. Wie bereitwillig der Kapitän der *Rebecca* gewesen war, sein Schiff an die Pier von Statia zu dirigieren. Wie mühelos die Calvins und Hobbesse danach die Besatzung auf der Insel Saint Kitts abgesetzt und den Männern stattliche Geldbeträge in die Hände gedrückt hatten. Wie die mißbrauchte Crew von Herzen gelächelt hatte, als das Schlauchboot ablegte. «Einen schönen Tag noch, Calvin, danke, Hobbes.» Wie problemlos die Verhandlungen mit dem Hehler alias «Klein Abner» abgelaufen waren, Statias Ölkäufer, eskortiert von bulligen Leibwächtern in Arbeitsanzügen der Armee, die jeder einen Koffer trugen, gefüllt mit knisternden Dollarscheinchen, die umgehend auf einem Ambagt-Konto bei einer Statia-Bank deponiert wurden.

«Noch mehr Supertanker unterwegs?» fragte Klein Abner. «Werden Ihre Versicherer eine zweite Forderung akzeptieren?»

Carl Ambagt war nicht dieser Meinung.

Sich vorzustellen, daß der einzige Unglücksfall ein ernster Riß in Skipper Peters empfindlicher Nasenhaut war.

«Es lief alles so glatt», seufzte Carl. «Ihr Burschen habt bewiesen, daß für diese verdammte Spezialeinheit keine Notwendigkeit bestand, den armen jungen Matrosen der *Sibylle* umzulegen.»

Grijpstra, der sich aus Rotterdamer Küche nichts machte, beschimpfte Carl.

Carl war unglücklich und überrascht. «Wie bitte?»

«Es bestand auch keine Notwendigkeit für Sie, damals in Amsterdam gewaltsam gegen uns vorzugehen», knurrte Grijpstra. «Gegen *uns*. Erinnern Sie sich an die Skelette, das dreckige Wasser, die Fasanenfeder? Amsterdam ist angeblich eine friedliche Stadt.» Carl, jungen Genever verschüttend, räumte ein, Schuld auf sich geladen zu haben. Er wisse inzwischen, daß man das Projekt eleganter hätte durchführen können. «Respekt vor dem anderen.» Carl klopfte auf den Tisch. «Liebe deinen Nächsten. Was du nicht willst, das man dir tu ... Sie haben recht, Sie haben RECHT.» Aber er habe dazugelernt. Er gebe seine Fehler zu. Er danke seinen Lehrmeistern. Hätte er seinen Skrupeln doch eher nachgegeben. Hätte er G & G doch nur früher kennengelernt. Er hätte sie angeheuert, *auch* die *Sibylle* zu kapern. *Ohne* Blutvergießen. Überall nur glückliche Menschen. Ein Tanker pro Woche. Wieviel Geld sie hätten verdienen können. Er schlug sich an die Stirn.

«Sie ließen Ihren Vater Kapitän Souza einstellen, weil er unfähig, und diesen jungen Burschen, weil er arglos war, um die Sache für die Spezialeinheit leichter zu machen», sagte de Gier. «Na, los. Geben Sie es zu. Wir sind jetzt Freunde. Haben Sie das vergessen?» Carl sah unglücklich aus. Ob sie wirklich glaubten, er sei so böse? Selbst nach all dem, was sie zusammen durchgemacht hatten? Konnten sie denn nicht verstehen, daß Carls einziger Fehler darin bestanden hatte, menschliche Hunde anzuheuern, die außer Kontrolle gerieten, sobald er und sein Vater sie von der Leine gelassen hatten?

«Der junge Matrose starb», sagte de Gier grimmig.

Es tue ihm wirklich leid. Ehrlich. Manchmal gingen Dinge schief. Aber im Grunde war er eine gute Seele. Kein Drogendealer, wie es die Detektei G & G die ganze Zeit angenommen hätte. Autos und Rohöl als Produkte waren in Ordnung. Er war ein Rotterdamer Gentleman-Freibeuter, der einem altehrwürdigen Gewerbe nachging. Carl wiederholte es immer wieder, lange nachdem man seinen Vater zu Bett gebracht hatte und lange nachdem Ketchup und Karate neue Angriffsgriffe vorgeführt hatten, die irgendwie schiefgingen und sie derart außer Gefecht setzten, daß Besatzungsmitglieder sie wegtragen, an Land rudern und sie in ihrem Hinterzimmer im *Old Rum House* zu Bett bringen mußten.

«Und beschimpfen Sie mich nicht, Dicker», sagte Carl zu Grijpstra. «Ihr habt eure Million. Wir haben unser Wort gehalten. Dad hat das Geld telegrafisch auf euer Konto überweisen lassen. Euer Chef hat das telefonisch nachgeprüft. Es ist inzwischen alles da.»

«Einen Augenblick noch», sagte de Gier. «Was ist mit dem Tod von Thomas Stewart-Wynne, Freundchen?»

Carl schwor, weder er noch sein Vater hätte damit zu tun. Er habe die Nachricht in der Zeitung von Key West gelesen: *Tourist fährt in Restaurant und erleidet Genickbruch* ... Carl konnte de Giers Haltung nicht verstehen. «Gottverdammich!» De Gier bat den Diener um ein weiteres Sodawasser.

Carl, unterwegs zu einer mit einem Zebrafell bedeckten Couch, wurde durch das Ploppen der aufgerissenen Büchse irritiert. Er stolperte über die Ecke eines tibetanischen Teppichs. Bootsmann und Diener trugen seinen schlaffen Körper hinaus.

All das hielt den Commissaris davon ab, vom Leben des George Brydges Rodney (1718–1792) zu berichten, doch nachdem er sie mit seinem Stock bedrohte, waren de Gier und Grijpstra bereit zuzuhören.

Dem schurkischen Admiral, erzählte der Commissaris seinen Studenten, sei es gelungen, die Insel Saint Eustatius oder besser ihren gesamten Reichtum zu erbeuten, denn den Goldenen Felsen habe der Halunke zurückgelassen.

«Admiral Sir George Brydges Rodney wurde vierundsiebzig

Jahre alt. Er war ein brillanter Kopf. Ich weiß jetzt, warum die Ambagts seinen Namen für dieses Schiff verwendeten.

3. Februar 1781, vor knapp zwei Jahrhunderten. Rodney, britischer Seemann und Kriegsmann, erobert Saint Eustatius in einem Handstreich. Der persönliche Freund von König George III., der erste Baron Admiral Rodney, war entzückt, den Befehl zu erhalten, die Insel Saint Eustatius vernichtend zu bestrafen.

Warum?»

Der Grund, erklärte der Commissaris, durch den geräumigen Barraum der *Rodney* schreitend, der Grund war Mißgunst. Die Kaufleute von Saint Eustatius machten Vermögen mit der Belieferung von Washingtons Armee und halfen dem Rebellengeneral, den Kampf gegen seine britischen Lehnsherren zu gewinnen. Aber nicht nur das brachte George III. in Rage. Was den königlichen Herrscher wirklich empörte, war die Tatsache, daß, nachdem die Amerikaner ihren Kampf um die Freiheit gewonnen hatten, der holländische Gouverneur von Statia der erste internationale Würdenträger war, der die amerikanische Flagge mit einem elfschüssigen Salut der Kanonen von Fort Orange grüßte. Eine zufällig an der Insel vorbeifahrende erbärmliche Kriegsschaluppe führte diese Flagge. «Könnt ihr euch das vorstellen?» fragte der Commissaris und deutete auf das Meer. Albion hatte verloren. Amerika war frei. Das kleine Holland jubelte. Der Commissaris hob sein Ginger Ale. «Auf Amerika, Land von Gerry Mulligan und Thelonius Monk.»

Grijpstra und de Gier hoben ihre Cokes.

«Auf W. C. Fields», sagte Grijpstra.

De Gier zögerte. «Auf George Catlin?»

Der Bericht über den Admiral ging weiter. Auf welche Weise bestrafte Rodney die holländischen Kaufleute für ihren Salut auf Amerika? Er landete im Hafen von Oranjestad. «Genau hier», der Commissaris deutete auf die flackernden Lichter am Ufer, «nach dem Abendessen, in der Dunkelheit, und weil die holländischen Soldaten soffen und die holländischen Kaufleute Münzen zählten, geleiteten die britischen Matrosen Rodney schnurstracks zum Amtssitz des Gouverneurs. Ohne daß ein Schuß fiel, wurde alles, was von Wert war, beschlagnahmt. Jüdische Kaufleute wurden auf die benachbarte britische Insel Saint Kitts geschafft, die übriggebliebenen Geschäftsleute mußten bei der Ermittlung der Werte helfen. Der britische Admiral ließ die holländische Flagge nicht einziehen. Einlaufende Schiffe wurden prompt geentert und konfisziert. Die kleine britische Flotte hatte Arbeit und Spaß. Die Beute ...»

«Schon gut, schon gut», sagte Grijpstra. Es mußte ein glückliches Ende geben, sonst würde der Commissaris nicht so grinsen und herumstolzieren. Das Schiff der Ambagts hieß *Admiraal Rodney*. Der böse Rodney gewann, genauso wie die bösen Ambagts. Was nicht der Fall sein sollte. Und was sie am Ende auch nicht taten. De Gier, der in ähnlichen Dimensionen dachte, versuchte, ein glückliches Ende nicht vorwegzunehmen. Weder Nietzsche noch irgendein guter zeitgenössischer Guru würde de Giers Bedürfnis gutheißen, am Ende das Recht siegen zu lassen. Es gab kein Recht. Recht und Unrecht waren egoistisch und darum vorübergehende Wertungen. Und so wie die Dinge liefen, gab es sowieso kein Ende. Also was tat er hier? Bloß zuhören, sagte er sich. Er hoffte trotzdem, der Admiral würde auf die Fresse fallen.

Der Commissaris ahnte de Giers und Grijpstras Gedankengänge. «Seid ihr meiner Ansicht?»

Grijpstra beeilte sich zuzustimmen. «Das wird gut ausgehen, Mijnheer.» De Gier schloß sich an.

«Die Beute», fuhr der Commissaris fort, «war ungeheuer groß.» Wenn seine Zuhörer in Betracht zögen, daß England tief verschuldet war und Rodney eine Versteigerung durchführte, die für die konfiszierten Lagerhäuser, Frachten und Schiffe einen Erlös von fünf Millionen Pfund Sterling erbrachte, könnten sie vielleicht König Georges Freude teilen, als er erfuhr, daß Hilfe unterwegs war.

«Ich bin gegen Teilen», sagte Grijpstra.

De Gier, der seine kurze Einsicht längst vergessen hatte, konnte der Vorstellung, sich zusammen mit einem britischen König zu freuen, ebenfalls nichts abgewinnen. Ein Halunke und Bluffer wie dieser aufgeblasene Admiral, ein Antisemit, der einer wehrlosen Gruppe hart arbeitender Kaufleute ein Vermögen stahl?

«Sie wissen», sagte der Commissaris vertraulich, zwischen de Gier und Grijpstra stehend und mit leiser Stimme sprechend, «daß die Affäre, in die wir selber hier verwickelt sind, eine direkte Fortsetzung dessen ist, was damals geschah?»

«Rodneys Beute?» fragte Grijpstra.

«Ambagts Beute?» fragte de Gier.

Fünf Millionen echte Goldmünzen wurden auf das Flaggschiff des bösen Admirals geladen. Und es war ein wunderschönes Schiff, ein ruhmreicher Dreidecker mit über hundert Kanonen, von denen einige imstande waren, Siebzigpfundgeschosse abzufeuern, sogenannte «Brandraketen». Konnten besonders auf kurze Entfernung schwere Zerstörungen anrichten. «High-Tech des Goldenen Zeitalters», sagte der Commissaris.

«Und weiter?» fragten Grijpstra und de Gier.

Rodneys Schiff, die *Victory*, begleitet von zwei schlanken, aber schwer bestückten Fregatten, segelte stolz in Richtung England, geriet jedoch in der Nähe Irlands in einen plötzlichen Sturm. Die Fregatten gingen verloren, und die angeschlagene *Victory* segelte allein.

«Juhu», riefen de Gier und Grijpstra.

Das einsame Flaggschiff hatte schwere Schlagseite. Die Hälfte der Besatzung wurde über Bord gespült. Die übrigen Matrosen, krank und verwundet, versuchten, die schweren Kanonen in die Stückpforten zurückzuschieben. Goldene Münzen aus geborstenen Kisten trafen ihre nackten Füße. Das Schießpulver war naß geworden. Die Segel zerfetzt und nutzlos. Das Schiff wurde, kurz bevor es auf irischen Sandbänken strandete, von einem holländischen Freibeuter gerettet. «Da haben wir's», sagte Grijpstra.

Der Kapitän des Piratenschiffes, der über Taue, die mit Enterhaken versehen waren, an der Spitze einer Abteilung an Bord kam, war freudig überrascht, als er die Lagerräume der *Victory* inspizierte. Fünf Millionen Pfund in Gold wurden nach Holland geschafft und den Vorgesetzten übergeben, die den Kaperbrief des Kapitäns unterzeichnet hatten.

«Vorgesetzte», sagte Grijpstra. «Wir wissen, was sie mit gefundenen Schätzen machen.»

«Schaffen sie auf die Fidschis», sagte de Gier. «Nach Saint Martin. Florida. Key West. Verjubeln alles in Las Vegas. Dieser Kapitän hat bloß ein Handgeld bekommen.»

Der Commissaris erlaubte sich, anderer Meinung zu sein. Seine Nachforschungen in der öffentlichen Bibliothek von Saint Eustatius bewiesen, daß, obgleich ein Teil von Statias wiedererobertem Geld in eleganten Giebelhäusern an der Herengracht ausgegeben worden sei, der überwiegende Teil der Summe jedoch dazu benutzt wurde, Seedeiche zu bauen, durch Trockenlegen von Seen mehr Ackerland zu schaffen und schnellere Fregatten zu bauen, die noch mehr Beute bringen würden. Einiges Geld sei sogar an die Kaufleute von Statia gezahlt worden, um sie für ihre Verluste zu entschädigen. Der Commissaris nickte.

«Ja, und der Freibeuterkapitän wurde in den gut dotierten Ruhestand versetzt und lebte noch über zwanzig Jahre auf einem kleinen Bauernhof nördlich von Amsterdam.»

«Mit einer drallen blonden Frau?» fragte Grijpstra.

Der Commissaris lächelte zustimmend.

«Und Admiral Rodney?» fragte Grijpstra.

«Der erste Baron Admiral Sir Brydges Rodney wurde von seinem früheren Freund, König George III., in den Kerker geworfen, in den Tower von London.»

Grijpstra jubelte, de Gier applaudierte. Der Bootsmann, der zugehört hatte, sagte respektvoll: «Hurra.»

«Prima Arbeit», sagte der Diener freundlich. Ein älterer Chinese, ein ruhiger Mann, der normalerweise als Beikoch arbeitete, jedoch an diesem Abend beim Servieren geholfen hatte, polierte weiter Gläser.

«Kein Hurra?» fragte Grijpstra.

«Es kommt oft anders, als man denkt», sagte der Beikoch.

29. Es kommt oft anders, als man denkt

Skipper Peter brachte den Morgen damit zu, Telefone zu bedienen, handgeschriebene Notizen zu faxen und seine E-Mail zu bearbeiten. Er kaufte Fokker Aircraft mit gespartem Geld und auf Kredit. Er kaufte, während die Preise zusammenbrachen. Der Wert der Aktie fiel, und seine Makler rieten dringend zur Vorsicht, aber er brüllte sie nieder. «Kaufen, kaufen, kaufen, hören Sie? Kaufen, kaufen, kaufen.»

Auf diese Weise verlor er zwar einiges Geld, aber Fokker Aircraft würde sich bald erholen. «Richtig?»

«Richtig», sagte der Commissaris, der sich auf dem Achterdeck seine allerletzte Zigarre anzündete. «Recht haben Sie, lieber Peter.»

Ein heißer Tip, Fokker Aircraft. Die Koreaner wollten die kränkelnde Gesellschaft übernehmen. Der Preis der Aktie war auf acht Gulden gefallen, doch er war kurz davor, sich zu verdoppeln und nochmals zu verdoppeln. Wieviel hatte Skipper Peter investiert? Zweihundert Millionen? Wenn man diese Summe verdoppelte, war er bereits über sein Ziel hinausgeschossen.

Grijpstra schüttelte den Kopf, als ihm knapp zwei Wochen später, wieder zu Hause in Amsterdam, Nellie die Zeitung brachte, während er noch faul im Bett lag. Da war sie, in Farbe auf der ersten Seite, die *Admiraal Rodney*, von Gläubigern beschlagnahmt, an einem Liegeplatz im Hafen von Saint Martin an die Kette gelegt. An diesem Abend waren de Gier und Sayukta zum Essen beim Commissaris eingeladen. De Gier lehnte eine zweite Portion javanischen Reis mit Shrimps-Crackers ab. «Ihr Lieblingsgericht», sagte Katrien entrüstet. «Sind Sie krank?»

«Rinus stöhnt die ganze Nacht», beklagte sich Sayukta. «Ich

kann es nicht ertragen. Ich dachte, ich hätte meinen wahren Helden gefunden, und er bekommt dauernd Schweißausbrüche und das Zittern.» Ihre großen Augen wurden noch größer. «Manchmal schreit er.»

«Er hat die gute Nachricht noch nicht vernommen», flüsterte der Commissaris mit einem Augenzwinkern seiner Frau zu. «Er weiß nicht, daß alles vorbei ist. Auch für Grijpstra. Grijpstra weiß es auch noch nicht.»

Der Commissaris, in seinem verwitterten Korbstuhl zwischen den Unkräutern seines Gartens, im Begriff, sich seine allerletzte Nach-dem-Essen-Zigarre anzuzünden, fragte de Gier, wie er sich jetzt fühle, wo die Ambagts ihre Bürde nicht mehr trugen.

«Für mich hat sich nichts geändert», sagte de Gier traurig. «Diese wachsenden Summen in Luxemburg, sie bevölkern meine Träume.»

«Nicht mehr», sagte der Commissaris. «Sie sind wieder bei null, mein Lieber.»

De Gier verstand nicht.

«Ihre Beute ist verschwunden», sagte der Commissaris hilfsbereit. «Und das Konto ist geschlossen. Sie erinnern sich, daß Sie und Grijpstra mir eine Vollmacht gegeben haben?»

De Gier lachte.

«Sind Sie in Ordnung?» fragte Katrien entrüstet.

De Gier war kurz davor, im Garten herumzuhüpfen, als ihm eine Idee kam. Hatte der Commissaris Grijpstra und sein Geld womöglich in Fokker Aircraft investiert? Das wäre dumm gewesen. Aber diese Entscheidung hatte eine Kehrseite. Dummheit eines Lehrers gab dem klugen Schüler seine Freiheit wieder. Konnte de Gier jetzt nach Key West zurückkehren und dort ohne Tabu leben?

Es war nicht notwendig. «Ich habe in Meshti investiert», erzählte ihm der Commissaris, «und in die gute Schwester Johanna, die sich um die mittellosen unheilbar Kranken kümmern.»

«Das war eine Menge Geld, Jan», sagte Katrien. «Überforderst du die lieben Schwestern nicht?»

Der Commissaris war hoffnungsvoll. «Sie sind etwas Besonderes. Sie werden auf das Geld aufpassen.»

«Auf welches Geld?» fragte Sayukta.

«Das ist eine lange Geschichte», sagte der Commissaris.

De Gier wurde zu Grijpstra geschickt, um ihm die gute Nachricht zu überbringen.

«Gut», sagte Grijpstra.

«Wir haben immer noch die ehrlich verdiente Ambagt-Million», sagte de Gier.

Grijpstra zuckte die Achseln. «Die wird sich das Finanzamt holen.» Seine Vorhersage erwies sich zu 63 Prozent als richtig. Es war immer noch soviel übrig, daß Nellie es in Wertpapieren anlegen konnte. Das dadurch garantierte Einkommen reichte nicht aus, um G & Gs Lebensstil zu finanzieren, zumal Sayukta sich weigerte, de Gier von ihrem Gehalt überleben zu lassen, während er die Miete für die Wohnung bezahlte.

«An die Arbeit», sagte Grijpstra fröhlich. G & G annoncierte. Klienten kamen. Inzwischen hatte Grijpstra Neuigkeiten über Skipper Ambagt erfahren. Nach Aussage des Bootsmannes, den Grijpstra im Jazzlokal *Endloser Blues* traf, brach der alte Mann tot zusammen, als der Diener ihm die Zeitung mit der Fokker-Schlagzeile brachte. «Er war ohnehin nicht übermäßig gesund», sagte der Bootsmann. «Seine Nase. Inkontinenz. Zirrhose. Gemütsschwankungen. Kein glücklicher Mann.»

«Und die *Admiraal Rodney*?»

Das Feadship, versteigert und in *General Schwarzkopf* umbenannt, ankerte jetzt vor Katar im Golf von Bahrain. Ein Scheich war der glückliche Besitzer. Der Scheich, der jetzt, da die Ölpreise wieder anzogen, gut zurechtkam und in Wahrheit kein Fundamentalist war, obgleich er auf dem Achterdeck reichlich betete, vertändelte gern die Zeit. Der Bootsmann tändelte ebenfalls, hatte aber ein bißchen übertrieben, so daß er jetzt eine Woche Urlaub hatte. Und Carl?

Seit dem Sturzflug von Fokker Aircraft hatte der Bootsmann Carl nicht gesehen.

Ein paar Wochen vergingen. De Gier, der Rotterdam besuchte, um mit seiner Schwester nach einem Ritual, das einmal im Jahr stattfand, zu Abend zu essen, erblickte Carl am Nebentisch des Mittelklasserestaurants.

«Wie geht es Ihnen?»

Carl sagte, er könne nicht klagen, danke der Nachfrage. Ungeachtet der Voraussage eines gewissen Jonathan – Carl hatte in Jonathans Gasthaus gewohnt, eigentlich eher eine Pension, die Stewart-Wynne einst empfohlen hatte ... er erinnere sich doch noch an Stewie, den Burschen im Jeep in Key West, oder? ... Nun, Jonathan, in seiner Freizeit ein Priester, Voodoo, ein Seher, so etwas in der Art, auf der Antilleninsel Anguilla ... ob de Gier einmal dort gewesen sei? Nun, dieser Jonathan hatte Carl «gesehen», in spärlich möblierten Räumen mit Linoleumfußböden, alles äußerst anspruchslos, verstanden? Okay, das sei jetzt wirklich passiert, aber Carl hatte eine befriedigende Arbeit gefunden.

«In der Autobranche?» fragte de Gier.

«Raten Sie noch mal», lachte Carl.

«Rohöl?»

«Wieder falsch», lachte Carl.

De Gier hob die Hände.

«Spanischunterricht», sagte Carl.

«Wen unterrichten Sie?»

«Jeden, der sich auf meine Anzeige im *Rotterdam Herald* meldet.»

«Macht Ihnen das Spaß?»

Carl sagte, er liebe diese Arbeit. Ihm gefiel auch sein Lebensstil. Kein Papa mit Nasenbluten mehr, keine Endivien oder Mangoldpüree, keine kubanischen Kunden, die nicht zahlten, keine finanziellen Berechnungen, die die Anzeige seines Taschenrechners sprengten, keine von Ratten verstopften Röhren oder von Mikroben blockierten Treibstoffleitungen, kein Hubschrauber, der allergisch auf Seeluft reagierte, niemand, der sich über eine junge Krähe aufregte, die er kürzlich im Park gefunden hatte und die sich in seiner Wohnung frei bewegen konnte.

Carl wandte sich an de Giers Schwester, eine ruhige Frau, die mit beiden Beinen im Leben stand. «Was immer Sie tun, Madame, halten Sie sich von Feadships fern, und wenn Sie das nicht können, rüsten Sie sie nicht mit Hubschraubern aus.» Er wandte sich an de Gier. «Richtig?»

«Dieser kleine Bursche war mal reich?» fragte de Giers Schwester, als Carl davongeeilt war, um sich mit seinem nächsten Sprachschüler zu treffen.

«Er hatte genug», sagte de Gier. «Genug ist zuviel, weißt du das? Arm ist besser. *Nein* wiegt immer mehr als *Ja*.» Er tätschelte seiner Schwester die Hand. «Nicht das zu sein, was wir zu sein glauben, Catoh, ist der Schlüssel, der das Geheimnis offenbart.»

Catoh haßte diese Sprüche. Sie hatte gehofft, daß ihr Bruder jetzt, da er wieder arbeitete, eine vernünftige Frau umwarb, ein viertüriges Auto kaufte und endlich damit aufhörte, negativ zu denken.

Janwillem van de Wetering

«Seine Helden sind eigensinnig wie Maigret, verrückt wie die Marx Brothers und grenzenlos melancholisch: Der holländische Krimiautor **Janwillem van de Wetering**, der mitten in den einsamen Wäldern des US-Bundesstaats Maine lebt, schreibt mörderische Romane als philosophische Traktate.»
Die Zeit

Eine Auswahl der thriller von Janwillem van de Wetering:

Ketchup, Karate und die Folgen
(thriller 42601)
«... ein hochkarätiger Cocktail aus Spannung und Witz, aus einfühlsamen Charakterstudien und dreisten Persiflagen.»
Norddeutscher Rundfunk

Habgier
(thriller 43332)

Der Schmetterlingsjäger
(thriller 42646)

So etwas passiert doch nicht!
Stories
(thriller 42915)

Ticket nach Tokio
(thriller 42483)
«Dieses Taschenbuch macht süchtig: nach weiteren Krimis von Janwillem van de Wetering und nach Japan.»
Südwestfunk

Sonne, Sand und coole Killer
Erzählungen aus dem Reisetagebuch eines Schriftstellers
(thriller 43129)

rororo thriller

Janwillem van de Wetering (Hg.)
Totenkopf und Kimono
Japanische Kriminalstories 2
(thriller 43062)

Blut in der Morgenröte
Japanische Kriminalstories 3
(thriller 43075)

Janwillem van de Wetering u. a.
Eine Leiche zum Geburtstag
Stories für blutrünstige Leser
(thriller 43273)
Bloody Bunny *Österliches für blutrünstige Leser*
(thriller 43161)

rororo thriller werden herausgegeben von Bernd Jost. Ein Gesamtverzeichnis der Reihe und aller lieferbaren Titel von **Janwillem van de Wetering** finden Sie in der *Rowohlt Revue*. Vierteljährlich neu. Kostenlos in Ihrer Buchhandlung.

3021/6